·张昌山 主编·滇云八年书系·旧刊文存·

# 今日评论
## 文存 二

JINRI PINGLUN WENCUN

张昌山 ◎ 编

云南出版集团
云南人民出版社

# 目 录

## 第一卷第十二期（1939年3月19日）

**时评** 1
    英国贷款 1
    希特勒仍在企图乌克兰么？ 2
    华盛顿与梵蒂冈交谨 3
云南工业发展的必需条件　　　丁 佶 4
抗战致胜的政治　　　钱端升 8
审级制度改革问题　　　张企泰 12
中国话里的主词及其他　　　吕叔湘 18

## 第一卷第十三期（1939年3月26日）

**时评** 28
    鄂中的军事 28
    第二次地方金融会议 29
    苏联拍卖渔场 30
战时经济建设的几个原则　　　陈岱孙 31
捷克灭亡后的欧局　　　钱端升 35
省市参议会的成立问题　　　赵凤喈 40
论越南语之系属　　　闻 宥 43
青年的"知"与"行"的解剖　　　萧右干 47

| | | |
|---|---|---|
| 沦陷后的天津（通信） | 赵捷民 | 50 |

## 第一卷第十四期（1939年4月2日）

| | | |
|---|---|---|
| **时评** | | 56 |
|     欧局的最近变化 | | 56 |
|     江西的军事 | | 57 |
|     全国生产会议 | | 58 |
|     统一兵役组织 | | 58 |
| 世界大战与中国 | 罗文干 | 60 |
| 希特勒与世界和平 | 刘崇鋐 | 64 |
| 中国毕竟还是中国 | 冯友兰 | 68 |
| 妇女与儿童 | 潘光旦 | 71 |
| 明日的文学 | 柳无忌 | 76 |
| 冷屋随笔之三 | 钱钟书 | 81 |

## 第一卷第十五期（1939年4月9日）

| | | |
|---|---|---|
| **时评** | | 84 |
|     过去一周的欧局 | | 84 |
|     欧战与中国 | | 85 |
|     西班牙内战终止 | | 86 |
| 战后之整理与建设问题 | 周鲠生 | 87 |
| 民生与物价 | 李卓敏 | 90 |
| 抗战建国与地方自治 | 徐义生 | 94 |
| 抗战收获的一斑 | 赵晚屏 | 99 |
| 告别（独幕剧） | 周正仪 | 103 |
| 诗 | 黄贤俊 | 110 |

## 第一卷第十六期（1939年4月16日）

**时评**     112
    意大利侵占阿尔巴尼亚     112
    美国将修改中立法     113
    昆明的米价     114
论游击区及大后方的经济建设     吴半农     116
法治民治与统一     王赣愚     121
侵略集团与防侵略集团     钱端升     126
论专家行政     朱驭欧     129
尼采《萨拉图斯达》的两种译本（书评）     同济     133

## 第一卷第十七期（1939年4月23日）

**时评**     138
    罗斯福的和平运动     138
    意并阿后的巴尔干     139
    反攻中的军事     140
最近欧洲疆界问题     邵循恪     141
几件战时的不急政事     钱端升     148
华侨学生与华侨捐输     邓铿章     151
红裤子     薛林     157
作战的途径（通讯）     仲揆     162

## 第一卷第十八期（1939年4月30日）

**时评**     165
    蒋委员长斥"和谈"话     165

十二万万元建设及军需两公债　　　　　　　　　　166
　　罗斯福和平建议的进展　　　　　　　　　　　　　167
　　国际形势剧变中的外交方针　　　　　　　　　　　168
美国中立法问题　　　　　　　　　　　　周鲠生　　169
战后复兴政策　　　　　　　　　　　　　朱炳南　　179
略评公务员服务规程　　　　　　　　　　钱清廉　　183
招牌文化　　　　　　　　　　　　　　　小　可　　189

## 第一卷第十九期（1939年5月7日）

时评　　　　　　　　　　　　　　　　　　　　　　192
　　青年节　　　　　　　　　　　　　　　　　　　192
　　希特勒的演说　　　　　　　　　　　　　　　　194
　　近日战局　　　　　　　　　　　　　　　　　　195
论政治之制度化　　　　　　　　　　　　张佛泉　　196
美国新中立法案与中立问题　　　　　　　黄正铭　　199
论政治建设　　　　　　　　　　　　　　萨师炯　　205
困难累增的敌国经济　　　　　　　　　　丁　佶　　208
谈用字不当　　　　　　　　　　　　　　王了一　　210
梁实秋译莎翁戏剧印象
　　——且论《威尼斯商人》　　　　　　顾　良　　214

## 第一卷第二十期（1939年5月14日）

时评　　　　　　　　　　　　　　　　　　　　　　221
　　云南龙主席斥"和"　　　　　　　　　　　　　221
　　英苏谈判　　　　　　　　　　　　　　　　　　222
　　敌机滥炸城市　　　　　　　　　　　　　　　　223

|  |  |  |
|---|---|---|
| 　　川滇间的驮运 | | 224 |
| 德国势力膨胀后之欧洲局势 | 刘迺诚 | 226 |
| 今日云南之现金问题 | 陈碧笙 | 233 |
| 司法制度与司法人才问题 | 吴醉秋 | 238 |
| 白话文与新文学 | 陈梦家 | 241 |

## 第一卷第二十一期（1939年5月21日）

|  |  |  |
|---|---|---|
| 时评 | | 247 |
| 　　华北伪币狂跌 | | 247 |
| 　　日人排挤外商在华航业 | | 248 |
| 　　鼓励战时书刊出版 | | 249 |
| 演化论与几个当代的问题 | 潘光旦 | 251 |
| 战后复兴与生产建设 | 顾谦吉 | 259 |
| 发展昆明市的财政基础 | 衍　人 | 262 |
| 知识界妇女的自白 | | |
| 　　——敬答潘光旦先生 | 张　敬 | 267 |
| 荒　村 | | |
| 　　——新蜀道行 | 方龄贵 | 271 |

## 第一卷第二十二期（1939年5月28日）

|  |  |  |
|---|---|---|
| 时评 | | 276 |
| 　　全国生产会议收获 | | 276 |
| 　　日元在沪跌价 | | 277 |
| 　　英土谈判与苏土协定 | | 278 |
| 财政与政权 | 王赣愚 | 280 |
| 民治与吏治制度 | 毅　真 | 285 |

| | | |
|---|---|---|
| 论促进地方自治应自城市始 | 吕学海 | 289 |
| 战时西南衣料问题 | 陈建棠 | 292 |
| 被批评 | 希　声 | 296 |
| 冷屋随笔之四 | 钱钟书 | 298 |

## 第一卷第二十三期（1939年6月4日）

| | | |
|---|---|---|
| **时评** | | 301 |
| 　　国联行政院会议 | | 301 |
| 　　伪"华兴银行" | | 302 |
| 　　对学生自治会的期望 | | 303 |
| 敌国内政外交的动向 | 王迅中 | 305 |
| 论当前工业政策 | 吴半农 | 311 |
| 优生与民族 | | |
| 　　——一个社会科学的观察 | 林同济 | 316 |
| 荷属华侨与抗战 | 京　山 | 322 |
| 金坛子 | | |
| 　　——她们怎么筑滇缅路 | 白平阶 | 324 |

# 第一卷第十二期（1939年3月19日）

## 时评

### 英国贷款

英西门财相，于本月八日，在英下议院宣称，关于英贷款与华加强其汇兑平准基金事，现已获得圆满结果。中国政府业已增加汇兑平准基金一千万镑。其中五百万镑，由中国二国家银行负担，另五百万镑，则由汇丰与麦加利银行负担。信用借款之期，暂定为十二个月。惟如有必要时仍得延长。此项贷款如有损失则英政府即负责赔款该二英国银行，惟以后如获得利益，须由二银行转解英国库。

这是英国对华贷款的第二次。第一次是去年十二月，指定为发展中国西南交通的五十万镑信用贷款。这两次的借款，表面上，都不是政府直接的贷与，而都假手于第三机关，不过真正的支持者，当然还是英政府。尤其损失由英政府赔偿利益由银行转解国库的规定与直接由英政府借贷者有何异制？在第一次贷款成立时，我们认为这是英国对于远东形势觉悟的表现，是由怯懦心理变为积极心理的端倪。我们并且希望这个变换能够与日俱长起来。这一次的贷款可以说是这个端倪的引申，与这个觉悟进一步的表现，并且可以证明这个变换，是方在与日俱长。

据各方的推测，这一次借款的成功是基于我过去在国际上的信用。英京电讯亦称"负责人员认为中国对于以关税为担保之外债，迄今仍能履行清偿债务。而对于其他外债，亦莫不按期偿付。因此中国虽失去若干可贵之土地，而负起其战时之担负，然中国仍履行偿付债务，对外乃能获良好之信用，不似若干其他国家，即令无所藉口，亦不肯清偿其债务也。"

一个国家的国际信用，与对外借款，当然有密切的关系。不过事情也不如是简单。英国对我贷款与其说是普通商业的行为，不如说是为某种国策所驱使。英国知道很清楚，如果日本真能遂其吞噬我们的野心，大英帝国在远东便难于立足。所以即是抹杀国际道义的考虑，英国，在自身利益的立场，也应该助我一臂。不过自从上一次欧洲大战之后，英人惧战恶战的心理极为深固，对于中日这一次战事，英国虽然在国策上应袒我，而总怕任何举动会引起对日武力的冲突。这可以解释过去英国十三分容忍的态度。然而日本并不因英国的容忍，有所顾虑，而反以英国之容忍为示弱，一步一步的，与英国以难堪。到如今英国还是怕打仗，然而英国也不能坐视日本在远东，无所顾忌的消灭英国的利益。武力制日既是去题太远，则经济援我，是唯一的途径。同时，英国也觉悟日本也不会因英之经济援我而贸然与之挑衅。

在我们方面，我们也不能，以为英国，在任何情形之下都要贷款于我。我们必须有贷款的资格，然后才有希望。我们这两次贷款成功，是我们过去军事努力政府统一的结果。我们表示我们是个国家，是个有希望战胜这难关，努力图强的国家。英国是以商立国，英国国际的政策是充满现实的色彩。如果我们前途是没有希望，英国不会做愚笨投资的。西班牙便是一个前车之鉴。我们现在不敢希望欧美各国实力的援助，不过我们仍期待着友邦经济上的援助。这援助能否源源而来，就看我们自己的努力了。（岱）

## 希特勒仍在企图乌克兰么？

在希特勒《我的斗争》一书中，吞并乌克兰，利用其的农地，以增加德国的粮食，本是他自定的一件主要功课。现在德意的轴心又有匈牙利及南斯拉夫加入，捷克则成了德国的附庸，我们如翻阅地图，可见希特勒已执了中欧全部的牛耳。他如再要向东发展，自然须诱胁波兰及罗马尼亚入彀。可是波兰总是不十分靠得住，有时亲德，有时亲法，而总未放弃其以大国自居之态。罗马尼亚亦未完全失了其当年在小协约国中所居的地位。因此种种，此次斯洛伐克与捷克政府之争，或会引起希特勒助斯洛伐克独立，亦未可知。如果希特勒有此行动，则当然也是向波兰及罗马尼亚的一种示威运动。

同时，斯达林在苏联共产党第十八届大会的报告，亦力言如有人改图侵略苏联土地，苏联必严阵以待，词且连及乌克兰问题。希特勒是捉摸不测的捣鬼者，或者他正在想对乌克兰染指，所以才想诱令斯洛伐克独立，也正为他有此企图，所以斯达林有严词申斥的必要罢！（兴）

## 华盛顿与梵蒂冈交讙

在这侵略集团已经形成，反侵略与被侵略的民主国家尚未能结成集团的世界中，梵蒂冈的态度自然有其相当的重要。

一九二八年意大利与教庭订立教约以后，两方的关系本来不恶。但自希特勒上台，德政府压迫天主教徒，德意联成轴心以来，复与日本结合，肆意侵略以来，教廷对于德意等国的态度向不见佳。已故教皇庇护十一世的酷爱和平，而这和平政策又为其国务卿巴采利所支持，是人所共知之事。怪不得巴采利当选为新教皇时，德意要表示惊讶不愉，而爱好和平的国家要表示欢迎。

美国有三千万人信天主教，天主教的势力大于任何另一个教派。在一九三六年罗斯福第二次当选为总统以前，有一个天主教神父叫做conghlia者，专在广播电台上攻击罗斯福。美国人叫他做"广播神父"。罗斯福重行当选后，这"广播神父"，即偃旗息鼓不问政治。但最近美国的孤立派方对罗斯福助民主抑集权的外交政策大肆反对。共和党亦有借外交问题以攻击总统的趋势。在这个当儿，"广播神父"又恢复其政治广播生活，日日对数百万美人宣传其孤立主义，并攻击罗斯福的各种政策。所以罗斯福对三千万天主教徒的向背，极为关心。

现代罗斯福乘教皇御位之始，极力交讙，贺其当选之电既极诚挚，又特派驻英大使坎纳特（亦天主教徒）为祝贺专使，贺其加冕。（向教庭派使节是美国八十余年所未有之事。罗斯福向梵蒂冈极度表示好感，其用意亦无非要借教庭的力量以影响美国天主教徒的向背。我们站在和平与反侵略的立场上，当然希望罗斯总统的交讙政策得着美满的收获，美国天主教徒能放弃孤立主义，而赞成罗斯福的外交政策。同时我们也望新教皇能赞助罗斯福，对和平工作与反侵略的神圣工作多所努力！（都）

## 云南工业发展的必需条件

丁 佶

制造品的价格在中国一向是很高的,这不但在对着一般人民的购买力来看是如此,就是与工业国内同样货物的售价直接比较,大多数的货物亦是以在中国的为较贵。由外国输入的物品不必论,就是国内制造的物品价钱亦是昂贵。愈在内地,制造品的价格愈贵。由上海或平津才到云南的人都感觉到一切日用品在昆明的价钱比在沿海商埠的要贵二三倍。原因是在云南没有什么工业,这些日用品在云南制造的很大部分是从上海来的。每批货物运到昆明,须付由上海到海防的运费,海关转口税,东京过境税,滇越铁路运费,云南消费税,和汇款到上海所须花的高额汇税。这些费用在抗战开始以来加高得很多。和一般人的印象相反的是这些输入的制造品大部分并不是奢侈品,而是如棉纱布疋等日用必需人人必购的物品,此外还有些生产者的物品,如机器,工业原料,建筑材料等等。同时云南的输入品大部分并不是外国货,而是上海和其他中国沿海都市国人经营的工厂品。

在有这些天然的和人为的输入贸易障碍之下,好像应该有许多工厂在云南可以不受外来品的竞争而很容易地设立起来,由距离和其他因子保护着维持着。却是实际上云南没有什么制造工业。昆明以外不用说,昆明有个五千锭子的纱厂,是二三年前才设立的,此外有些织染、皮革、火柴、印刷、洋咸等厂,种类和数目都很有限,一共不过四五十家,雇工用人不过二三千人。

为什么云南一向没开始工业化呢?原因很多,同时这些原因同中国整个国家所以没有工业化的原因性质上相同,只程度上不同。我觉得云南没工业化最主要的原因是在云南的对外贸易不够发达。因为除了政府自动积极地去施行工业化政策——如在苏俄——而工业或能由此发展起来以外一个地方的工业发展是跟着商业的发展而来的。现在哪一个工业国不是没有大量的对外贸易的？工业跟着商业而发展的断论证之西洋各国是如此，证之上海天津汉口青岛广州亦是如此。先是输入贸易介绍新的货物进来，人民的消费习惯因之改变了，跟着进来的是外国的机器设备原料和生产技术，于是有些货品原来是输入的，后来渐渐开始在境内自己制造，再过了相当期间，境内的新工业生产技术进步了，这些工业渐渐能站得住脚。上海的纱厂，纸烟厂，热水瓶，味精，搪瓷，以及玻璃器具，电木，氖气灯，钢管家具，哪一个新工业不是这样地发展起来的？这种"帝国主义"与"半殖民地"间的关系是国内谈经济的文人所没有注意到的。输出贸易亦能引起工业发展的。原料品不过是个简便的名称，没有一种所谓原料品不须要先经过些加工的。这些输出贸易稍有发展之后，就引起了加工工厂的设立。一般地说，加工愈多，对输出者愈合算。所以由出口贸易的发展我们有了蛋厂，榨花厂，洗毛厂，榨油厂等等。这些输出品加工的工厂和输入替代品的制造工厂很自然地会集中在交通便利，人口稠密，市场较大，金融发达，及工业经营上所需要的各种便利比较完备的通商口岸。现在国内的文人常在说上海实业以往的不设厂在内地而设在上海是不应该的，并且说这些工厂是在帝国主义的翼护下；而他们很少提出或解释为什么以往中国的工业集中在上海。

云南工业所以没有发展的第二个主要原因是云南的市场在量与质上都比较小。工厂设立在上海，当地就有个四五百万购买力较大消费习惯已经相当现代化的人口的市场，沿长江和沿海的市场有一两万万的人口，可以很容易地达到。昆明在战前只有十四五万的人口，同时，因为西南境内运输困难成本高，所产的货品不容易能低价和大量地运到外县或四川贵州等处。一个人口较稀和人民主要职业是农业的市场自然不容易维持一些种类和数量很多和用机器生产的工厂。但是，消费者物品的市场是可以靠铁路交通的发展和人民购买力的提高而扩充的。生产者物品市场的大小是靠地方内各种现代产业发达程度而定。云南现在还没有一个水泥制造厂，所有铁路公路工厂住宅等建筑上所需要的水泥目前都是用那法国人在海防所办的水泥厂的产品，每桶价钱在昆明要国币三十多元，比上海天津广州等处有水泥厂的地方价格最少要高四五倍。近来已经有人想在云南办个水泥厂，不过使他们犹豫的是将来的市场够不够维持一个具有经济生产能量的水泥厂。工业之间的相互刺激关系是很重要的。在云南办水泥厂，它将来的市场够不够大，是要看将来云南贵州的水泥需求能不能够维持在一个足量的水准上，这又要看云南此后是不是往工业化路上走。假若各种新产业在云南能积极地发展起来，铁路公路以及其他用水泥的事业能发达起来，将来水泥需求的数量也许还会成为一个每天出一百桶的水泥厂所供给不足的。由此我们可以看出多数的工业是要靠其他工业来维持来扩充，同时它亦帮助着维持和扩充其他的工业。所以工业发展的作用是累积的，是有相互关系的。整个的现代经济就是建在这繁杂的交差关系上。

云南工业所以没有发展的第三个原因，在本文的讨论上不可不提到的，是捐税的影响。我们上面已讲到对外贸易怎样能促进一个地方的工业发展。在一个工业基础还没开始建筑起来的地方，工业所需要的机器设备和许多的原料是要从外面运来的。厂家对于这些外来的机器和原料所付的价钱，终究是要全部算在产品的成本上的。若是这些东西的价格高，结果产品的成本自然亦高；生产成本高，售价亦随着高。售价高则消费者只有少买或不买。产品的实际销路因此比它的可能销路要低得多，工业因此发达不起来。因为云南的输出货品大部分须经过安南，须靠滇越铁路来运输，安南的过境税和滇越铁路的一向高的运价已经对云南的经济发展加了严重的阻碍，再有其他对货物出进的捐税，云南工业的兴起更多一层困难。我们知道充分数额的税收是一个想做事的政府所必须有的。不过，财政政策的目的不在财政，而在地方的整个社会经济福利的增进。所以，政府的收支制度和收支分配应该根据长期的经济发展计划和原则而决定。人民的生产力加高，政府亦随着能够多有收入，由此可以多为人民做事情。税收多的国家亦是人民生产力高的国家。所以要想增加税收，根本的办法是在提高人民的生产力。提高生产力最直接最快的方法是发展工业。在现在的中国农业生产技术和人口土地比率下，一个工业者的经济贡献比一个农业者的经济贡献要高四五倍。所以，工业不发达，财政上开源的可能——尽管捐税种类多些，税率重些——还是比较有限的。为这经济还没开发的地方决定税制，最要顾到的是怎样去减轻那生产力较高的产业的负担，由此去培植它兴盛起来。这样做下去，将来的税收一定能随着这些产业的兴旺而加多。

发展云南工业的问题多得很，不是本文所能一一讨论的。要紧的是在人民与政府都注意和研究怎样去各尽能力去推进这个部门产业的发展，怎样去鼓励和吸引外来的力量，去给予各种便利，去减除障碍解决困难。各种工业的技术人才和技能工人，以及资本，机器，燃料，和许多种的原料是云南目前所缺乏的。财才二项的吸引和利用，目前正是好时候。问题是怎样能使这二项踊跃地有把握地来到和留在云南。对于财才的流入和利用，能取主动的是政府。只要措施得适宜，进行得积极，开始见效并不需要很长的时间。

近来昆明有些厂家由上海聘请技能工人，每位工人在厂家方面最少要担负二百多元的旅费和安家费。想鼓励云南工业发展，很可以做的是由政府指定几种职业的技能，厂家从外面请这些种工人的时候，政府津贴厂家每个工人一百元的旅费。不要以为这个建议是离奇的。技能工人的供给是工业发展必要条件之一。西洋经济史上叙述了许多那些想发展工业的国家如何不惜金钱想尽方法去招引他国的技术工人到本国来的事例。

中央政府自抗战开始以来颁布了不少鼓励兴办工业的法规，如特种工业保息及补助条例，非常时期工矿业奖励补助条例等。其中规定对特种工业保给五厘或六厘的息，或给予现金补助，减低或免除出口税原料转口税及地方税捐，减低国营交通事业的交通费，免除租用公有土地的地租，协助借用低利贷款，协助材料成品机件及工人生活必需品运输的便利等等。这些办法中有许多最好由地方政府来实行，如地方税捐的减低或免除，工厂需用土地的减租或赠送；此外地方政府对于工人居住问题的解决，和上面所建议的工人旅费的津贴，都可以去做。

这次抗战中，由上海汉口各地内迁的工厂，多数是到重庆或四川其他地方。云南因为距离较远缺乏水运，到现在还没有多少外面的工厂迁入。为补此不足，云南对于新工厂的设立，应该特别鼓励。尤其是因为现在云南设厂有许多方面比在四川设厂便利，如机器和原料的输入，到云南成本较低时间较短，外来工人到云南比到四川方便。同时现在省内已经有不少那富有事业精神的现代金融机关和技术人才，省外有华侨和上海工商业界很想在云南办各种新事业。有血气的中国人在这个时候都愿意参加抗战建国的工作，都希望能有机会贡献他们的能力做些有益于国家的事情。只要人才和资本能觉得在云南办事业有把握，必定会踊跃地参加云南经济开发的工作。

去年一年里上海的对外贸易虽然跌落了一半，而租界内新设工厂的数目却增加了不少。我们在西南的，现在正在热烈提倡西南经济建设，我们应该下个决心，更进一步，去积极地求这个目标的实现。

# 抗战致胜的政治

钱端升

我于本刊上一期《抗战致胜的途径》一文中，略谓在目前及最近将来的情势之下，敌国的崩溃与盟友邦的大量援助既不可必，我们必须努力改进政治，消极的使战区的人力物力依然为我所用，而不为敌所用，积极的使后方的经济力有大量增加的可能，然后我们退可以坚守，进可以反攻，而取得最后的胜利。

政治的改进可就机构，人事，与精神三方面分别言之。

关于机构的改善，我以为我们应先以全力注意中央的机构，而不必过分注意地方的机构。我不是说地方的机构不重要，但地方机构不宜转易更张，更不便在作战期内多所更张，而且地方行政之所以至今缺乏成绩，由于机构的不良者小，而由于人才的缺乏及财力的不充者大，即使机构尽善尽美，于行政仍无大补。因此，我以为地方行政机构的改良应以与作战直接有关的部分为限（例如办理兵役机关的增设或调整等等），而暂时不必轻及于其他部分，以免法制更动过繁之嫌。大家要记得，在欧战方酣之时，各国虽亦时闹政制的问题，但其所闹者仍为战时内阁如何组织一类的问题，而决不是改革地方制度的问题。

至于中央机构的改善，则我们务须采用事权集中，指挥灵敏，责任专负三个相连而不可分的原则。何谓事权集中？就是一切的行政权集中在一个最高行政机关之下。何谓指挥灵敏？就是一切的政权共受一个行政机关的指挥，而上级下级行政机关之间亦避免不需要的阶层，取得最直接的连属。何谓责任专负？就是某一类事由某一机关负责，除上级机关的指挥外，再无互相牵制的必要，及互相推诿的可能。

根据以上所述，以平衡军兴以来的中央机构，我们实感觉漏隙太多，支离太甚。

中央的行政权力，在战前本属于行政院及军事委员会两大机关，军事行政实际上属军事委员会，其余的则属行政院。当时行政院长与军事委员长，由一人兼任，故机关虽分，而指挥尚能统一。此外中央政治委员会则负有指导最高行政机关与最高军事机关的权力。战事初起，即行改制，军事委员职之下增设了若干的部，其中颇有与行政院各部职权重复，或不能分清者。但当时委员长仍兼任院长，故理论上大权仍统于一人。至于代行中央政治委员会权的国防最高会议则其组织与性质仍与其所代行者相若，故亦并无大变。到了二十七年一月，行政院各部及军事委员会各部均大有改组，职权的相混不如从前之甚，但军事委员会委员长则不复兼行政院院长。至于国防最高会议则仍旧。此为第二次改制。此次五中全会又决议废除国防最高会议，另设国防最高委员会，以国民党总裁任委员长，以五院长及中央常委三人任常委，俾以便宜处置，并直接命令中央党部、行政院及军事委员会的各部，而令其执行之权。此为第三次改制。

然而这现行的机构仍然不合上述三大原则。以言事权集中，则行政院各部，军事委员会各部，及中央党部的各部，均有行政之权，部的数目既相当的多而统属又各异。单以国际宣传为例。国际宣传在平时或许没有若何了不得的重要，而在战时确有其相当的重要。但国际宣传至今仍分属于行政院的外交部，军事委员会的政治部，及中央党部的宣传部。即使最近有什么联络机关之类，以减少政出多门之弊，但我们仍可以问，何以干脆不属于一个机关？现时一共有二十多个平行行政单位（部或会），且这二十多个单位又分隶于中央党部，行政院，及军事委员会三个不同机关，在这种情况下，请问政出多门的弊病又安能免？以言指挥灵敏，则往往一个主管机关有许多上司，而上司之上又有上司，纷歧周折，时所难免，此固就被指挥的机关而言。即以有最高指挥权的国防最高委员会而论，他于实行大指挥权时亦有相当的困难。如果他所发的命令不甚具体，则他是国防最高会议的换名。如果他所发的命令很具体细密，则他可俨然成为太上行政院，太上军事委员会，太上中央党部。与其如此，又何不将多个最高行政机关并为一个最高行政机关？以言责任专负，则机关既如此繁多，自然更无从讲到。

所以关于中央的机构，我主张应集中权力于一个最高行政机关，由最高领袖为领袖，行政（无论军政民政或名虽党务而实是民政的政）各部均属之，部数一共不得过十个。这个行政机关的名称应为"行政院"或为"大本营"或其他名称，我并无成见。如为"行政院"，则最高统帅之下，自应另有参谋机关及军令机关的组织；如为"大本营"，则参谋机关，军令机关及行政各都均可同属。至于专办党务的机关自然仍可隶于中央党部，不与行政机关相并。

机构既改善后，人事亦须刷新。

如何用得其人本是一件最难作有效规定之事。尽管法律上规定了许多任命的条件，与考核惩戒的则例，然而条件可以牵强附会，罚则可以曲弄趋避。所以我们惟有恳切盼望政府能任国人皆曰可用，去国人皆曰应去之人。如果行政各部大员都能按此标准而任免，使他们人人可得中外的信任，而无一个被内外人士所怀疑之人；使他们人人忠于职守，勇于负责，而无一个敷衍因循之人，则政府的威信效能必可百倍于今日，而我们平素所寤寐以求的若干理想亦不难实现。此若干求而不得的理想有三：一为行政进行的自动化。我国多年的行政，早养成一种非最高领袖督促不可的习惯，所以最高领袖在首都，则行政便紧张，离都，则行政便松懈。行政进行能自动化以后，不但此种弊病可以扫除，且在最高领袖离都期间，其行政首长的职位，亦可无须觅人代理。二为中外人民对政府信任的机体化。我国近年的大病，人民及各界领袖只知敬仰最高领袖，而对于政府的本身转多漠视。不但中国人民如此，即外人亦往往只知敬我信我的领袖，而对于我政府则又辄多轻视及怀疑。此其理由半因由于最高领袖的丰功伟烈，艰苦卓绝，久为外人所知，但半亦由于政府其他负责领袖，或则德能未能取信于人，或则努力尚有未到。如果行政大员均能用得其人，而又授以大权，专其责任，则中外人士对我整个政府的敬仰信任，必可大有增加，而两种善果可以获到。第一，友邦政府的借款等等必可视前为踊跃，第二，旧日稍为边远的各省，必可上与中央，旁与邻省发生益密切的关系，而使后方各区域镕成一片，放出大力，以应付抗战的局面。三为整个官纪官常宦风仕习的明朗化。我国倡"举贤任能"，"整顿纪纲"，"严惩贪腐"一类口号已有多年，但其效力至今未宏。我深信长官如得其人，而又专责可负，则其下亦必多贤能循良之徒。反之，如果在上者不得其人，则不论法令如何严密，纪纲仍必难整，贪污仍必难除。所以必须使行政大员均为贤人，然后才官纪官常，宦风仕习可以明朗化。

　　改善机构，刷新人事之外尤须在上者能尊重制度化的精神，才能使良善的机构得其用，贤能官吏更展其才，而政治可以有伟大的成绩，而成绩亦可以历久而愈宏。政治不制度化，则于大权在握的能员仍将无法行使其权；政治不制度化，则机关与人民之间，机关与机关之间，甚或今日的某长官与明日的某长官间，将发生无数互相摩擦抵销之事，造成事倍而功半的现象。我国今日有最贤明的大力领袖，我人如再进一步的使制度化的精神贯彻于各级政府，则唐宋英美之治必不难再现于今日的中国，而抗战亦可建立于不败必胜的基础之上矣。

# 审级制度改革问题

张企泰

我国现行审级制度和诉讼程序之不适时宜,早为社会所诟病。一方面,人民有冤不得伸,有理不得直,司法机关失去保护社会与个人之作用;一方面,各级法院,案积如山,忙碌非凡,莫不诉苦。四年前全国司法会议时,已有倡议改革者,但虽有决议,从未实行。近闻司法当局有采积极步骤之说,参政会也成立了一个审查改良司法问题的特种委员会,故不揣谫陋,略陈管见。

国家司法职务的最高任务,在保护私权而维社会安宁。达到这种目的,可有两种不同的手段:一、调解,二、正式诉讼。这两种手段,性质不同。调解是用劝导的方法,排难解纷,使两造不甚伤害感情之下,互相让步,而消怨于无形。其结果,一造的私权,虽不能得到绝对的全部的保护,可是,纠纷消弭后,人群生活仍得继续维持其正常状态,施于争执轻微的事件,颇易见效。且可免扩大。在农村社会中调解的效用尤著,盖乡间居民,相邻关系密切,不免崇尚感情而稍淡于权益。至于诉讼,则须严格适用法律,不徇私,不徇情,以公正的态度,制定事之曲直。理直者,其权益得到全部的法律上保护。国家且得于必要时,利用其权力,以实现此种保护。如果诉讼者对法院解释事实及适用法律的结果,表示不满,他尚可申诉上级法院,要求重新审判。诉讼在工商业发达的都市中,较为通行。盖在都市中,权益的观念很浓,单靠感情难以解决纠纷。

调解和诉讼的两种方法,是相辅而行,相需以成。明了了调解和诉讼的作用,则最理想的一种司法制度,在未讼之前,应设法使调解成立。既讼之后，应尽量使两造在法律规定的范围内，争取正义。

关于调解，现行民诉法，已有简易程序的规定。这种制度，如能善于运用，不但大部分民间纠纷，可以得到相当圆满解决，就是第一审法院的法官，也不致每周要办百件左右的案子。现在地方法院案件堆积，添设法院，以资解决，既为国家财政所不许；禁止人民打官司，更是绝对做不到的事。唯有设法健全调解机关，才是最好解决办法。依现行制度，负责进行调解的法官，都是些刚出茅庐的年青人，经历甚浅。而调解所需要的技能，却在能从人情上婉转劝导，和缓两造紧张的空气。所以英美的 Justice of peace，不必读律出身；法国的 Jude de paix，亦不必严格的依照法律规定，而凭常识常情来解纷。年青人经验不足，缺少社会上权威，令之从事调解，常不足以令当事人起敬信任，因此调解颇难获有成效。若能提高调解法官的资格，则社会上许多纠纷，就可不经诉讼而得解决。

调解不成而进行诉讼，则两造已放弃和平解决的手段，而从事法律上之争斗。法院一审之结果，对于事实之认识及法律之适用，不必全无错误，此所以有二审三审的制度，以多添搜求正义的机会。审级之多寡，无抽象的标准，各国均不一致。我们现制为三级三审，因此当事人可有请求三次审判的机会。采三审制者，固非中国所独有，德国亦然，但依中国现状，似不相宜。依历年的经验，费一年半载，能完成三审程序，以了解讼案，已算极快，甚有三年四年而不结案者。当事人纵然获胜，时间上金钱上的损失，已极可观。并且胜诉者是否能向败诉的一造，强制执行，而获效果，还是个极大疑问。也许在一年半载之间，预料败诉的债务人，早已把财产隐藏起来，使人无法调查。司法机关在名义上虽然判了债权人理直，而事实上究未使他得到满足，其效用实在有限，因此未免失去国家保护私权，维持社会安宁的本旨。欲避免上述弊病，在审级方面，我们便主张减少一审，胜诉的一造，便可请求强制执行。

我们主张二审终结，和我们上面所标榜的原则——给当事人以争取正义的充分机会——似有抵触，其实不然。因为主张二审，并不就说二审以后，败诉而受屈的一造，绝对没有救济办法。他仍可向最高法院提起进一步的控诉。有人不免要问我们的主张，究与现制有何区别。我们主张二审后，就可强制执行，而现制则否，这是极重要的区别。但为什么第一审的判决在上诉期间，暂停执行，而第二审的判决，许其立刻执行。这乃因为最高法院的审判工作，性质上和第一第二审法院的审判，有显著的不同。最高法院的职务，在监督国家法令准确的适用，以期统一。所以它如下级法院的判决违背法令，它就可废弃之。至于应如何适用法令，仍须发回下级法院更审。他既不审事实，又不为正面的判决，自与下级法院的审判迥异。因此我们虽然可以保护当事人权益为理由，而使第一审判决在上诉期间，暂停执行，可是以同样理由，使直接确定当事人权益之第二审判决，不予立刻强制执行，就讲不通。

但执行之后，最高法院如经败诉之一造提起上诉，而将原判决废弃时，则被上诉人因强制执行所得，复须返还上诉人。这岂非横多一次手续？并且被上诉人如在上诉期间，已将财产挥霍殆尽，岂非使上诉人白白蒙受损失？这一点我们也未始不考虑到。因此我们更进一步主张第二审终结后，以强制执行所得，暂保存于公家机关，或经由法院保管，庶几对于两造利益，可以兼顾并筹。

或云，我们假使欲为债权人利益着想，民诉法中已规定债权人可以申请假执行，结果岂不相同。殊不知假执行之申请，须债权人释明在判决确定前，不为执行，或提供相当担保。经过两次审判，还须释明种种，或提供担保，才得假执行，实失之太苛。

以上所述，乃专着眼于债权人正当权益之保护而有所建议。但是对于最高法院目前案积如山的问题，没有解决。而现在司法当局提议改革审级制度，一部分的动机，也就在减少最高法院案件。假使依据我们所说，对于诉讼当事人两造不应剥夺其争取正义的机会，当不能禁止其向最高法院提起上诉。那末，案件不但不能减少，恐更积多。其实，这也不是必然的结论。我们不妨依照法国的制度，在最高法院，设立一个审核庭（Chambre des Requetes）。凡是上诉到最高法院的案件，先由该庭审核，是否有正当理由。如无正当理由，立予驳回。如有理由，即接受其申请，不附加意见，送至民庭或刑庭，继续审判。如此则最高法院民刑庭的案件，可以大减，自可断言。假定这种限制还不够，不妨再多设一层限制，不妨更规定，上诉到最高法院的案件，须由具有十年以上经验的律师代理上诉人提起之。如此，败诉人即可不致随便以违背法令为理由，来麻烦最高法院。

依照上述种种，现行法院等级制度，大体上似乎可以不必改。不过我们既认请了最高法院的工作，是严格的法律审，其性质及作用，和下级法院的审判，截然有别，则下列附带几点，尚须有所改正。

最高法院和地方法院高等法院等名称，排列一起，人将以为一种制度的三个审级。我们的意见，以为最高法院的审判工作是特殊，它不是一个普通的审级，不是法文所谓Jundiction。我们不妨把各级法院的名称改为县法院，省法院，而最高法院改名为中央法院，一方面仍可以表明最高法院的地位最高，他方面不致使人误会它和高等法院的关系，犹之高等法院和地方法院的关系。因于同样理由，我们以为第三审的名称，应当废止；向最高法院控诉不应称为上诉，而应另换一个名称，以示有别于普通上诉。这种分别，法德已有前例：上诉法文为Appel，德文为Berufung，向最高法院控诉，法文为Pourvoi en cassation，德文为Revision。

至于审级制度的改革，近来各方已经有意见发表。其中两种意见，值得我们注意，特提出来研究一下。

一部分人士主张取消最高法院，而改现行制度为二审，庶几将来的诉讼，不致迁延时日。我们主张采二审制和其动机，我们都表赞同，但因为要采二审制，而主张取消最高法院，怕不是个适当办法。他们所提出的理由，其中有一两点，可先拿简短的几句话撇开。例如说判案专恃阅览卷宗，不甚可靠，那末不妨使举行言词辩论，法国的最高法院，便是如此。又说我国并非联邦制，毋须三审制。但联邦制与三审制并无必然的联系；至于联邦制与最高法院，更谈不到有任何连系。其最重要的理由，莫如第一第二审之判决，有错误之可能，因此而有第三审，但第三审判决，何尝就无错误。现在既没有第四第五以至无穷的审，那末如可让第三审判决有错，不如让第一第二审去错。但我们认为判决固然不包含绝对真理，亦应使它尽量近乎真。依人类的经验，我们敢说二审以后，再经最高法院审判，往往更可减少判决中的错误。若在不减弱债权人正当权益保护限度内，自不应剥夺当事人争取正义的机会。否则当事人之正当权益，虽不因诉讼的拖长，而遭损失，亦必因鲁莽的速结速决，而丧失应有之保护。依他们的建议，如果判决有重大错误，尚可向司法院请求复核，以资补救。此即等于承认有一个事实上的最高的法院存在。又何必斤斤于名称之取消呢。

但是读者不可以为我们主张保存最高法院，便是坚欲维持现在的机构而不变。最高法院之可贵，在其特种职务和它的独立性。它的职务，我们说过，在监督法令适用，以期统一，没有这种统一的司法工作，纵然有了统一的立法，仍是等于半途而废。此所以各国都少不了一个最高的法院。假使为调整行政机构，而须把现在的最高法院改头换面，只要它的工作能予保存，它的独立性，能予维持，我们也不反对。

另一部分人士主张对于第二审判决不服，提起上诉，以上诉得受之利益，逾三千元或四千元者为限。因此把原来五百元之额数提高。最高法院的积案，从此可以减少。但专着眼于减少积案而谈审级制度及诉讼程序的改革，所见不免过偏。并且我们既然认定最高法院的审判工作，在监督法令适用的统一，则上诉之难驳，应以判决有无违背法令情事为唯一的标准。若再定一财产上的标准，理论上绝对讲不通。难道不满三四千元的案件判决就不会有违背法令的情事？普通我们拿诉讼标的之金额或价额来决定是否可以向第二审法院提起上诉，乃假定标的轻微的诉讼，案情比较简单，经过一次调查解释，便能确定，故不许上诉，而标的重大的案件，案情比较复杂，一次容或不足，所以须要二次。至于最高法院的审判，根本不是事实审。对于一审终结的判决，也可以违背法令为理由，而迳向最高法院提起上诉。因此怎能同样的拿财产上之额数来作向最高法院上诉准否的标准呢。

再者具有资本主义色彩的立法，在外国或有其社会上背景，但和我们的国策民情，显有不合。现行民法，根据民生主义及我国固有的济穷观念，颇多保护经济上弱者之条文。民诉法须具有同样精神，来和实体法配合起来，国家政策，始有贯彻之望。

除了上述关于审级制度改革的主张外，我们更主设民事小标案件法院（美国称 Court of small claims）。现行繁复普通诉讼程序，本专着眼于关系较重大之案件。因此，当事人显然理直者，往往因系所争标的太小，诉费太巨，与费时太多，而不愿诉讼。比如最近一年来，房屋承租人为出租人不法敲诈剥削，屡受欺侮，而无法伸冤者，不知凡几。贫穷之人，因无力进行费钱费时的诉讼。而不能得保全权利的机会者，又不知凡几。中国贫穷的人，既如此之多，若不为大批民众，谋生计之安全，不但有背民生主义，怕亦不易使社会稳定安宁。这种弊病，美国名律师 R.H.Smith 曾痛论之：

> 普通法诉讼程序，用于小标的案件时，久已失之于笨重迂缓与糜费。……复杂之程序，非由律师进行不可，而律师所需之巨费，每使争讼者裹足。……再者法院之费用。足以禁止小标的诉讼之提

起。设有人焉，约定为他人工作，每周之工资为七元，但受雇后，未及一周，即被无故辞退。按诸法律，彼固得向雇主要求三十元之损失，但其夹袋中往往无一元之现金。支付律师公费，固所不能，即缴纳讼费，亦非力之所逮，盖彼尚未取得其工资也。就他方面观之，惟其未取得工资，故诉讼非进行不可。……此类小标的案件，每被轻视为涉于琐事之诉讼。殊不知法院在政治上之作用，最易由此类案件而宣示于社会。（参阅杨兆龙《美国最近改革法院组织运动之略述》一文载《现代司法》一卷一期。）

关于小标的案件，法院之组织，或设一独立机关，或附设于地方法院，均无不可，其管辖范围，吾人亦无成见。至于诉讼程序，应竭力求其简单通俗，不须律师，而由法院指定职员，指示当事人为诉讼行为，诉费免除，或限定一极低之额数，（俱见杨君一文）。上诉应予限制，以免拖延，一审终结亦可。但遇有判决违背法令情事，仍准迳向最高法院控诉。

制度的革新，仅仅做到改革司法行政的一部分工作。余如人才的选拔，经费的筹划，要一并积极推进，然后制度的推动，始收宏效。我们主张二审终局判决，即可强制执行，则二审法官的资格待遇，须要提高，自不待言。纵使二审法官之俸给，一律简任待遇，亦不为过。际此非常时期，一切改革，容易着手。深盼司法当局，要抓住这千载一时的机会，来一番刷新的工作，完成国家一部分极重要的建设事业。

# 中国话里的主词及其他

吕叔湘

在本刊第一期上，有朱自清先生的一篇《新语言》。朱先生在那篇文章里说明，并且辩护，我们的语言，特别是文法的现代化。这个意见，我大体上很赞同。可是朱先生所再三致意的现代化文法的两个主要特点——句子都有主词，"……是……的"句式的多量采用——我觉得还有商量的余地。

先说主词。照我的观察，中国话里头，好些句子（或子句）是不要主词的，分类举例如下。

（1）主词为"你"（命令句以不标主词为常，此处不列）：

"你"没良心！"你"只说我克扣你的钱！（红——《红楼梦》，亚东程乙本，58∶12）。你瞧瞧，"你"今年比旧年越发瘦了！（红 49∶12）。

（2）主词为"我"（日记及书简用例，此处不列）：

"我"劳驾让一让。
"我"请你等一等。
一时，只见丫头们来请用点心。贾母道："'我'吃了两杯酒，倒也不饿。"（红 41∶7）。
前年冬天《自己的园地》出版以后，"我"起手写《雨天的书》（周作人：《雨天的书》序二）。

(3) 主词为"我""你",或第三者,因承上文,不再标举者:

　　贾母……骂道"你这小蹄子和他说了什么?"紫鹃忙道:"'我'并没敢说什么,不过说几句顽话。"(红57:9)。

　　我服侍了奶奶这么几年,"奶奶"也没弹我一指甲;就是昨儿"奶奶"打我,我也不怨奶奶,都是那娼妇治的,怨不得奶奶生气(红44:16)。

　　那婆子……又向平儿说道:"'二奶奶'说了:'他'使唤你来,你就贪住嘴不去了!'他'叫你少喝钟儿罢。"平儿笑道:"'我'多喝了'他'又把我怎么样?"(红39:2)

　　上上下下都一齐哈哈大笑起来……惜春离了座位,拉着她奶母,叫"他"揉揉肚子(红40:12)。

(4) 主词为任何人:

　　不"登"高山,不"见"平地。
　　"成"则"为"王,"败"则为"寇"。
　　要"省钱",少"出门"。
　　这年头儿,哪儿"找"便宜房子去!
　　本厂星期一四两日欢迎"参观"。

(5) 主词为不能确定或无须说明之人物:

　　当地"放着"一张花梨大理石大案,案上"堆着"各种名人法帖……那一边"设着"斗大的一个汝窑花囊,"插着"满满的一囊水晶球的白菊……(红40:15)。

　　而且湖边渐渐地"填"为平地,面积大不如前……两旁变了私产,一区一区地用苇塘"围绕"……(周作人:《济南道中》之二)

　　你这回可以"说"是狗拿耗子,多管闲事。
　　室内"禁止"吸烟。

"打"钟了,吃饭去吧。

(6)天象;时间:

"下"雨;"刮"风(不列举)。
"过"了三年,谁也不再提起这个人了。

(7)说不出主词是什么(动词的意义上不容许有主词):

我请他不动,还"得"你去。
这回"该"你起头儿了。
"许"你看京戏,就不"许"我看电影么?
寺内各处也都已走到,只"剩"那可以听松涛的有名的塔上不曾去(周作人:《山中杂信》,六)
现在"轮"到我教学生去理解国文,这可使我有点为难(周作人:《我学国文的经验》)。
"幸亏"园里的人多,没人记的清楚谁是谁的亲故(红59:6)。
他已择定了人……也"难为"他的眼力!(红66:4)。
看样子,"像是"谁都不知道这个地方。
凭他怎么后手不接,也不"短"了咱们两个的(红62:23)。
"怪"不得人人都说戏子没一个好缠的;凭你什么好的,入了这一行都学坏了(红58:11)。(此例或可归入上面第5项。)

拿上面的例句来和西文比较,6、7两类西文多搁上一个傀儡主词(英it,法il,德es),我们的语言里干脆不用,我看没有什么不好。我相信,朱先生虽然主张现代化,也未必愿意在这类句子里硬添上个主词,而且也未必能找到适当的字眼。

4、5两类,和6、7有点儿不同,这里的动词都是平常动词,那些动作确是有动作者即主词的。但在第4类,这个主词是任何人,即 Jespersen 所谓 generic person,西文往往用另外一类傀儡主词(英 one,法 on,德 man),有时也借用第一身或第二身代名词,或用"被动式"。第5类在西文里以用"被动式"为常,但法文也常用傀儡主词on。朱先生主张句子必有主词才清楚,对于这两类句子打算作何措置呢?在第4类多多应用"我们""你们""一个人"等主词?在第5类多多应用"被"字?前者多少显得有点儿累赘,后者有时不免碰壁。我这么猜,朱先生多半会倾向于照旧办理的。何以见得?有朱先生自己的文句为证(所引即本刊第一期《新语言》,数字指段数,原文共9段):

> 在这个意义下的"国语的文学",现在"我们?"可以说是成立了(1)。
> "我们?"只看上文所述第二次第三次的讨论……"我们?"便明白了(3)。
> 他们的头脑已习于演绎归纳,所以"?"教语言,"?"非教分析的文法不可(4)。
> 譬如他这剧本"要是真爱的话","?"看题目时"?"固然可以想着谁爱都成,但"?"一读剧本,知道是"我"爱,那题目的诗味便失去了(5)。
> 在诗里却不同,"?""模糊"就"模糊"下去,"?""含蓄"就"含蓄"下去……(5)。
> 他很注重明白,易懂,认为文学三性之二;但没有说明"?"该教那些人明白易懂(6)。

第1、2、3又为一大类,里面的主词多为三身代名词,因环境及上下文的决定作用而从略。其中有些已成公式,如"劳驾","请","多谢",在西文里也有同样的情形。第2类最后一例省略"我"字,是由于作者不愿意太"自我主义"egoistic是的,这个我知道朱先生也赞成的,他那篇章有这么两句:

> 这个意见很对,"我"相信可以得到公认(1)。
> 拉丁化似乎已有相当的影响,可惜"我"不知其群(2)。

最成问题的是第3类例句,即完全由上下文决定的"主词省略"。主词和受词的省略,原是中国第一第二身代名词固然常不说出,第三身代名词因为缺乏主格("彼"字算不得),也往往从略(否则便得重述一个名字)。随便举个例:

> 陈太丘与友期行。""期日中,过中""不至,太丘舍""去。""去后""乃至。元方时年七岁,门外戏。客问元方:"尊君在不?""答曰:"'期君久'不至,''已去。"友人便怒,曰:"'非人哉!''与人期行,相委而去……"(《世说新语》,方正篇)。

这一段译成白话,至少有好几处得把所缺主词或受词补出来。

欧洲的语言,如古代的拉丁语,现代的意大利语里面,也有不标三身代词主词的现象,可是他们的动词有三身变化,差不多等于把主词融化在动词里似的,和我们的情形不一样。大多数现代欧洲语里面,三身代名主词都已脱离动词独立,但是动词的三身变化仍然全部或一部保存着。正因为这两者的三身(以及单复)变化须要一致,无异把个别形式的代名主词和一个动词的个别形式捉对儿配定,所以现在的问题:我们中国话里,是否也得模仿欧洲的语言,每句(上面的4、5、6、7类除外)都标明主词?更正确些说,是否所有动词,除了共戴一个主词的几个动词的第二个以下的(例如:他吃了晚饭,写了几封信,看了一会儿书,就回房睡觉他就爱装痴装聋不理人),其余的都得有主词?(因为朱先生所引胡先生在《大公报》短评上补出的两个"他们",其中第一个就不是普通的主词。)对于这个问题,有人会觉得,在这类句子里(如上文3所引),不标主词意思已够清楚,标明主词徒然添麻烦,甚至减少原句的风趣或力量。也有人会以为,不标主词容易误会,原来的样式只是偷懒。这就造成了"公说公有理,婆说婆有理"了。恐怕只有各个句子分别考虑(当然我们不忘记上下文),不必定出铁一般的法律来。

就让一步说是这一类的句子得给补上主词吧,还有上文所举其他各类呢?"句子都有主词"的说法,怕是太含混点儿。

其次,要讨论到"是……的"这个句式。朱先生说:"桃红柳绿"是笼统的说法，"桃花是红的，柳树是绿的"，主词，系词，述词，性质分明，是所谓表句，便是分析的说法了。朱先生把"桃红柳绿"不算表句，不知算他什么句。这且不说。朱先生自己文章里的确多量采用了"……是……的"句式，例如：

>但和现代生活对照，这却是合式的（4）。
>两者之中，思想和感觉的样式相差是很远的（5）。
>但是朱先生虽然多量采用，却没有尽量采用，因为还有不少。
>这里成套的用隐喻，却"是"很大方"的"（9），
>"监禁"和"旅行"两个隐喻，都"是"很新鲜"的"（9）。
>谷崎的话"是"很巧妙"的"，但细按起来，实在"是"似是而非"的"（5）。

这一类的句子。难道朱先生也觉得有时不妨笼统些吗，即令是在说理的时候？然则在描写景物的时候似乎更不必分析得太利害了。

又如：

>诗不妨模糊些，不妨含蓄些（5）。
>这样，气象就广阔（5）。

这些句子，朱先生也没有加"是……的"。大概有个什么道理，不能适用那种分析句式。但是他们就此取不到"系词"，不得预于"表句"之列了。

到底"系词"是个什么东西呢？王力先生有一篇《中国文法中的系词》，登在《清华学报》十二卷一期，是很长的一篇研究，他的结论第一条是"表明语为形容性者，不用系词"，并且接着说，"第一个结论是包括古代现代……而言的"（页61）。王先生在63页上提出"系词在语言里是不是绝对不可缺少的东西？"这个问题。在引了两位欧洲的文法学者 Jespersen 和 Vendryes 的话以后归纳为："系词在语言中并非必要，所以有许多族语完全不会用它，另有好些族语在许多情形之下也不用它"。

事实上，中国话里"名—形"式表句虽以不用系词为原则，"……

是……的"的句式却不是没有。"桃花是红的"和"桃红"的分别,倒不在"分析"和"笼统"上,而在于后者是普通语气而前者是略略加重的语气,加重后面的形容词。"桃花是红的"暗含着"桃花不是白的"的意思。例如:

> 银子是"白"的,人的眼珠是"黑"的,看着有个不动心的吗?
> 这条被是"干净"的,昨儿刚洗过。
> 那碗是"腌臜"的,另洗了再斟来(红63:3)。
> 无论心中怎着急,他的动作是"慢"的,慢得仿佛是拿生命当做玩意儿似的逗弄(老舍:《黑白李》)。

我们何尝不可以说"银子颜色白","这条被干净"……不过这种毫不着劲的直说口气,倒更近于逻辑书上的例句子。

这种"……是……的"句式的加重语气的作用,应用在本非表句的句子里,格外明显。例如:

> 我是"今天才见着他"的。
> 看纸上的文字而懂得文字所表现的意思,这是"从此刻才起首"的(周作人:《我学国文的经验》)。
> 老太太救我!我南边是"死也不去"的……我是"情愿跟着老太太一块儿"的!(红82:14)。
> 做了女人总是"要出嫁"的(红82:15)。

这些句子里的"是"保有浓厚的"是非"之"是"的意义,似乎不能认为泛泛的词系。法语的 C'est…que,英语的 it is…that,也都有相类的作用(不是相同的句法),虽然这两个系词的本义不含有"是认"之意。

这个"是"字又用在擒纵句里,也含有"是认"之意:

> 我是"无可无不可"的,怕另外有人不答应。
> 太作悲了!好是果然"好"的!(红70:14)

由以上所说，可见"名—形"句里加用"是……的"与否，在语气上颇有分别。朱先生要我们多量采用"是……的"句式，是不是要我们普遍加重语气呢？倘若不是，那么要我们牺牲一种语气上的分别，为的是什么呢？为的是分析精神吗？为的是现代语言学者并不很恭维的"一句三分"方式吗？

不等到朱先生提出分析精神的护符来，我们语言里已有多量采用"是……的"而消灭他的语气作用的趋势了。基本的原因是因为"是"和"的"常常连用"这间屋子是我的"，"这间屋子是我住的"，"这间屋子是烧砖砌的"，因此产生一种类推作用，"是"会把"的"牵出来，"的"也会把"是"拉出来。上面加重语气的"是……的"便是由"是"牵"的"的一个例子。现在我们已经制造了并且在制造着，许多从名词或动词转成的形容词，是不得不加"的"的，而这个"的"字又非把"是"字拉出不可。我们不能说："这个计划——空想的"，我们说："这个计划是空想的"。这一类新的形容词天天在增加：哲学的，科学的，文学的，艺术的，道德的，理想的，实际的，盲目的，经济的，政治的，军事的，唯物的，唯心的，前进的，落伍的，具体的，抽象的，整个的，局部的，典型的，个别的……数也数不清。应用这些新形容词（即有"的"尾的）作表句所产生的"A是B的"句式，也许会有一天把旧形容词（即原无"的"尾的）全卷进去。可是倘若有这一天，那也是中国语循着某种语言演变原理（加语尾以变词性；类推作用）所生的结果，和分析精神是没有什么关涉的。

本刊第八期又有李嘉言先生一篇《新文法》，里头也引了一句用"是"字的例子。那个句子是"中国国民党是救国救民"。李先生的意思，这个句子用作标语是合乎新文法的，写在文章里就必须改作"中国国民党是救国救民的党"。其实这句话合不合文法，倒不在乎贴在墙上还是写在纸上，是要看有没有上下文的。如果单独这么一句，这个"是"字像是有点儿多余，又像是缺少个什么。我们可以说"中国国民党救国救民"，也可以说"中国国民党是救国救民的"，语气有点儿轻重，都是可以独立的。

如果我们先有问句："中国国民党是不是救国救民"？我们就不妨回答："中国国民党是救国救民"。"是"字说的比平常略重。又如另有一句陪衬，这句也就站的住，比如说："国民党是救国救民，乌有党是祸国殃民"。这两个"是"说的不重。句中单加"是"，不跟"的"，也是一种加重的语气。别的例如：

>我是为照管这园中的花果树木，来到这里；你作什么来了？（红 83：2）。
>
>他是骂他外孙女儿……他们懂得什么避讳！（红 83：2）。

凡这一类句子，该得连上下文才站得住，否则就得加一个"的"字。

李先生又引了《红楼梦》里四个例子，说是"一般人看来，是非改不可的。但新文法认为这都足以达意，可以不改的"。这四句是：

>姑娘站了半天，乏了，这太阳地里且歇歇！
>老太太实在果真是理家的人。
>明日一早定要家去了。
>这也小事。

我拿这四句找一个一般人征求他的意见，他说：例一的"且歇歇"有点儿古气，像《水浒》；此外他觉得叫人在太阳地里歇歇也有点古怪，不过这跟文法无关。我告诉他，这一回书（五五回）里的事情在"时届季春"，这句话是那些媳妇们对平儿说的，底下接着叙述"两个婆子拿了个坐褥铺下，说石头冷……"。太阳地里歇歇正可以取暖。我的朋友听了我的解说也就释然了。关于例二，他说："实在果真"有点儿叠床架屋，得去了一个，他说例三很通，没有可议的地方；例四似乎应该在"也"字下面添个"是"字。我完全和他同意。例四的"小事"如果当作形容词看（照"小心""客气"的例），倒是可以不添"是"字。至于其余三例，我不明白第三例，有什么可以挑剔的地方，为什么出现在学生作文上就非改不可；而例一例二怎么又可以见谅于"新文法"。"果真"含有预期而应验的口气，原例未引上下文，不知口气合不合，但是和"实在"叠用总觉得不挺合式。至于例一的"且"，即令在十七世纪，也还是个 Anachronism。费了点儿事在程乙本（即《红楼梦》的最后修正本；此处根据亚东民十六重排本）里把这两句搜出来，原来都已经改了样子，如下：

>姑娘站了半天，乏了，这太阳地里歇歇"儿罢"（红 55：14）。

老太太实在"真"真是理家的人,都是我们这些不长进的闹坏了!(红107:9)。

高兰墅要知道新文法会认为可以不改的话,定要懊悔白费心力的。

**本期撰者:**

丁佶先生是西南联合大学教授。张企泰先生是中央政治学校教授,他们对其所讨论的问题,都是有专门研究的。

吕叔湘先生现任教云南大学。

# 第一卷第十三期（1939年3月26日）

## 时评

### 鄂中的军事

自广州武汉陷落以来，敌方似未急急于进行军事。就这比较沉寂的几个月中的军事而言，自然要以最近月余，鄂西鄂北方面的军事最为激烈而重要。敌人的目标似乎在渡汉水而袭宜昌。自从本月六日敌入钟祥以后，渡河的可能自然大增，但迄本日（二十日）为止，依报纸所载，似乎敌方渡河的企图尚未成功。

如果敌人确以宜昌为目标，则由京（京山）钟（钟祥）路西上，再次渡汉水后，沿公路，犯荆门以达宜昌，自较由武汉沿江西上，先沙市，达宜昌为方便，因为鄂西多池沼，而现取的路线则有极好的公路可通。

然而敌人西犯的作用究竟何在，我们又不可不审。取了宜昌与进入夔门是截然两件事。敌人如攻川，以地势言绝难从宜昌下手。所以敌人袭宜昌的目的不外是恐吓我们，扰乱我们，且使对四川各地的空袭较为便利。这种恐吓，扰乱，与空袭，我们是不怕的，因为我们早已司空见惯。

据闻我们于钟祥宜昌之间配置兵力甚盛，敌人如非另调重兵，犯宜昌实亦不易。敌人的真正目的或者仍在陕西。敌人或者渡河以后，将不西向，而西北向，更沿河之两面直摧襄阳樊城，以达老河口，再由此入陕。这本是自古以来行军的要道，如今又有公路为助。这个可能或还比窥宜昌的可能要大些。如果这支军队真能入陕，则近对西安，远对汉中的威胁具有相当之大。

这倒是不可不谨防的。（平）

# 第二次地方金融会议

第二次地方金融会议已于本月十日闭幕。从大会宣言看来，这次会议所讨论的范围似颇广泛，除了调整金融业务，加强金融组织，抵制敌伪钞券，收集民间金银等外，并注意到稳定后方物价，发展民生事业，巩固战区经济战垒，防止物资被敌利用，争取敌人后方的经济胜利等基本问题。

本来一国的金融不过为该国整个经济之最敏感的一面，其问题之发生与解决在在和其他部份密切相关。这次会议能够从整个经济方面讨论金融问题并求解决的途径，实为抗战以来政府及各地金融界之一大觉醒。然而新的觉醒必须继之以新的行动，始能有补于实际；而新的行动又必须有新的经济机构，始能切实而有效。我们以为下列数点，全国各公私金融机关应力予注意：

（一）敌人现正以全力推行伪钞，吸收法币，以套换我外汇基金，同时并统治沦陷区域的对外贸易以夺我出口外汇，去年八月以来沪上的外汇暗市，虽因某外籍银行之有力帮助，得维持于八便士左右而不坠，最近中英汇兑平准基金借款成立，汇市虽更趋稳定，但如敌伪钞票的推行无法制止，暗市交易无法统制，则敌人盗窃我法币基金之危机依然存在。我方目前的急务除应一面与外商银行切实协商暗市统制办法，一面加强政府对于沪银钱各业的统制力量外，同时并应建立坚强的物价平准机构以统制后方物价，扩大政府对外贸易机构以达重要进出口货物国营之目的，对于法币发行额更应使其与后方经济活动相适应，切实防止通货膨胀之现象。如是，则于必要时，即使放弃外汇暗市的维持，亦不致动摇后方的经济生活。

（二）抗战以来，各地金融界对于国家之努力与贡献固堪赞佩，但私家银行中因处境困难而为敌所用者亦已数见不鲜。对于这类银行，我们固切望自身能明"国如不存，省于何有，省如不存，县于何有"之大义，而改变其只重行务的政策，但政府方面似亦应急速调整整个国家银行与私家银行之关系，设法解除私家银行之困难，使各级金融机关均能利害一致，步伐齐一，在整个国策下通力合作，为抗战而努力。

（三）敌人现已统制各沦陷区域之出口贸易并对我经济作严密之封锁。我方对此应速建立各战区内之新的贸易及运输机构,以争取出口外汇而加强抗战实力。

(四)游击战争已成为二期抗战之支柱,但各游击区域大都金融枯竭,经济凋敝。政府对此应速建立游击区内的金融机构以推动前方的经济建设;各公私银行更应改变其惧怕牺牲之心理,在政府的整个计划下,积极参加放款。(农)

## 苏联拍卖渔场

本月十五日苏联拒却日本要求之后,决然在海参崴举行渔场拍卖。其经过情形值得注意。目的有两点:第一,日本渔业未参加投票;第二,拍卖只限于四处渔场,而且完全由苏联渔业公司得去。这两点实有密切关系。外间传说日本政府已密令本国渔民参加投票,但实际上他们并未参加。拍卖渔场本来是一种形式,日本早知参加投票也是难竞争,于是一面要求苏联继续谈判,一面又宣称将以武力保护本国渔业。苏联拒绝与之成立渔业协定,自始含有报复的意思,固然苏联并不愿因此而与日本开始战端。因为日本渔业未参加投票,苏联于二百九十二处渔场之中,只划出四处拍卖,其余二百八十九处留待两星期后再举行拍卖。可见苏联处理此事的态度是很慎重的。

现届渔汛期迫,日苏渔业纠纷,不久将有重要发展。日本既宣称以武力保护捕鱼,苏联倘不惜用武力制止,当然会引起武力的冲突。因为这次纠纷的政治意义较大于经济意义,渔业问题实在不易得到圆满的解决。不过以"张高峰事件"为前鉴,他们此时似不至兵戎相见;如果无意外事件发生,双方或许还要成立一种暂时妥协。(琴)

# 战时经济建设的几个原则

陈岱孙

抗战以来,经济建设的呼声,甚嚣尘上。沿海各省沦失后,我们的幼稚但仍重要的工业区陷落于敌人的后方,失去支持战事的用处。于是努力后方经济建设,以增加抗战力量,更为一般人所公认为不可缓的要图。人民以此期待政府,政府亦知责无旁贷,而毅然以之自任。过去十几个月的设施,虽然其成效尚未尽见,而确已证明政府在这个途径上的努力。除开这已经着手进行的事业外,据我们所知道的,尚有多种事业正在计划中,也许在最近的将来可以逐一实现。至于最近成立的西南经济建设委员会,虽然它的工作性质似乎尚未十分确定,至少此后建设计划的全盘审定与推进,可由它负若干责任。

经济建设的目的,说来不外是,一方面,供给前线种种军事上和给养上的需要,另一方面,维持后方人民的生活。因此,一切生产建设计划中,有一部分是与前方作战有密切关系的事业,而另一部分与前线战事只有间接或不甚密切的关系。固然,我们承认,一切生产机构,在现代战争中,都可以产生对于战事的莫大影响。我们也承认,何者为与战事有密切关系的建设,何者为与战事无密切关系的建设,两者之间并没有一个严确的分野。不过从大体上,各种事业间与战事需要的关系,确有密疏缓急的不同。这是我们要看清楚的一点。

在理论上,后方经济建设一事,当然是要以全国的力量,群策群力做去,不但政府,在这个时候,要多负些责任,努力进行,就是私人企业家,我们也希望,也期待他们能够不避困难艰苦,把资金力量用在这较为辽远的省份以造成一个新的工业区域。然而根据过去十几个月经验，和已显明的事实推测，我们很怀疑有多少的新事业能够单靠着纯粹的私人企业家，以纯粹的私人资本力量办起来。为什么有这种情形，是另一个问题，可以不在此讨论。只就事实而言，过去和将来的经济建设似乎不能偏重于下列两种途径：（一）由政府直接创设——或由政府现有之某部行政机关，如经济部，军政部等负责，或由政府特组之新机关负责。（二）由半官半私的机关创设——或为官商合办，或为名义上，为私人企业，而由政府或半官机关，如中、中、交、农一类之银行，补助资本——而受政府的统制。无论如何，这类企业，即使不是纯粹的官营事业，也一定带有浓厚的官营色彩，与政府整个的政策和动向发生分开的关系。这是我们要看得清楚的又一点。

在平常的时候，无论官营或私营的企业，都应该以一般经济原则做经营的规范。最简单的说，一个企业的经营者责任便是寻求一个最经济的生产方法（生产一词，在此处，是广义的，包括制造，运输，销卖等等）。具体点说，便是如何可以促成最低的成本生产。一个企业的成功或失败，很大一部分是看成本的高低。如果成本太高，太高的理由是根于过去某种错误，而这种错误于铸成后，便没有法子可以补救，那么这个企业的失败是不成问题，无可挽回的。所以一般企业家，于创办任何企业之初，必须详细考虑成本这个问题，必须对于成本的适宜有相当的把握，然后敢放手做去，否则不敢贸然从事。

这个平常时候的规范，在战争的时期，受了一个严重的打击。现代的战争，是交战国整个国力的冲突；胜负之数是交战国国运的关键。在这种严重局势之下，举国上下只有一个主要的目标，便是如何可以得到最后的胜利。一切的举动或措施都应以这个目标为准绳。政府既然是处在领导人民的地位，是直接的负责者，当然只有更不敢稍为放松的，对着这个目标努力。这种严重的局势造成了一个不论代价以求胜利的心理。只要最后胜利能属于我们，作战时的牺牲及代价，似乎都是应当的，都是不可避免的。这个心理，在现代战争中，是一种普遍的现象，而在我们这一次对日抗战中，特为深刻。这个心理是不能厚非的。如果我们明了我们整个国家的命运，都悬在这一次战争的结果上，则任何局部的，暂时的牺牲，当然都不算得什么了。严格的说，这个心理是有关于军事运用上的心理，然而，因为军事的运用与政府在他方面的措施关系太密切，这种心理是很容易的影响及于政府一切的政策。后方新的经济建设，既然是由非政府直接创设，即由半官私机关举办，而带有浓厚的官营色彩，当然也不能免为这种心理的影响所波及。此中明显的现象，就是许多的经济建设计划只注意到若干事业应当举办，若干年月之后某项事业可以完全成立，生产数量可达何种程度，等等问题，而独忽略了这各项事业成本的考虑。若干已成及将成的新生产事业，若绳以平常时期企业经营的规范，恐怕只以资本支出一项而论，已经不是此后经常营业收益所能负担得起的。有意识的，或无意的，平常时期的规范，在这个心理支配之下，至少是被目为迂阔不切实际。这个态度在一方面说，亦许也是无可避免的，而在某一范围之内，也是合理的。不过如果这个态度的普遍化，致使一切的新企业的举办都不必考虑到成本之高低，其危险性是很大的。

上文已说，在某一范围之内，这个不问成本的态度，也自有相当理由在，我们心目中是注意到前面所说的与军事有直接或密切关系的事业。这一类事业的用品是供应前方作战的需要，是维持前线作战能力的必需品。在任何状况之下我们都不能不力求补充供给。如果一切的环境，迫使我们不能以最经济的成本，产生这一类的产品，我们也只可忍受，而不能斤斤计较。不过就是与军事有直接或密切关系的企业，也不能概而论。有一部分与军事有直接关系的重工业，不是我们现在的财力，人力，与技术知识，所能举办的；还有一部分的军事工业，必需用较为长期的时间，方能发展，虽然以性质论，是一个现代化国家所不可或缺的基础，而对于此次战争实际的用处，实则甚微。这一类的企业，也许成本上，就不应立即举办。即使我们现在有余力可以举办，它既然对于目前战事应急的用处甚微，我们不能因为它是军事企业，不管成本的高低，立即创办。

至于与军事没有直接或密切关系的经济建设，不顾成本，只求建设的态度，实在大有考虑的余地。既然这一类事业的产品，不是直接用在作战上，则此事业的成败不能不以通常企业的原则作标准。换言之，产品销路与成本高低的关系不能不于创办的时候详加估量。如果成本太高，则产品的推销只存下列二个途径可采取：（一）既然这种事业至少可为半官性质，它可以借官方的力量，造成一个独占，或半独占的局面，以够本的高价销售它的产品。（二）售价仍以竞争市场之定率为准，因此而亏折的成本由政府负担。前者是把这个负担加在消费者身上，后者是把这个负担加在纳税者身上。上任何一途都是增人民的负担。也许在这个非常时期中，这个情形所以不十分严重，因为战时人口分布变动，交通的不便，货物的缺乏，都可暂时使得这畸形的状态不十分明显，一旦战事终了，国内的机构逐渐恢复通常状态，上述的问题，便马上发生了。若果企业的性质是与军事有直接关系者，我们尚可以推诿于战时事实上的需要，而把这不经济的亏损，算在战费账上。然而我们现在所说的是与军事没有直接或密切的企业，那么这重大的代价——人民的负担——是否真的不可避免，确是一个疑问。

事实上，战时后方生产工业建设不合经济的理由，环境支配者居其半，人谋不臧者亦居其半，而"不论代价"的战时心理可以使一切新企业受二者之害。企业成本可简分为固定或开办成本与经常营业成本。前者为机器，厂屋，等等。后者为薪水，工资，原料及运输等等。后方各省僻处腹地，交通不便，原料缺乏，现代的经济机构不完全，这是环境的缺点。企业本身的不适宜培植，主持事业者人地的不相宜，原料与制造场所配置的不适当，产品与市场的不能互相融洽，这都是人谋的不臧。环境的缺点，也许不能完全补救，人谋之不臧，是不应让其存在的。然而在"不论代价"心理支配之下，不但环境的缺点，可以不谋补救，即人谋的不臧也可以视为无关宏旨。这是我们认为很有危险的态度。

我们后方一切的建设，尚在进行中。大部分的新事业尚在计划审查的阶段。如果，我们过去有此忽略，现在改良，尚未为晚。我们并不是以迂阔的思想，希望政府，在这个严重的时期，学贾人的持筹握算，斤斤于本利的计算。我们无非要指明这"不论代价"的战时心理，如果让其影响波及于一切后方的新生产建设，是一个不健全的情形，徒然增加了政府经济的困难与人民此后的负担，而与战事的前途未必都有所裨益的。

# 捷克灭亡后的欧局

钱端升

捷克亡了。

捷克在半年前尚是一个有守有为的完好国家，它现在竟亡了。它亡在希特勒手中，但它也亡于法英之坐视不救。

捷克灭亡的经过是这样的：一九三三年一月三十日希特勒取得政权。一九三五年五月二日法苏协定成立。同月十六日捷苏协定成立。法捷间则除了向有的密切友谊外，更早于一九二四年一月二十五日成立了互助协定。此外，尚有国联盟约。在这许多重重叠叠的条约之下，再加上它本身的整军经武，捷克自以为足以对抗希特勒的侵略，自以为苏台德人有所不满，总可以在互让的精神下，取到一个不致损及领土主权完整的解决。哪知希特勒蓄心统一东欧，立志灭亡捷克，于是先则命苏台德人要求加入德国，而有慕尼黑之所谓协定，继则嗾使斯洛伐克人要求独立，而有捷克中央政府与斯洛伐克自治政府的冲突，终则乘人不备，一举而亡捷克。

希特勒固是灭捷克者，但是英法也实在是亡捷克的罪人。慕尼黑协定成立以前，劝捷克不申诉于国联者是英法，及至局势十分紧张，不作武力援助捷克的表示，而劝捷克割让苏台区，勿作武力对抗者，也是英法。假使英法能联合苏联，根据联盟约及其他条约不惜以武力维持应维持的捷克独立，希特勒屈服的可能至少可与决裂的可能同大。然而英法一方妄信希特勒"得了苏台区后在欧陆并扩大它领土野心"的声明，一方又深畏他不惜以武力取得苏台区，于是竟有慕尼黑协定，而捷克也成了一个残废无力自卫的国家。这就是英法的罪过。

慕尼黑协定最大的罪过尚不在苏台区的割让，而在苏台区的强迫割让，无理割让。慕尼黑协定使捷克丧失了自信心以及自卫力。所以斯洛伐克的一群德国走狗如第梭（Tiso）等敢有独立企图。第梭只是德国的走狗，没有希特勒的唆使，他哪敢谋叛。即使谋叛，也哪会成功。但这次他竟谋叛了。捷政府将他免职后（三月十日），希特勒当然令他到柏林"求救"。第梭一返斯洛伐克，便一面向捷克宣布"独立"，一面向希特勒请求"保护"（十四日）。于是希特勒立令早已集中的大军向捷克挺进（十五日）。他自己也于同日进达捷京，正式宣布以波西米亚与摩拉维亚两省为保护地。次日（十六日）他更至前二日已宣告为保护地的斯洛伐克京城勃拉第斯拉凡（Bratislava）宣布"德意"。至于旧捷另一省喀尔巴阡乌克兰，则得希特勒的同意，暂并于匈牙利。在十六日下午，匈牙利军也占据该省。

换言之，半年以前的捷克，到了三月十五日已完全没有了。苏台区于去年九月即并于德。捷克人所居的两省，波西米亚及摩拉维亚，与斯洛伐克人所居的斯洛伐克亚则成了德国的两个"保护地"。乌克兰人所居的喀尔巴阡乌克兰（因在喀尔巴阡山以西故名，英文通称 Ruthenia）则并入匈牙利。这种并吞完全为侵略的结果，与民族问题毫不相干。苏台德人，虽从血统为德意志人，但从历史则自早即与捷克人同属波西米亚。至于捷克人，斯洛伐克人，及小俄罗斯人则均是斯拉夫种的支系，奥匈所征服过并吞过，而与德意志民族或匈牙利民族无干。

"保护地"一词尤其是荒诞而滑稽。各方帝国在非洲有保护国，在南洋印度有保护国，被保护者一定是文化落后的部落国家。在欧洲则只有桑马力诺（Sam Marlon）一类地方百里的小国才做保护国。要文化发达，政治发达高于德国的捷克做希特勒的保护国，真是万分荒诞，极端滑稽。但扼其实，则波西米亚等地连保护国的资格都不够。通常保护国对各种内政保有自主权，只对内权属诸保护者。但依据十六日的保护令，尤其就这几天来对捷人的一切虐政而言（例如皮鞋大王拔佳之远走异国仅以身免），则所谓保护地者仅是军事占领地而已。这种灭人国家的方法的野蛮，实为十六世纪末国际公法所萌芽以来，所得未曾见。

捷克亡了。欧洲的局势自然也发生了极大的变动。

德国的实力经此变动而大增。这是最显而易见的事实。不特它的富源增加，不特敌对它的军力减小，而它的地势也益趋于有利。它现在如对波兰及苏联有军事行动，比从前就要便利多了。

同时，希特勒的土地野心无止境，也可于这次行动中看出，就是张伯伦也得承认。这也是一件重要事实。因为在此前，若干人总不免以为希特勒可与妥协，但今则大家可以明白，对付希特勒只有屈服与抵抗二者，而妥协决讲不到。

希特勒对匈牙利，罗马尼亚，及波兰一定有野心。他要建立大帝国，当然首次统一中欧。这野心在最近期内或会即有表现。匈牙利本如受希特勒侵略，本是活该，当然不会引起战争。但德对罗波如有领土野心时，或会引起抵抗，尤其是法苏等国能加以援助的话。

英法苏联等国当然仍然不想打仗。它们自然会希望有两种变化。第一是墨索里尼怕希特勒，因而拆散轴心。第二是德意内部发生变化，国社主义及法西斯主义失败，政权解体。然而这两种变化，在大战勃发以前均不可能。墨索里尼也是投机者，他一定欣慰希特勒的成功；他也定看得出民主国家畏战的弱点，所以他们仍将追随希特勒之后，东敲西诈。轴心只会加强，不会拆散。只有战事勃发，墨索里尼怕被英法蹂躏，才会离开轴心。至于内部的崩溃，德意本均无可逃免。但崩溃必在战事发生以后。因为希特勒等如见到内部有崩溃的危险时，他们必将采先发制人之计；他们必又向外侵略伸张，以期满足他们人民的领土悬念及光荣虚骄。但是这种侵略伸张、如一再为之，终必引起战争，所以战争在先，而崩溃在后。

欧局最悲惨的演进是这样的：一方面英法因整军工作未完成，同时又希望上述两种奇迹似的变化实现，因而对德意仍事事退让，采不抵抗的政策，满以为在一二十余个月内可以不战而溃，即使未溃，再过了一二十个月，英法亦可以有力战胜德意；另一方面德意猜透英法的心理，在一二十个月内横冲直撞，东侵西略，估尽力各种可占的便宜。结果，到了一二十个月之后，到了英法自以为整军就绪的时候，德意不但没有散伙，内部不但没有崩溃，反因侵略节节成功之故，而团结愈坚，而人民愈被麻醉，而实力亦愈膨胀；反之，英法的军事预备则又嫌不敷，而英法今日所认为可以站在同一阵线或表示善意中立的小国则过了一二十个月也早已成为德意的爪牙或俎上肉。换一句话，过去一年余一方面以侵略为正义，一方面以退让作和平的恶趋势一日不中断，则英法必益陷于不利的地位。

要中断上述的恶趋势，要避免最后的失败，首先要英国能革心洗面，承认过去绥靖政策的错误,与苏联结成联合阵线,恢复国联集体安全的制度,从今以后斩钉截铁地阻止德意的侵略。如果英法能于去年九月底以前即采用此项政策,他们当然可以不战而成功。但今后采用此项政策,德意或将自信力足以胜英法,而不惜出以一战。然而战争既是不可避免,则为英法计,与其晚,毋宁早,因为晚则德意羽毛更丰,其实力将远在上次欧战时德意等国之上。

英国人民的心理变化向来慢而稳。因为慢,故历久不能看透希特勒等一班魔王的真面目,因而总以为英法等国间可以妥协,更因而张伯伦政策得人望者已历一年余。但因为稳,所以最近将来,一定可以了解希特勒(过去几天英国报纸异口同声斥责希特勒即是一证),一定可以转变过来。如果张伯伦也转变过来,则张伯伦将为挞伐政策而非绥靖政策,抵抗政策而非不抵抗政策的执行者。如果张伯伦转变不过来,则张伯伦终须去职以谢国人,而英国各政党中,也会产生出一二可以继张伯伦而起的大政治家来。

大体上说来,法国内部的变化,将与英国相同。苏联固向采自保政策,但英法如能不惜用战争的手段,以消灭世界和平的威胁者,则苏联亦决无不参加之理。至于英国,则经希特勒今番吞捷克的恶剧悲剧之后,对极权国家,势将有更增大厌恶,所以罗斯福"除战争以外,用尽种种方法以授助民主国"的政策,当可渐获美国大多数人民的赞成。如此而后,欧洲有战争发生时,美国纵不卷入,亦必可以其富力资助民主国家,而民主国家更可放胆与极权国家作一殊死战。

依我们的观察,欧洲于十五六个月内,很难避免一战;这一战或许竟发生于最近的将来。在战事初发生的若干月内,我国必感受种种重大的不便。敌人必将乘大战勃发,英法无力兼顾远东之时,极力破坏西南的交通线,而必需的交通材料及工业势将不易运入。如果军械军火的存储亦尚不敷,则困难更将增加。所以我国应立即为种种未雨的绸缪。即使大战不起,这种绸缪也是应有的。

物质方面的准备而外,我们更须求成为未来大战中一个主要作战国家(即巴黎和约中所谓 Allied Power),而不是一个参战国家(Associated Power)。日本除攻青岛外,未作战,而也是协约国。罗马尼亚作了战,而仍是一个参战国。所以我们不能说我们现正作战,而即可取到主要作战国的地位。要取得主要作战国的地位,我们尚须放大眼光,于外交上多一点努力,关于世界大局及正义和平等问题多说些话，多一点主张。我以为我们对德之占捷，应本国联盟约的精神，加以斥责，加以否认。我们应更进一步与德绝交，并在国联中提出制裁德国的提议。一定要有这一类的奋斗的精神，我们才能对世界大局取得发言的地位，并能于大战发生时，增加民主国家对我们的关切。以上都是捷克灭亡之顷，我们应有的自省努力。

# 省市参议会的成立问题

赵凤喈

省市参议会的设立，本于国民参政会首次会议，请设省以下各级民意机关的决议。国民政府曾于去年九月二十六日颁布省市临时参议会组织条例，并令各省市于本年一月一日成立临时参议会，如有特殊情形，则得延长二个月成立。但至三月中旬，各省市尚无成立临时参议会者。究竟其症结何在，有无更变之办法，是应当特别提出讨论的。

我们第一点要讨论的，即在这个非常时期，这类民意机关，有无设立的必要？对于这个问题的答案，仁者见仁，智者见智，是不会相同的。有的人这样想：欧西各民主国家，当大战爆发时，对于民意机关——议会，曾缩小或停止其一部分职权；我国战前既无所谓民意机关，反于战事爆发后，倡设民意机关，似乎有点反常。这种想法的人，不限于反对民治者。即笃信民治者，亦有人以为抗战时期，何暇推行民治。依照这种看法，不特省市参议会无设立的必要，即国民参政会之设立，亦属多此一举。另一派人则以为现在应一方面抗战，一方面建国。如果抗战胜利，建国未必即抵于成功；反过来说，如果建国成功，即抗战必定胜利。建国之事经纬万端，但要以政治建设为中心，而政治建设又必须以民主化为出发点。中央既设立了类似民意机关的国民参政会，则省以下自应成立相类之民意机关，一方可以集思广益，增加抗战力量；一方可使一般人民得有行使政权的训练，为将来推行民治的基础。对于这一派人的看法，个人也表赞同，因其不仅合乎民治主义的理想，且亦可以代表一般人士的心理。所以国民政府颁布法令，限期成立省市临时参议会，即是俯顺舆情的一种拱置。

提到民主政治一类名词，当然有人会回想到民国成立，最新十数年间国会的腐败情形，因此，遂认为民治在中国已实验失败或发生不良结果。他们更可以说，最近十年来，中国各方面之进步迅速，实基于得人而昌，并非民治之力。对于这类怀疑态度，我们也可以由解释而祛除之。即以对日抗战为喻，中国与日本战争，人人皆知战端一开，将有败绩失地之事，但我们屡败屡战，愈战愈强，失地虽多，而抗战之政策不变。盖我们既以最后胜利为鹄的，则我们可不惜目前一切牺牲而排万难以赴之。所以即令民治主义在中国实验曾失败一次，我们不妨作第二次之实验。如第二次失败，不妨再作第三次第四次之实验以期抵于成功而后止。至于最近数年因人的关系而获得最大进步一层，此固为不可否认的现象。然欲长治久安，不可不及时确立一种比较合理的制度，以策万全。关于此点，傅孟真先生最近的《政治之机构化》（见本刊一卷五期），钱端升先生的《政治的制度化》（见本刊一卷七期）及个人的《礼治与法治》（见武汉大学社会科学季刊六卷一号）各文，言之甚详，恕不再赘。

根据以上讨论，我们主张省市参议会有成立的必要，一则为普遍地推行民治的实验，再则为维持中央法令的威信。至省市参议会的组织及职权，我们以为尚应有下述的变更。

省市参议会的组织，依各该组织条例第三条第四条的规定，省参议员的产生，一部分（总额十分之六）系由县政府征求县党部意见，选出候选人若干人，提经省政府呈送行政院转国防最高会议（以后当为国防最高委员会）决定之。另一部分（总额十分之四）则由省政府与省党部联席会提出加倍候选人，由省政府呈送行政院转国防最高会议决定之。市参议员之产生方法亦如此。我人对于此种议员产生方法，不能表示完全同意。以其离民治原则甚远。我们纵承认在训政时期，民治原则有加以限制适用之必要，但限制亦应有其范围。省市议员之产生，至多由国防最高委员会提出加倍或三倍候选人交由县市人民选决之，或由县市人民选出加倍或三倍候选人，递呈国防最高委员会决定之。如此可使人民得受行使治权之训练，而政府亦可知人民缺点之所在，而决定其训练步骤。若如原条例定办法，省市参议员，直等省市政府之属吏，何从代表民意而行使治权？我人期期以省市议员之产生方法必须修改者，盖以此故。

至省市参议会之职权，除原条例所规定：听取报告，提出质询，提供建议案，审议施政方针等等外，对于省市政府的预算和决算，似应有决议权。此外对于省市政府当局及其属员有重大违法失职情事，应畀各该参议会以纠劾或告发之权，固然此类纠劾权属诸监察院或监察院派出之监察使。然我国省区，幅员辽阔，监察委员耳目难周，使参议会代行一部分职权，并无不妥当之处。

说到此地，当然有人顾虑到抗战时期，成立如此强大之民意机关，以与省市行政当局对抗，或将妨碍行政之效率，分散抗战力量。不过鉴于中国以往政治现象，"只准官厅放火，不准小百姓点灯"，现时纵成立强大之民意机关，亦未必矫枉过正。若顾虑暴民政制之不良，可畀省市行政当局以呈请中央解散参议会之权，以资纠正。

其次在沦陷区域，选举不易办理的地方，尽可令其不必成立此类参议会，盖在战争区域或在最前线，要以军政居第一位，民政次之，在后方比较安宁的省份，要以政治居第一位，军政次之，不必要强其施行同一之政治制度。

综上所述，我们所得的结论是在不便推行民治的省市，如沦陷区域不必成立什么民意机关——参议会。在后方便于推行民治的省市，应成立真正的民意机关，使民主制度我，得着普遍地，充分地试行的机会，以奠定下层坚固的基础。

# 论越南语之系属

闻 宥

论越南语之系属者，以两说为最著。一为普奇吕斯基（J.Pvzyluski）之说，一为马伯乐（H.Masptro）之说。

普氏者，依据斯密忒神父（P.W.Schmidt）（一）猛吉蔑族（DieMon. Khmer Volker，1906）之说而主入南亚语族（Austroasiatie Family）者也。先著一文曰《越南语之代词法式》（*Les forms pronominales de Annamite*），布于《远东法文学校集刊》（B.E.F.E.-O.1912），继于梅谒，哥恩二氏（A.Meillet et M.Cohen）所纂之《寰宇语言》（*Les langues du monde*，1924）中，续主其说，其弟子松本广信而从焉。马氏者，主入歹（Thai）语系者也。其专论似未见，而其名著《越南语音史研究》（*Etudes surla phonetique historique de langue Annamite*.B.E.F.E.-O.1912），则于两者间音韵组织之相似，阐述弥详。故英国硕学格留孙（G.A.Grierson）著《印度语言调查》（*Linguistic Sturvey of India*）第一卷比较词汇（Comparative Vocabulary）即据之以为并列，盖两家之说，一主于其语汇语式之离合，一主于其音素调类之组成，以对象之不同，而其结果乃硕异至此。

叙说既明，请进而加以论列。

以语汇言，越南语与猛吉蔑语之间，诚不能无若干极密之相似，此即以数字观之，已灼然可见。

| 一 | moa | muoi | mot |
| 二 | ba | pir | hai |

| 三 | pei | bei | ba |
| 四 | pon | buon | bon |
| 五 | msaun | pram | mam |

然数字虽极基本，而在世界语言史上亦不乏移借之列（即以与此有关联者言之，如 Rivet 以为南美 Tson 语与南亚语同源，而分离过久，数字已无相同者，即其一例）。说详氏所著（*Les Australiens en Amerique*，1925），以越人与猛吉蔑人相处之迩，接触之繁，其乞贷自业可能之事。普氏于此，固亦当别举他例如。

| | Enfant | Poisson |
| --- | --- | --- |
| 越语 | Kon- | Ka |
| 南亚诸语 | Kon，kÔn，kõn | Ka |

然此亦不足以为证也。鱼之读Ka，与印支诸语之读nga，仍得视为一型之小变，Enfant之读kon虽罕见于藏缅歹诸支，然在汉语方音中即有同例，吴语称小儿多曰"小 kø"，以酸端暖寒干诸字之读法例之，知此ø本为nan或an之变。Kuan Kan 与 Kon，相去几何？盖语汇流转之繁，固有不能以常理诘者，普氏之不能凭此以决越语之系属，正犹吾人之不能凭此以决吴语之系属也。然普氏之论，尚有进于此者，则所谓代词之法式是也。普氏以为通常指示代词，多分远近二级，而南亚语则有三级如。

| | 近 | 远 | 更远 |
| --- | --- | --- | --- |
| 越 | nay | day | đ |
| Khasi | nə | to | tai |
| 暹罗 | ni | nan | nòn |

此其为说似甚辨，然亦适足以证普氏自身对于印支语认识之贫弱耳，先以汉语言，则苏州成都诸方言中亦皆分三级如下式：

|  | 近 | 远 | 更远 |
|---|---|---|---|
| 苏州 | Ke | Kə | Kue |
| 成都 | lae | la | la: |

以藏缅诸支言，则同一语中，或二级，或三级，如陆良路南一带之 Lolo 有 Sani, A-hi 二支。Sani, 仅二级，而 A-hi 即三级。Moso 方音亦有多支，亦往往具三级如下式：

|  | 近 | 远 | 更远 |
|---|---|---|---|
| Lolo | i | K'w | K,mtə |
| Tomo-so | ꘈ | ꘉ | ꘊ |

此其由一级衍为二三级甚明（民家依 Davies 意，亦列 Mon-Khmer 族中，虽亦具三级，而第三级为后起更明。其详皆当于拙著《印支语比较文法》中言之）。故二三之别，乃纵的时间上之别异。而于横的语族间之离合无与。此外普氏又别以第一身代词多敷具包含 Inclusive 除外，Inclusive 两式为证，则尤为不知而作。印支诸语中国此例最多。西藏西部方言中有 Na-tang 与 Nat-Sha 之别（A.H.Franeke，先著其说于 *Das Tibetische Pronominal System Z.D.M.G.1907*，近于 *Jaschke, Tibetan Grammar* 新版后附加部分又言之）。汉语北部方言中有"我们"与"咱们"之别，民家语中则一为 nga，一为 uya，此音质小变者也。摩些语中则同读 ngə, gui，而第一字一为高平调，一为中降调，此音调小变者也。凡斯之类，几于俯拾即是（此两式之分，亦当为后起，说亦详拙著《比较文法》中）。岂得以此区区而遽定语族之所属乎。至于南亚族中最著之特征，即单缀之根，由中置以衍成若干双缀以上之字，则在越语中决不能容许其发生。普氏虽逞其臆想，略有比拟。而笃信师说如松本者，且尚致其疑滞（见其所著《印度支那语言之系统》），其不足为典要，盖无疑矣。

综上所述，可知普氏之说实已粉碎无余。反观马氏，则其所据以为说者，如调类之组成，复纽之溶衍，皆与歹语若合符节。此为南亚诸语所未有，而亦为藏缅诸语所绝无者。以一方面猛吉蔑等皆无字调，声韵之组合亦皆极繁复，而另一方面藏缅诸支调类又皆简于歹语，声韵之组合更极磨损简约之观也。吾人深信其具体的单字之应用易于移借，而抽象的声音之组成则不易于摹拟。第观邻接最密之爨语，日常酬对之中，尽有不少汉源之字，而鼻尾声不能不循例脱落。欲操闽粤式之塞尾声，更绝不可能，即可以明此中之消息，故论列语族之离合，与其以词汇为主，不如以声音或语式为主。况越语词汇之中，本亦不乏与歹同型之字乎。

最后更有一事得附言者，即南亚一名是否能立是也。自斯密忒神父书问世以来，二十余年，更无异议，亦几于论定矣。至于最近，乃有匈牙利学者 W.F de Hevesy 氏起而推翻之。先于伦敦东方语言学校校刊为一文（题为 *On W.Schmidt's Munda Mon-Khmer Comparisons*，*Does an 'austrie' Family of Languages Exist VoLV1 Part1 1930*），嗣又于罗马第三次国际语言学会中，斥其谬误。其主要之论证，即在乎 Munda 语中置词之用法，与猛吉蔑不同，故主张废弃南亚一名，而以 Munda 人（Finno-Ugran 族）。此说之出，虽于后半之建设部分，未能成功（Saurogeot 谓其对于 Finno-Tgrian 之所知太浅，所举太复）；而于前半之破坏部分别殊有使吾侪局外人为之首肯者。斯密忒于此，亦未闻有何辩鲜。是南亚一名，已在风雨飘摇之中，其由之以起之 Przyluski，Rivet 诸家之说，将不能不重估其价值，盖无疑已。

（附记）作者手头无诸家原书，故例证不能备举。又所引诸家论点，或亦有记忆未真者，均望读者有以教之。

# 青年的"知"与"行"的解剖

萧右干

谁都知道,教育是继续不断地在重新组织经验,使我们的知识日益亢进的一种人生工具,可是中国的青年中,一部份受了教育的,而造就出来的"人材",竟有弄得是"四体不勤",和"五谷不分"的现象。于是,务农者不复愿务农,学工者不复愿从工,而毕业的学校,虽是什么农科大学,工业专门,但,走到农场上去,他的知识不及老农;跨进工厂,他的知识不及工人。因此,造就了社会上"不劳而获的治人阶级"。所谓"分利书生",和昔日科举时代之教育目的只在造"士"完全一样!所以有人说"城市里是一批所谓'士大夫'阶级,乡村里充斥着强盗和小土匪……"。这是多么痛切的批评!

我想,造成这种现象的原因,当然是很复杂,这里我们也谈不完。但是它包含了千余年科举的"遗毒"和"教育"离开了"生活"太远等等的因素,可是我们就来加以推论,其中最大的原因,还是在"知"与"行"的问题上。这就是说:"从来所学得的知识,不能应用于实际,也就是知识不能变成实力"。看吧!社会上风行着的有工程师去做教育家,法律专家去办交通事业,学教育的人去做军需官,学体育的人去法院里当职员……诸如此类,举不胜举,真是五花八门的在变幻。这又是说:"学非其所用,用非其所学",然而,已经成了整个社会的"通病"和"习惯",谁也不愿去加一番深刻的研究或是考察了!因之社会上的事业,只有挂着名目,而失却了实际性。同时,每年整批的学校毕业生,也就会因此而抓不住"信任"而失业。但一个受了高等教育的人,在知识恶恐慌的中国社会中,却只有做着

"高等游民",这是一个多么痛心的事实!然而,青年们也就应该检阅一下自己的"知"与"行"是否在背道而驰。

本来,知识是一切活动的出路和出发点,也是人世文明底根本动力。一个有知识的人,应该要运用他的思考,合理的思考,在每一个问题中,就找最经济最妥善的方法,这一种有力的知识的运用是巨大的威力底开始。发明判断真理的归纳法,英人培根,有一句名言说:"知识即是力。"这就是说有了知识就能发生力量的一个证明。《自己的教育》作者 Lond Avebury,他将知识即是力作了这样的一个解释:"知识即是力。有电报的知识,可以省时间,有书写的知识,可以使人们免除跋涉和交谈,有家庭的知识,可以减少经济上的消耗而储存收入之钱财,有卫生的知识,可以保持身心健康,有……"

看了这个解释以后,这原是说明知识是得到力的最有力最有效的方法,并不是知识的本身有其目的,亦不是因知识而读死书,因读书而求死知识。一种知识的贡献于实际活动上的效果是学问应有的作用,缺少实际效果的知识,这是不会被社会所容纳的,必须是对于实际的事体和事实上加以思考,反省,这样去探求出来的知识,才有着它的真价值。

我们中国人被外国人道破了弱点:很多的事既不能创造,又不能完全模仿,更不会利用新的知识到实际的生活里去,只是因袭着固有的旧方法旧手段。一个受了高等教育的人的脑筋里装满了一堆"记忆",而对于一种事实的体念与应用,在他们的经验里却不会感到这么一回事。因之一离开学校以后,到了跨进社会之门时,就会开始感到"手足无措"。教育家马尔腾博士说:"博闻强记,决不能造成一个教育的人"。这是已充分地说明了他所受的教育是无用的,空虚的!

古希腊哲人有句名言说:"多识不能益智"。这是给予一个知识充分的人,而不知应用于"行"的铁也似的断语。此所谓"多识"(Polymathie),据浦丘教授(Professor S.H.Butcher)说别有含义,这是指只将一堆事实强记在心头,而没有经过任何整理或体念而言的。雪加儿说:"事实是愚蠢的东西,倘使我们不用几种方法把他们归纳到相当的组织里面。"由此,假使所得的事实并没有经过整理和体念,我们觉得这对于青年人是没有用处的。事实上往往因为这些硬性的知识而扰乱了我们的思想,知识的价值完全是维持在你自己的能否融会贯通。同时,你应该将你所学到的知识,尽量的在这生活上去应用，结果，我相信你一定有一种更宝贵的知识被你所获得。陶行知先生有首歌说："宇宙为学校，自然是吾师，众生皆同学，书呆不在兹。"这就是说：学校应该社会化，在这文明役使了自然的今日，一切呈现着的现象，只要有着体念实际生活有益的，对于应用知识有利的，都是有着教育的价值。如果是专门在一堆生硬的事实上去探求知识的书呆子，那是会被社会而淘汰而弄倒的！所以，那真正的知识是完全要从生活的体念中而产生出来的，那有价值的经验也是要从实际的效能上而锻炼出来！总之，我们是因为了知识，而必需要变成实力！因此，我们对于知识必需消化，这是我们所必得有的一个要求。正如 Whilling Liljan 所说："有些人们的脑筋里，装满了不相干的记忆材料，所以实际目的的火焰，永远不会在他心理上发光。"我们绝对地要放弃了这种无意识或意识的造成"百科全书"的这种观念，一个富有勇气作事的青年，如果为社会所不取，就是因为没有把所得的知识消化的缘故。

要使所得的知识融会贯通，而使这"知"与"行"打成一片而变为"实力"。那么第一的条件是要："知道你自己"（Know yourself）。所谓知道你自己，就是对于自我的发现，这是一切能力的出发点，知道自己，才能对于知有体念的能力，同时，对于你自己的"利用你自己"的时候，将对你有着一个极大的利益与便利。

"学校"，本来是助长青年自知的机关，一个人因为受了教育的助力，即能发现他的自我，于是他的能力，应该是学得心灵上的实力，这才是能使他在社会上有一种活动的机能。很明显的，一大串事实的记忆，决没有实际可用的本领。本来教育并非教生硬的知识给人的。必须是有才能的理会和心灵的操纵，能增进分析观念，组织知识活用知识的力量，当然亦应知道怎样来应用这些能力，来教育人们。

在今日抗战建国声中，所需要的人是：坐下能思考，立起就能"干"的青年，我们所有的知识，都能在实际生活上去应用，我们得做一个"知"与"行"兼备的完全的人，（不是所谓"知行合一"。）我们不再为读书而死读书，不再喊出那不切实际的为知识而求知识的空口号了！我们得治好了我们的"毛病"，在这大时代的前线上，做一个有作有为的战士！

# 沦陷后的天津（通信）

赵捷民

平津沦陷转眼已一年多。这一年来全国人民上下一心，团结御侮，在南北战场及长江流域，曾给予敌人以很大的打击，可是沦陷后的北平文化城，及天津大商埠状态应该是读者乐于知道的。尤其是从华北流亡到后方来的人们，对于它必更加关心。关于陷落后的北平种种情形，有个张翰书君，前不久曾有一篇文章，在《时衡》上发表，说得很详尽。我现在只报告一点天津方面我所耳闻目睹的事情。

现在的天津，已经不是从前的天津了。在中国地首先注入人们眼帘的，是许多日本商店及日本娱乐场，甚至××料理，××映书馆，××俱乐部之类，此外就以贩卖毒物的土膏店毒具店，为最多了。街上往来着许多日本男女，男人多穿西服，也有很多穿着绿黄色制服，后者大都是南满铁路的职员，被派到北宁路服务的。女子们有的穿宫装似的和服，也有很多穿西装的。此外还有武装的日本兵，横冲直撞，显出战胜者的骄横，然而却同时也表现出他的悲哀，因为这些由征调强迫来中国的家伙对于战争始终是莫名其妙的。

各处站的中国警察很多穿着绿黄色的制服，五色的帽徽，佩着剑，挂着短枪，一到什么无聊的纪念日，他们便强迫各商店住户悬挂五色旗。他们可做的事也就仅此而已。做奴隶的意识，并未去尽，因此多垂头丧气。但一部分却在抑制忍耐中，无所等待，这些人是明白敌人弱点的，将来未当不可免成为收复失地战士。

法租界的人口，最近增加到几倍以上，多数是来自乡间的有产者。由市区迁入租借的富户也不少。因此租界上显见出一种变态的繁荣。每到午饭后，大街上就特别热闹，摩登男女，阔佬，遗少，穿着讲究的衣服，挤挤挨挨，逛来逛去。天祥市场和劝业市场，两个取乐地方尤其热闹。所有戏院影院照例常告客满。劝业商场的顶楼上有的在打野鸡，有的在茶座里谈笑，有的在高尔夫球室里娱乐，一点国难景象也没有。这般没心肝的闲人们，正因为缺少知识，这一次战争，变动太大，战事延长，更不知何以为计，失去了常态，就糊糊涂涂地过下去。情形同上海租界上一部分正相差不多。

不过，同时那里也就正有许多热心年青份子，秘密的做着抗日的工作。但天津租界小，势力小，环境也不同，工作比不得上海那么容易，稍微走漏风声，法国工部局便要干涉，禁止抗日活动的布告贴满了英法两租界各处。不久以前，英租界的华北游击司令似醒吾将军，是被租界当局逮捕的，法国公园的厕所里，常发现"欢迎鹿钟麟将军来河北指挥"及"打倒日本帝国主义"等标语。这种对华北极有意义的事，只能在厕所发见，也可以见在这种环境下抗日工作是如何的艰苦，如何值得同情。

日租界地带，虽说已可自由通过了，大多数中国青年还是不敢到那里去，也不愿意到那里去。那里据说是安全的，但有血性的中国人实在羞于得到那个安全。可是负有秘密工作者却自然要冒险出出进进。作者曾冒险去了一次，街上满是日本男女和日本兵，以外则是我国的苦力和商人。旭街中原公司据说被烧了一次。日租界到法租界的铁门差之多，还是整天的关着，只有通电车的一处开放，许多处的铁门旁，日军驾着机关枪，作预备放的姿势，法方亦不表示怯懦，同样有所准备。双方站着很多的武装巡捕，姿势十分严重。有一次一个日本人开汽车过法租界，不服巡捕指挥，把巡捕打了，巡捕叫来法国兵又把日本人打了，日本人又叫来几个日本兵，双方几乎动武，在某种条件下和解了，方告无事。窑子，大烟馆，白面馆，赌场，跳舞场等等过去在日租界里本来就很发达，现在则更数不胜数了。

意租界的住户也增加了不少，因为意国和日本接近，所以到那里去住的人，都有相当的原因，否则他们宁愿住英租界。益世报馆的旧址，已经做了民房，那里的巡捕，戒备很严，常检查去那里的旅客。

天津的教育简直被破坏得不堪言状。国立北洋工学院住了一些纪律不佳的日本兵，学校虽未被炸，等于被炸。私立南开大中小学已经全部被毁。河北省立工业学院等停办。大学方面，只有教会立的一个工商学院，还在勉强开着。河北省伪教育厅虽然总放开学的空气，可是款项无着，只有伪省立天津中学等等马虎对付着开了学，算是装点装点了伪组织。新学书院，圣功女子中学等等，以教会关系，仍然还可开学。小学校虽说已经全部开学，不过所学的大部分都是奴化教育，受伪组织的控制。

报纸方面：中文报有《庸报》，《新天津东亚晨报》等，全是日人和汉奸主持的，言论荒诞，新闻失真。尤以《庸报》最可耻。数月前曾举行武汉陷落预测，猜中者第一名奖洋五百元，真可谓无聊之至！编辑记者利益熏心，心肝早已丢失了！英文报纸有《华北明星》，《太晤士报》两种，华北明星似乎也被收买，现在可以看的只有《太晤士报》，可是英法租界外禁止发售，日本干涉得很严。

天津的各机关差不多都添上了日本人，尤其以北宁铁路局（现改称伪天津铁路局）日本职员最多，这些人对于战争的悲观心理，精神上的崩溃，与敌兵差不多，常对中国职员说："中国兵到了！我们一个也站不住的！"中国职员不知回答什么好。可是在背后却说："你这个鬼子算明白，恐怕脑袋也长不住！"电报局服务的，本来已经够忙了，日本高级职员来到后却说："这不成，怠工要杀人的！"对他们很凶，本来应该三天做完的工作，逼迫着要一天办完。这中间的秘密是中国职员把事办下去，日本职员无事可作，就可以打麻将牌了。日本职员号称勤快干练，可是到中国后，不久就堕落了，吃烟，打牌，纳贿，有了机会，总不会轻易放过。从这些情形也就可见他们在长期战争中精神道德的崩溃无法避免，更预示着军事政治崩溃的先兆。

局中的待遇极不平均，我国旧有职员，服务局中十余年，常只有薪二三十元，他们新到的每月就是七十元起码，连各种名目公费等项，每月总得领二百多元。

自从平津失陷之后，到天津的男女学生被日本兵扣下的多极了，都是男女不分，同拘一处。大小便都不出外。事后女生放出来的较多，但是不说已经结婚，是很难放出的。男生中一个姓苏的，放出来后得了精神病，成天在家里大声狂喊："日本兵来了！来！他又要灌我辣椒水！太辣！我受不了！"一个志成中学中学生被扣后，经过连环保才得保出，可是脖子耳旁满是伤痕，有半个月不能说话，原来已半哑了。其余没有放出来的，他们的下落，就只有天知道了。照惯例，这些同胞是凶多吉少，很少能留在人间的。年青学生既被敌人视为抗战分子，又恨又怕，因此直到现在，他们仍时时有被捉去失踪的事。假如你谈话穿衣方面,他们如认为可疑,在租界上还常有用绑票方式捉去的可能。

天津的文化,被摧残得一落千丈!租界外天津市区地方华界买书已很不容易,书铺根本很少,就是有一两家,也只摆着日文速成之类奴化教本和章回武侠小说。法租界的劝业场里,也只可买到些旧书或一年前所出的图书杂志,商务印书馆里也多是几年出版的旧书。法租界里的书店,日本虽然无法干涉,可是来书必从邮寄,进口就可没收的。

惟一仅有的天津中山公园,早驻满了日本兵,里面糟蹋得不成样子!凡是这些地方,门前照例满堆着沙袋,架上机枪,如临大敌一般。这种警戒表示敌人对于游击队的束手无策。日人虽宣传要扫荡占领区的游击队,可是至今却毫无办法,无时不感游击队的威胁。

天津市外就满布着这种勇敢游击队,傍晚即潜入市内,作种种活动。日本正规兵却非有几百不敢到市外去。有一次,在特别一区一个小饭馆里,曾有一个游击队在吃饭,一不小心把手枪露出来,伙计看见,偷偷报告伪公安局。不久来了几个武装警察要搜查他,他立起来说:"搜我什么?"说着拿出枪来对着警察们,"借这个,给你们!"警察们都吓坏了!劝他收起枪来走出,他微笑着收起枪,说了声"再见!"在人群中消失了他的影子。

北宁路车在不久以前,曾有两次不能通到天津,第一次是枣林庄铁路被游击队所拆毁,带走站长以下的全部工作人员。第二次是二十七年十月十日的前一晚上,杨村铁桥被炸毁了。至于小小的破坏,妨碍行车,割除电线,使敌人疲于奔命,更是常有的事。据闻负责破坏敌人交通的,是一个特殊组织,主持其事的是个学生,年纪还不过二十多岁。这个人一面作这件事,一面还化装往来平津,敌人恨之入骨,却无法对付。

十月十日那天,华界挂满了五色旗,日本兵数千在街上示威,并跟有坦克车十余辆。晚上,伪组织和日本兵都庆祝十月十日,大放烟火及高射机关枪!居民们都莫名其妙!吃惊不小。一群汉奸和敌人来庆祝我们的国庆日,这就是庆祝的仪式,可笑可耻,类乎这事的多不胜记。

那里都必须使用伪北京政府出的"中国联合准银行"的票子,形状大而且薄,印着孔老夫子和关羽先生的像,印刷和纸质都极草率,很像冥钞,所以居民称之为"被单子"。此外冀东银行的票子也压迫流通。辅币方面,有冀东政府出的钢钝儿,和我国以前的辅币差不多,铜元是一个也没有了,几分几枚全用木牌，洋铁片作筹码代替，小铺子也可以自出心裁发行这种筹码。租界上的英法银行拒绝使用伪币，给汉奸及倭寇很大的打击！这两种票子，如在法租界银号换中中交的票子，一百元钱贴水一元钱左右。但如有人拿中中交银行的票子到日租界及中国地去，一经查出，不但没收，有时人也被扣，认为大有嫌疑，不是间谍，就是共产党。前不久天津某公司一位职员，由香港到塘沽，被检出有中中交票子二十余元，不但钱被没收了，还换了一顿苦打！

在那里街上走时，常有检查行人的事件发生，检查者是日本宪兵和伪警察，一个行人也不能放过，假如他们视为形迹可疑，就被带去。电报局有个职员，在检查处只稍稍站了一忽儿，望了一望，就被带走。三天后好容易才保出来，三天中据说滴水也不曾下咽，被拷打过五次。

被敌人占领这治安既不能维持，所以租界内外的谣言就特别多。人心惶惶！每到纪念日，不是说洋车夫箱里有炸弹，就是说租界的游击队将要在某日某处起事。起事后只要能支持二十四小时，我方就会飞机来助战。这类谣言的传播，可看出人心不死，以及一般市民对中央的希望。其实那里除了汉奸外，没有人不恨日本鬼子的。苦力们常骂着："妈的！早晚中国兵把你们的脑袋割下来！"

日本兵居常是坐车不把钱的，车夫们无可奈何，就用这个诅咒作为苦力的代价。

天津自从九一八后，本来就已变成华北数省一个仇货特口处，本来一点点工业，早被挤光了。冀东走私后更不堪言，八一三后简直就成了一个仇货堆店，到处都是仇货，除了英法租界外有些西洋货物以外，就连一切日用的东西也完全是日货了。即如火柴一项，不是日本株式会社出的，就是满洲国××厂出的，其余可见一般了，各街墙壁上贴满了老笃眼乐和大学眼乐的广告，一切商店都用日本廉价蹩脚播音机放送叽里咕噜音乐。更多的娼妓，日本娼妓和高丽娼妓，带了梅毒和淋病，作另一种广播。

各伪公立医院里，都请了日本医生，或是南满医科大学的我国毕业生。平民患了不甚重要的病去到该医院诊治，往往被认为不治危症，更将病人用火烧了！常听见居民们这样的私议着："有病好好养着，千万可别上日本医院，去了，离烧死就不远了！"身体较强的血液就被吸去，用作伤兵输血的工具。

敌人虽常常向国外记者宣传说，华北秩序已日趋安定，东亚秩序已见出一线曙光，华北行将被视为中国乐土，事实上只是一片谎话。敌人的武力在天津即无多大用处。敌人虽用恐怖流血来制止一切反抗的活动，残杀学生与平民，消灭抗日种子。中国人还是中国人，表面上屈服，事实上不屈服，并且也并不怎么怕敌人的。中国人稍有人性的都随时在极力设法反抗敌人的统治。游击队的活动与民众组织，越来越坚强。华北的居民除了没有心肝的汉奸外，都将日本兵及日本人看作毒蛇猛兽，希望早把他们铲除！盼望国军收复失地的迫切真如火旱之望云霓。

**本期撰者：**

陈岱孙，钱端升及赵凤喈三先生俱是西南联合大学教授。闻宥先生是云南大学教授。萧右乾先生现供职云南日报社采访部。《沦陷后的天津》一文是由天津寄来的。

# 第一卷第十四期（1939年4月2日）

## 时评

### 欧局的最近变化

这七八日来（至三月二十七日为止）欧洲有下列许多值得注意的行动及言论，（一）德罗成立附加商约（二十三日）。经过德方强硬的要求后而有此商约，纵罗国政府自辩不是屈服，自辩给与德国的权利非独占式的权利，其谁能信之！（二）米美尔的归德（二十三日）。米美尔城的居民本多德人，归德本与民族自决主义不相悖。但米美尔区中立陶宛人多于德人，以全区归德宁是民族自决主义？（三）匈牙利与斯洛伐克武装冲突。去岁慕尼黑协定后，斯洛伐克境内的大宗匈民区域早已归匈。今匈牙利藉口斯洛伐克境中尚有微小的匈牙利袋区（Pockets）而要求划地，真是狂妄不法之至。匈牙利今日的版图又何尝没有斯洛伐克人袋区？（四）英外相哈利法克斯二十日在贵族院演说，简直主张组织东欧反侵略集团以抵抗侵略。这种表示尚是张伯伦政府的首次表示。（五）法总统聘英（二十一日至二十四日）。这本是报聘，报聘答英王去年七月的访法，本不值注意。值得注意的是英法方面，除了空洞的友谊表示及互助表示外，并无像本世纪开始时，因两国元首互相聘问而成立英法"协商"局面之事。（六）墨索里尼二十六日演说，嘲笑法国，并坚持轴心不能拆散。（七）哈利法克斯所提议的反侵略集团又有顿挫，未能进行。

根据以上种种，我们相信侵略国的侵略尚未达止境，而侵略国的胜利也未达止境。我们不知道英国为什么又踌躇不前,不敢从事于反侵略集团的组织。我们不相信英国今后再能信希特勒的任何诺言。我们也不难信英国能自信能将墨索里尼拉出轴心。然则英国难道仍依赖德意内部崩溃,故不急么?但是钱端升先生在本刊上期已经说明过,德意的内部崩溃必在战事发生以后。难道真如法外长庞莱所说,英内阁因对征兵制采用问题意见尚未一致,故不敢对德意有太露骨的行动么?更难道对反侵略集团的组织,与夫各份子国家的义务,英苏之间有不同的意见,因而不易进行组织么?不进行的真实原因,我们固然不知道,但关键在英国,大概是不会错的。

英法方面愈退让,大战当然愈可延缓,但也愈不可免。延缓的理由是显然的,不必多说。不可免的理由则因为英法愈退让,则侵略者愈胆大放肆,而英法总有一天要忍不住而抵抗。大战何时爆发,无人敢确说。罗文干先生(本期本刊)谓大战一时不易发,钱端升先生(上期本刊)则以为"欧洲于十五六个月内很难避免一战"。这两种意见本不见得互相冲突。最近是否将有大战,则只须看希特勒与墨索里尼今后一步的行动,因为英法最近似不会有何种主动。(兴)

# 江西的军事

最近一周余敌人在修水及鄱阳湖一带的军事行动又紧张而重要起来了。敌人一方面用海军在鄱阳湖西岸吴城等处登陆,另一方面则于涂家埠,虬津及箬溪等处渡修水而南向。涂家埠离南昌约有四十公里。自虬津渡河之敌,且曾一度进至万寿宫。万寿宫在南昌的西南,相距仅三十余公里。骤看起来,敌人的重要目标似乎是南昌。但是南昌现在既不是江西的省会,又不在浙赣湘桂铁道的联运线上。江西省会已迁泰和。联运线则今经距南昌以南约十七公里的莲塘,南昌与莲塘之间的铁轨则早已拆除。而且敌人虽已逼近南昌,而进攻南昌仍冒重大。不但南浔路早已拆除,且无论自涂家埠向南,或自万家埠,万寿宫等地方牺牲向东,均须越过赣江。

眼前敌人的目的固在夺取南昌,实则主要仍在企图占夺交通线。敌人现在万家埠安义一带,如果能去奉新而达高安,则湘赣国道便被截断。如果再南渡锦江,而达清江,则湘赣铁路又被截断。固然高安与清江之间有山地,但这山地尚不难行军。如果敌人到了清江,则浙江与西南各省的交通恐怕也要被切断了。再进一步则敌人可企图贯通粤汉铁路。观于近日湘东敌军的东移，似乎高安及清江确为敌人的重要目标，而南昌转为不重要的目标。总之，南昌的守不守，比较不甚重要。眼前我军亟须坚守各铁路要点。

我方在粤汉路以东本取消耗战的战略。敌人如果以大军坚攻某地，我方或不值以大军死守。但要达到消耗战的目的，我们务须使敌人多多牺牲，而不能让他轻易得到一城一镇一据点。我们固然不能轻易让敌人取得南昌，我们更要防敌人切断湘赣公路及湘赣铁道的诡计。江西多山，而主持湘赣军事的薛岳将军又惯于山战，我们敬祝薛将军多多歼敌！（平）

## 全国生产会议

最近报载行政院将于五月五日召开全国生产会议。主要目的在讨论战时农工矿业的产量增进，产品的调剂，并检讨过去的工作。凡与生产有关的政府部门，学校以及专家都被邀参加。这个会议，对于抗战前途很有关系，我们愿借此机会贡献两点意见：

一，在这个时候，提倡改良农业技术，增加农产，理论上是通的。事实上想以小规模的试验所得，普遍的改良农业，绝非短期内所能奏效收功。就我们所知，我们农村最大的需要是治安与交通问题的解决。如果治安与交通问题能相当的解决，就照我们现在农作方法来经营，我们的农产品便不生问题。技术问题远不如治安与交通问题之重要。这是我们自己的情形。外国在战时关于农业的设施，性质和需要，和我们的不同，不必征引强学。

二，工矿两门事业，在过去是资本，技术与组织的问题，现在还是这三个问题。我们以为以有限之资本，举办各种当办的事业，难收成效。与其各方面兼顾，设立许多小规模的工场或试验机关，致资本分散，反不如择其重要而能办者，集中资本及人材埋头去干为是。（昌）

## 统一兵役组织

军政部鉴于抗战以来兵役组织之凌乱重复，近已通令转各省饬县市，将"兵役监察会"，"兵役宣传会"及"优待壮丁家属会"等类组织，合并而改组为"县市征兵协会"；又将联保组成"联保征兵协会"。此事虽似细微，实则为役政改革上的一项要着。

　　第二期抗战开展以后，兵员补充成了最大问题。过去各地役政之未满人意，原因甚多，除宣传工作之忽略，监督制度之欠妥，及征兵家属优待办法实施之迟缓以外，其中最大原因，就是兵役组织之过于繁杂，役政事权之难求划一。在中国，这种现象，并不是偶然。须知办理兵役，最少要先把下层行政机构改善加强。现在中国，没有这个条件，所以在役政上往往因为组织散漫，事权分裂，徒使完善办法的施行，不能力求切实而且敏捷。反观广西一省，则因多年来厉行民团制度，下层行政机构较健全，故抗战以来办理役政之成绩亦较卓著。

　　统一兵役组织，在目前固属十分重要；然釜底抽薪之法，仍在积极改善县府以下的机构和行政。役政本是县政的一端，不必另由特种机关负责实施。在现制下，希望役政之有良好成绩，只须就县府以下的旧有机构，化繁为简；又须就县府以下的现行各政，变缓为速，实在不必添设叠床架屋的兵役组织。推行兵役，势将增加县府的事务，增加事务而不给付以执行的经费，给付经费而不加强县府以下的机构，都要使役政无从顺利进行。役政固需监督，监督机关不必求其繁多，只须求其划一。欲补救过去弊端，我们以为各省应利用其所筹设的"临时参政会"，充为监督役政的最高机关。至于宣传组织，在一省一县一地亦须有联络机关，俾使负其责者在统一领导之下，分途努力。原则如此，愿当局对兵役组织，亟加统筹擘划，以利补充兵员问题之合理解决。（贡）

# 世界大战与中国

罗文干

希特勒不战又并捷克,英法似不如前日客气,居然说些硬话。现在情势颇恶,故有人说,世界战争快要起来了;又有人说,为时尚早。此间材料甚难,姑试瞎猜下。

(甲)世界大战能即时惹起否。

现在世界有力大国,有人分为"民主派"与"法西派",我以为毋宁分为"有派""无派"。"民主"及"法西"仅乃政体问题;讲到"有""无",反有点形容出两派的心理及态度。

大凡个人,富有之后,便想苟安,不肯冒险,此是普通心理。平时与人往来,彼此客气,讲讲面子。即有争执,亦最多做到勾心斗角,显些手段。若遇强盗,便神色仓皇,手忙脚乱。强盗刦杀到自己,或者抵拒一下。若仅系刦杀到路人,只有代为叹息,献点殷勤。至若奋不顾身,拔刀相助,此乃豪侠之举,非是常人所做到的。

市井无赖便不同了。横行乡里,刦财霸产,乃是本来生活。假使安分守己,反不得一饱。但盗向来亦有道,行刦亦要思虑一下,若刦着大家巨户,门禁森严,须防抵拒。所以照强盗案件统计,多系贫户当灾,无他,小人家容易欺负,被人抢,被人杀,告官不应,叫天不灵,邻户又皆自家打扫门前雪,守望相助的话,说说就罢。强盗看破此心理,为什么不发横财享用呢?

聚人而成国,合国而成世界。无者皆系欺弱畏强,有着皆系苟安自利。讲到国际,又何尝不是如此。

德意抢刦于欧非，日本抢刦于我国；此数年造成强盗世界，禽兽行为。自九一八东北事变起，即当料到有今日。我们与其责备张伯伦，毋宁责备西门；与其批评德意，毋宁批评日本。假使当年有人能仗义执言，焉有今日德意问题，中日事变。

现在"有"的国家中，苏联看住英法，英法看住美国，美国政府看住美国人民；美国人民计算孤立的利害，远东问题有九国签字，反战公约既无制止战争办法，国联亦未加入；又欧战时曾上过大当，今后不易轻易再上。苏联忙于内政，乐得袖手旁观，专事生产。反共协定，不过徒有其名，毋庸着急。远东倭患，有我中国挡住大门。西欧暴行，有英法首当其冲。故德意日越强横，英法只好越退让，英法越退让，德意日乐得越强横。情形复杂如此，世界大战，就不容易了。

有人说现在英法已经忍无可忍，让无可让。但照我猜想，"有"的国家是英美法苏四大强国，此四国若未曾做到共同谅解，共同举动，单独英法出马，而无美苏之助，军力是否充足，物质如何接济，属地如何联络，人力如何补充，在在均需研究。现在尚系隔邻穷户被刦，肯不肯惹起大祸；惹起后美苏是否必能加入，及将来如何结束；恐英法当局尚未有大无畏精神，下大决心罢。

由上所述，所以我的意思是：（一）英法美苏如能联合起来，共同行动，信守不渝，全讲正义，不计利害，制止侵略，则或有战争可能，但恐未免理想。（二）若美苏不肯加入，德意日仅侵略弱小；英法虽如何焦急，虽如何忿恨，恐不敢轻易惹祸。（三）除非德意日直接向美苏英法各国为"直接及重大"的侵害，则或亦能学我单独起而抗战，但德意日此时兼弱攻昧，不劳而获，不战而胜已甚得意。对各大国，已够难堪，你屈辱，固所愿也，你抗议，其奈我何，犯不着再进一步，多找麻烦，直接挑衅。有此三者，故我猜世界战争，现在为时尚早。

（乙）世界大战与我之利害。

意之如何攻非侵西，德国之如何兼奥吞捷，我对被侵略者，同病相怜，有心无力，尚说什么话呢？但就我而言，我之大患，实在倭寇。欧洲假使因此次捷克问题惹起战祸，于我之利害，可分为三。

（一）英法美苏全体加入向德意日作战。美之西为太平洋，即使将来地中海发生阻塞，英法海军无暇东顾，美海军当可制倭死命。苏接近东北西北，陆空皆属精锐，振臂一呼，倭必失色。彼时英法兵力，即不能劳师袭远，但我能再得四国的共同接济，从事反攻，驱敌于海，天下事孰有痛快于此者，果能如此，则于我为大利。

（二）英法向德意日作战，美苏不加入。英法在东方力量，实在不厚。且如对德意开衅，同时对日，则必不能分兵东顾。美苏若袖手旁观，行见英法在远东势力，必被驱除。况且自我抗战以来，英法于我精神上物质上帮助不少，到时或被截断，倭寇更无所畏忌。故我敢说，世界真打起来，美苏不来一份，于我利少。

（三）英法单与德意作战。德意日虽有共同反共协定，但不是军事同盟。英法若单独在欧洲作战，对日态度不明，忘记了我远东，倭奴便要更放心，乐得做些人情与英法，好得专与我为难。到了此时，我想讨些英法的便利，恐亦不易得到，此层于我不利。

以上三层，第一第三，皆似未必。如欧洲真开起火来，恐仍以第二为较近事实。但最近事实者，英法仍要忍气吞声，一面充足实力，一面联络美苏，以待来年。

（丙）世界不战，于我之利害。

自从东三省事变，西门示人以弱；在欧洲则是意大利师倭奴故智，未几，德意志旋踵而来。在远东则苏联忍气出卖中东路，法国任倭奴违约占据海南，大使被伤，美军舰被炸。"无"的国家真穷凶极恶了。晚近张伯伦虽低首下心，忍辱负重，但无奈一波未平，一波又起何。

时到今日，张伯伦要再妥协如慕尼黑而不可得，要争气打一仗又未可能。故现在局面，"无"的国家，已心满意足，眼前已一怒而诸侯惧，将来则听下回分解。"有"的国家，明知祸未及身，只好说句面子话，"你打到我是不行的"。

此种局面，于我有利抑有害呢？有害是不能大打一场，得到痛快解决，大家将强盗捆缚起来，置之于法。有利是明知是强盗横行时代，但能得些友邦接济，拼命与倭奴作长期战，作消耗战，使其多行不义必自毙，亦是上算。总而言之，我于二十一个月以来，是不管死活，不顾利害，讲正义，求生存。我是不能与阿比西尼亚比，先勇后怯的；又不能与奥地利捷克比，不战而服的。

如果世界战争不起，德意与倭之关系恐不过是互相利用，利尽则交疏，倭奴在远东单独横行，或有时而穷。故英法美苏虽在欧洲不再提条约神圣，而在远东，尚能讲几句什么九国条约有效，什么维持门户开放政策，更可见阿，奥，捷是与我不同的。

我现在结束了，我只要管做自己的事，别人家的事，知道便了，不必多管。"见义不为无勇也。"是我国圣贤的话，不可以之责备国际当局。人来救我，固属甚好。但希望过多，便成侥幸倚赖。今日世界大势，演变至如何程度，不得而知。我说了半天，世界战与不战，有利有害，都是瞎猜。我的真话，仍是望国人不论环境如何艰苦，内则政治修明，外则抗战到底！现在我不打人，人要打我。什么"东亚新秩序"，什么"兴亚院"，我们受得了么？存亡皆在自己本身，不在本人，阿，奥，捷可为前镜，生路死路，由人自择。

# 希特勒与世界和平

刘崇鋐

去年三月十二日，希特勒以武力的恫吓，将七百万的奥国人归并于德国，欧战后十九年日耳曼人所想望而未能实行的"德奥合并"Anschluss，竟然成功。六个多月后（去年十月）又藉武力的恫吓，将在捷克的三百余万苏台区日耳曼人归并，再五个半月（今年三月二十五日）乘捷克、斯洛伐克两国人民的内哄，驱军直入，将宰割所余的捷克斯拉夫国一举吞并。这是一年间希特勒的大成绩，世界的大威胁。

希特勒氏何以能有这样的成绩？何以德国人民所憧憬十余年而无成的志愿，到他当政便陆续实践？何以德国人民志愿的实践，成为世界的威胁？这些问题是值得我们深长思的。

希特勒的成功，论者有的说是因为他能悍然不顾一切，看得准，作得快。有的说都是英法主意拿不定，畏首畏尾养痈成患。是的，这些都可以说是他成功的因素，但我们不要忘记一点——他的每次成功都是全国做后盾。发动是举国一致，危急时全国听命，成功时全国欢忭称颂。固然专制的威力，宣传的魔力，可逼得全国唯命是听，但威力魔力必当有所凭藉。希特勒氏所凭藉的是什么力量呢？是八千万日耳曼人久被挫抑的志愿，是日耳曼人的民族主义。

日耳曼民族在过去百年中，很经过几番兴衰起伏。他本属于神圣罗马帝国的，因而民族意识发达极迟。十九世纪初耶拿之役，普鲁士败于拿破仑，始激起他的民族意志。政治家努力改革，军事家努力整顿，思想家努力唤醒民族的自觉。于是"复兴运动""解放战争"卒产生新力量，以战胜拿破仑。拿氏既倒，整理欧局的维也纳会议，不让日耳曼人得到他们所期望的统一，而只给他们一个散溃不灵的邦联。但是新振起的民族意志，不会一挫便消沉，潜伏酝酿，至一八四八年革命潮流中，便又抬头。那年五月人民代表自动集议于佛兰克佛，谋全民族的统一。这是个千载一时的机会，以人民的力量来创造一个统一的德国。可惜缺乏实力，不能行其所议，一番大希望竟成泡影。此后没有几年，俾斯麦便在普鲁士当政，他修缮武备，运用外交，于普法两战之后，完成德国的统一，建立德意志帝国。人民努力所未成的事业，竟为专制势力铁血主义一举成功。俾氏之后，继以雄心远略的威廉第二，国力一天比一天发展，民族意志也一天比一天发扬，可是威廉火气太盛，野心太大，因而树敌多，招致了欧战的惨败。战后德国人民气焰一落万丈，凡尔赛条约茹痛接受，罗尔被占无力抵抗，在人民郁结思变中，产生了希特勒的势力，以恢复民族自信心为号召，得国内多数人民的景从。一九三三年进而掌握政权，几次以决然手段获得德国势力权力的恢复，如军备平等权（一九三三）莱茵河驻兵权（一九三六）等等。去年的并奥，今年的吞捷，是这日在高涨的民族潮流里一两段过程。观希氏最近对米美尔人民的演说：

"我现在引导你们归返祖国，你们没有忘记祖国，祖国也没有忘记你们。过去弱小的德国将你们遗弃，今天你们归返时德国已经强盛，已经能够自立。"

就晓得他如何利用民族意识来激动人民，所以希特勒的成功，不能不说是日耳曼民族主义的成功。

从上面简单的叙述，我们应注意到一个类似历史重演的现象。一八〇六年日耳曼民族之受挫，有点像一九一九年之受挫。一八四八年佛兰克佛议会谋以人民的力量，造成统一，有点像一九一九年后威玛共和政府，谋以民主的力量恢复国力。佛兰克佛失败，于是俾斯麦以武力造成统一的强盛的帝国，也有点像威玛共和失败，希特勒以武力造成更统一更强盛的"第三帝国"。这个类似重演的进展，恐怕还不止于此。有俾斯麦造成普鲁士化的德国，于是有一九一四年的空前大战争，今日有希特勒造成纳粹德国，恐怕也会有更大更惨的大战争。

民族主义的成功，民族自主原则的实践，乃是近代政治家所认为当遵行的正轨，何以日耳曼人民民族主义的成功，反成为世界的威胁，未来大战争的祸根呢？简单说，纳粹化的德国比普鲁士化的德国尤为危险，而希特勒不是俾斯麦。民族主义与许多主义相似，当是多数的而不是单数的。一个国家，一个时代，所行的民族主义，与别一个国家，另一个时代，所行的民族主义，每有不同。（可参看海斯教授的《近代民族主义演进史》）因而他的影响也是可以为善可以为恶的。民族主义可以发动一个民族的解放，也可以发动他的侵略；可以构成一个民族的自由，也可以构成他的专制。纳粹化的民族主义，近几年的表现如何，趋向如何，是尽人皆知的。内则铲除异己，厉行专制，以造成人们疯狂的心理；外则不顾信义，唯利是视，尽攫取吞噬的能事。以这样一个势力来称霸中欧，称雄世界，岂不是万分危险，很有造成大悲剧的可能吗？

这次吞并捷克，已是这个大悲剧的端倪。虽然这次行动，似乎是半年前割并苏台区的继续，却有个根本不同之点。上次无论手段如何，究竟还可以民族自决，解放在他人治下的日耳曼人为词。这次则是悍然夺取七百余万捷克斯拉夫人的民族自主权。侵略者的真面目，武力称霸欧洲的野心都完全暴露出来。不特如此，在几个月前希特勒说过"得了苏台区后，在欧陆无其他领土野心"。在慕尼黑协定里，他也加入声明，捷克疆界调整后，四强将共同担保其独立。历时犹未半年，竟毫无顾忌的食言而肥，此后他的诺言，谁还敢相信？他的保障谁还敢依赖？对他无复信义可言，只有武力抵抗。至于欧洲均势的大变动，希氏野心的无止境，在在都伏有战争的危机。

民族主义在普鲁士化的德国，火气太盛的威廉第二的治下，已足酿成大祸。在较普鲁士化更强横的纳粹化，较威廉危险万分的希特勒的统率下，能够免于更大的祸患吗？这是世界威胁！一八四八民主化的德国不成功，而一八七一普鲁士化的德国成功。一九一九的威玛共和国，列强不以宽大平等的待遇助其成，反横施压迫；迨一九三三以后，希特勒处处以武力相威胁，英法乃步步退让，求绥靖妥协而不可得，这是欧洲的悲剧。

悲剧尚未演成，战争也还未至必不可免，这个关键，似乎在列强，尤其在英国。造成今日欧洲的局面，养成今日希特勒的势力，列强负其责；改变这个局面，约束这个势力，列强也当负其责。英法苏美诸大国若能同心协力，一面造成坚强的壁垒，使惯用恫吓者，无所施其技，欲以武力制胜者，不敢撄其锋；一面力改以前弱者茹之强者吐之的态度，以公道平允的政策，对待一切国家，俾公理在共同卫护之下，野心者不敢侵犯。如此，则国际和平或可保持，近代文化也可免沦亡，但是"言之匪艰，行之维艰"，列强犹斤斤惟一己的利害是谋，远大的政策，恐怕终不能行。而这个人类的大刼，空前的大战争，恐也终不可免。

# 中国毕竟还是中国

冯友兰

在几十年以前,中国的一部分人好贵古贱今。凡今人作了什么好事,这一部分人总觉得,无论这事是怎么好,或作得怎么好,但比之古人,总要差一点。他们总想着,古人所作底事,一定比这个更好,或作得比这个更好。如果今人作了什么坏事,这一部分人一定要借题发挥,用"世风不古,人心日下"等滥套,把今人骂得"狗血淋头"。

这一部分人渐没有了。而另外又有一部分人代之而兴。这一部分虽不贵古贱今,而却贵远贱近。凡本国人作了什么好事,这一部分人总觉得无论这事怎么好,或作得怎么好,但比之日本人总要差一点;比之西洋人,总要更差。他们总想着:外国人所作底事,一定比这个更好,或者作底比这个更好。如果本国人作了什么坏事,这一部分人一定要借题发挥用"中国不亡是无天理"等滥套,把中国人骂得"狗血淋头"。

本来人都是人,并不是神。人既是人,他总有缺点,他所作底事,亦总有缺点。在时间上或空间上离我们远的人,亦有他们的缺点,他们所作底事,亦有他的缺点。不过这些缺点,因为距离远的关系,我们不容易看见。因为距离远底关系,我们只看见一个人或一件事的大体轮廓,其详细底地方我们看不清楚。如那个大体轮廓是好底时候,我们即以为他的好是完全无缺点了。至于现在眼前底人或事,我们是深知其详底。因深知其详的缘故,不但看不见其大体轮廓的好,而且简直看不见什么是其大体轮廓,如所谓见树不见林者。在这种情形下,一个人看现在眼前底事,自然只见其不完全了。

这次底中日战争,就其规模之广大,意义之深长,说在两国的历史上,都是空前底。这仗打了将近两个整年，在这两年里，中国的成就，就大体轮廓上说，是很了不得底。但是有一部分人，贵远贱近，总觉得，如果"西洋人"打这个仗，一定要打得更好。

如果英美等国，带着他们的全副武装，来打这个仗，当然打得更好。不过中国如有英美等国的全副武装，也能打得更好。不但如此，中国如果已全副武装了，这次战争根本即起不来。这次中日战争，是一个不平等底战争。如果所谓西洋人打这种不平等的仗，他们是不是能打得更好？我们的看法是：他们不能打得更好，他们或者打得更坏。

俗语说："不怕不识货，只怕货比货"。我们若拿捷克罗马尼亚与中国一比，我们可以知道："中国毕竟还是中国"。

捷克的人当然没有中国多，他们的土地当然没有中国大，但是他的现代化的程度，及其武装的程度，却比中国好得多了。他有世界上数得着底大兵工厂。他降服以后，据报上说，德国得到底最新式武器，足敷现代化底军队四十师之用。有这些凭藉，但只因恐惧德国的缘故，遂致"二十万人齐解甲，更无一个是男儿"。我们常听有一部分贵远贱近底人，开口闭口，总是说，西洋人如何能打仗，如何不怕牺牲，如何爱国，如何以荣誉为重于生命，如何知道"不自由，毋宁死"底大道理。对于这次中日战争中，有些中国人的可泣可歌的行为，这一部分贵远贱近底人总觉得不过如此。可是捷克太不为这一部分人争气了。捷克在欧洲也是小强国，其民族也有人说是尤其能打仗底。大家都说：在西洋人的眼光中，勇是最大底道总，儒是最可耻底行为。何以捷克这一次竟不是"勇中之勇"，而是"儒中之儒"呢？

尤其令我们不解底是：不抵抗即不抵抗而已，又何必叫总统，去递"降书降表"呢？灭亡即灭亡而已，又何必正式请求灭亡呢？而且他这总统是他底真正总统，并不是德国所立底傀儡总统。照报上所说，捷克总统是在被迫底情形下才签字于德国先写好底文件上。这是我们可以想象底。不过对于捷克总统，"无平原骂贼之勇"，仍是不能有所解释。

捷克被占领以后，报上即说，德国致最后通牒致与罗马尼亚要求"经济合作"。后来德罗两方面，均否认有最后通牒。不过无论如何，几天之内，德国与罗马尼亚签订商约了。据报载，这商约的要点是：（一）罗国应尽量发展农业、林业与纺织业，并添种油籽与大豆。（二）德罗两国合资开办铜矿，硫磺矿铅矿。（三）罗德两国合资办理开采煤油之经营销售事宜。

（四）罗国所需军械装备应由德国供给之。在第（一）里规定了罗国为农业国，其农业并需为德国所需要之农业。在第（二）（三）里规定了由德国开发罗国的资源。在第（四）里规定了罗国不得随便买军械，在这样只"经济合作"条件下，罗国老老实实成了德国的殖民地。日本所期望与中国"经济合作"的条件，亦不过如此。假使中国早答应了类此底条件，中日战争即不会发生。假使中国现在答应了类此底条件，中日战争可以立即停止。

我们在书上看见有些好听的话，如"兵不血刃"，"不战而屈人之兵"，"有征无战"等等。我们总想着这些话所说，一定都是些不可及的理想，事实上没有底事。日本侵占东北，我们虽说不抵抗，然亦不是一枪未放。捷克的无条件投降，罗马尼亚的无条件屈服，才使我们知道这所说并不是事实上不可能有的。这未必是德国的本领太大，这的确是捷克罗马尼亚的本领太小。

德国与日本都是希望不战而胜，其次是速战速决，怕底是战而不决。我们看见捷克罗马尼亚的失败，我们即可知中国的胜利。我们看见德国的胜利，我们即可知日本的失败。我们看见"西洋人"不过如此，我们觉得中国毕竟还是中国。

# 妇女与儿童

潘光旦

已过的三月八日是妇女节，未来的四月四日是儿童节；在这两个很有意义的日子中间，应该有人说几句应时节而未必合时宜的话。

妇女与儿童是两种有密切的有机关系的人，三八与四四两个节日的先后呼应，可以看做这有机关系的一个表示。不过，不知大家感觉到过没有，这有机关系近来很有脱节的危险。完全的脱节当然是不容易发生的。要有的话，结果无异民族自杀。不过这一种方式的民族自杀的实例在人类史里也不是完全没有。希腊、罗马的灭亡，原因虽多，其中最致命的一个就是这有机关系的不能维持。

所谓有机关系，我们可以用三个字概括起来：生、养、教。生，显而易见是妇女的责任居多，在这一点上要讲男女平权，事实上是不可能的，除非真有一天，生物学可以发展到一个程度，实行所谓体外生殖，就是，像体素的培植一般，让男女两性的生殖细胞，在玻璃管与玻璃缸的人工环境内，配合发育起来。生产时节的辛苦，也不是男子所可分减的。在一部分文化简单的民族里，有所谓"产公"的制度，就是在生产以后，丈夫替妻子坐蓐，起居饮食，像产妇一般的受人服侍；据说广西的僚人中间就有这种制度。不过这究竟只有象征的意义，而丝毫不能减轻产妇的痛苦。

养，至少是初期的养，就自然所安排的说，当然也是妇女的一种辛劳；哺乳的功能，少则几个月，多则一二年，亦不是男子所能替代的。子生三年然后免于父母之怀，虽则父母并称，终究是母的责任重大。所以才有"母氏劬劳"一类不胜其感激的语句。

教，在以前一向是看做男子的任务。"养不教，父之过"，即或易子而教，或父子之间不责善，而另请严师管教，最后的责任总在做父亲的身上。在女子教育不发达甚或根本没有女子教育的当日，这也是很自然的。不过就在以前，儿童最初八九年里生活的训练与习惯的养成，其实还是在母亲的手里；历史上有不少的人物把他们的成功归到母教身上，足证以前虽无女子教育，而女子在家庭中的教育影响并不在少。没有女子教育的时代犹且如此，有了女子教育的今后，我们对家庭教育的期望不应该更大么？

上文说的是妇女与儿童间本有与应有的三种有机关系。所谓脱节，又是怎样解释呢？就生的一层说，许多女子视生育为畏途，越是受过教育的，越是醉心于平等自由与经济独立一类学说的，越是不肯走上婚姻生产的一条路；即使勉强结婚了，一方面因为这种见解的关系，一方面也因为年龄关系，子女自然不会多，或根本没有。

独身、迟婚，与少生子女或不生子女，不但是近代少数妇女的个别的经验，并且已经成为一种时髦的风气。英国有一位提倡民族健康的学者，某次参观一个女子中学，问起毕业生出路的好坏，校长某女士答复说，大约可以分为三类，第一类是成功的，第二类无所谓，第三类——校长加上一口叹气说——是不成材的；学者问她什么叫做不成材，又何必要叹气，她解释着说，她们结婚了！无疑的这位校长先生自己是不结婚的，否则又怎样可以做新妇女的表率呢？

这位校长的见地，无疑的也是很多新妇女的见地，这位校长的模范教育，无疑的也已经产生了不少的果子，不要说在先进的英美，在中国也正布满着这果子的种子。让我也举一个不要指得太明白的例子。有一个妇女的组织，里面工作人员的不说明的资格之一是"未婚"，一旦成婚了，这人员最好是自动的告退，至少也以暂时不生子女为宜，否则她虽照常供职，她在精神上一定异常不痛快。同事中间会向她发出这一类有趣的问题，例如，你好好的为什么要结婚呢？你怎么生起孩子来了呢？你怎么又生一个了呢？好像她是天下第一个喜欢多事的人！

第二种的有机关系，养，近来也是越来越不时髦，在所谓上流阶级的妇女中间，更其如此。从另一方面看，这一点倒不是维新，而是复古。记得《礼记·内则》上说，"大夫之子有食母，士之妻自养其子"，所谓食母，大概就是奶妈，在民治主义的今日，以前大夫阶级以上的权利当然要公诸大众，不足为怪！不过所谓食母自己，当然也有她的子女，这些子女的营养问题，民治主义虽则发达，也只有付诸不论不议了。

自己哺乳，我们叫做自养；倩人或其它外力哺乳，我们叫做它养。它养可以有许多方式，用食母不过是一种罢了。用食母往往有许多人事上的麻烦，例如检验乳母身体与乳汁之类，于是马牛羊的乳汁以及各式各样层出不穷的代乳品便成解放近代妇女的第一恩物；从此，做母亲的，没有乳汁，固然有恃无恐，有乳汁，也不妨自由堵壅，任其涸竭了！

对于第三种的有机关系，教，我们暂时不欲深责。教育为母亲责任的说法，以前没有，至少在理论上没有确立，至于今日，虽有提倡的价值，也还没有人认真的提倡过。不过，就近来的趋势而论，这方面的不健全，也是很显然的。要是养的风气是它养，教的趋势自然不免是它教了。在"社会化"的好听的名词之下，儿童脱离家庭环境与加入学校环境的年龄越来越早，便是这趋势的一个表示。大都市里所谓托儿所或慈幼院的创设，也是一个表示，并且更有意义。这种受付托的机关是养教兼施的，所以一个切心于解放的妇女，除了生产非亲临其事不可外，其它一切都不妨委之于人，而妇女与儿童间的有机关系，更是不绝如缕了。

生育是妇女的本能，母道是妇女的天性，上文再三说的有机关系原是建筑在这本能与天性之上的。如今一定有人要问，信如上文云云，妇女方面的天性又怎样得到满足的呢？这里有一个答复。熟悉基督教教义的人，知道有所谓替代的得救论（Vicarious Redemption）。我们的答复不妨叫做替代的满足论（Vicarious Satisfaction）。近代一大部分的妇女职业就富有这种替代的功用，例如医术，看护术，尤其在产科方面，各式各样的社会服务，教学，等等。教学的替代价值尤其是大。

不过，替代终究是替代。就妇女本人论，它的满足的力量固然有它的限制，否则西洋社会里，老处女的问题论理是不应当发生的。就民族健康的一般的立场来看，这种替代更是弊多利少。民族健康所要求的：民族中比较优强的分子要自生、自养、自教，如今的趋势是，生的是一部分人，养与教的又是一部分人或两部分人。有教养能力的分子，照理应当多生一些子女，而事实是少生或不生；他们的教养能力又何所施呢？一大部分就施在根本不值得大加教养或教养不出多大结果的别人家的子女身上。目前许多从事于教学，医事卫生，社会工作的妇女就是这种舍己耘人的民族分子；努力于妇女运动的固然是她们，热心于慈幼工作的也未尝不是她们，不过，热闹了一大顿，对民族健康在前途，又有几许帮助呢？

我以前曾经写过两篇短稿，分别指出妇女运动是没有下文的，而慈幼工作却是不管上文的。熙来攘往了几十年，说是对于民族的健全程度，不但没有增加，反而有所减损，甚至于把下一代可以推进妇女运动的人才原料都给打了折扣，不等于没有下文么？目前的慈幼工作只不过是一种建筑在感伤主义上的慈善事业，来者不拒，往者不追，对于儿童的来历，既在所不问，对于如何可以增加品质比较优秀的儿童，使不生则已，生必得所养，得所教，而无须乎慈幼运动者的栖栖皇皇，唯恐其工作的不能扩大，不能普及；这种不问上文的态度，势必至于把下文闹到一个不可收拾的地步。这不问上下文的现象，也就是本文所称的脱节的现象。

要纠正这些现象或不健全的趋势，还是要从妇女运动入手。我们目前需要一种新的妇女运动；新的妇女运动应当注意下列的三点：

第一要看清男女分化的科学事实，承认子女的生，养，教是妇女无可避免的任务，从而坦白的与勇往的担当起来。

第二要转换价值的观念。以前极端的妇女运动家瞧不起生、养、教的事业，尤其要是这事业是在本人的家庭以内；她们一口咬定创造文化与产生财富才是人做的事。这种错误的观念根本得转变一下。试问若无生、养、教的事业，又何来创造文化与产生财富的人。假若大体说来，男子是创造文化与产生财富的人，妇女岂不就是造就这种人的人，其责任岂不更重，荣誉岂不更大？

第三要改变运动的目标。以前的目标是个人的解放与发展，今后的目标应当是民族健康的推进。民族健康的根本条件决不是外铄的公共卫生，而是内在的遗传良好，而遗传的良好端赖民族中中上分子能维持与增加他们的数量，此外更没有第二条路径。

妇女运动转入正轨以后，儿童与慈幼的问题自然是迎刃而解，因为脱节了的，到那时候自然会联系起来。欧美自大战以后，妇女运动已经能按照上述的三点而逐渐纠正，详见蒲士，卢道维畸一类作家的著述。温和一些的妇女运动家和对妇女运动表示同情的人，不论在大战前后，也始终没有把妇女与儿童的问题隔绝了看，例如爱伦凯与霭理士。就是很多人认为最理想的苏俄也始终没有放弃"自养"的原则；俄国的托儿所比我们宁，平，沪，粤一带的托儿所要"落伍"得多;"牛奶是牛吃的,人奶才是人吃的"标语,初见于卢道维畸的《妇女的将来与将来的妇女》一书,而实行大规模的加以宣传黏贴的却是苏俄的工厂所附设的托儿所。这种种情形,显而易见和专拾二三十年前人家牙慧的中国妇女运动,大有不同。我们就是为"迎头赶上"(!)人家计,我们也得在这三八节与四四节的当儿,想一些改进的办法,又何况这是我们民族的健康正遭遇着空前严重的测验与试探的时代。

# 明日的文学

柳无忌

在《今日评论》上，论述明日的文学，似乎是近于一种预言。依照普通看法，未来是渺茫，不可测，甚至是神秘的。所以无论是国家或是社会的将来，虽只有一个，而预言可至于无尽。推测明日的文学亦不能例外。但是倘使我们把事实根据，趋势为指南，历史为索引，则我们的看法未始无一种可能性，或竟有其真实性。我们不必把将来的文学写得详详细细，如威尔斯在《未来的世界》所做那样，在许多地方已证明他所预测的不确。我们可以这样，以想象辅助史实，为未来的文坛画一个轮廓，从而确定其大概的趋向。谈明日文学，乃不得不探讨今日的文学，而以昨日为出发点。

简括言之，自民国肇始以来的现阶段文学，可称为新的白话文学。文言的时期已同帝制一样埋葬于历史的阴影内。我们并不抹杀历史上伟大的事迹，我们感谢旧文学所给与的丰富的遗产，可是我们亦得坦白的承认，这些都已成为过去了。一个新的世纪，新的环境，产生新的思想，新的情绪，亦需要一种自旧日蜕化出的新工具，于是有白话文字，白话文学。我们可以忽略了在这时期中所有一切逆潮流的回光返照，那些并不少，尽有其自身存在的地位，却并没有史的价值。所以如果我们把新文学视为民国纪元时代的正统文学，那么此次中日战争的前期，实是新文学的一个过渡时期。

识者论及战前二十五六年前的民国，每深至感慨，以为进步太少，反造成许多罪恶，一般无知者更叹惜着一代不如一代，民国还没有大清皇朝的好——引用此种心理，日本让宣统在满洲登极。殊不知民国以来多年的社会骚扰，原是过渡时期应有的现象，是一种因果的必然表现，所谓有前因必有后果，有清末政治的腐败，民心的奴化，乃有大革命时代的一番混乱状态。文学亦是如此。在这过渡时期，中国的文艺遭遇了一个空前的极端变化，这正如国体从专制转到民治，社会从封建转到现代，因为这转变的过速过骤，而引起了摩擦，矛盾，与纠纷。同样的情形反映在文学运动的初期。从八股文解放到白话文，律绝诗松弛到自由体，其间相去有千里之遥，有几个阶段的阻隔，有若干时代的超越。这简直是一奇迹。试问有清一代文人，谁能料想到今日文坛上如此急递的嬗变？谁能为此突兀的新潮而不发生惊讶？反动是不免的，所以这时期的作品充满了争斗的气氛。这是一个新旧之争的尖锐化时期，无论在思想，情绪，或文字上。许多作家的精力都耗费在为这新兴文学的争斗中了。同时，在积极方面，新文人接受了西洋的影响，从事于各种文学作品学习与尝试。当时尽多开辟地打先锋的文字，但其中成熟的作品尚少。前几年文坛上讨论着伟大作品产生的问题：伟大作品不曾出现在试验时期。在二十五年混战的局面下，终于成就了一个真正的邦国之父，一个真正的民族领袖，以及这次战争中的无穷数的无名氏英雄。新文学亦何独不然？它往返徘徊在歧途中，然而到了山穷水尽时，它走向光明正大的日子亦渐近了。

一般的批评家或菲薄过去的文学，嫌其成就之微，或表彰其成绩，议论纷纭。我们则觉得不必为之扼腕，亦不必为之强辩。一切都有事实来证明，而事实告诉我们，在此短短的二十余年中，确已奠定了一个新的文学的基础。有了这基础，然后有今日文学的兴起。那就是说，我们至少已有了一种适宜的工具，一种运用的能力，及一种体会的经验，可以创造文学。今日的文学是什么？它的主要的潮流就是抗战文学。这是反映着大时代的一般热流。以往的文坛上充满了伤感主义，它带给青年人一些颓废的情绪，不必要的涕泗横流；有闲的文学，以趣味为主的幽默作品，曾风行一时；此外如农村文学，工厂文学之流，都不乏摇旗呐喊者，弄得很热闹，不过因为作者热情有余，经验不足，结果尽产生出大量的假的矫揉造作的文字而已。所以我们说，新文学在过去走上了许多歧路，到今日始见到光明的前途，那一线光明就是抗战所赐给的。

今日的文学具有浓厚的国家色彩。渐渐的我们的文坛将建筑在一个坚强的民族基础上，我们在初期从西洋学取了一些智慧，现在我们将把这智慧融合在我们固有的性格上，固有的国情上，使结成果实。无疑义的这次中日之战是我国有史以来的一个伟大的民族战争。它激励了整个中华民族的热血，青年人的火焰的坦白的情绪，表现在文学内，这是一个多么有力的表现！这兴奋，这刺激，将永久的存在我国的文学内，给与新鲜的生命。为了唤起民众，鼓励爱国，文学已毅然地负起了宣传的责任，从宣传走入实践的一途。伟大的文学是宣传，虽然宣传不是文学——此二者之间的区别包括著作者的修养，技巧，与诚恳。我们不否认现今的作品中有许多是肤浅的，同前期的作品一样肤浅，甚至于千篇一律，成为"抗战八股"。我们亦不否认有许多作品是新闻，最好的亦仅是报告文学而已。但是在此一切的一切中，倘使我们把眼放大些，放远些，我们将寻出一股力量，一股在前期文学所没有的浩荡的火热的机动的力量，充满在今日的文学主流中。我们的青年作家成了战士，这些青年战士都能把自己的生活，思想，情感，经验，亲切的写出，成为战争文学。所以在此期文学中，最富游击战士生活的描写，亦以这些描写最有艺术的宣传的价值。就是说，现在的作家已与生活为伍。不单是凭想象虚构生活，他们开始从生活中体验文学，从文学中表现生活，而这生活又是多么的丰富，浑厚，伟大呀！

今日文学所带给明日的，从大体观来，将有新的激动力，生活的热烈的经验，激昂奋斗的精神，在社会的深刻的认识，对于民族的自信心。有此种种，国家文学可以萌芽了。

倘使我们说，昨日的文学是民国文学的发源时期，今日的文学是民国文学的酝酿时期，那末可以下一个预言：明日的文学将是民国文学的成立期。这乐观，这希望，根据于一个大前提，一个应是牢不可拔的政治信仰，即是"最后胜利是我们的"，而且胜利之后，接着是新中国的建设。新文学的最出色的特点，就是不会成为奴隶文学。文学是个人的自由表现，也是国民性的自由表现。她反映个人，社会，以及时代。所以一个伟大的文学时代，在历史上往往是一个国运兴盛的时代。我们可以从我国或西洋史上举出不少例子。本国的且不说，如汉唐时代国家与文学同时的繁华，人人都知道。在西洋，古代的希腊因战胜波斯，奠立自由，遂有纪元前四，五世纪的灿烂光明的雅典文化。罗马与迦太基争霸数十年，建立一横跨欧非二洲的罗马帝国，虽其民族性不近文学，文学亦终于蓬勃繁荣，成为古代西洋文学的另一巨流。至于近代，以英国而论，十六与十九世纪两度的文学全盛时代，亦是英国史上的全盛时代。十六世纪英海军战胜西班牙，激起爱国热情，树立不列颠海上霸权，同时造成了伊丽莎白朝的诗歌戏剧的崛兴。十九世纪的维多利亚朝是一个长久的承平时期，大文豪亦班出不绝。凡此种种，都可以证明文学与时代之密切关系，所谓一个民族有其民族的文学，一个时代有其时代的文学，文学染上时代与民族的色彩，乃能垂诸千古。所以我们现在亟盼一个伟大的民族抗战胜利的来临，那时，在新中国的社会安定与兴盛下，明日的文学将欣欣向荣的繁长起来。

我们所要求的，是自由的独立的文学。由于此次抗战的刺激，我们将掀开一个内心的革命，我们将复兴这衰弱的民族，返老为青年，学习西洋人做事的活动力。中国的文化是静的，西洋的文化是动的。太静止了，不免沉滞；活动，乃有进步。此次的战争迫一个呆滞无生气的民族不得不动作，空前的紧张的动作着。战争的潮流推动了这个停留的庞大的船只，使向前进。战后的国家将是与前不同的国家，战后的民族将是与前不同的民族，一个有进取毅力与胆量的民族，一个富有自尊心和爱国热情的民族。跟随着国家再度的繁荣，一切都将蓬勃有生气，而最足以表现此种国民性的发展的，将是明日的文学。

在现今抗战艰苦的阶段中，各方面已滋生了活泼的朝气。许多青年人兴高采烈地担负起救国的事业，他们分散在战区的每个角落，勇敢地工作，把青年人的活跃的气魄，带给各色各种不同的人士。这一点种子将随着抗战情绪逐渐生长起来，它将充分的在文艺内发挥。因为，前面已经提过，每个青年的斗士亦是青年的作家。战争文学本不是一个文学上的名词，它是暂时的，非常的，我们不希望它会留下什么时代的杰作。可是，经过了这时期，对于未来我们抱着无限奢望，一个伟大的时代具有产生伟大作品的各种条件。我们已经有了人才，情绪，思想，及写作的无穷尽的材料。中国的文学领土内，正如中国的地域一样，蕴藏着极富的资源，等待开发。古代或近代的浪漫或写实的，都市或乡村的，处处都可写成一部文学巨著。我们所缺乏的只是一个艺术成熟的机会，等到这机会来临，在种种有利的环境下，明日的文学一定会开花结实的。

所以，我们对于明日的文学抱着绝对的乐观，假如我们对于自己的国家也抱有同样的乐观，我们的一切都在急骤的新陈代谢中，文学亦已到了一个大转变的时期。这转变的为祸为福，要看国运的泰否。经历了此次艰巨的奋斗，中国如能成为独立自主的新兴国家，那么，在未来，我们可以预期着国家文学的成立：一个兴盛的社会，一个兴盛的文学。反之，即在最不幸的情形下，新文学因为它本身是个自由解放的文学，绝不会如逊清时期旧文字那样变为三跪九叩首的奴性文学，这亦是可断言的。

# 冷屋随笔之三

钱钟书

偏见可以说是思想的放假。它是没有思想的人的家常日用,而是有思想的人的星期日娱乐。假使我们不得怀挟偏见,随时随地都要讲公道正理,那就像造屋只有客厅,没有卧室。又好比在浴室里照镜子还要做出摄影机头前的动人的姿态。魔鬼在但丁《地狱曲》第二十七出中自述云:"敝魔生平最好讲理(lo loico fossi)"。可见《地域之设》,正为此辈。人生在世,言动专求合理,大可不必。当然,所谓正道公理压根儿还是偏见。依照生理学常识,人心位置,并不正中,有点偏侧,并且摩登化得很,偏倾于左。古人斥偏僻之曰左道,实在有点科学的根据。不过话虽如此,有许多意见还不失禅宗洞山五位颂所谓偏中正,例如政论学理之类。只有冷屋里的随笔,热恋时的情书等等,那是老老实实,痛痛快快的一偏之见。世界太广漠了,我们圆睁两眼的平视正见,视野还是偏狭的可怜,狗注视着肉骨头时,何尝顾到旁边还有狗呢?至于通常所谓偏见,只好比打靶的瞄准,用一只眼来看。但是也有人以为这倒是瞄中事物红心的看法。譬如说,柏拉图为人类下定义云:"人者,无羽毛之两足动物也",可谓客观之至矣!但是按照希腊来阿铁斯(Diogenes laertius)《哲人言行录》六卷二章所载,偏有人拿着一只拔了毛的鸡向柏拉图去质问。波马显(Beaumarchafs)《趣姻缘》(*Marriage Figaro*)里的丑角则云:"人乃不渴而饮,四季有性欲的动物";我们明知是贪酒好色的小花脸的打诨,而同时不得不承认这种偏宕之论确说透了人类一部分的根性。偏激二字,本来相连,我们别有所激,见解当然会另有所偏。假使我们说:"人类是不拘日夜,不间寒暑,发出声音的动物",那又何妨?

禽啭于春，蛰啼于秋，蚊作雷于夏，夜则虫醒鸟睡，风雨并不天天有，无来人犬不吠，不下蛋鸡不报。惟有人用语言，用动作，用机械随时做出声音。就是独处一室，无兴酬答的时候，他可以开留声机，听无线电，甚至睡眠时还有似雷的鼻息。语言当然不就是声音，但是在不中听，不愿听或者隔着墙壁和距离听不真的语言里，文字都丧失了主角和轮廓，变成一团忽涨忽缩的喧闹，跟鸡鸣犬吠同样的缺乏意义。这就是所谓人籁！艳逐了睡眠，震断了思想，培养了神经衰弱。

这个世界毕竟是人类主宰管领的。人类声音能胜过一切。聚合了大自然的万千喉舌，抵不上两个人同时说话的喧哗，至少从第三个人的耳朵听来。唐子西《醉眠》诗的名句"山静如太古"，大约指着人类尚未出现的上古时代，否则山上住和尚，山下来游客，半山开饭店茶馆，绝不容许此山清净。人籁最与寂静相勉，天籁是能和寂静融为一片的。风声涛声之于寂静，正如风之于袭气，寿之于海水，是一是二。每日东方乍白，我们梦已回而困未醒，会听到禽声无数，向早晨打招呼。那时夜未全消，寂静还逗留着来庇荫未找清的睡梦。数不清的麻雀的鸣噪，琐碎得像要啄破了这个寂静；鸟雀的声音清利像把剪刀，老鹳鸟的声音滞涩而有刺像把锯子，都一声两声的向寂静来试锋口。但是寂静似乎太厚实了，又似乎太流动了；给禽鸟啼破的浮面，立刻就填满。雄鸡引吭悠扬的报晓，也并未在寂静上划下一道声迹。慢慢地，我们忘了鸟啭是在破坏寂静；似乎寂静已将鸟语吸收消化，变成一种有声音的寂静，此时只要有邻家小儿的啼哭，楼上睡人的咳嗽，或墙外早行者的脚步声，寂静就像宿雾见了朝阳，破裂分散得干净。人籁已起，人事复始，你休想更有安顿。若在更阑身倦，或精思冥想时，忽闻人籁嘈杂，最讲民胞物兴的人道主义者，也不自由主会起谋杀灭口以博耳根清净之念。禽兽风涛等一切天籁能跟寂静调和，善于体物的古诗人早已悟到。《诗经》"萧萧马鸣，悠悠旆旌"下文就说明"有闻无声"，可见马嘶而无人喊，不会产生喧闹。《颜氏家训》也指出王籍名句"蝉噪林逾静，鸟鸣山更幽"就是"有闻无声"的感觉。虫鸟鸣噪，反添静境。枯立治（Corleidge）《风琴》诗（Eolian Harp）云："海声远且幽，似告我以静"。假使这个海是人海，枯立治非耳声头痛不可。所以我们常把鸦鸣鹊噪来比人声喧哗，还是对人类存三分回护的曲笔。若将一群女人的说笑声比于莺啼燕语，那简直是对于禽类的侮辱了。

寂静并非是声响全无。声响全无是死，不是静；所以但丁说在地狱里连太阳都是静悄悄的（Dove il sol tace）。寂静可以说是听觉方面的透明状态，正好像失明可以说是视觉方面的静穆，寂静能使人听见平常所听不到的声息，史卡莱尔先生听了故心的微语（Still small coice），使旦萝晓芜小姐（Annette von Droste-Hiilshoff）听到了青草萌芽的幽响。你愈听得见喧闹，你愈听不清声音。惟其人类如此善，所以人类相聚而寂不作声，反欠自然。例如开会时的五分钟静默，又如亲人好友，久别重逢，执手无言，感到多少紧张？此种寂静像怀着胎，充满了未发出声音的潜动。

人籁还有可怕的一点。车马虽喧，跟你在一条水平线上，只在你周围闹。惟有人对准了你的脑袋，在你顶上闹——譬如说，你住楼下，有人住楼上。不讲别的，只是脚步声一项，已够教你感到像《红楼梦》里面的赵姨娘，有人在踹你的头。每到不能更忍，你会发二宏愿。一愿住在楼下的人变像《山海经》所请刑天之民，愿脑生在肚脐背后，不致首当其冲，受楼上皮鞋的践踏。二愿住楼上的人变像兰姆（Lamb）《母校追忆记》（*The Christ's Hospital of Five and Thirty Years Ago*）里面的理想小学生，身体到腰部而止，背生两翼，自在飞行，免得用腿脚走路。你良心真好，你不愿意楼上人像孙膑受刖足的痛苦，虽然他何尝顾到你的头脑？

闹与热，静与冷，都有连带关系，所以在阴惨惨的地狱里的太阳也给人以寂寥之感，人声喧杂，冷屋会变成热锅，使人通身烦躁。叔本华在哲学小品 *Parerga and Paralipomena* 中说，思想家应当耳聋，大有道理。因为耳朵不聋，必闻声音，声音热闹，头脑便不能保持冷静，思想不会公平，只能把偏见来代替。那时候，你忘掉了你自己也是会闹的动物，你也会踹过楼下的人头，你更顾不得旁人在说你偏见太深，你又添了一种偏见，写了一篇随笔。

**本期撰者：**

　　罗文干与刘崇鋐二先生的两篇文字，极值关心国际现势者细读。冯友兰与潘光旦二先生在本刊已有过文章，是读者所熟识的。柳无忌与钱钟书二先生俱是作家，与上述诸先生同任教西南联合大学。

# 第一卷第十五期（1939年4月9日）

## 时评

### 过去一周的欧局

这一周（至四月四日为止）来的欧局变化集中于三件大事：一为德对波兰的威胁，二为法意首相的演说战，三为西班牙内战的结束。

法郎哥的军队于三月二十八日进入马德里，政府军首领俱事先逃亡，共和军所保存的其他各城相继转应。至是，连最不妥协的美国政府亦无条件承认法郎哥政府为西班牙政府（四月一日）。西班牙内战可谓从此结束，而西班牙亦重告统一。

德意两首相的演说战是这样的：意相墨索里尼于四月二十六日演说，言轴心不能拆散，更言意国在地中海有种种应得而未得的权利。法总理达拉第则于二十九日做广播演说，力言对极权国家不再让步，但声明法国仍愿在一九三五年法意协定范围以内，与意国谈判地中海问题的解决办法。次日（三十日）墨索里尼又演说，一面嘲笑法国，一面斥责法国未尝遵守一九三五年协定，故协定已经无效。综上而观，法对意将采取不屈服的态度，而意也没有侵法的决心，所以法意之间，无论如何失和，似不至引起战争。

最严重的是德国威胁波兰引起的许多变化。波兰是不甘受威胁的一个国家。波兰多年来的外交方针即以一方不得罪苏联及德国两强邻，一方又不为两强邻的附庸为政策。这次希特勒虽吞了捷克，却仍让匈牙利占了喀尔巴阡乌克兰，即是为尊重波兰的意旨。盖波尔境内有乌克兰人六百万，所以波兰最不愿希特勒占领任何乌克兰人的地方。我们初意以为希特勒暂时当不至对波兰有所行动。孰知希特勒早已沉醉于成功的迷梦之中，最近对波兰复提出管理丹泽及通过波兰走廊的问题，虽德波讳言有哀的美敦书，但证明德陆空军之集中波兰境地，及波兰之非正式动员，德方之提过要求可以想见。于是英国一方联合法苏波兰罗马尼亚，谋成立互助集团，以包围德国，以制其侵略，一方则有张伯伦于三月三十一日向下院宣布，英将助波抵抗侵略。波兰外长柏克则于四月三日访英，此后日将访法，一反其年来反法疏英的政策。希特勒则闻之大怒，于四月一日演说，一面大骂英国，一面警告波兰，勿随大国为附庸，更声言德国不怕包围，同时又言如英国无意遵守一九三五年英德海军协定（即英德采一与三·五比例之约）的精神，则德将放弃该约。希特勒这篇演说在表面上不算激烈，但他仍可乘人不意，突然进军波兰。若果有此，则欧战必然不免。如果希特勒怕英法助波，因而不进，则又未免丢脸，德国内部且曾因而增强措施的趋势。这当然也是希特勒所要避免者。所以最近一二旬的局势的变化最关重要。如果战事幸而不起，则欧局至少当可有若干月的安定。（兴）

## 欧战与中国

欧战的可能性依然因德波关系的紧张而激增，中国自不能预为之备。如果欧战爆发，而美苏袖手旁观，而日本守中立，则当然非我之福而美苏之袖手旁观与日本之守中立似乎有很可能的。毕德门提新中立法案的用意即在从旁助英法。美国既能从旁助英法，即可泰然守中立，而不问中日战争如何演进。至于日苏亦正谋减少纠纷。四月二日日苏能在莫斯科成立渔业暂行协定，即为明证。日首平沼于三月二十九日则告本国记者团，略谓日本既不属极权集团，又不属民主集团，既不反此，又不反彼。这无非说，日本于大战时固守中立。

大战或许即起，我们立须预备。对内者应修明政治，加紧川康滇黔四省的团结合作，整顿并统一西南的国际运输。对外者应设法使英法于大战时对日宣战，继续助我，使日苏关系恶化，并改善对美宣传，勿再向美国宣传我们抗战如何必胜，而应使美国中西部人士知我败日胜后对美所可生的危险。我们如能在外交上即日向国联发动对德制裁，在军事上于大战开始之际即以

全力向晋绥反攻，或者即是促进日苏加入战国，英法不能不助我的最好方法。然而最基本者仍是坚决抗战与修明政治二事。（都）

## 西班牙内战终止

伦敦三月三十日电称：西班牙全境现已在佛朗哥将军掌握中，共和军所在地各省会已全部宣告归向国民军，内战于昨日起结束。

在东欧局势紧张中，这个消息似乎没有人重视，一则自从巴塞隆纳攻下后，尤其是尼格林去位后，内战结束只是时间问题，这已不是出人意料的"新闻"；一则内战的结束，未必便是内乱的终止（本刊第十期曾论及）。但这究竟是件重要的事，是两年多悲惨战争的终局，于西班牙，于国际局面，都有影响。我们可作个简简的前瞻与回顾。

前瞻西班牙与国际局面的将来，内乱的主因虽未因战事告终而消灭，解决各项问题却需要战事的终止。当兹和平恢复，佛朗哥能否善用机会所解除民困消弭乱源，是关心西班牙前途者所当注意的。国际间，佛朗哥的胜利是法西斯意大利的胜利。但是意是否能在西继续深持他的势力，西是否将同时与英法修好自强外交途径，也是我们当留意查看的。

回顾这个战争的经过，自一九三六年七月十八日开始，迄今凡三十一个月有余，生命的牺牲（去年七月居两周时生命损失已达百万），资产的摧毁，使国家元气蒙极大损伤。最使人痛心的，是国外的势力将本国作了他们的战场，人民的自相残杀作了国际极端主义的牺牲品，而所得结果：根本问题仍未解决，危机仍然存在。内战是最惨的战争！想到西班牙的厄运，不免联想到我们自己前一时的危险。在抗战之前几乎使我们步西班牙的后尘。幸而我们因御外辱而统一，与彼因内讧而招致外力者，迥然不同。吾人自庆幸免之余。不要忘了这个历史的教训。（鋐）

# 战后之整理与建设问题

周鲠生

上次世界大战的时候，住在欧洲的我国人士，现在应当都能记忆，那时候交战国，尤其英国的舆论和政府，在战事进行中，在和平前途渺茫，战争情绪正高，国民反对一切不彻底的妥协式的和议之情况下，如何的早已开始注意战后之整理与建设问题。例如战后军队复员，多数退伍的兵士如何安置；殖民地空旷的土地如何利用以便本国退伍军人的移殖；伤亡将士或其家属如何抚恤维持；战时新兴或扩张的军需工业如何改趋平时的用途。这一类的问题，在战时似乎非当务之急，然而在彼邦新闻及议会之讨论中，不断的引起人们的注意；其实政府方面，早已着手筹划，亦并不讳言。人家未雨绸缪，我们旁观者当时也许以为过早，当事者则进行惟恐不及。而从欧战之突然的结束情形及战后问题之烦难上看来，则知彼邦人士在战时计及战后之事，确有先见之明。

现代战争，尤其经过相当长时期之大规模的战事，具有民族斗争性质，多少要动员全国国民，扰动全部国民生活。有许多新事业因战事而发生且依战事以维持；旧的事业有的亦因战事而发达或扩张；战后则都有如何使之能适应平时情况以自存之问题。长期战事的结果，亦产生许多新的社会问题或现象，皆有以增加平时国家的责任与困难。对于这许多问题的解决，如果事先没有周密的计划，适当的准备，一旦战事终止，临时应付，不免有措手不及或甚至束手无策之虞。七七事变以后，我国对日开始全面抗战，迄今已逾一年有半。何时中日战事终止，谁也不能预言。这也许是半年一年以后之事，也许是两年三年乃至四年五年以后之事！不过无论战事在短时期终止抑或尚须经过长时期方能结局，战后之整理及建设，则不可不早为计及。实则战事愈延长，问题愈烦难，筹划更需要多时日，因之仍不可不及早开始。比如在抗战期中，国家急切需要的是人力，因之现在自然要竭全力以办兵役。但是战事终止，征兵大部分必须退伍，则骤然离开军队生活而又失去职业或本无职业之数百万壮丁如何安置，即成为国家社会的大问题；而此则决非可以临时设法解决之事。又如下游许多工场，因战事迁移西南内地；或西南内地临时因战时需要设立许多新工业；战事终止之后，对于这些工业，如何使之继续存在于西南，尤其如何使之能应付平时入口外贸之竞争以自存，亦绝对有预为筹计之必要。否则一旦平和克复，资本纷纷下移，西南建设事业顿感动摇；而新兴之工业既失去国内战事之需要，复突遭外贸之竞争，势必不能支持，甚至引起破产与恐慌之象亦未可定。上次世界大战期中，我国有些事业因战争之需要骤形繁荣，及至一九一八年十一月停战之后，次第崩溃，如湖南之锑矿，上海之纱厂，即其最显著之例。此等事业均以失败如此之惨，即由于国人只眩于战时之非常需要，而未计及战后需要供给情势的变更。彼时我国资本家既无世界眼光，军阀政府更不足与言保护之责任。这次中国对日抗战，经济变动更大，政府自应当具有深谋远虑，于提倡战时建设之中，不忽略战后维持保护之长计。

以上不过举其荦荦大端，此外属于战后之整理建设事项，须要事先筹划者，如中央政治机构之调整，地方政治之整理，地方民意机关之普设，沦陷区内土地产权之确定，交通机关之整理，金融之调整，战区经济之复元等等，千头万绪，不遑枚举。对于战后这许多复杂而困难，需待精审研究的问题，是不是现在就应当有所准备？在最近开会的国民党五中全会及国民参政会里，政府各部均提出有抗战第二期行政计划。这自然可以看出政府对于抗战期中之建设工作，确是在有计划的积极进行。然而这些计划不一定都能适应平时状态；而已经实施的，到战后如何继续或如何变通，亦尚有研究之必要。因此我们想到前此拟制抗战第二期行政计划的各部会，亦不妨同时开始研究各自所管事项之战后整理计划。而且为使战后百端整理建设能有一贯的政策及通盘的计划起见，政府从现在起，即不妨筹设一种中央计划组织，集合各种事业或问题的专家，分门担任战后各项整理建设事宜之研究及设计工作。这个组织无论是隶属国防最高委员会或直隶行政院，其地位及规模似应当与行政院所属之一部会相当。预计战后相当时期内政府当仿上次世界后欧洲国家之办法，特别设立"复兴部"或"建设部"一类名称之行政机关，专管战后建设事宜。而现在设立之中央计划组织，将来即可作为组织上项行政机关之基础。中央计划组织，负有调整各方面战后整理建设计划之职责，在组织上不妨有现任政府机关之负责人员参加，在工作上亦必须取得政府各机关之协助与合作。尤其研究设计上必要的材料，军事机关及中央与地方行政机关，应当负尽量供给之义务。因为战后整理就建设之计划工作，关系建国大业至为重要，负此项工作责任之中央计划组织，自应当有在党政方面居要位而具有远大眼光之大员主持。对于这个计划组织，政府必须赋以相当大的权能，俾能积极工作，并且使其工作的结果能见诸实施，而不至束之高阁，仅仅留供参考之用。在原则上，这个组织应当作为政府机关之一部分，而不作为一个幕僚机关；它在政府中应当有独立发言之地位。至于详细的组织与职权，自然尚可商榷。

# 民生与物价

李卓敏

民生问题，在经济上可分为两方面看。一方面是怎样可以使能工作的人都有工作和都能继续不断地工作。（这是当代一个很严重的经济问题：在工业的国家，要靠政府怎样把商业盛衰的循环控制着来解决；在资本主义初期发达的农业国家，这大部分都是一政治问题。）这篇要讨论的不是这一方面。另一方面是怎样使每人的收入所能购得物品的数量，不会比以前减少太多。在短期中，如这种减少的情形出现了，人民的生活水准当即下降，因而产生社会多数人的无限痛苦——长期间的下降自然比短期间的容易调整。这对于我国都市与都市居住的人民更是重要，因为大半人的收入，只可以维持个人或个人和他的家庭的日常生活；若现在收入所能购得的物品数量减少太多了，虽然他还是继续的工作，收入却不能维持生活，于是社会许多罪恶就发生了。在短期间，一定的收入所能购得的物品减少，当然是因为物价突然高涨。所以民生问题的这一面观，是一个物价问题，就是我们在这里要讨论的问题。

本来物价并不能跟一平直线走，起跌是意中事。不过在短期间，猛剧的上涨就变成很严重的问题。我国近数月来，后方的物价，不间断地飞腾，这速率比抗战以来任何一个时期来得厉害。后方的物价，可分三种：洋货，"国货"和土货。洋货就是外国输入的货物，如外来的纸张，墨水，药品等。"国货"的国字，并不是指物品的来源地，而是指国内制造的物品。它有全国的销路，输运到国内各市场出售的，如上海的织造品和机造品，江西的瓷器等等。我们没有较好的名词，就叫它做"国货"，以别于土货。土货是一省内出产而销于省内的商品。洋货和国货，大半是供给中上阶级人民的需求，不是维持生活所一定不能缺少的东西，所以我们可以不加讨论。土货中最重要的是粮食，这些无论谁都要靠着生存。重庆的洋货和国货的价钱很高，不过土货价钱并不太昂，所以川中民众生活并不比前苦，可知土货的价钱对于民生影响最大。近来物价的突涨速率，都以土货为最高。就以昆明作例罢，在这三个月里，米价高了百分之六十，猪肉百分之四十五，蔬菜百分之三四十，炭却贵了整整一倍。平均来说，在这三数月中生活费竟涨了一半，并非甚言。假如每人的收入并没有增加，或并没有增加一半，自然发生种种困难了。近来在报章上和谈话中常以百物腾贵作为题目，就可知道情形的严重了。

　　土货物价突然于数月间猛涨，是什么缘故？普通举出理由有两种。一个是人口增加。抗战开始后，人民西移，需求土货增加，但是土货生产并不易促进，物价自然高涨。这是一个合理的解释。不过这只可以解释抗战以来后方物价的趋势，而不能解释近月来土货价钱的骤增。五月武汉和广州相继失陷，后方人口因而增多，这是事实。增加最大的地方也许是重庆，这是因为它是国都的缘故。除重庆以外，其他后方城市，也许并不增加很多。大概能迁入内地居留的早已来了，近来增加的不会占一个重要的数目。所以说人口增加，使土货物价在这三数月中高涨一半，恐怕不是一个强的理由。另外一个通常解释，是通货膨胀。政府无限制地发行纸币，物价就要提高，这是常识。抗战以来，政府种种税收减少，同时需要购用大宗军火，担负军费，国人因此就以为通货一定比例的膨胀。不过这个猜疑也未必全有根据；最近我国财政当局代表发言，说我们购买军火，都是用在国外的信用借款。这可以知道我们的币制并没有因为买军火而受大影响。我们到现在通货膨胀的程度如何，因为没有准确的统计，无从断定。不还通货膨胀，国币比外币的价值，自然跌落。最近半年来，国币在自由汇兑市场里的价值是八个便士（就是等于一元法币），没有改变。加以数月来洋货与国货的价格也没有增加一半，使我们相信通货膨胀并非土货物价骤升的理由。

　　土货物价的高涨，究竟是什么原因？我以为炭之所以贵一倍，肉和菜之所以贵百分之四十等等，大半都是因为米价的增涨。各种物品价格的高涨，当然有每物品供求情形不同，所以物价高度不一。我所说的是价涨的主因是在米价。在一个还没有完全资本化的农业国家，大半人民的收入，是刚可以维持生活。这是每一个国家的经济过程中普遍事情。经济学古典派的始祖亚当史密斯观察英国和大陆的情形，就发现一定律：农民和农人在长期间所得是刚够维持他们的生存；如收入是高于这生存水准之上，他们的人口就繁殖起来，人数多了，他们每人的所得就要降下来；反之，如收入是低于生存水准之下，很多就难于维持他们的生活，儿童的死亡率增加，及结婚年龄的人也没有能力结婚，结果人口是减少了，每人所得就增加了。所以在长时间看，每人收入是刚足以维持生存。这是所谓"工资铁律"。在工业化的国家，情形就不同了。工业化的结果，把人民的生活水准提高，每人就有一个日常生活的标准，这个标准自然比生存水准高得多。加以工人组织完密，工会势力宏大，企业家是不容易将工资减少的。近代英国经济学权威马舍尔说，工资铁律，在欧美已失去确性，不过在世界的一半人口经济组织中，依然存在的。

在英国十八世纪的下半和十九世纪的中半，都以谷价作为我们现在的物价指数，谷价的涨落就代表物价水准的涨落。这就是上述情形的结果。我国许多地方现在的情形并没有很大的差别。这是因为我们刚在这一个经济过程当中。近来我们在街上购买东西，就是雇人力车，问他们为什么物价或车费飞腾得这样厉害，我们得到的答复是："先生，你可知道米价是多少么？"读者恐怕都有同一样的经验。这是米价比其他物价更为根本的一个明证。

土货物价的增加，是因为米价的高涨。米价的高涨是因为什么呢？我们要研究的是它的突然高涨的原因，所以征发壮丁，赋税增重等因子对于农村所发生的不良影响不能用作短期间价格变动的解释。我个人以为，米价的突然上腾，是因为现行统制方式的结果——无论这统制是怎样的良善，和当事人怎样的苦心。

在战期中，统制米价和其他物价，好像是一个很自然的状态。欧战时候，各战争国家不是统制物价么？以法国为例罢，每一个城镇，都设有评价委员会，同时每一个月，家家都领有购物证；购物证多少由各家里人口来定。所以每家每日到指定的一个商店购物。可是这样的统制，显然与我们的不同了。我们统制的目的是使价格不能飞腾涨，统制是在一个城市；他们的统制是连每人购买数量都有限制，所以他们不但在一个地方施行统制而是在国内一切的城市。现行统制的方式，是根据一臆断，以为米的来源尽没有问题，只怕商人操纵市面，所以有评价之举，有公米行之设。欧战国家统制物价与购量，是知道供给不敷，就是评价有效，恐怕有许多人买不到，并且来日要闹荒，所以只有全盘统制。这样根本的不同就产生很不同的结果了。

在现行统制方式下，譬如因为某种缘故，四乡的米粮不向这城市运来，市内存米渐少，米价自然提高，虽然有评价的机构，也不能把米价压下去。我国农民都很少受统制的训练，他们和政府机关很少接触。所以现在米统制了，挑米到城里来非要卖给公米行不可，也许他们就有点不愿意来。这是国内一种很普遍的情形，并非在某地方一种特征。所以要在一个城市评定米价，非要在四乡也施行一种统制不可，就是根据这城市的需要来决定四乡每月应供给多少。或公米行代表政府，按月在四乡收买，然后专卖。这样评价才有效。

不过还有一个方法——这是最简单的办法，来解决这问题。这就是恢复自由买卖。商品的运输，都是向着价高的市场走的。城市食量需要增加，价钱就上涨，图利的商人，自然多在四乡收买谷米，向城市运来；农民知道价高的消息，也多挑米进来；食粮来源增加了，价格自然下降。政府只要取一种监察态度，不许有人垄断米的来源和米的出售，如此，米价自然不会飞涨。因为需要增加而高涨的，是避不免的，这是经济力量自然产生的结果，就是统制着也不能压下去。

米价不会继续的飞涨，其他土货物价也跟着不会上涨。这样人民生活费不致提高过甚，生活也就可以安定。抗战期中后方的一个严重问题——民生的一大部分问题，才算解决了。

# 抗战建国与地方自治

徐义生

在这抗战建国的历程中，我们现在逐渐看到地方自治的萌芽。这纤弱的嫩芽，以前虽经过近十年训政时期的播种工作，偏在这国家受到大风暴的时候发芽出来。它的出现却并非偶然的，是由于我们民族抗战在客观上的需要；而它的繁殖滋长，也是我们建立现代国家的重要政治基础。因此它的出现和它嗣后的繁荣，直接间接都影响到我们抗战建国的最后命运。我们决不能因为它的纤弱而漠视，而不尽心设法来培植它。

所谓地方自治，我们决不是说地方政权的割裂或是封建式的割据。我们深知道，我们民族的敌人以前也曾乱用地方自治的名义建立傀儡政府，来割裂我们的领土，破坏我国的主权。由于这种侵略行动，才逼迫我们决心抗战。还有一部分人们以为地方自治是地方和中央的分立，一切都不受中央法令所管辖，地方政府得为所欲为。这种意见真是绝大的谬妄，也是抗战建国的最大障碍。在世界上统一的国家里，地方自治充其量不过是地方政府得着宪法上的保障可以较自由地管理纯属地方性的政务。可是地方政府执行自治政务的时候，也常受到中央政府的指导监督和辅助的。若是中央政府基于全国民众的公共福利，要收回以前委于地方的自治政务时，也可以用合法的手续来收回的。在现阶段而谈我国的地方自治，我们只是说地方民意机构的设立和地方民主政治的推行而已。

在战争时期而要推行地方自治，所遭遇的困难好像要比平时来得多。为了求得战争的最后胜利，政府要求于人民的当然特别严重，并且执行也较严厉。所以战时政府的行政权总是特别增强，而人民的自由更受到严格限制。

可是我们决不能说民主政治不能在战时推行。我们得先看战争是哪种性质的战争，政府是怎样的政府。假如战争是为了少数统治阶级的野心或是利益而硬迫着人民去牺牲受苦，当然民主政治是他们所最顾忌的，而免不了受他们摧残或阻遏的。若是像我们现在的抗战，求的是整个民族的生存，为的是全民的永久福利，我们更要使全国人民普遍深刻地知道，政府的行动和要求是确切地站在人民的永久福利上的，人民就不会因为负担加重而怨诽，也不会因执行严厉而规避。民主政治的推行不仅是建国的百年大计，也更能促进现在政府和人民的深切认识一致行动。民众的基础愈广，抗战的力量愈大，结果是更有助于政府，更有利于抗战。

当抗战的初期，我们就听到组织民众训练民众的呼声。可是我们得承认，民众和党政军的关系，却还说不上十分融洽。当各地战事进行中，由于民众和政府缺乏联系，军民的不合作，在在都阻碍着抗战的进展，而遭遇着不幸的损失。直到去年七月中旬国民参政会在汉口举行首次集会，就通过设立省以下各级民意机关的议案。国民政府也于九月中颁布省市临时参议会组织条例，并定于本年元旦成立。这种措施却是由于抗战的需要，希望可以集思广益增加抗战的力量。可是直到现在，我们还没有听到各省市临时参议会的成立。不过我们却见到县以下各级民意机关普遍地成立在广西，并且正式集会了。这种地方自治能够普遍地在广西推行，却很值得我们注意的。

我们固然知道，地方自治的推行，并不是通过些议案，颁布些条例，或是成立些民意机关，就可以达到目的的。这种议案条例甚至民意机关，不过是推行的工具，由它们才能建立起民主政治。因此最紧要的还是在其能否切实达到民主政治。民国成立以来代议制度也曾试行过而结果是失败了。国民政府建立以来，地方自治的准备似乎更积极些，内政部曾颁布了不少的地方自治推行法令，也曾定期分年完成；各省也曾训练了许多地方自治筹备委员进行筹备。并且广东省已于二十三年中设立了省县各级地方自治机关。然而这种机关所表现得怎样，我们也都知道的，似乎还缺乏努力为地方公共福利服务的精神，而只顾地方上有实力的少数人的私利。民主政治虽是有供给各种利害冲突的势力有个和平调解的机会，然而其根本要点，还得看各种利害冲突的势力在公共福利的范围内占个什么地位。若是缺少了公共福利的大前提，自治机关所表现的免不了是要偏颇的。

可是在抗战前，广西对于地方自治的推行，似乎还并不十分重视，仅努力于行政军事的革新。这也是由于十四年前各地参议会的成绩太差，和推行地方自治的准备不够。那时有人批评过以前的县参议会，他说，"地方豪右，对上则利用民治之名，以专断一方；对下则支配选举，以把持一切。上而达令抗税，下而筹款加捐；而强豪之间，各不相下，则又利用民意自治等美名，以相控制。如是则争墟争款争权之案，层出不穷。豪右之分野日多，区域之割裂日甚。推其所极，非至一县裂为数十国，一税抽至数十种不止。执法乱政，祸国祸民，孰甚于此"。因此，不但县参议会是取消了，后来连地方人士所组织的财务局教育局也都裁撤了归并到县政府里，所残留的仅是不占重要的地方财政监察委员会而已。我们所见到的只是行政威权的提高和行政职务的增加。办民团，设学校，筑公路，架电话，清查户口，陈报土地、积谷储粮、养鱼造林——一切的新政，都在总部省政府的严格指挥监督之下，雷厉奉行。于是训练县政人员民团干部，乃至乡村甲长，做推行新政的干部人员。并且颁布了惩治土豪劣绅条例，若是地方人士有反对阻碍这新政推行的，就可列举事实依法惩治。从前地方自治的陈迹，是一些也看不到了。

可是从抗战发动后，广西方面却很努力推行地方自治。现在县有县临时参议会，乡镇有临时乡镇民代表大会，村街有村街民大会；就是省临时参议会也在筹备成立中。这次重大的转变，一方面固然由于抗战在客观上的要求，非要促起民众积极参加，不能负担起这次伟大的长期抗战；他方面也是由于最近五年来推行新政的经验，非要民众和政府融成一片，不能把一个文化生产落后的社会迅速地向进步的路上走。新政的推行，确决不是仅仅几万个行政人员所能单独担任的，而是要一千四百多万的广西民众都能积极起来负担。譬如训练民团，筹金办学，征工筑路等，都需要民众的力量。所以那时正式的民意机关虽没有，而各县区乡镇却也有许多请人民参加的委员会来协助行政。到二十五年底，各村街都一律规定要成立村街民大会。为"提起民众政治兴趣及讨论村街兴革事宜"的正式机关了。

"提起民众政治兴趣"，确是推行民主政治的重要准备，然而也不是轻而易举的事。在广西的经验，民众常是不出席村街民大会或是叫孩童去代表出席。政府方面也曾想尽办法去纠正鼓励，甚至动员各学校学生，公务人员眷属等去推动参加。不过它的成绩还仅限于协助行政方面，如清查户口，筹摊基金等等。县临时参议会成立还不久，集会的时候参议员方面还没有什么重要的议案提出，也没有什么讨论，而仅仅通过了政府所提出的议案。有人说，现在的县临时参议会和从前的参议会有些不同，只是辅助行政的机关，县政府依旧是直接对省政府负责而不是对临时参议会负责的。然而这种民意机关，难道没有一点监督行政的职权么？

根据广西省临时参议会章程，县临时参议会是有决议县单行规别和关于县行政事项的权，也有些关于财政监督方面的权的，如议决县收支预决算和募集县公债及其他增加县民负担事项。最近又将地方财政监督委员会裁撤而将其职权归并进去，若是正当地行使来，也就有监督行政机关的权能。所缺乏的不过是对县行政人员的直接监督，没有任免权，这本是我国地方自治机关从来没有行使过的。我国行政官吏素来只知道对上级长官负责，从没有对民众负责的概念；而行政官吏的惩戒，也大都在行政官吏的手里，司法机关和监察机关还没有占到重要地位。我们虽不主张将任免地方行政官吏的权赋予县临时参议会；然而对于地方官吏的违法失职行为，是可以赋予它有检举弹劾的权，对于县政府的措施，也可以有请求报告和询问的机会。在推行地方自治的时候，我们不应当看这种民意机关仅为行政机关的附庸，完全偏于协助政府的地位；最紧要的还要使行政官吏不仅是对上级机关长官负责，并且要对民众负责，只有民众才是他们最终的真正的主人。

在乡镇村街方面，乡镇临时代表大会和村街民大会的职权，似乎也可以扩大些，可以赋予行使四种政权的训练。现在这两种大会虽都有些关于乡村政务方面的立法权，然而对于乡村长是毫无权力过问。以前想"提起民众政权兴趣"而不能充分做到，大部也是由于乡村长的威权太盛的缘故。用治军的办法来治民，在民众方面不见得能有很浓兴趣的。在普通行政的序上，首要的是劝导奖掖，使民众心悦诚服的去做，强制执行实在是最后的办法，不应当时时刻刻用着马鞭子去鞭策的。若是做了乡镇村街长而不能够得着民众的信仰，不能够领导起民众，这种训练出来的基层干部人员是没用的。我们觉到政府方面至多将乡村长的资格规定好，选举罢免尽可以让民众自动的去行使。

我们听到在沦陷区域内抗战最坚决的地方，行政官吏如县长科长区长助理员和乡村长，都是由选举方式由民众选举出来的。这种现象虽然还没有普遍，可是很值得我们注意沦陷区域内的地方自治问题。沦陷区域内的抗战工作是更艰难，非要得到全体民众的竭诚拥护是难长期持久的。我们的土地可以暂时被敌人占领，可是我们的民心决不能一刻失去。团结民众的方法，也只有采用民主政治的方式使民众和政府军队融成一片。这样游击战才可以开展，经济才可以自给。否则政府军队在人民心目中，没有多大变化，和他们没有什么深切关系；而政府军队的需求供养，在人民看来，仅是加重他们的负担，加紧他们的桎梏，抗战的前途是要受到许多不幸的阻碍和损失的。因此，即使因环境关系在沦陷区域内不能普遍地举行选举，区乡村方面的民主政治实在应当普遍地推行的。

我们已经见到地方自治是在抗战最坚决的地方努力地推行着，我们也相信地方自治是在各省市县区乡村努力地筹备着，我们有抗战必胜建国必成的决心，可是目前还是在非常艰苦的环境里奋斗，我们只有团结我们民众共同奋斗来实现我们的决心。

# 抗战收获的一斑

赵晚屏

在本刊第一卷第九期,作者曾将战前中国社会的几种主要趋势加以评述。抗战发动以后,有些什么重要的新发展呢?我们在上文中提出了三点,认为近几十年来的中国社会是在进步中的。个人意志发展的自由和机会,社会的知识和理性,以及社会所给予个人及其思想的移动的便利,在战后不但没有受到什么阻挠,却反扩大而更趋于有力的发展。抗战需要各种专门的人才,这些人才现在都有极良好的机会去发展他们的能力了,国民参政会的成立便是最明显而具体的例子。旧的传统和恶势力像风卷残叶般地摧毁了,新而有力的思想和制度代之而起,这是社会知识和理性的复活。政府的西迁和人民的流徙,使各地方不同习惯、不同风俗的人民发生大规模的接触,本地人和外来人都受着新的刺激和冲动,无疑地将引起一种新的思想和文化的活动。这些承袭的发展我们且不必再提,我们要提出来的新的发展至少有三种是值得我们注意的。第一是旧的社会制度和传统本来非以极大的牺牲和努力不能改变的,现在很快地做到了。第二,中国社会的选择作用已经起了一番大变化。第三,国家主义的勃兴和地方主义的没落立下了今后国家统一的稳固基础。

中国社会里有好些旧的社会制度和传统观念早就不能适用,可是没有一个机会来暴露它的弱点,这次抗战加速了它的解体。兵凶战争,是中国几千年来的古训。《史记》范蠡曰:"兵者凶器,战者逆德。"《吕氏春秋》曰:"凡兵天下之凶器也。勇,天下之凶德也。"像这样的教训都已经深入民心,把中国人民变成世界上最和平的民族。好男不当兵是中国社会上流行最广影响最深的伦理思想，结果使得兵家的事都让绿林好汉和草泽英雄去干。抗战发生以后这种传统思想都站不住脚了，因为这种观念已经失去了社会的生存价值的缘故。抗战变成了社会最高的理想和德性，从军变成了国民神圣和光荣的义务。这是一个极大的转变，没有这次抗战是不会发生的。

我们再以家庭和婚姻来做例子吧！家庭和婚姻是社会最基本的制度，旧的势力最顽固，最不容易接受改变。中国的社会关系差不多全部建立在家庭的关系之上的，家庭关系的改变也可以说是社会关系的整个动摇。抗战虽然没有根本推翻旧的制度或建立新的制度，至少它已经加速了旧家庭制度的解体和新家庭制度的抬头。中国旧家庭制度的特色是大家庭制度，祖宗祭祀，父母主婚，亲属关系。现在，这些制度不但在形色上失败了，便是在社会的意义上也失去了控制的力量。代之而起的是小家庭，恋爱自由。神主牌位已经被炮火毁灭了，姻亲血眷也都从离徙分散了。在婚姻制度上，父母已经做不下主意，不但父母的威权已经不存在，做父母的自己也不想考虑这种威权了。关于婚姻的各种仪式和浪费也都省略和被漠视了，困难期间仪式从简成了极时髦的藉词。不过战后的中国家庭问题一定极严重和复杂。

社会的选择是一件极复杂的现象。有时直接的选择不如间接的影响大，有时当前的结果转不如后来的力量大。不过，战争的选择是以武力来执行的，它的作用特别严格而有效，它的手段是极激烈和残酷的。像章宗祥和曹汝霖之流在签订二十一条卖国条约时尚能姑息生存，要是在抗战的现在可不和韩复榘一样地被处决吗？战时的选择常多感情和暴动的成份，而且它所选择出来的人物和制度也不一定适合社会在承平时的生活的需要。不过这次抗战发生以后，除了在疆场上消耗了许多有志气和血性高的青年以外，我们不能发现其他的反选择作用。因为我们这次的抗战是正义之战，而不是侵略或是腐化的战争。所有被淘汰的都是老朽不合用的人物和制度，反之，所有能存在或新成立的人物和制度都是适应新的要求而起来的，这个新的要求是国家和民族的独立和生存。过去几十年是中国社会内部暗斗明争的时代，一方面是德高望重的老前辈，一方面是后生可畏的小伙子。老前辈抬着圣教的招牌和他们在社会上所已造成的势力。小伙子标榜着近代的科学方法和新道德观念。这种斗争在五四运动时开了花，在北伐时结成果，抗战发生后是瓜熟蒂落的时节。我们看一班一班的老前辈挡不住前面的怒潮，有的失败了，有的退隐了。小伙子一个一个地跳了出来，来当国家大事了。这个胜利不是小伙子的胜利，而是科学和新道德的文明战胜了圣教和旧道德的文明。这次抗战好比是借东风，促成了新的力量的发展的机会。这是一个极大的成就。

最后，我们要谈到抗战后最宝贵的成就了，这便是国家主义的勃兴。国家是现代文明下人类社会生活的最高形态，我们现在还没有超过国家的社会生活的理想，至少这种理想还没有成熟，因此，国家的理想是现在人类社会生活中最高的理想，国家主义也是现在人类社会生活中的最高尚的理想的表现。欧洲经过中世纪各国政府和罗马教会几百年的斗争才粗具了国家主义的雏形。德意志和意大利经过了几十年的争斗和战争才于十九世纪完成了国家的统一。如果我们因这一次的抗战而奠定未来国家统一的基础，我们不能不庆幸我们所付出的代价之微薄。

这次抗战促成国家主义的成熟和永久统一的力量有两个。第一个是抗战本身的力量。战争是两个国家相反的意志最高度和最强烈的表示。因为有了一个敌对的国家意志的存在，所以国家的自我意识的觉悟在战时特别明显。这种觉悟在一个为求生存而争斗的国家尤其深切，因为它的感觉特别痛苦。表现国家意识的是个人的国家主义。不过这样造成的国家主义是暂时的，战争一结束，外来的威胁不存在，国家意识的觉悟也会慢慢地淡薄下去的。促成国家主义永久基础的力量是人口移动后的地方主义的消灭。中国的广袤的面积和交通的不方便，使各地方人民的政治生活，文化生活和社会习俗都表示着浓厚的地方主义色彩。在这种情形之下，国家统一的大业无法完成。这次战争使全国各地方的人民混杂起来互相接触。在这过程中发生了许多不幸的误会和冲突。这是不能避免的。他们争执的结果不外两条路，一条路是彼此互相退让，成立一个折衷的办法。一条路是争执的两方之中有一方面屈服另一方面。我们要知道这种争执不是人和人之间的争执而是两个不同社会习惯之间的争执，他们之间迟早总有一种新的关系成立，冲突不断发生，新的关系不断成立，冲突的范围愈大，新的关系愈复杂，国家主义的根基愈深固和坚实。

中国以前几次对外战争为什么不能像现在一样造成强烈的国家主义呢？这原因很多，第一，当时的外患的危机并不影响国家根本的生存。第二，当时的中国社会并不是一个灵动的有机的整体，京津失陷了，在内地的省份连一点消息都不知道也是有可能的。第三，过去对外战争的影响只限于一地，与他处有不关痛痒的情形。根据这些观察，我们可以说，抗战的局面愈持久，我们愈失败。而向内地退却时，对于我们以后国家主义的养成和国家的统一工作愈为有利。因为我们愈向内地退却时，国家的意识也跟着向内地推进，我们在形式上是退却，在实质上却是推进。我们的失地愈多时，表示在以后规复失地时有更多的人有过亡地的痛苦，他们的国家意识一定比任何其他的人更强烈。

  这些都是客观的条件。在主观的方面，个人生活的眼界已经从家庭主义扩张为国家主义，个人的思想中，国家的重要性是在增加着。国家至上、民族至上的思想表示一种新的觉悟。以前是先治身，再治家，然后谈治国。现在的想法刚刚反过来，没有国，谈不到身和家。国家主义的精神已经存在了，国家统一的局面已经伏下了基础了，这是抗战后最宝贵的收获，只看我们以后怎样去发扬光大。

# 告别（独幕剧）

周正仪

人物：——张志济，男，二十七岁，外科医生。
　　　　黄绯霞，女，二十二岁，张之爱人。
　　　　张老太太，五十岁，张母。
　　　　男孩，十岁，张弟。
　　　　女仆
　　　　（人名简称：张、黄、母、弟、仆）
地点：——重庆。
时间：——某夜九时。
布景：——黄绯霞的书房，置沙发，书架，书桌，钢琴，椅等等。简单素雅，说明着主人是有产而受过高等教育的人。

　　幕启时，黄正在弹钢琴，且弹且歌自由神曲。歌未竟，女仆携一医生所用之药品箱上。

　　仆——（放下箱子）小姐，张先生来了。
　　黄——（停奏回头）呃？
　　仆——张先生来啦。
　　黄——哦，（立起）快请进来。
　　　　（在女仆往外走的当儿，张志济上。）
　　张——（对女仆）我的药箱呢？
　　仆——在这里。
　　张——好，就搁在这儿吧，外边的东西费心点照管一下。

仆——是，张先生。（下）

黄——（娇媚作耍态）我的打克特，我没有跌断腿子呀。

张——哦，你指我的药箱，是不是？绯霞，我已经决定了。

黄——决定什么啦？

张——我们不是常说吗，在这个大时代里，我们当尽点小力量。我常想到前线去工作，可是就好像睡早床样，明明晓得太阳已经早出来了，该是起床的时候，不过总舍不得热被窝，舍不得那个迷迷糊糊的睡味。

黄——（不耐烦地）别这么诗人劲的，有话就爽快点说。

张——我就要动身啦，告诉你。

黄——动身？到哪里去？

张——我要到战地医院去服务，我昨天才决定的。我已经报了名，领了证书，医院的事也辞了，今天就动身。

黄——就走？

张——（点头）搭"民生"走天亮就开。

黄——你怎么不同我早说？

张——对不起，因为我太忙了，同时我就是这种人，不愿意没有做到就先说到。我这个时候来了，一层是来告别的，二层我还想你也——

黄——怎末？

张——我想征求你的意见。

黄——那我当然赞成，一点不阻拦你。

张——不，我还想你也同我一块去。

黄——呃？

张——我觉得我们应当尽点责任，不该说空话。不过我不勉强你，一层时间仓促，二层，你的家里是不是——

黄——那倒没有问题，不过——（忽然想起）你的母亲晓得你走吗？

张——当然不晓得，我偷偷跑出来的，连我的弟弟都不晓得，一告诉他们就走不成。

（黄绯霞低头沉思，旋踱来踱去）

张——你究竟怎末样？我要走啦。

黄——究竟到什么地方去？

张——还不晓得，到了宜昌就会晓得，不过总是离前线不远的地方吧。

（黄绯霞无聊地四顾。台上沉寂少顷）

张——（打破沉寂）前线无论如何比后方危险。

黄——依哟，你当我怕危险吗！

张——（再进一步）不不，你还是不走好。（提起药品箱）我要走了，再见吧。

黄——（惜别）你慌什么呢？

张——我怕我的母亲发觉，就走不成。

黄——你等一会好不好？

张——怎末？（放下药箱）

黄——你等一会！我，我（咬牙）我也走。

张——你也走？

黄——（佯嗔）谁冤你？

张——（大喜）好极啦！

黄——我马上就去收拾东西，你就在这里等我。

张——好，我就在这里等。

（黄绯霞下，张志济走到钢琴旁，无聊地乱弹着。女仆捧茶及一盘点心上。）

仆——张先生喝茶吧。

张——放到书桌上。小姐呢？

仆——小姐说她要收拾甚些东西，叫我拿点心来。

张——你快去帮小姐收拾去。

仆——小姐说她自己收拾，不要我帮忙。

张——哦，那好吧。（坐下喝茶吃点心）你出去好啦。

仆——是。（不走）小姐叫我看着，陪着张先生的。

张——我要你看着做什么？出去吧。

（女仆懒洋洋地出去。张志济掏出表来，凝视着，显出焦急的神气。黄绯霞上。）

张——就收拾好啦？

黄——我清出了一点东西，就叫老妈子收拾去啦。

张——你不是不要她动手吗?

黄——是吗?哦,我刚才叫她的。

张——你父亲的意思怎么样?

黄——嗡……(迟疑)没有问题。

张——说好啦?

黄——可不是吗!

（后台传来汽车喇叭声）

张——谁来啦?

黄——谁呀?

张——你听汽车?

黄——哦,是这么一回事!大惊小怪,路上过的车。

张——我先到外边去,把东西弄走。

黄——慌什么呢?

张——不,还是早点好。

张志济提起药箱要往外走的当儿,张老太携张弟匆匆上。

张——妈,您来了?

黄——同时(惊)张老太太来了?

母——志济你要到那里去?

（黄绯霞机警地将药箱从志济手提过匆匆提开）

张——我那儿也不去,妈。

母——我不相信!我在外边看见你的铺盖箱子啦。黄小姐你不用藏药箱啦,我早看见啦。

黄——(顽皮)您真是了不得。您身体好?

母——谢谢你,黄小姐。(向志济)你究竟要到那里去,不要瞒我呀,孩子!

张——您老人家真是!我哪儿也不去。

黄——志济那儿也不去,您老人家,他是到我这儿来玩的。

母——黄小姐不要骗我。

黄——我凭什么要骗您?

母——黄小姐,他来玩还带铺盖箱子做什么?

黄——(语塞)我,我不晓得。

母——志济！你那儿也不准去！

张——（强辩）我本来那儿也不去嚜。

母——那你马上就跟我回去，汽车还在外面等着。

（张志济像热锅上的蚂蚁很窘地走来走去）

张——（立住）您老人家晓得我要到什么地方去吗？

母——孩子，你还在当我不晓得，你不是要到前线去吗？不是就赶民生轮船走吗？

张——（即已弄穿就率性——）对啦，可是您听谁说的？

母——谁也没告诉我

张——那您怎么知道的？

母——我看见你房里东西没有了，就猜到了。

张——妈，我房是锁着的。

母——我不会开吗？你问这些做什么？是在审问我吗？

张——（偏要问到底的劲）那末又怎么知道我要搭民生走呢？

母——明天早上就只有民生开。

张——那您怎末不到民生船上去，偏要到这里来呢？

母——（窘）嗡……你怎末挖根问底！我错啦吗？孩子？（用母亲的威严当武器）——哦，你，哦你，我还不晓得吗，你不会来跟黄小姐辞别？

（张志济瞥了黄绯霞一眼，她正咬着小指低头望着地。台上静寂少顷。）

母——志济，快回去！

弟——哥哥回去呀，好不好？

张——我晓得啦，一定是你胡说八道。

弟——（怒）那个胡说八道？

张——就是你！你对妈说我走，是不是？我不喜欢你！

弟——（快哭了）小狗子才对妈说的！人家黄——

母——（急急）甚么！

张——乖弟弟我喜欢你，你告诉我。

弟——我不晓得。

张——嘿，你这孩子不诚实，哄骗哥哥！

弟——（苦脸）是妈不让我说的，黄小姐打的电话。

母——你这孩子！半句话都装不住！

（张志济鄙弃地看着黄绯霞，她扭头旁视）

母——人家黄小姐是为我们好。

黄——（回头）志济，对不住你。

（张啼笑皆非似的）

母——志济你不能走！我抚养你不容易啦。

张——（半哭地）可是，妈，我现在已经是国家的技术人员，不走也不成，我已经买了票，马上就要走。您老人家放心，我是去当医生，并不是去打仗的。

母——炮弹没有眼睛的，它不打医生吗？

张——可是，妈，我死也要走！告诉您来人家罢：人世间死还不是顶叫人伤心难受的，人谁不死呢？最可怜的是一些死不成活不了的人，像那些受了伤的兵，没有人医治，就是的。他们断了腿子，断了膀子，出了肠子，往往因为医生少，救治不到。叫天喊娘没有人理，尽他们流着血慢慢死去，这才叫可怜伤心啦！您是心慈面软的人，您替不替他们难受？如果您的儿子也当了兵，受了伤没有人治，您难受不难受？您老人家为什么要念佛吃素？

母——（泣）孩子！

张——（快感动母亲了，就不放松您啦）假使我们是做工的，种田的，我不也要被征的去吗？——你还记得罢？刘寡妇合共才两个儿子，大儿子不打死了吗？可怜她，丈夫死了十几年，一针一线把两个儿子养大，大儿子还是死了。我们的爸爸也死了十几年，可是他老人给我们留下一笔财产，所以我还能上学，要是我们也同刘寡妇一样，我不也要被征的去了吗？

母——（摇头）我晓得，不过我舍不得你。

张——妈，您当然是疼爱您的儿子，可是您晓得吗？在前线打仗的，那个不是他妈妈的儿子？又那个妈妈不心疼他的宝贝？您老人家替天下可怜的妈妈想一想，把您疼爱您的儿子的心，放开去疼爱别人，让您的儿子去救别人的儿子！再说，我已经说过了，我并不是去当兵，没有什么危险的，您过细想一想。

（台上沉静良久。张母无声地拭着泪，绯霞默默地看着他，他眼向前平视）

母——志济！

张——妈，怎么样啊？

母——你去啦！

（张志济扑通跪下，叩了一个头）

母——（扶起儿子）要格外小心呀，常常来信。

张——您老人家放心，那一定的。

母——你拿了多少钱？

张——很多，三百块。在前线不要钱用，将来不必寄钱。

母——就要上船？

张——就要上船。

母——好啦，我们一块去吧。

张——您先同弟弟上汽车，我弄行李去。

（张母携次子下）

张——（提起药箱，向黄——）没想到你是这样一个人！

黄——（愧）可是我完全为了爱你。

张——（凝视她半晌，最后——）再见！

（张志济匆匆下，黄绯霞失神地立在台中）

# 诗

黄贤俊

## 长　城

古代的先民冒风，冒雪
冒烈日底淫威，
更用着鲜血与白骨
建起这伟大的长城，
来保卫他们美丽的山河
替子孙防御窃贼！

但谁知经过了百年，千年，……
在古老的岁月下，它竟沉沉睡去，
让豹，让狼，爬过它庄严的身躯。
那些后代儿孙也在低低啜泣。

但有一天，它终于会奋起来，
像一只醒来的雄狮：
用它的爪，用它的牙，
将那些豺狼，逐回旧穴。
唤起这沉睡久的民族。
向世界发出巨大吼声！

## 孤雁吟

将一生歌声写上水面吧，
将一生哀乐付与风雨吧，
翻山过水，带来巫山的月色
为旅人，泻下个个苍白的梦。

去吧，鼓起健飞的双翼
在烟波间探寻水晶的珠子！
不须珍稀褪色的羽毛，
与怀乡的哀愁泪。

飘零在苍茫的夜色里，
飘零在昏黄的夕晖里；
从千山万水间驼着身世的凄苦，
深谷里，栖息过凄惶的叹息。

去吧，在青空里去建起一座乐园：
园里有庞大的阴森树林，
有无涯的温柔的海。
夜夜用豪壮的歌声，
唤回天涯凄苦的旧伴！

将一生歌声写上水面吧，
将一生哀乐付与风雨吧，
敛下两只健飞的双翼
在枝上，重温一次苍白的旧梦。

**本期撰者：**

周鲠生先生是武汉大学教授。徐义生是专门研究地方行政问题者，现任职中央研究院社会科学研究所。李卓敏与赵晚屏两先生在本刊俱已有文章发表过。周正仪先生现在西南联合大学肄业。黄贤俊先生是一个青年诗人，现住昆明。

# 第一卷第十六期（1939年4月16日）

## 时评

### 意大利侵占阿尔巴尼亚

德国并吞捷克，不及一个月，意大利又进兵侵占阿尔巴尼亚。

阿尔巴尼亚，是个小国，面积才一万一千余万英里，且多山地，岩谷错综，交通梗阻，就是近海平原也多卑湿不宜居处。资源虽有农产矿产，均未发达。所以人口才百余万，文化落后而勇悍善战。这样一个贫乏的国家，拿到手有何好处，很成问题，并且有险阻的山地，有勇悍的人民，夺到手后，如何绥战，更成问题。阿比西尼亚到手已经三年，所收获远不及所消耗，今为何又于阿尔巴尼亚发动这得不偿失的侵略举动？

固然，阿尔巴尼亚于意大利地势至为重要，意大利的"大靴子"，靴尾正对这块巴尔干的山地，中间海峡，距离极短，所以意大利得到了他，便可扼住亚德里亚海的咽喉，将这个狭长的海变作"意大利的湖"，因而控制巴尔干半岛的西部。但是自从欧战以来，意便在阿，占特殊地位，时而借武力，时而用外交与金钱，伸张其势力于这个弱而贫的国家，实际已成了意大利的保护国，进一步的并吞，似乎并非必需。然而意大利为什么轻动兵戎，冒世界之大不韪来侵占这已在掌握中的国家呢？

简单点说，也许是看希特拉看的眼热。赭衣领袖一年里，并吞了奥国，又并吞了捷克，而黑衣宰相向法国闹了许久，犹无所得。德意轴心显分重轻，为支撑他的门面，为满足国民的欲望，因而师希特拉的故智，欺凌小国，以重兵压境的办法迫人服从，灭人国家。寻常人效尤欺人，尚为世所齿冷。以堂堂大国来学人家的坏榜样，占一个不费力的便宜，这是国际间公理沦丧的怪现象，是法西斯国家"轮流打劫"的危险趋势。

一九三一年日本夺取我国东北，而列强坐视，于是有意大利的侵吞阿比西尼亚（一九三六——三六），德意的公开参加西班牙内战（一九三六——三九），于是有卢沟桥事变（一九三七），于是有德国的并奥（一九三八）并捷（一九三九），今又有意大利的侵占阿尔巴尼亚。野心者相互利用，轮流劫掠，愈演愈酣，而国际危机也愈来愈迫。那些力求避免战争的国家，反而似非战争不可，觉悟纵容的失策，恐已晚了。（寿）

## 美国将修改中立法

美国现行中立法是一九三七年五月一日起生效的。除第二节（关于禁运军需原料的规定）有效期限定为两年外，全法原来是一种无限期法律。最近参议院外交委员会主席毕德门氏向该院提出新案，主张以之代替现行的中立法。新案中使我们最关切的一条是：各交战国得向美国购买各种物品，包括军器在内。但须用现金购买，自行运输。这不只是维持原法第二节的存在，并且扩张"现购自运"的原则于军火与军器。中美协会因这种办法于我不利，已致电美国当局表示反对。美国若干参议员以及"不参加日本侵略行动委员会"也以同样理由不赞成毕案。查毕案的主要动机有二：一则可以给英法较大的便利，二则可以鼓励美国军火制造业增加生产量。英法较德意金多，购买力较大，如果许可限购自运，民治国家与侵略集团间一旦发生战争，英法仍可向美国购买军火，而德意必因现金缺乏，船只不多，欲购不能。美国积极整军，很需要国内军火制造业的协助，为鼓励他们增加生产量，许可他们售卖军火给交战国是一个很有效的手段。后一种动机较前一种动机重要，所以参议院或许通过毕案。

中日间"事实上的战争"已经进行了二十一个月，而美国至今尚未实施中立法，这原是对我们一番好意。自美国国务院劝告美国各飞机制造厂停止售卖飞机给日本后，输入日本的美机已逐渐减少。本年二月间，美国任何军火都未向日本输出。这种办法持续下去，即令毕案通过，对我们也无妨害。只怕通过后，日本对我宣战，变"事实上的战争"为"法律意义的战争"，而迫使美国实施中立法。那时对中日双方都将发生不利的影响。日本虽能自运，但因现金缺乏，仍难购买，我国纵能现购，但无船自运，而雇佣第三国（美国除外）船只代运，势必又受日海军的捕获。所以主张毕案的人们纵然可以"该案并不袒日抑华"为解释，但该案之不能有裨于中国也是显而易见的，我们仍望美国会能将欧洲问题与太平洋问题分开讨论，对于太平洋上的战争另有更合理更顾全正义的中立法条款。（岑）

## 昆明的米价

上涨已有多月的昆明米价在上月底本月初不到十天的功夫涨了百分之二三十，曾一度达到每石三十二元的高峰，比较重庆近来的每石不过十元，上海的十三四元，都高二三倍。四月四日云南政府委员会会议议决改组公米行，恢复各米商自由营业，禁止公行和私人米铺另抽一切捐款，开放军米区，提取省市县仓积谷等办法。省府决定了这些办法之后，米价果然立刻跌落，八日为二十五元一石，同日报载负责办理平减米价的段军需局长谈称本月十日前由军米区可运到米一万公石，其他各县的米于最近的将来可运到十几万石，这些供给不断来到，则昆明的米价今后还要跌落。我们希望最低限度要把它平抑到不超过二十元一石，如能平到十五元左右，更是都市人的幸福。一般人民，因为这次昆明的米价飞涨，的确发生很大的恐慌。所谓"民以食为天"就是指多数人的费用和汗血可换取得的收入百分之七八十是花在米上。关心民生的人所不明了的是为什么不找出涨价的根源，痛痛快快地解决这个问题，并且觉得这种可以免除的无理的涨价，如同饥荒一样，是一件不应该在现代社会发生的事情。又想到现代时髦的物价统制多半的目标是在限制产量和提高或维持价格，使生产者多得利益，而中国素来的物价问题是怎样去抑低它。

这次昆明米价飞涨的原因我们听的很多，如人口增加，通货增加，运输不便，奸商操纵等等。省政府会议认为除了这些原因之外，尚有公米行办理不善的原因。昆明市原来有米铺二三百家，公米行设立之后只准二十多家交了保证金的米行做米买卖生意。农民携米进城找不到它们素来的买主，同时价格亦不能像从前那样地由买主竞争出价决定，而是由公米行规定，农民觉得有点莫名其妙，索性不再进城卖米，米的供给因此减少，从这些看来，最近昆明米价的高涨，公米行的制度的确应负一部分责任。现在我们有了经验，看见米价高得不对时，就几千万石地从外县运来，看看米价跌不跌，看看那没有良心人能乘火打劫不！现在云南省政府所采的办法是个直截了当的办法。（佶）

# 论游击区及大后方的经济建设

吴半农

敌我两国的经济性质决定了我国目前的抗战形势；而目前的抗战形势又决定着二期抗战的经济建设途径。

敌是高度发达的帝国主义国家，我是落后的半封建半殖民地国家，故在抗战的初期，必然敌强我弱，敌占优势，我占劣势，敌取战略进攻，我取战略防御。但同时敌是小国，我是大国，敌人的兵力财力有限，我则人力物力无穷，故敌人虽利用其优越武器和坚强兵力，占据了我国沿海沿江沿铁路的各城市，并切断了我国重要的交通线，但我们仍能利用敌人兵力不足和分散的弱点，在其后方和两侧发展广大的游击来制敌困敌，使敌不能深入。加以我国经济重心所在的广大农村，大体还保留着自给经济的特质，它不但能够支持游击战争的给养，而且能够封锁敌人所占据的城市，使敌在经济上感到困难，这更保证着游击战争有普遍发展和长期进行的可能。第二期抗战开始以来，我方战略确已侧重到游击战而放弃了大规模的阵地战。蒋委员长所宣布的"政治重于军事"，"民众重于士兵"，"游击战重于正规战"，"宣传重于作战"四个口号，便是这一战略转变的明确表示。我方战略改变后，敌人的进攻虽没有停止，但其攻势已经稍杀，没有以前那样猖獗了。我方如能向着这一正确的路线坚决走去，敌人的进攻不久当可终止，相持局面不久当可来到。

然而，游击战能制敌困敌，停止敌人之进攻；但它自身却不能使我转弱为强，转劣为优。我们只有利用这个以游击战为支柱的长期相持局面，在广大的后方加紧训练大量的新式部队，提高作战的技术，才有可能大规模地进行反攻，把顽敌驱逐出去，以达最后胜利的目的。但须知二期抗敌实是一个最艰难，最痛苦的过程。在这个过程中，我们一方面要在前线与顽敌作长期的残酷战争，另一方面还要在后方树立新的强大力量，准备反攻。这就是说，我们要同时进行两种艰巨的工作，即一面应战，一面备战。然而，这一时期却是整个民族解放战争的重要关键；我们能否转弱为强，转败为胜，便看我们在这一时期中能否以全民族的力量利用并创造时间，去克服困难，完成准备。固然，国际局势的有利变化和敌国政治经济的危机都会随着战争的延长而日益增加其可能，但这些变化只能视为意外收获，绝不可以列到我们的预算上去的。

这是现阶段抗战的整个形势。看清了这种形势，我们便知第二期抗战的经济建设实负有两种不同的任务，即一方面我们要使各游击区能够在经济上长期支持游击战争，另一方面还要在大后方（尤其是川康滇黔等省）加紧建立大规模的国防工业，使经济发展能和新军训练相配合。换句话说，我们目前同时进行两种经济建设，即（一）以应战为目的的游击区经济建设，（二）以备战为目的的大后方经济建设。这两种建设是一事的两面；但因其目的互异，故其方式和内容，性质和意义也有不同之处。

大体说来，游击区的经济建设既以支持长期的游击战为目的，则其一切设施自应适合游击战争的需要。这里，我们可以提出几点来讨论。

第一，目前的游击战争在经济上实是一种农村经济对抗城市经济的战争。我在《论游击战的经济基础》一文中，曾经指出"农村经济的自给性是我国目前长期抗战的坚强力量。它不但保证着中国的农村能够离开都市而独立支持长期的游击战争，而且保证着农村可以制胜都市，陷都市于不利地位。"这一点是很重要的。而且战争愈深入到敌人的后方，经济的能否自给愈成为抗战的续绝问题。我国的农村本体上虽还能自给，但究因国际经济的长期侵袭和都市经济的兴起，早已局部脱离自然经济的基础而踏上商品经济的道路。加以年来内地经济凋敝已极，农民生产力极度低减，农村的自给能力更受到重大的影响。在这种形势下，各游击区的急务莫过于增加农村生产，俾使经济的自给性逐渐加强。在这项意义上，晋察冀边区的春耕运动和代耕队（为抗战军人家属代耕），垦荒团等组织，以及各地发展手工业和副发等运动，都是十分正确且必需的。

第二，由于重要都市和交通线的丧失，原有贸易机构的破坏，各游击区的经济生活一时失却平衡而陷入紊乱状态中。尤其是高度商品化的一部分农产品，一时销路阻塞，致使一部分农民受害不鲜。其补救之法便在迅速建立新的交通和贸易机构（晋察冀边区设有裕民公司，借以统制对沦陷区的贸易，但对大后方的贸易迄今尚无适当的办法）；使游击区的重要农产品仍能绕道输出。这一点，对于发展战区经济，改善农民生活，增加后方原料，防止以物资敌，增进出口外汇等等，都具很重要的意义的。如果交通一时毫无办法，我们亦应有计划地改变耕种内容，急速回到自足自给的生产上去。例如晋察冀边区原为棉花的大宗出产地，去岁棉花的处理竟发生了很大的问题。当时摆在当地政府面前的有两个难题：是任其输出，供敌利用呢？还是禁止输出，叫民众饿肚子呢？最后的决定是政府收买了一部分以作军需，其余的只得在征税后任其输出。但自今年起已决定禁止种植棉花，恢复谷物耕种以求自给。除棉花外，各战区的烟叶生产和江浙的蚕丝生产也有同样的问题。我们应速加以有效的调整，使各游击区早日促成新的经济平衡。

第三，各游击区，因为交通梗阻，局势不定，虽然只宜于发展农业和小工业，但生产技术的提高仍然是必需的。关于这一方面，浙省所行的"两改"政策及其农业改进所和手工业改良所的组织，都是值得推广到其他游击区的。同时中央所主持的农业生产促进委员会和中央农业实验所等机关，亦应深入到各游击区参加工作。

第四，我国农村生产力之低微，由于技术低下者少，由于生产关系和生产组织之陈腐者多。在这二期抗战中，各游击区应有计划地把一切不合理的封建剥削制度逐步扫除，而代之以进步的经济组织机构。例如农业方面，目前应切实推行减租运动，将来要做到"耕者有其田"的地步。金融方面，应速建立信用合作机构以代替高利贷资本的剥削。商业方面，又应发展运销合作社以代替中间商人的垄断。浙省近有所谓"三网"（即合作网，金融网，交通网）政策之推行，是可以仿效的。至于手工业方面，更应使直接生产者自己组织生产合作社以摆脱商人资本的剥削关系。近来工业合作运动已成为工业建设的一支生力军。我们甚盼其能"深入到游击根据地，敌人后方中去，步步为营，普遍地布置着生产的堡垒"。此外，各游击区的苛捐杂税亦应尽量废除，以苏民困。这些除旧布新的工作是十分重要的。它不仅可以加强目前的抗战实力，而且可以为抗战后的经济建设扫除障碍，奠定健全的基础。

第五，游击战的军需供给，虽可随时随地变敌伪军为军火输送队而尽量利用其战利品，同时并可大量仰给后方，但在长期战争中，我们应设法做到每个游击根据地设立一个或数个小型的兵工厂以自制弹药，手榴弹，步枪，手提机关枪等的程度。报载鲁西北游击队在某地有一修械所，能自造手提机关枪，现正设法制造轻机关枪；又有小兵工厂一所能自造炸弹；又第六区总司令部还有被服厂和面粉厂。晋察冀等省政府亦在某土布区设有土布工厂，自制军服。此外，同蒲路工人游击队也在某处成立了一个修械所，利用当地的煤铁铅制造步枪。这些都是零星的消息。希望此后其他游击区都能向着军需自给的道路上迈进。

第六，除了上述各方面的经济建设外，各游击区还要同时对敌人所占据的区域作经济的反封锁，并不断进行有经济意义的游击战，以粉碎敌人开发我资源的迷梦。关于前者，我们应加强民众组织，恢复农村自给，改变生产性质，建立新的贸易机构等等以利实行。关于后者，我们应改变各游击队着重军事意义的进攻而忽略经济意义的进攻之倾向，有计划地袭击，占领或破坏各沦陷区的工厂设施及交通孔道。过去八路军的宋邓挺进纵队深入冀东，攻克乐亭，袭入滦县，昌黎及唐山市郊等地，切断北宁路，炸毁敌伪的矿山油库，并引起唐山七千工人武装暴动，便是一个好例子。又如井陉矿工，枣庄矿工，同浦路工，道清路工等游击队之组织和活动也都有经济上的意义。第二期抗战中应多发动这一类的游击。

上面已把支持战局的游击区经济建设作了一个简略的讨论，现在让我再进而讨论大后方的经济建设方针。前面已经说过，大后方的经济建设应以准备反攻为目的，故其方针和游击区的建设大不相同。

第一，大后方的经济建设应以树立工业化——尤其是奠定国防工业健全基础——为最高原则。在目前，工业建设不可不与提高军事技术，创立机械化兵团等要求相适合；在将来，更应和复兴战后经济，建立现代化国家等要求相适合。故规模要宏，魄力要大，眼光要远。抗战以来，政府一再迁移战区的国营和民营厂矿；并在后方开发铁铜铅煤石油等矿，建立机器制造厂，飞机制造厂和酒精厂，筹设钢铁厂和精铜厂，扩充和增设电力厂；同时并协助私人建设碱厂和炼焦厂；都是向着这个远大目标推进的。最近听说政府已拟事第二期战时经济建设计划；日前报章上亦载有经济部拟发行建国公债五万万元的消息；可知第二期抗战以来，政府对大后方的经济建设已更趋积极。私人方面，还有华西垦殖公司，预定资本五千万元；大华实业公司，预定资本一千万元；华侨胡文虎拟投资三千万元；这些事业也都以开发西南为目标。

第二，所谓工业化不仅指建立若干厂矿而言，它不能缺少整个的现代化经济机构做基础，否则很难发展健全。所谓现代化的经济机构，除了大规模的基本工业和矿业外，还应包括新式的交通网，健全的金融组织和资金市场，现代的运销和贸易机构，大规模的商业组织等等。西南和西北各省原是经济落后的省份，抗战以来，因为交通发达，资金内移，已渐渐踏上现代化的大道了，但离健全的标准实在尚远。今后还希望中央和地方政府以及社会人士有计划地向这方面加倍努力。

第三，统制经济实为经济动员的基本条件。抗战以来，我们对于这一方面已经获得许多成就。但统制的范围还不够广泛，统制的机构也不够严密。第二期抗战中我们必须加紧向这方面努力。尤其对于进出口贸易，外汇和物价等，更应急速作进一步的统制。

第四，敌人现正以全力封锁我国的经济，我们除在各游击区报之以反封锁外，在大后方必须加紧完成各重要国际交通线，以粉碎敌人的封锁政策。现在滇缅公路已经完成，叙昆及滇缅铁路亦应加工赶筑，限期完成。又对苏联的交通更应早日筹划，多辟途径。

除了上述四点外，我们在讨论游击区经济建设时所提到的各点也有一部分应在大后方施行，但和这四点比较起来，究竟属于次要的项目，故不赘。

总括起来说，游击区和大后方的经济建设是两种意义不同的工作。前者是以支持游击战，以牵制敌人，争取时间，掩护大后方的国防建设为目的；故消极作用大于积极作用，应战意义大于备战意义。后者是以利用前线的长期相持局面，以完成建军建国，准备反攻为目的，故积极作用大于消极作用，备战意义大于应战意义。但这并不是说，游击区的经济建设比大后方的经济建设来得重要。我们应该明了这两种建设在迫切程度和重要性上是相等的，因为没有普遍和长期的游击战争来作掩护，大后方的任何建设都是谈不到的。

过去中央政府对于大后方的经济建设虽较努力从事，但对于游击区的经济设施辄取不闻不问态度，这是很不对的。现在游击战争已成为第二期抗战的支柱，我们切望中央政府能改变方针，划出一部分财力和人力，积极推动各游击区的建设事业。中央的经济行政机关更应深入到各游击区去，使游击区成为中央经济行政机构的一部分。各公私金融机关亦应在政府的统筹下分别组织银团，参加各游击区放款，以补政府的财力之不足。

# 法治民治与统一

王赣愚

近来国内一班人士有"政治制度化"的呼吁。国民参政会第三次大会中,也有确定民主法治制度的提案。本刊第五期曾刊载傅孟真先生一篇文字,讨论《政治之机构化》;第七期中钱端升先生也写了一篇《政治制度化》,和傅孟真先生的主张相呼应。我觉得傅钱两先生的议论包括许多可贵的具体贡献,很值留心政治者的考虑。

不过我又觉得所谓"政治的机构化",或所谓"政治的制度化"也者,充其量也不过是"法治"的另一说法,名殊而意同,似分而实合。"法"的观念在中国向来嫌其太狭。最初言"法",几乎专指"刑法";但依时代的推演,"法"的领域却渐次扩大,直到现在,实与"制度"相差无几。"法"之为物,不问有无公私之别,其最大功用即在维持社会正义与秩序,所以法治是现代统一国家的根本要件。以法治为基础,推动国家政治,政府与人民皆有常轨可资遵循,依我个人看来,这就是所谓"政治制度化"。现在让我从政治统一的观点,也来参加讨论这个十分重要的问题。

在今日的中国,法治的反面,不是人治,却是不治,是扰乱。人治与法治之争辩,闹了二千余年,至今说起来是一套老话。须知二者是相补的,而不是相对的。任何一种政治,非但要有治人,并且要有治法。有治法然后有治人,惟治人始能用治法。明了这一点,我们对于人治法治孰优孰劣的论战,从此似可偃旗息鼓了。

一国为树立法治起见,势须采行立宪政治。立宪国家的目标,虽未必俱是民治,然其必定是法治则甚显明。原来民治与法治并非一物。前者包括后者，而后者却不一定是前者，因此现今世界上有所谓非民治但系法治的立宪国家。法治尚实际而不重形式，真正法治就是民治。以民治为精神，促进法治，国家真正的统一，乃可由此实现。

真正的统一，是不容易得到的。它须有层层保险，法治不够，还需民治。要知所谓统一也者，在独裁和民治的两种国家中，根本相异其趣。在独裁国家中，统一大致以一人或少数人为中心，政权的攫取和保持，非凭藉实力不为功。"法"在独裁者的心目中，亦未尝不是有效的工具；但事实上只要国家有了形式的法律，而自身却可站在法律之外。法律的好坏是另一个问题，如果法律能居先，能控制，政治也能渐渐上了轨道。反之，在民治国家里，"法"的作用即在限制政府的权力；为保证政府不越出权力限制以外起见，各国又往往实行所谓"法律平等"的原则。上自政府下至庶民，都得受着法律的支配，绝对不能站在法律之外。依此根本原则，政府之权力范围虽广泛，要使其来去有一定的常轨；政党之活动自由虽宽大，要使其出以和平的方式；政权之更替转移虽频繁，又要使其不破坏统一为前提。守法奉公的精神，显然是民治国家统一的基础，这个基础惟在民治空气之下才容易培植起来。

我们不是说独裁必反法治，却是说独裁必重人治，政随人走，法以人定，中枢失掉维系，统一便毫无保障了。我们又不是说民治必反人治，却是说民治必重法治，事决于民，争不逾轨，在行政上纵然要牺牲若干效率，但政治统一的完成，大致以此为进阶。各国历史上，固不乏赖人治而促进统一的实例；不过要维持统一于久远，仍靠着政治的制度化。国家以法律所造成的"政治秩序"，便是政治统一的表现；而这种"政治秩序"之持久，在各国也往往依靠开明领袖的力量。由此以观，在建立制度的过程中，纯粹人治固非所需，而纯粹法治亦不宜行。这点我们必须认清。

撇开理论，而言中国政治经验，我们向来以"礼教之邦"自居，否认法治为政治的最高原则。然法治在中国并不是完全舶来的思想。古代法家即主张以法为治国的唯一标准，一切须定于法，一切须决于法，而政治运用才有正轨可寻。韩非子有云："奉法者强则国强，奉法者弱则国弱"，此语虽简略，其旨趣与西洋法治理论亦相近。殊不料我们的法治观念一向是非常薄弱的。自汉魏以来，儒家支配政治思想界二千余年，假礼治而倡人治，所谓"人存政举，人亡政息"，"有治人无治法"的一套格言，成了政治上的信条。惟其如此，法治思想历来不受一般人所重视。况且一般人又深中了黄老政治哲学的遗毒，枉道求容，蔑弃法度，自为法家所不许的。一直到了清季，外强浸凌，积弱不振，识时务者始倡行西洋法治以自强，于是渐次崇尚法律，而不过分重视人治，实开此前未有的变局。

民国成立以后，法治声浪高入云际。国人忽而毁法，忽而护法，闹着好像煞有介事的。其实，我们自辛亥观察到现在，一般人的要求是统一，似乎除了统一之外，别无真要求。世界事是自动的，才是真要求，乃有好结果。法治的要求多半是从外引动的，所以未有好结果。然舍法治之外，在今日我们还想不出实现统一的更稳当的途径。几千年来，割据局势的造成，是因为往昔维系人心的旧道德完全崩坏了，而我们至今没有建立什么可以替代它的新制度。我们好像仍存有一种传统的心理，把人看得太重，把制度看得太轻。这未始不是政治纠纷叠起的一大原因。

辛亥革命是建立制度基础的绝好机会。如果善加利用，中国本可早臻统一。十七年北伐告成后，国人如能立即乘机奠立制度基础，则建国大业殆亦早已开始。不幸当时国人求治过急，只重军事上的胜利，至于政治上是否民主，转认为无关重要。从统一的需求上，寻找政权安排的方式，在中国或者是必然的趋向。但居今日而言统一，仍应首先建立能够收拾全国人心的一种政制。我们传统的是一个"无治"主义的民族，服从领袖的心理是不很强的，崇拜英雄的观念也是薄弱的。所以除了一致抗敌之外，收拾全国人心最妙方法，实在只有实行宪政，促成政治的制度化。在拨乱反正的时候，开明专制自有其功用存在，然欲使政治上轨道，我们坚信民主宪政是必要的。

宪政本身就是共同遵守法律的政治，是法治主义的实施。我们不要把法治看成高远玄妙的理想，法治在政治生活当中的效用，就如运动竞赛的规则一样。除非政府与人民共同守法，宪政便难于持久。中国此时如能从速树立宪政规模，则政府各机关，在组织上，在职权上，与夫在其交互关系上，有了系统，易求调节；有了联系，不相摩擦；有了定轨，又能运用得当。这就是所谓政治的制度化。

欲实行宪政，使中国政治制度化，是长期的奋斗，非十年几十年不能达到目的。在这个奋斗的过程中，全国上下须抱最大的决心，并且要牺牲若干效率与自由。在眼前抗战时期，国内有从来未有的统一局面，实不失为"政治制度化"的绝好时机。我们无论为抗战为建国，无论在朝在野，都应善用这个时机。这里着眼时弊，提出几点简括意见，以与国人商榷。

第一：近年来国内政治领袖的一元化，并不是偶然的。抗战以后，最高领袖更显然是一身系国家安危的中心人物。国家需要领袖，无可疑义；国无领袖，必然意志不易统一，到了战时，尤多危险。但实际上一国领袖所能做到的，只是在国家利益的前提下，决定最高政策，以收统一意志之效。我国多年行政上养成了一种恶习，大家过分依赖最高领袖，事无巨细，非请示莫办，徒使各级机关人员，无生气，又失自动能力。须知最高领袖应是在前面的领导者，而不能依为在后面的推动者。就现势观，我国行政似乎一失领袖推动，不是寸步难行，便是松懈不振，说起来很可忧虑。现阶段政治上的最大矛盾，是党政军大权实际上既已高度集中了，而中央的政治机构倒是重复零乱，其流弊则为政令庞杂，责任不明。欲求政治之制度化，固不得不从调整机构着手，然同时亦应纠正过去重人轻法的行政恶习。

第二：法治必先有法，法贵乎出自民意。开明专制纵然可以产生良法，但事易境迁，也往往使良法无用。所以一国民意机关的功用，即在容易制定全国共同遵守的法律。如果有法不受人遵守，则离法治甚远，不如无法。向来我国法律窒滞难行，其症结大致是在民意机关之未设立。以我国幅员之辽阔，交通之不便，人民真正要求之不易上达中央，是不足为训的。人们常以为在战时设置民意机关，不但有碍事权集中，且会招致意外纷扰。其实不然。战时固不必添设旁枝机关，但绝对不可缺少沟通人民与政府的民意机关。只要我国是向民治大路上去，这类机关亟应改善加强，不因人而失传，能永存为定制。现代比较开明的国家莫不以民意为基础，其施政亦莫不以民意为后盾。从经验上说，人民倘没有发挥意见的正当途径，对政府便会渐由隔阂而生猜疑，知法而不能守，守法而无诚意；到了恣行盲动之时，继临之以刑，禁之以势，亦是无补大局。

第三：要养成守法精神，端赖在上者能以身作则，树立模范。人民要守法，政府更要守法。政府不能超出法律，是法治的真义；官吏越权违法，应与人民同受制裁，又是"法律平等"的精神。商鞅说过："法之不行，自上犯之"，此语不啻对中国政治痛下针砭。以往我国制法者以及司法者，类多放眼在居上位者身上，专为少数人谋方便。政府中人犯法而不受制裁，使全国纪律败坏，中枢威信丧失，证诸过去经验，尤是历历不爽。在今日厉行法治，无疑地首必整饬吏治。在五权制度之下，考试监察本为整饬吏治而设，但事实上现任官员中由正途任用者有几人？各级长官违法失职而愿受弹劾惩戒者又有几人？"刑不上大夫"的传统恶习，是法治发达的致命伤，到今不可不除。

以上所说，虽不免是"老生常谈"，然欲使政治制度化，非亟加注意不可。民治是出发点，法治是道程，统一乃其终极，乃其鹄的。"千里之行，始于足下"。要达"政治制度化"，只有从此时一步一步做起。

# 侵略集团与防侵略集团

钱端升

最近若干日欧洲形势的变化，颇有可以令我们稍稍获得安慰之处。这就是防侵略集团的开始组织。

自希特勒得势以来，明达之士虽早主张各爱好和平国家，联合起来，共抗侵略国家，但这种联合很久无从开始组织。原因是美国倾向孤立，不愿与闻欧事，苏联不为英法所信，发言力量不宏，法国对于自卫有把握，不愿轻易牺牲人力物力以助他国，英国则笃信希特勒无称霸欧洲的野心，以为绥靖政策可以成功。一直要等到希特勒推翻慕尼黑协定，并吞捷克斯洛伐克，英国才从梦里惊醒，而骤感有组织集团，以与侵略集团对峙的必要。

英国原欲联合法，苏，波兰，罗马尼亚等国家，发一反侵略的共同宣言，这些国家就成为集团的组成分子。这就是哈列法克斯上月十九日在上议院演说的主旨所在。不幸波兰与罗马尼亚均不愿苏联军队假道波兰国境，更因此不愿得苏联军事上的协定。六强宣言遂成流产。英政府明悉了症结所在后，改变方针，邀波兰外长柏克去英面商英波合作之事。那知在柏克未起程之时，德军已有侵略波的模样，张伯伦乃于五月卅一日即在国会宣布英将助波抵御侵略（这是英政府自欧战以来对东欧国家首次的担负责任 Commitment。设使英国去年九月对捷克亦作同样的表示，捷克必可不致崩溃灭亡）。柏克到英，与英政府协商后，为使波国面子稍为好看起见，将英国对波协助诺言，改为两国互助的协定（四月六日）。同时法波之间亦在进行同样的协定。希特勒除侵略波兰外，对罗马尼亚亦有野心，故英国对罗亦甚愿成立互助办法。但英国首愿波罗两国之间先成立协定，而波罗间则关系相当复杂。波罗之间本无恶感,但两国对匈牙利的关系则各异。波与匈洽,而罗与匈不洽。英波罗成立防守协定,设一旦罗匈之间有冲突,则波势须助罗攻匈。这种协定决非匈牙利所愿,因订立这种协定势必使波兰丧失匈国的好感。波罗间及英罗间未能迅速成立协定者,关键在此,但英国今方立志成立一个防德大集团,凡东欧国家,除了德意附庸外,英国皆有意令之加入。罗国外长近方聘问土耳其(四月八日起),商互助之事。希腊,布加利亚等国家,英国亦在极力拉拢。法希之间因沙那克(Chanak)问题,本不甚睦,但英国亦正向两方劝说解释。如英国能继续努力,则东欧各小国(德意附庸除外),一律站在英法两强之下,成立一个防止侵略的大集团,是应当没有问题的。

但这集团的行动太消极了。这集团仅仅以消极的防止侵略行动扩大为目标,而并无根本铲除侵略根源的意向,尚不够资格称做"反侵略集团"。希特勒他们是侵略者,是拦路行劫者。要天下太平,这种势力非加以打破不可。这种势力一天不打破,侵略的行为便一天不能免。阿尔巴尼亚不是独立国家么?去年四月十七日英意协定不是说两国均不谋破坏地中海现势么?但是英波互助协定刚刚宣布,而墨索里尼已进入阿尔巴尼亚,于两日间(本月七八两日)又完成了征服。何以故呢?因为英波等国所组织的集团只以防侵略集团侵入英波为目的,而不以根本反抗侵略为目的。设如希特勒于数日以内,侵入丹泽,而波兰不以侵略视之,则英波仍可坐视不问。换一句话,如果希特勒与墨索里尼等之流能绝端聪明,只问可以任意侵略之处(如阿尔巴尼亚)侵略,而不向英法波兰等国所视为要害之处〔如法属突尼斯,或如波兰之什列西亚(Silesia)〕侵略,则这两大集团仍不会碰面。

依我的观察,希特勒墨索里尼俱是有相当的聪明的。英国既然放弃了一味妥协的政策,而改采包围德国的政策,德意一时不会对英方有正面的挑衅举动。德意在最近期内一定一方面加强轴心(Axis)的组织,一方尽量威胁东欧各小国,使各小国不敢加入英法的轨道(Orbit)。法郎哥在三月中即传说要加入反共协定,但或者他主意未定,或者他不愿开罪英法,迟迟无所宣布。但最近他竟宣布加入了(四月七日)。这是轴心国家的一大收获。阿尔巴尼亚本早在意大利势力范围之下,为阿尔巴尼亚而侵阿尔巴尼亚绝无意义。所以意之侵阿尔巴尼亚,一方固为乘机侵略,过过侵略之瘾,兼以表示意人不甘后于德人,另一方实为威胁南斯拉夫与希腊(尤为是前者),使不敢加入英法的集团。

更依我的观察，在现时英法与德意均谋扩大集团的形势下，大战一时或可不致爆发。然而侵略的势力既未消灭，大战的根源也当然依旧存在。经过短期的拉拢喽啰工作，与摩拳擦掌后，战事仍不可幸免。

欲避免战事，或欲化大战为小战，我以为只有组织反侵略集团，根本将侵略加以制裁，加以打击。不但德意抢突尼斯，什列西亚等地时，英法等国应联合抵抗，即抢阿尔巴尼亚时，他们亦应同兴问罪之师。不但对于非来的侵略应以武力抵抗，即对过去的侵略亦应予以制裁。

说到制裁，我们总觉得反侵略最好的最有效的方法仍应利用国联的机构，而不是仅仅组织防守同盟可以了事。利用国联有下列许多优点或方便之处：第一，各国倾向理想主义及和平主义者，连美国的在内，均可乐于拥护；反之，英国现在推动的制度则仍是维持均势的传统方法。第二，上月六强宣言之所以流产乃由于波兰等国对于苏联仍有疑虑不放心之处。但任何防侵略或反侵略的制度，离了苏联决不能有其应有的效力。现在的办法对于苏联面子不甚好看，和慕尼黑协定之不与苏联面子同样不好看。固然，据我所知道，英政府目下甚欲得苏联之助，并无摈斥苏联在集团之外的意思。但要得苏联的诚意合作，而又不虞波兰的反对，更何如就利用苏联四年来热诚拥护的国联的机构？第三，如利用国联以发动经济制裁，美国尚可参加。如由各关系国，如英波等，发动经济制裁，则美国势难加入。

至于我国，则除了继续抗日外，对于整个反侵略的行动，也实在应有所努力，因为我国仍不可不防大战之随时爆发。我们在本刊上已说过多次，大战初爆发时，我们将蒙受种种打击。摇动抗战决心，或希冀早日结束抗战局面。绝对不是避免这种打击的办法。要避免这种打击，我们务须努力成为反侵略集团的中坚份子，努力使人们也以中坚份子视我。敌人现正努力联护美国，美人中也有上当者，日苏渔业纠纷也已解决。敌人的目的即在企图大战爆发时可守中立，而美苏等对之亦守中立。我们则应努力使各民主国家于大战开始时，不能对中日之战取袖手旁观的态度。要达到我们的目的，要打破敌人的目的，我们此时即须联合苏联，发动国联对一切侵略者的制裁。政府中决定外交策略者万万再不可昧于世界大势，毫无大志，毫无远虑！

# 论专家行政

朱驭欧

　　自产业革命以后,政府的功用在量的方面及质的方面,都已起了很大的变化。在昔日人民生活及社会组织单纯的农业经济时代,政府的主要任务即在治民,这种治民的工作是尚消极的,无为的;只要做到"政简刑轻"和"息事宁人"的地步,便为已足;甚至有时"约法三章",亦可垂拱而治天下。故此时的官吏,重德操而不重才能,凡稍通文墨,明事理者,类能为之。然因产业革命的结果,人民生活及社会组织均日渐复杂化,公共的需既随之增多,权益的冲突亦愈形尖锐。当时欧美各国以民治思想之勃兴,专制的压迫,解除未久,余毒尚存,人民对于政府不特不甚信赖,且多少有些畏惧的心理,故"放任主义"得以应运而生,尤以在新兴的美国,更趋极端。然而此主义实行既久,竟造成工商业畸形的发展,生产与消费不能配合,公私的利益背道而驰,使整个社会陷于杌乱不安之状态;于是政府的干涉,成为不可避免的趋势,有许多社会事业且非由政府出面提倡或直接举办不可,最近则更有所谓"统制经济"及"计划经济"的实施。凡此种种,均为政府活动范围扩大与权力增强的表现。换言之,今日政府的治民工作,固较百年前繁重多多,并且已由消极的治民进而为积极的治事,同时因科学进步,社会的分工亦愈精细,政府对于各种事业要加以适当的管理与处置,已需要具有专门知识及特殊技能的人才,若欲自行负责举办的更非有此项的人才不足以应付,此之需行政专门化。欧美各国以至于日本,其政府工作至今所以有条不紊,效率特高,就是因为它们的行政已经专门化的缘故。

　　近来国内亦常听到"专家政治"的论调,其实这是"专家行政"的误解，因为政治系指人民个人或团体（包括政党）对于政府政策之决定或足以影响政府政策之决定的一切活动，而行政则在根据既定的政策以推进政府功能的活动，前者为国家意志的表达，后者为国家意志的实现，两者虽有相互为用的关系，却各有不同的意义。所以一个政治家，只须具有丰富的常识，远大的眼光，坚强的意志，高尚的品格，判断精明，手段灵活，深知社会情形，了解世界潮流，即不难取得领导的地位。反之，一个行政人员，是要负责处理日常细务并解决特殊问题的，故非有精细的脑筋及专门的学术，即不足以胜任愉快。因此现代的国家无不将政府人员分为政务官与事务官两种，政务官以非专家充任，随政党之起伏为进退，事务官则由考试拔取，任职后按功绩晋级加薪，若无过失，其职位受法律的保障，得终身服务，既不能直接参加政治活动，亦不受政治的干涉或影响。政务官在行政上虽处于监督指导的地位，但关于政策的决定，却往往采纳事务官的建议，或根据他们的报告，以裁夺一切，所以此等行政人员已成为政治的稳定势力。我国人往往不察，把政治与行政混为一谈，殊属可笑。质言之，我们所需要的是行政专门化，而不是政治专门化，事实上政治也无从专门化。

今日各项行政既须有专门人才担任，但此种人才须经培养始能产生，培养出来的人才，又必须善为利用，方不失培养之原意，而且唯能善为利用始可鼓励各人奋发有为，力求上进，故善用亦是培养之一道。培养专门人才，当然要靠大学及专门学校，但是大学及专门学校只有三四年短短的时间，纵分科如何精细，也不过传授一些基本的专门知识，故欧美各国的大学多附设研究院，以便青年学子更得深造。不过学生于完成大学教育后，而再有能力入研究院者，究属少数，故大部分专门人才，仍须于事业中锻练而成。例如英国的大学根本即注重普通而广泛的知识的灌输，即高级文官考试，亦仅以普通的科目为甄别的标准。考试及格人员于任用前或任用后，再加特殊的训练，并对在职人员多方予以便利及鼓励，使各人就自己之兴趣，有继续研究及学习的机会与精神，久之即变为专门人才。美国的办法则稍有不同，即其大学中分科较细，偏重专门教育，而文官考试，亦以专门学识与技术为拔取人才的准绳，然而取录的人员，仅以之充任低级职位，俾于特别之训练及长期之经验中造成高深的专门人才。故英美德制度容有差异，其注重专门人才之培养与利用则一，其余的现代国家，亦莫不皆然。再者，欧美各国因工商业发达，大学及专科学校学生于毕业后，纵一时不得为政府服务之机会，亦可在工商界找到足以发展其才能的出路，所以大工厂及公司即为专门人才发祥地，政府于需要特殊人才时，往往还须借重于工商界。

我国的大学及专门学校，在数量上虽年有增加，在质量上却极少进步，以设备及师资而论，比之欧美各国的大学及专门学校，犹瞠乎其后。加以我国中等教育素来落后，学生于进大学及专门学校时，对于工具的科目，如国文，英文及数学等，尚未打好基础，大学及专门学校须以大部分的时间与精力补救此种缺陷，故无法提高程度，学生于毕业后，不特于专门学术所得有限，有的连常识亦甚缺乏，又从前我国教育漫无计划，往往培养出来的人才，不切合政府及社会之用，同时因我国的工商业尚未发达，学生出了校门以后，除往政府里跑，别无出路，故到处有人浮于事的现象。至于政府用人，一凭私人的推荐引援，所谓"选贤任能"，只是空谈。考试若非例外，便仅具形式。近年政府公务人员虽恒有实施特别训练之举，各机关亦多以附设速成班或训练所为时髦；然究其实，前者近肤浅，后者类多为个人造喽啰，不足谓之培养专门人才。此外政府对于公务员既不予以继续研究的便利，亦不鼓励他们力求上进的精神；更加以职位毫无保障，大家均存"五日京兆"的心理，做了"应声虫"或"木偶人"犹恐不能保持其"饭碗"，更何暇求学术之深造？

最可怪的，莫如我国政府派遣留洋学生政策的离奇。缘我国之所以要派遣留学生至外国留学，乃因感于国内教育落后，不能造就专门人才。既然如此，则对于选派时应如何慎重及之，留学生学成归国后，又应如何设法利用，方不负初衷。然事实上却有大谬不然者。从前政府选留学生的标准既甚滥，而对于他们的选校与选科，亦漫无约束，因此有许多学生在外国只找一个最小而最易得学位的学校，混过几年，便衣锦还乡了，至于富家子弟之以出洋为享乐者，更比比皆是。最近政府考选官费生，虽较前严格，同时对于自费生，亦已稍加限制，这算是一种进步，然对于留学生如何设法充分利用，仍未考虑及之。留学生归国后，不论其已否学有专长，政府并未有一个审查的机关，更无一个妥当安插的计划，任凭各个人东奔西跑，自己钻营，有因缘者，固可马上跻于要职，否则，为生活所迫，随便谋一职务，以资应付，甚至有连这样的机会都得不到者。好像政府派遣留学生，把他们一批一批的送到海船上，便算尽了责任，不知政府年费若干万的巨金，为的是什么？

近来政府机关也渐渐有延用专家的趋势了，不过对于专家的估计，似尚无确定的标准。一般的心理以为凡喫过海水的都可算得专家，凡没有喫过海水的，纵有千里之才，亦难得伯乐之识。所以各政府机关里，留洋学生的信奉与位置，往往较非留洋学生为高。我们并不否认留洋学生中有许多确实是专家，但是我们也不能不承认有若干是庸才，粗鲁点说，是一窍不通的"饭桶"，若是把他们一视同仁，实未免"鱼目混珠"了。其次，政府于擢用专家时，又累常把专家作为万能看待，所以官运亨通的专家，无不身兼数职，"委员"的衔头足够惊人。要不然，学自然科学的人，偏要他们去办教育行政，学教育行政的，却要他们去管理公路运输，诸如此类，不一而足。殊不知所谓专家者，只对某一事物具有特别的学识或技术，且因科学愈进步，专门的范围亦愈狭小，舍此即非其所知，更非其所长，故视专家为万能，不特不能助其发展所长，反使其精力分散，或用非学，简直把他们糟蹋了！纵使有时人事相宜，然而政府每不愿予专家以相当之职权及经费，对于他们的意见亦不尊重，遂落得徒拥虚名，一筹莫展，并且因为我国政府人员的职位建筑在私人的关系上，即是专家，一至做官，也必须各方应酬，曲意逢迎，否则，就不免有"树倒猢狲散"的危险，再加上我国官厅里的"等因奉此"那一大套，所有的精力与时间也就为之消磨殆尽了，那还有余暇来谋事业的进展？所以一个专家只要做官几年，就不免沦为非专家之列，甚至失其本来面目而完全官僚化了。

综上所述，可知我国过去政府之所为，不特未能培养专门人才，反足抑制专门人才的发扬，故我国遣送留洋学生虽早在前清即已开始，办理学校亦已有三四十年的历史，至今事事仍有人才缺乏之感，政府于无可奈何之中，不得不以重资聘请"洋顾问"来帮忙，现在政府既负起抗战建国的重任，无论政治上采何体制，但欲尽量发挥政府的功能，非从速使行政专门化不可。而欲做到此层，必须注意培养及利用专门人才，这就是说，改善国内的教育，变更选派留学生的政策，并确立现代的吏治制度。

# 尼采《萨拉图斯达》的两种译本（书评）

同 济

有些书是非读不可的。尼采的《萨拉图斯达》（Also Sprach Zarathustra）便是这样的一部。

尼采学说在五四时代曾遇鲁迅，郭沫若等一度零星的介绍。可惜那些初步又初步的工作，从来就未经继续努力下去，遂使这位"铁椎讲道"的哲人，以及他那种康健，坚强，勇迈，高大的人生观，对我们二十年来的思潮，不论正面，反面，都不有丝毫的影响！

不久以前，有一二位友人告诉我说：《萨拉图斯达》一书，曾经整部翻译过了。一本是梵澄译的，生活书店出版。一本是萧赣译的，商务印书馆出版。前者名为《苏鲁支语录》，后者名为《札拉图士特如是说》。

我先读的是梵澄译，因为据说是从德文原本译出的，并且听说梵澄对尼采颇有研究。主编者郑振铎。译本序言，不署名，大约是主编者之笔，中有下列数语：

"这部译本是梵澄先生从德文本译出的；他的译笔，和尼采的作风是那样的相同，我们似不必再多加赞美。"

但我读不到两页，便觉来势不对。读到约三页，手足不安。读到第四页第五页，不禁推案而起，晓得这位梵澄先生是已把尼采扑杀了！把萧本翻开，心中不免充满了疑惧。阅罢几节，果然也是同丘之貉。分明满纸黑白，都是琳琅中国字。只是诵将下去，如听梦人呓语，不知用的是何国文，说的是什么话。

　　我的判语只两点：一是译者中文不通；二是译者对原文不懂。中文不通，是天资问题，学习问题。对原文不懂，而偏要假装专家，含糊译去，这却是道德问题，人格问题了。通本错误累累，而偏有"主编"者，对译文未曾检阅，对原文更是盲目，而贸然排出权威的身份，摆来大笔一挥，加上批语数句，说什么"他的译笔和尼采的作风是那样的相同，我们似不必再多加赞美"，那真是荒唐之至！

　　详细地把这两译本的荒谬处摘出，此地不可能，也可不必。我们且就头四五页内，提出几条例，大家便可窥见这两译本之一斑。

　　尼采有个基本的概念：对生命的肯定。以积极的态度来接受生命；以纯入世的精神，向"人"的身上，建个"超人"的基础。在他的眼中，一向基督教出世之说，天堂之谈，不但是怯懦者免避现实的手段，并且风气所被，将要把生命本身摧残而无遗。所以《萨拉图斯达》的引言第三节内他便说道：

　　　　Ieh beschwore euch, meine Bruder, bleibt der Erde treuund glaubt denen nicht, welche euch von uberirdischen Hoffnungen reden!　Cihmischer sind es, Ob sie eS wissen oder nicht⋯ Einst war der Frevel an Gott der grosser Frevel, aber Gott starb, damit starbe nauch diese Frevslhaften. Ander Erde zu frevvein, ist jetzt das Fulchdxlmle, und die Einge Weide des Unerforschlichen hoher zua sten, als den Sinn der Erde!

**梵澄的译文不胜其诘屈聱牙了：**

　　　　"我与你们立誓，兄弟们，对于土地守忠实，不相信那班向你们说起超地球底希望的人们！那皆是人类的毒杀者，渠们自知或不知道。……

　　　　曾经有一个时间，对上帝的亵渎是大不敬，但上帝死掉了，这班不敬者也同死掉了。对于土地不敬在现在是最可怕的事呵，将于不可知者的心肠，比对土地的意义更加崇拜！"

最后一译句,真令人瞠目莫解。萧本则译为:

"且如人心以为有不可知之物,高出于此世界意义者,则当訾毁之。"

意义一样地暗晦!

尼采认一般人所谓的幸福,理性道德,正义,都不免满带着中产阶级(Bouqoeois)的小派头,满带着乡愿的气味。他提倡"大傲视"(Die Grosse Verachting),看穿一切的假面具,打破一切的小拘谨,而建立一套沸腾腾、活泼泼的真热诚。于是他乃铸出一句最警醒最惊人的话(见引言第三节):

Nichte eure Sunde…eure Ceuugsamkeit schreit gen Himmel, euer Ceiz selbst in eurer Sunde schreit gen Himmel!

梵澄译:

"非为你们的罪恶——乃你们的自足呼声动天,在罪恶中的吝惜呼天!"

萧译:

"此非汝之罪过——乃汝自满之心,号泣于曼天;即汝在罪过中,悲悯之诚。号泣于曼天也。"

试问辛苦的看官,也懂得这两位先生格格吐出的究竟是什样?晓不得 Schraien gen Himmel 乃是罪恶通天之意,而糊涂了事地译为"呼声动天""号泣于曼天",真是令人笑骂皆非!

《萨拉图斯达》的引言第四节,是全书中最重要的一段,充满了所谓"悲剧精神"的人生观。盖在尼采看去,人是超人的桥梁,是引渡到超人境界的工具。所以人的最伟大事业乃在完全牺牲自己以努力于创造超人的工作。因为印刷困难,我们不能在此录载此节原文。且把梵澄与萧赣译文摘录如下。请有心的看官,读了一遍,再细将尼采原文与此对校,看一看这两位先生是不是根本不了解原文,不了解尼采,只不负责任地,发挥他们的亵渎精神,把一部第一等天才的作品,随便毁坏到体无完肤呢?

梵澄译:(第五页)

"人之伟大,在于其为桥梁,而不是目的;人之可爱,在于其为上升与下落。(!)

我爱,不知道生活的人,便是堕落者,然而是过度者。(!)我爱,大蔑视者,因为他们是大崇敬者,向彼岸的遥情的羽箭。(?)

我爱,不求有物于星球以外之人,以堕落而自为牺牲:却牺牲于土地,使此土地将归于超人。(?)……

我爱,自爱其德行的人:因其德行为其堕落之意志,与思心的飞箭。(!)

我爱,不遗一涓滴精神于己的人,却欲为其德行的整个精神:他犹如精灵走过这桥梁"。(?)

萧译:(第九页)

"人之所以为大也,以其为一桥,而非为终点;人之可爱也,以其可上行,可下降。

我爱彼诸人,彼诸人者,除自作下降人外,不知何以为生;以彼诸人,即为上行人故。

我爱诸大轻视人者,以彼等即为大崇拜人者,且可作求到彼岸之箭故。

我爱彼诸人,彼诸人者除寻其下降及其作牺牲之星命外,初不求他理由,但为为世而自牺牲,使超人之世界,日后得以出现(!)……

我爱其人,其人爱其身之道德:以道德即为求下降之意志,且为渴求之箭故。

我爱其人,其人绝不少留精以为己,但求完满其道德之精神:(?)如是,其涉世也,乃如过桥之精神"(!)

翻译是个重大的事业，因为翻译是介绍外来文化的工具。介绍外来文化是个民族的必需，因为与外来文化接触是维持民族生存的条件。古人翻译佛经的精绝坚苦精神，于今已罕见了。四围环绕着，大都是买卖式的译人，官僚化的主编，污秽贪婪，软弱贱卑，扰乱熙熙，欺人亦复自欺。你说如何是好呢？

**本期撰者：**

吴半农先生现任职中央研究院社会科学研究所。朱驭欧先生是云南大学教授。同济先生是一位研究政治学者，对尼采著作素有浓厚的兴趣。

傅孟真与钱端升两先生曾在本刊写过关于"政治制度化"的文字。本期王赣愚先生也来讨论这个问题。

# 第一卷第十七期（1939年4月23日）

## 时评

### 罗斯福的和平运动

在去年四月中，有人上书某当局，其中有下列一段观察："在本年一二月时，识者本推测，罗总统有意召集世界和平会议，将限制军备，调整经济，及中日停战问题均加以讨论。借世界和平会议之力量，一面以缓和德意，一面又震服日本。但二月中英政局突起变化，英急图以妥协方式解决欧事。召集世界和平会议之议遂无可能。"自德并捷克，英声明决助波兰抵抗侵略，并力谋与苏联，希腊，土耳其，及罗马尼亚等国成立互助办法以来，民主国家又取得与侵略国家议价（Bargain）的地位，于是罗总统又发出召集世界和平会议的电报来了（四月十五日）。

罗总统的电报是专致希特勒与墨索里尼的，但同时也通知美洲各国与欧洲各大国政府。原电未见，译稿殊多索解之处，如总统云将召集上述各国，要求作相互的和平保证，此"上述各国"究何所指，指德意及被所侵略或将被侵略之国？抑兼指"远东一幅员度大之独立国家"？译文太简太坏，竟无可索解。惟就大意言之，和平会议的目的不外两大点，一缩减军用，以免除战争的威胁，二调整国际经济，以使各国得以共荣。我们对于罗斯福之能抓住国际纠纷的焦点，实在无限佩服。

我们很希望罗总统的建议能成功。一二日来罗马柏林的报纸虽然对罗总统作狂吠，但两独裁者在最近数日内不敢有表示，可以断言。罗总统是富有办法的政治家。观乎美国太平洋舰队之开回太平洋，法国地中海舰队之集中直布罗陀海峡，与英国地中海舰队之集中马尔太岛，可以见三大国对德意日戒备之严。同时英苏的互助谈判亦正在作有利的进行。三数日内即可公布结果。国际情势在这样的推动状况中，希特勒及墨索里尼敢铤而走险么？一定不敢？既不敢铤而走险，敢直截拒绝罗总统之请，以遭美国全国人民（孤立派在内）之深恶痛绝么？也不敢。此所以希特勒要于廿八日召集国会演说，以便有十余日待机观变的功夫也。

这十天中，各爱好和平国家应继续加紧团结及戒备工作，以防德意日之走险，更应预备具体的军缩及调整国际经济的方案，以作希特勒等反要求的对案。

如会议可以召集得成，我国一定可以有份，这是不必过虑的；要紧的倒是我们要打定主意，领土主权决不放弃一丝一毫。这还不难，更难的是，在经济方面，我们与世界各国（日本在内）究应作怎样的取与呢？我们究应提出怎样的经济调整办法呢？这是应仔细研究的不是随便乱嚷可以了事的。（端）

## 意并阿后的巴尔干

德国一举而吞捷克，引见欧洲极紧张的局面，意大利又来一下侵占阿尔巴尼亚，使欧局更加严重。德并捷，更使人瞩目巴尔干。这个半岛是前次大战的爆发地，难道又将作这次的导火线吗？

无问题的，德意两国在巴尔干都有野心，而这野心是会引起大乱子。如德国之于罗马尼亚，是这一个多月来，人们所常提及的。罗马尼亚居多瑙河下游，是中欧入海要道，又和德久已垂涎的乌克兰接壤，而所产汽油粮食，又适足以应德国的需求。他的位置，他的出产，都可使德生心，并且外有时图恢复失地的匈牙利，内有足以动摇国本的国社党，是个很能发生问题的地点。罗虽已与德立商约，与他许多特权，但是否即止于此，我们不免怀疑。至于南斯拉夫与希腊两国所受意大利并阿后的威胁，只要展开欧洲地图，便可一目了然。亚德里亚德海，既为意所控制，南国海上的出路在意掌握中，希腊的叙亚翁尼亚（Honian）海诸地也随时可遭侵占。

说起来，意大利在这方面的侵进，也许比德国还要急些，因德究竟有波兰等问题分他的心，而意大利则在巴尔干进展，为最自然最便当。意既在西班牙培植有优越势力，若再将巴尔干收到他的势力下，则南欧三半岛都是意大利的势力圈，岂不是实践了称霸地中海的雄心吗？英国似乎很不愿这个局势实现，所以亟谋保希腊的完整，并派舰示威，最近且觉悟，在这方面非与苏联合作，不能成功，所以英法苏土，谈商频繁。反侵略国，既然如此积极，意大利求进之心虽急，或者一时不敢悍然发动，因为意大利的实力，究竟还不如人。如此这半岛上一度紧张后，又可松弛些时日也未可知。

看日来的新闻，似乎目前危急点，是在波兰而不在巴尔干，不过这个半岛，虽未必便成导火线，而形势复杂，各国间厉害矛盾之点甚多，随时可引起燎原之火，是关心世界和平者所当注意的，是有力量在那里维持和平者所当继续努力的。（鋐）

## 反攻中的军事

南昌的失陷使得一般国人惶惑。南昌实在不应沦陷，更不应在敌人没有遭受更大的牺牲前陷落。但南昌的陷落实在不是整个军队的过失或耻辱，而是刘多荃等低劣部队之缺无斗志。幸而其他忠勇部队立即挺进，终使敌军不能再进。至于滇军在奉新高安一带的沉着应战，杀敌致果，则使得留居滇省的同胞更感觉着一种特殊的光荣与安慰。

当敌人在襄河及修水一带进兵之时，亦即我方策动反攻之时。现在广州附近，豫东及晋北均正显出我方反攻的力量与战绩。增城克复了，开封进去过了，陇海东段敌人已不稳了。晋北察绥热我方的军队取得联络而实行进攻了。我方的空军也不断至粤晋援各省助攻各省敌军。同时敌人虽宣传已将冀南冀中的游击势力打破，而那西区中我方实力依然在，依然活动。在这种情形之下，凡我国人更应尽各人的天良，尽各人的力量，依照蒋总裁所昭示的精神动员的原则，坚强我们的自信心，排除游移或乱嚷的弱点，败不馁，胜不骄，努力取得国际援助，更努力增加我们的抗战实力！（平）

# 最近欧洲疆界问题

邵循恪

欧洲疆界纠纷的主要因素，事实上是民族主义，这不仅是少数极权国家要求修改现有疆界的烟幕弹，这是时代的产物，对欧洲疆界的安全，有重要的决定力量。凡尔赛条约，尽管是减少了少数民族的数目，捷克的独立，罗马尼亚及南斯拉夫的统一，波兰的复兴，谁也不能否认是民族原则的胜利。但是因为政治上和军事上的理由，欧洲不能不有少数民族存在。我们要明了欧洲疆界的变迁，我们不能不注意到欧洲疆界与民族问题，是不容分开的。

（一）奥国。奥国已经变成历史上的名词，在种族上，或是经济上的理由，德奥合并是必然的结果。战后奥国，与匈牙利遭遇同样悲剧的命运，让协约国像羔羊一般地宰割。但是不像农业国的匈牙利，可以自给自足，六百万日耳曼人的奥国剩下很小一块山地，缺乏粮食，它的过去工业组织，可以供给五千万人民的帝国，现在原料没有接济，货物没有销路，只好大部分停业。凡尔赛及圣克门和约的无情桎梏，违反民族自决原则，永远禁止"德奥合并"。不过奥国在和约时期，早已经进行"德奥合并"运动，因为德国马克的暴跌，经济恐慌的发生，奥国从一九二二年起，暂时放弃"德奥合并"的要求，得到国联不断的财政援助，奥国在经济上，并没有独立生存的历史。希特勒团结日耳曼人民的呼声，惊醒了奥国人民的酣梦，苦心维持奥国独立的陶尔斐（Dollfuss），让国社党暗杀了。继任许士尼格（Schuschnigg）虽然同德国签订了尊重奥国独立的一九三六年协定，不免在一九三八年二月接受了事实上等于奥国受德国保护的投票，他宣布要举行公民投票，决定奥国独立问题，但是希特勒突然在三月十三日实行吞并奥国，国社党的泛日耳曼民族的政策，总算初步成功了。

"德奥合并"，是否是欧洲疆界的合理解决。这个问题的答复要引起一个基本问题，奥国够不够独立生存的资格？不同政治色彩，或是不同经济利益的奥国人民，要有不同的见解。反对合并的人，当然有少数奥国的人民。天主教徒，从来反对国社党的政策，讴歌民主政治的人，不会欢迎光荣的维也纳变成极权国家的附属城市，有些大工业的领袖，要妒忌德国先进工业在国内市场的将来竞争。赞成合并的人是很多数的，他们认奥国在经济上，没有独立生存的可能，在民族上，没有反对合并的必要。奥国变成德国一邦后，在经济上，国内市场是扩大到德国全部，国外贸易，由强大德国对外谈判商约，可以得到有利的条件。在民族上，更是振振有词，"德奥合并"，是凡尔赛条约的末路，是民族自决原则的光荣胜利。我们可以说"德奥合并"在种族上的理由，同经济上的理由，是合理的解决。

（二）捷克斯拉夫。捷克斯拉夫的疆界，为什么不能够维持呢？它是一个包括多数不同民族的畸形怪物，里面有捷克人，斯洛伐克人，日耳曼人，马礼尔人，波兰人，鲁森人，同犹太人。它的民族问题，同战前奥匈帝国一样复杂，它的国家末路同战前奥匈帝国同样瓦解。捷克共和国成立的时期并不是没有注意到少数民族的问题；一方面自动签订的保护少数民族的条约，一方面颁布宪法保障少数民族的权利，但是总不能够圆满解决少数民族问题，那就是证明不合于民族原则的疆界，终久是不能维持的。

日耳曼少数民族，是捷克的致命伤。在一千二百五十万捷克人民中，日耳曼民族占了三百万，倘使他们在欧战后有公民投票的机会，无疑地要归德国的统治，但是民族自决原则，没有适用到波希米亚的可怜日耳曼人。波希米亚是一块盆地，北部西部及西南，依山为界，千年来没有变更，要使波希米亚的日耳曼人得了决定本身命运的权利，捷克就失掉国防上必要的天然疆界。在地理上，历史上以及军事上的理由，这些日耳曼人，是被牺牲者，他们少数的人，是根本不承认这个新国家。大多数的人，愿意在自主条件之下合作，捷克总不肯让步。等到苏德台区日耳曼人，看柏林作他们的救主，很乐意的接受德国国社党的宣传，发生暴动，希特勒乘机高唱民族自决的口号，在战争空气中，签订了慕尼黑协定，德国不流血而占领在军略上极关重要的苏德台区，不到数月，更进一步而正式吞并捷克。不论国社党借口捷克内的日耳曼人民，遭过忍无可忍的虐待，是否有事实上根据，但是强迫八百万捷克民族受"第三帝国"的统治，明显地不是提倡日耳曼人民自决权利，而是要求日耳曼民族，有统治非日耳曼民族的权利。捷克民族，有过去光荣的历史，马萨速克（Massryk）的信徒，当然要继续他的精神而奋斗，捷克失掉自由，不过是暂时的。

斯洛伐克民族，同样地遭遇不幸的命运。在法律上，捷克人同斯洛伐克人构成一个捷克斯洛伐克民族，占各民族的绝对多数。在事实上他们保留着很明显的差别，捷克人很少文盲，不迷信宗教，而倾向社会主义，斯洛伐克人是大半文盲，是热心的天主教徒，如同守旧的农民。共和国成立的初年，斯洛伐克民族总没有满意过捷克人包办政府官吏的方法，到一九二九年才成立自主的地方议会。在捷克共和国崩溃时期，斯洛伐克人宣布独立，但是"第三帝国"毫不客气地把他们变成事实上的保护国。

马礼尔民族，得到解放的好机会。南部斯洛伐克的疆界毫无理由包括了七十万马礼尔民族，这是匈牙利多年恢复失地的目标，而现在达到了。但是匈牙利是反共协定的一份子，捷克沦亡之后，一方面乘火打劫，满足它的领土欲望，一方面只有更受希特勒的压迫。

波兰民族，一样收渔人之利。捷克同波兰的边界，本来是历史上的疆界，只有特申区是一个缺陷，这是一个工业区，它的主权，捷克同波兰在欧战后想用公民投票方式来解决，结果公民投票没有举行，而在一九二〇年特申区竟被瓜分了。捷克得到大部分矿区，波兰得到特申城同大部工场，双方都不满意，在慕尼黑会议的第二天，波兰已经占据全部特申区，满足它的天然希望。

（三）波兰。波兰疆界，是欧洲之谜。波兰人口有百分之三十是少数民族，只有百分之七十是波兰人。但泽，"波兰走廊"，上西里叙亚，以及波森，是德国要恢复的重要失地。波兰应有通到海口的权利，是威尔逊总统第十三点所提出，是德国休战条件所承认，所以和会的专家委员会，建议割让"波兰走廊"，但泽及上西里叙亚给波兰。这三个问题，是不能分开的。原来威尔逊及鲁意乔治反对这样办法，结果"波兰走廊"及上西里叙亚是割让了，但是但泽变成国际自由城，由国联保护。

"波兰走廊"的人民，多数是波兰人。但是它把普鲁士分成东西两部，不相连属，这是日耳曼民族不能忍受的侮辱。凡尔赛条约同波德但泽三国一九二二年的条约，允许德国火车直接通过"波兰走廊"，并不能算做这个问题的解决。当然一九三四年,德波曾经签订不侵犯条约,在十年内,德国不能用武力收复"波兰走廊",但是希特勒的保证,谁也不敢相信,而现在"波兰走廊"问题又提起了。

但泽城人民,多数是日耳曼人。因为波兰经济上的需要,它变成国际化的自由城。不过波兰发展基尼亚海港后,但泽的波兰出口贸易减少很多,经过国际法庭判决,波兰应当在但泽城维持相当数额的出口贸易。波兰但泽在一九三三年约定,波兰对外贸易,百分之四十五在但泽出口,百分之五十五在基尼亚出口,这样减少了波兰与但泽间的经济冲突。但是但泽国社党在一九三五年选举得到胜利,控制市参议会,时常攻击国联所委派的高级委员,波兰与但泽的冲突,一天比一天尖锐化。取消但泽城的国际地位,现在是德意志民族的呼声,而引起波兰的不安。

上西里叙亚问题,同"波兰走廊"及但泽问题,有连带关系。要割让"波兰走廊"给与波兰,让它可以直达但泽城,一定要预防德国将来的攻击。波兰是一个农业国,要抵抗侵略,必须占据高度工业化的上西里叙亚。上西里叙亚的波兰人是少数民族,而且从十四世纪起没属过波兰,但是尽管德国在一九二一年在上西里叙亚公民投票,得到绝对的胜利,上西里叙亚是瓜分了。最重要的"工业三角地",百分之七十五归波兰,大部分的煤铁矿藏同样地属波兰所有。上西里叙亚经济生活的统一,是让瓜分的结果完全破坏了。德波签订一个六百〇六条的条约,来解决人民货物来往问题,这并不能够补救疆界上的纠纷。德国在上西里叙亚所受的经济损失比其他任何地方都严重得多,但是德国极力攻击"波兰走廊"同但泽的地位,而不注意上西里叙亚问题。这一种奇怪的现象,只好根据德国人民因"波兰走廊"存在所受的心理刺激来解释。

(四)米美尔。米美尔的民族,大部是立陶宛人,并不是日耳曼人。在欧战前,它是德国领土,但是在地理上是立陶宛及一部份波兰的天然海口,因为它是尼曼江(Niemen)入海的门户。在欧战后,米美尔暂时归协约国管理,最后是要给立陶宛的,但是立陶宛在一九二三年因为预防波兰的野心,反对米美尔区国际化,用武力把米美尔抢走了。次年国联只好承认立陶宛的主权,同时保障日耳曼少数民族在政治上及立法上的自治权,波兰曾经反对这样解决米美尔问题。立陶宛政府,在德国国社党上台后,极力压迫米美尔国社党,德国在一九三四年不断的提出抗议。到米美尔国社党在一九三五年选举胜利后，立陶宛政府改变以往态度，采取放任政策，而德国在去年三月七日声明，立陶宛政府既然在米美尔改变政策，德国愿意同立陶宛成立不侵犯条约，这是德国的最后保证，不久变成废纸。在德国最后通牒胁迫之下，立陶宛签订了本年三月二十二日条约，割让米美尔。米美尔问题这样的解决，只有遗留下立陶宛同波兰将来恢复失地的目标。

（五）尼斯，科西嘉岛，突尼斯。尼斯科西嘉岛及突尼斯，是意法疆界纠纷的焦点。尼斯是一八六〇年割让法国的，它曾经长时期属于萨波夷（Savoy）王室，是意法民族势力冲突的战场。割让尼斯，完全因为加富尔想买好拿破仑三世，让他不反对萨丁尼亚统一中部意大利，并不是意大利爱国志士所能够赞成的。加里波的就是尼斯人，热烈反对这样"违反人的权利"，而且攻击法国在公民投票时所用的不正当压力，但是事实上尼斯公民投票的结果，赞成归法国的人有二万五千七百四十三人，反对票只有一百六十人。尼斯在割让法国后，在经济生活上已经变法国一部分，它是法国南部名胜之地，一年不断地有游览旅客来往。阿尔卑斯山脉切断尼斯同意大利的联络，让它同法国南部沿海大平原，成立密切经济上的关系，尼斯人民在心理上早是法国人，绝没有归还意大利的希望。

科西嘉岛于一七六八年由意大利卖给法国。科西嘉岛人是没有同法国人同化，不过更不是意大利人。他们骄傲地回忆他们的光荣历史，出过哥伦布拿破仑这样伟大的人物。他们是自由主义的斗士，同时是有自信心的岛国民族，对于纪律化的法西斯意大利，在性情上，习惯上，是并不适宜的。科西嘉人，在种族上他们自己看做科西嘉岛人，要让他们选择国籍，他们宁可做自由主义的法兰西人，绝不会投在法西斯旗帜下。

非洲的突尼斯，是法意间主要殖民地的冲突，意大利素来对突尼斯是想有优先权的。它离开西西里岛不过八十哩，而且有多数意大利移民。但是法国在一八八一年居然捷足先登，意大利就在次年成立了对抗法国的德奥意三国联盟。意大利遭遇一八九七年在阿比西利亚的惨败，非洲的发展，受到意外的打击，终于承认法国在突尼斯的地位，而交换到突尼斯的意大利人有设立意大利学校同保留意大利国籍的权利。嗣后意大利移民继续增加，并没有引起法国的嫉妒，因为法国正在专心向阿耳基利亚发展。等到一九一九年，法国开始感觉突尼斯意大利人口增加的威胁，藉金钱的魔力，引诱意大利人归化，得到相当结果，这是墨索里尼所不甘心的，所以他让在突尼斯的意大利领事馆加紧法西斯宣传,因此引起意法在突尼斯的冲突。在没有解决阿比西利亚问题之先,墨索里尼要得到法国的谅解,签订了一九三五年协定,突尼斯的意大利人,在十年内要放弃设立意大利学校的权利,在二十年内要放弃意大利国籍。但是在意阿战事中,法国参加国联对意的制裁,从一九三六年起,意大利在突尼斯重新活动,而在去年十二月,居然表示要收回科西嘉及突尼斯,因为法国拒绝考虑,意大利在去年十二月十七日发出通牒,宣布一九三五年法意协定因为情势变迁,已经不适用。意大利的领土要求,法国屡次声称决不放弃丝毫权利,但是并没有完全拒绝外交上解决的途径。墨索里尼的要求,除开要实现"罗马帝国"的梦想外,并没有民族上的正当理由。

(六)欧洲疆界安全问题。现在国际时局的阢隉不安,达于极点。欧洲各国的最大问题,乃是疆界和如何获得安全保障,因此从事大规模军备竞争,这并不能增加疆界安全心理,反可以有促成疆界战争影响。在我们看来,欧洲疆界安全,要靠住三个条件的实现。

第一划分疆界,要以民族上的理由为准,纯粹政治的同军事的疆界,不应存在,我们承认凡尔赛和约所定下的欧洲疆界,不是绝对公允的,但是极权国家变更现状,不仅主张民族自决原则,进一步而要求统治其他民族,更是留下无穷纠纷的。倘使欧洲疆界不是根据民族原则来决定,弱小民族的解放,少数民族的纠纷,要永远构成欧洲不安全的心理,欧洲和平的希望,靠住现有疆界问题,得到合理的解决。

第二假如欧洲有一个合理疆界,欧洲才能够有一个安全制度。国联威权的衰落证明以往集体安全制度的失败。正在推行中的来欧集体安全制度,同英法苏的合作,当然引起无数人对于区域的集团安全抱有新希望。但是不去充实现有的国联机构,来一个区域的集体安全制度,能够对和平有什么新贡献,我们是不能不怀疑的。主张和平不可分的人们,根本不承认区域的集体安全制度会有用处。退一步而说,区域的集体安全制度,就是可以维持和平,但是建设在不合理疆界的基础上,同保障凡尔赛和约的国联,一样要有同样失败的命运。

第三欧洲不合理疆界的调整,要有和平变迁的途径。要防止暴力变迁,就要允许和平变迁,变迁是国际关系中不可避免的事实。国联盟约,有第十条保证会员国领土安全,就要有第十九条留下国际和平变迁的途径。因为国联没有充分力量,第十九条早就等于废纸,现在更没有复活的机会,但是和平变迁的可能途径，还可以有两种方式，第一种是国际会议，拿破仑三世在一八六三年曾经有过伟大计划，想召集国际会议，重新分配欧洲疆界，结果是失败了。只有战后的国际会议，才有大规模变更疆界的重要决定。要召集国际会议作和平变迁的机关，除开强国把小国作牺牲品外（慕尼黑会议并不是唯一例子），不容易有调整欧洲疆界公允的决定，也没有法子执行这样的决定。第二种是外交谈判。疆界上重要变迁，很难靠外交方式来解决，除开特殊情形外，很少国家愿意不流血而损失它的重要领土。而且民主国家的妥协精神，屈服政策，只有引起极权国家的藐视，得寸进尺，到了忍无可忍的程度，不能不发生战争的悲剧了。怎样避免目前发生战争的危险，怎样促进国际和平变迁的程序，是现在欧洲一个严重的问题。

# 几件战时的不急政事

钱端升

"胜利第一"应为战时一切措施的最高原则。

抓住了这求胜的基本原则，何者是政府应有的作为，何者是不必有的举动，何者是不应有更张，便不难判明。

近来政府召集会议，有的已成过去，有的尚未召集。其中军事机关所召集的许多会议均是军事上所必需的。不有去年十一月的衡阳各将领的会议，何以定第二期抗战的战略？不有今年二月的兵役会议，何以探求兵役行政方面的流弊，并建议兵役行政上的改良。像去年十月的西南各省的交通会议，或许尚有其必要，因为西南交通关系军事者甚巨，而交通上许多技术问题亦有待于会商。像今年三月已开的全国教育会议，地方金融会议，五六月才开的安全生产会议，内政会议，以及其他已开，将开，或正在拟议中的□范小的会议，则不是不必开，便是不应开。开而无大结果，或即有些许结果而此结果可不从开会得之者，属于不必开之列。开而必无结果，徒然劳民伤财，甚或使地方行政大员长期跋涉公路颠沛空中，而致庶政皆废者，属于不应开之列。

我并不是说，非军事性质的会议均要不得。我所要昭告于国人及政府当局的是：战时与平时不同，战时的行政贵敏捷，而战时地方官，尤需要坐镇地方，不轻易离开管地。我们民族（至少在近年）是一个好开会而不善开会的民族。开会的表演往往是训话，演说，报告，提案供政府参考，及无数的宴会而已。召集者，被召者，及参加者则往往须多日停止其正常的工作，以应付会议。即偶尔有一二有价值的建议，也是得不偿失。而且如果政府有真正有价值的交建案，或会员有真正有价值的建议案，亦总可用命令或呈请采择的方式令之成为事实，何必非开会不可？

近来会议之所以这样多，分拆起来，有下述各种理由：第一，行政当局太喜欢热闹，宣传，与捧场一类形式上的威权。第二，上以成绩责下，下无以报命时，则召集会议后便有所报告。第三，彼此效尤，相习成风，甲既召集会议，乙亦仿之，而丙亦不能不随。然而这些理由固应成为理由的么？

老实说，不但行政机关所召集的各部门会议是如此，即对于参政会议我也有同感。如果集思广益，或希冀有具体的建议，而在此战时召集参政会议，因之增加许多无谓的工作，我不知其可。我们今日有虚怀若谷的最高领袖，时时刻刻在征询各方意见及建议。没有参政会议，仍可建议；有了参政会议，也未见得有特异的成绩。但如为培养民主基础，加强团结精神，一面以示信中外，取得全国人民的一致拥护，和民主国家的同情协助；另一面以监督行政，树立负责政治，如为这些而有参政会之设，则我自然绝对赞成。

与会议性质相若，而其用处亦成疑问的，是各种非军事的训练。军事训练当是应有的，不必烦言。由最高领袖主持的各种精神训练，如昔年庐山所举行者，只消主持者有余力愿问，我们也无闲言。但如主持者方以军书旁午，不暇愿问，而仅由旁人应付，则我们亦以为应少举行。至于其他与军事及技术无关的训练，则我们的感想与我们对于各种会议的感想相同。我们总觉得地方行政要员不应轻离服务地点，在作战时期更有常驻服务地点的必要。而且对于高级官员所受训练的实质，我们也十分怀疑。最近某训练班由一地位极崇高者负责讲党政的联络。这位主讲者请一位负责重要职务的中央委员代拟讲稿。这位中委又以某院的高级公务员代拟。这高级公务员则又以某杂志上某青年所著关于行政效率的文章做底子。如此辗转相委，这位无甚经验的青年作者成了实际的讲演者。然而讲演者则是各省民政厅长及地方其他行政大员。这一事实虽然不见得能代表各训练班的一切讲演，但也未必是独有之例。又何必不干脆令受训之人多讲些有用的书报呢？

会议训练而外，行政计划与行政报告，在战时是否可容太多，亦成疑问。战时贵统制，统制须以计划为基础。如有真正的经济计划，我们当然赞同而欢迎。但拟计划是一件最难能之事。例如一个国际运输计划，其拟定时，必须将交通设备（包括车辆，飞机，驮兽等，及道路航线及其附属设备等），可以征调的交通员工，某一期内的进口及出口货的数量，国家能用于国际运输的经费大小，运输业的收支概数等等，详细查明。如果不切实查明数字，并考虑某一时期内因军事政治而发生的可能变化，则所谓计划者便等于纸上谈兵，既不切实际，更令主管人员徒劳无功，有时且乱人听闻。所以政府应自己检查一下：凡关于此刻倘不能作计划之事项，不必乱作计划；关于此刻已可勉作计划之事，应黾勉地用最谨慎及最可能的科学方法，作成计划，期以实行。

各项行政报告，以及各项统计，纵使造得不好，在平时尚无大害。但在作战之时，则不急之务应减少至最小的限度。最近数月政府所召集的会议既多，报告工作亦随而增加，几乎有一会便需一报告，有工作报告，有施政报告，亦有会议报告，名目繁多，不及备举。各部会主管长官类能道制造报告之苦。而多年来闭门造车式的统计工作（当然不是所有统计均是如此）也至今并未减少。

以上所举者只是几件比较流行，而需要不显，或毫无需要，或竟无益有害的行政措施而已。其余如地方制度改革的拟议，如若干新的机关的添置，如许多委员会的设立，亦尽多是不急之务。

我们须知，作战时国家无不力求节省人力物力以应战。我国的财力与人材更是有限，现在应以所有的财力与人材用于与抗战最有关系的事业，如军事，外交，国防工业等等，而虚假的工作不必做，财力人材一定不敷用者，亦不必试。地方制度等改革我们认为极重要，但这类改革需要大批的人材与巨数的经费。如人材与经费不敷，即在承平之世，亦无法实行改革，遑论今日？若仅是纸面上的改革，则实在无聊。对于地方制度一类事，我们只需求必要的调整，而不必空谈改革。我们此日既须节省一寸一刻的光阴，与一分一毫的金钱，以应付抗战，则对于一般的行政只须实事求是以赴之，有所改革，亦应以无须增加支出者为限。若夫侈谈改革，徒耗金钱时光，则实在不容于今日。就行政而论，最必要的急务是在如何使中央行政机构能实现事权集中，指挥灵敏，及责任专负三个原则，而不是多开会议，随便训练，样样计划，天天报告，以及一切类此的不急之务。

# 华侨学生与华侨捐输

邓铿章

阅读本刊第十一期黄开禄的《抗战中华侨的捐输》后,把多年积郁心中对华侨问题欲发表而无机会发表的意见,重新勾引起来。虽不敢说对华侨问题有什么研究或特殊见解,但至少可说这是笔者归国数年来目击耳闻政府对侨务措施的结果。

黄君在《抗战中华侨的捐输》一文里,已很明显地把政府过去对华侨捐输所采取的办法的错误指示出来,同时并提出三点易行而实在的改善办法。但那只是治标的方法。笔者除对黄君之论点完全赞同外,还觉得黄君忽略了那最根本和最重要的治本方法。敢将管见略陈如下,用作黄君上文的补充,并希能引起政府当局的注意。

抗战以来,华侨汇款因侨胞爱护祖国,踊跃输将而骤增起来,使我国外汇基金增加,于应付抗战巨大军费支出不无帮助。长期抗战之支持,华侨捐输实占重要。因此,在战事爆发后,政府即着意于华侨捐输工作上,曾先后派遣大员多位往海外宣传,推荐公债,募筹款项;因这工作无通盘计划,宣传员所代表的机关,亦复杂异常,有属中央的,有属地方的,名目繁多,花样百出,使侨胞莫知适从。宣传募款成绩乃视侨胞对各该宣传员的信仰程度而有差别,往往闹出许多"不成体统"的笑话,反而降低侨胞爱国的热诚。就整个海外宣传募款工作写批评,"事倍功半"实是最恰当的字句。致此的原因,除黄君所指出外,就是政府忽略了对归国华侨,尤其是华侨学生所该做的工作。计抗战以来至去年年底止,据侨委会的报告,华侨汇款数目已达国币六万万元。设非犯了上面所说的几个严重错误,恐怕华侨捐输倘不止此数。

归国华侨可区分为三种。(一)富有华侨归国,或为游历考察,或为投资开发实业,中央政府或地方政府无不热烈招待,予以种种便利,可说已尽其联络华侨之能事。前南京富丽堂皇的华侨招待所,亦专为这批富有华侨而设立。这步工作,已可说做得相当圆满,故华侨捐输能有今日之成绩。(二)归国之贫弱失业华工及携其海外私蓄而回返原籍安居的华侨,素来不大引起政府的注意。虽各通商口岸有华侨救济所或侨务局之设,但多不积极,有名无实,徒有机关之设,以容纳一般无所事事的过剩人材或亲戚友朋。是种华侨,乃被认为不会再有捐输,固不值得多事"周旋"。机关之存在,不过在欺骗海外的华侨,用以笼络而已。的确,这种华侨对华侨捐输的影响也实不大。(三)归国升学的侨生,战前散布全国各地者不下数千人,尤以集中上海,厦门,广州等大都市者为最多。是等侨生的家庭经济情况,一般说来都是过得去的。侨居海外的华侨,并不完全集中在大城市,穷乡僻壤都有华侨的足迹。南洋群岛多为小市镇,侨生的家庭在各埠均有相当长的历史,而返国求学的侨生,其所占的比例数则恐不到该埠求学青年的百分之一,因而难怪侨胞视其子弟返国升学为能"荣宗耀祖"的事情,且每一个侨生之返国往往成为该埠一时茶余饭后的谈话资料。由此可见侨生对其本人所属城市能发生的可能影响。然而,这批影响华侨最有力量的侨生,因为他们的力量是潜伏着的,固未能引起政府绝大的注意,简直可以说,政府并不关怀这批青年侨生的培育,一任他们听天由命。虽然,侨务委员会有教育处之设,但却不知他们的工作表现在那里。

因华侨中等教育不发达的缘故,华侨所办的中等学校,实在是凤毛麟角。返国侨生多是十几岁血性未定的青年,他们回国多数是进中等学校,直接进大学的很少。正因为华侨教育界师资的不良,政府对侨生的指导与爱护尤应倍切。但是,事实所昭示我们的,却到处是侨生的堕落在人生地疏的祖国发生"求学无门"的感叹,有的进了学校,还不是那些视教育为"商品"的野鸡学校吗?华侨父老血汗换来的金钱随着宝贵时光的消逝而浪费。结果,在祖国训练出来的华侨青年都是不学无术,花天酒地,放浪形骸的青年,自然也有有作为的侨生,但为数却少到极点。很好的原料,却制造出粗劣无用的成货,不怪制造者,试问去怪谁?华侨父老终日期望成器的这批青年,"学成"归去海外各地后,试问将发生什么影响?这不难一想而知。华侨父老见其子弟不成材,他们的失望与痛心,不言而喻。自然一方面他们得责备自己子弟之不中用，但另一方面，祖国政府却不能无咎，侨胞怨恨祖国不爱护侨生之心乃油然生长。同时，许多有作为的华侨青年却被断送在那批回国受过"不适当"教育的侨生手中。前车可鉴，顽固的华侨父老自然不愿再把他的子弟轻易送回祖国来。许多可早就的青年，也就在父兄决定之下，把伟大而前途抛弃了。

这种侨胞对祖国的怨恨是祖国政府制造出来的。华侨父老感到切身的痛苦，自然爱护祖国的热诚要渐渐的冷淡下来。许多对祖国有益的事业，他们也不再热心去干了，任凭祖国的命运去决定自己。这影响华侨对祖国的捐输实难以数字计算。政府派遣宣传员到海外宣传募款，不知道要花费多少海外宣传费用，才能把这批华侨父老说过来，使他们对祖国的爱护热诚回复到以往的境地，也许根本就不可能。华侨捐输不知道要遭受到多少若是的阻挡，华侨之汇款六万万元也就是遭受到许多类似华侨拒绝解囊以后的结果。这真是"自食其果"了。

笔者归国将近四年了，计认识侨生不下二三百人，每次笔者征询他们对政府待遇侨生的办法与态度是否感到满意时，他们每一个人的答复，都是不满意，甚至还有许多的批评与烦言。在国内求学时的侨生，对祖国已无良好印象可言，他日"学成"归返侨地时，他们对祖国的印象将能在侨胞学生中发生什么影响呢？这是值得国人研究的。未返侨地的学生也可分为三种来说：

（一）有一部分的侨生，为了要使侨胞们对他们"高深莫可测"，一如那些到海外教育界服务的祖国青年，也对侨胞施行一种蒙蔽政策，把祖国过事夸张，说得花天乱坠，若何神秘，又国内大学如何了不得，令听者有些生不返祖国观光辜负一生之感。他们都是来自"了不得"的祖国，受过大学熏陶，自然他们都是些了不起的人物。侨胞被蒙在鼓里，尊敬他们，因而他们可以掌固自己的地位，否则把西洋镜拆穿，他们就不值钱了。为了个人的生活优裕，不惜欺骗侨胞，结果致后者对祖国得不到一个很清晰的认识。以后返国求学的青年，初进国门，刚与现实接触，便马上感觉到大大的失望，这种不好的印象是不容易减的，这种明知故犯，硬是把华侨青年欺骗的"学成"侨生，实是华侨的蟊贼。这批"学成"侨生，也许在华侨对祖国的印象上而做了不少有利于祖国的事情，但是在另一方面，却有不少的华侨青年给他们欺骗了贻误了，反而是祖国的一种损失。

（二）另一批"学成"学生，因爱护祖国情深，不愿祖国种种使侨生失望的地方向侨胞直说，惟恐招实，对正在前进中的祖国不利，但是，他们却不像前者之以"神圣化祖国"方法来巩固他们的地位，来取得较优越的享受。他们凭着自己的才能去为侨胞服务，把祖国好的地方宣扬出去，坏的地方隐藏起来，有时也许把实况告知恳切询问祖国某一方面的情形的侨胞。他们之所以如此，完全是受爱国心的驱使。祖国的进步与强化高于一切。

（三）这一批侨生爱国的情绪是很冷淡的。他们在祖国所遭遇到的种种失意和尝尽"作客他乡"的莫名痛苦，把他们当日对祖国的爱渐渐地消磨了，而慢慢地由爱转到恨。如去年返国求学或复学的侨生，一批批地赶到昆明来，因为昆明在后方，比较安全，华侨父老才肯让他们的子弟回到炮火中的祖国求学，表示华侨并没有忘掉正在苦力挣扎中的祖国。他们返国时，各地领事馆都给他们写证明书，力言持有此证明书，回国转学或入学都无问题，因为祖国是爱护华侨的。于是他们怀着满腔的热血和希望，乘风破浪，冲回祖国，满以为此行可以如愿以偿，他年可以学成归去，为侨胞服务，无负父兄之期望。但是，现实把他们的幻梦击得粉碎，他们到处碰壁，所谓领事馆证明书也失去了它预期的效用。昆明报纸常登载有"华侨生的哀音"类文章，然而有谁去理会呢？结果，一大批在昆明失意难堪的侨生，因为"求学无门"，只好转到香港上海等处去，意志薄弱的，一当忆起返国前父兄的勉词和期望，更为痛心，觉得"无面见江东父老"，于是自暴自弃，在大都市里没落下去。是种华侨生，因而对祖国只有恨。当他们"学成"归去时，便难禁不把祖国种种令人痛恨的地方完全暴露出去，而领事馆证明书失效也会引起侨胞对领事馆的不满和不拥戴，影响华侨对祖国的贡献与效劳实大。

上面所论，在指出我国政府过去以及现在对侨生所采取的"漠不关心"的办法的错误，而这错误措施所产生的影响，潜而有力，由小而大，逐渐形成一种巨大的力量与祖国对立，这实在是出乎我国政府意料之外。政府选派大员到海外宣传，所花费用一定很大，欲想能将那种已存在着的潜伏力量排除，转移华侨对祖国的不满，恐怕收效甚微，因所取方法是错误的缘故。我国政府预期华侨捐输能有更惊人的成绩，突破现在的记录，除采纳黄君提出三点治标方法外，若不对侨生待遇办法加以检讨，重新确定一种最彻底的有效办法，那种潜伏着的力量不但永无消灭的一天，而且反有一天天增长的可能。不从治本方面着手，其他一切的计划，恐怕要事倍功半。从改善国内侨生待遇着手，确是获取海外华侨"有钱出钱，有力出力"的最根本方法。要用确确实实的工作报答华侨爱国的热诚，"空喊""瞎吹"是无济于事的。过去的经验不是一个很好的教训吗？

今就个人对改善侨生待遇办法的管见加以论说，但这却不是一个通盘的计划，仅仅是几个扼要而必须切实执行才能产生预期效果的建议，详细精密的计划容后有机会时再写文论之。几个应办而必须即速办理的事项，分别简述如下：

（一）各通商口岸或大都市如已没有侨务局，应从速切实加设一侨生回国升学指导部，如无侨务局之设立，亦应在各通商口岸或大都市单独设立一侨生回国升学指导所，隶属侨务委员会。此指导所可仿青年会之组织，另设一宿舍部，专为侨生回国升学寄宿而设，纯以服务为目的，可收取低廉之费用，以弥补指导所之支出。有此指导所之设立，则侨生返国，散布全国各地，亦能有以集中之所在，免去他人生地疏，受人敲诈之苦。指导所可按侨生学历程度，指示投考学校事宜，使均能进适当学校念书，而无向隅之叹。教育部或各省教育厅亦应重视侨生之培育，通令各学校予华侨生以通融或优待办法。这样一来，侨生返国的种种困难便可得到实际的解决。往昔侨生归国所感到居住旅馆费用巨大及进学校乏人指导，而日趋堕落的情形，便可免掉。指导所应视华侨生为自家人，循循善诱，使能成材。已进学校的侨生，亦应每月召集一次，使各侨生聚会一堂，举行各种座谈会，或精神训话，或音乐会，或球类比赛。训导工作可参照其他青年社团的办法，务期使侨生均能发展成为有作为的青年。

（二）除对归国侨生予以种种便利，帮忙解决进学校问题，及另加组织训练外，还有许多因经济困难仍留在海外的有为青年，我国政府更不要把他们遗忘了。这些有为青年，如能善为利用，加以栽培，他们将来定能为祖国效劳。为了救济海外失学青年，政府应在海外主要区域设立几个投考处，从严考选成绩优良的清寒侨生若干名，补助他们回国升学。这种措施能造就不少有用的人才，同时，因为招考地点在海外，能直接予侨胞以极深刻的印象，容易得到侨胞的好评与拥戴。此种工作，国内早已有机会在实行，如北平燕京大学每年在荷属爪哇招考新生，故侨胞谂知燕大之名，几视其为国内唯一办理最完善之大学。又如去年春间，中央军官学校广西分校在星加坡招考入伍生，应试者不下数百人，但却给侨胞一个不可磨灭的印象。这实在是笼络侨生的最好办法。惟主办海外招考清贫侨生回国升学事宜之机关，要能大公无私，认真办理，方能避免种种流弊。侨务委员会尚无此直接办法，虽有数十名补助金名额之设立，但于真正好学之清贫侨生实无裨益。据笔者所知，得该项助金的侨生，其家庭多为富裕的。真正有志愿的清贫侨生，能够返国开学，亦多靠借贷或朋友的资助，本想得到此项补助金以维持学业，反往往莫能得。侨委会此项补助金之给予，亦无严格之审定，且不公开，绝不像国内各大学之各省教育厅奖学金那样公开布告，致使很多侨生不知有此补助金之设立。笔者极力主张取消此种补助金之给予办法，此种补助金名额应直接给予海外考取归国升学的清贫侨生。

（三）每年全国各大中学校毕业侨生，政府对之应该要有一个精密的统计。其欲返海外侨居地服务者，应予以短期训练，聘请党国要人，社会名流作精神讲演，使侨生在离国前对祖国能有更进一步的认识，然后归去服务，必更有较好的成绩。其欲留国内服务者，政府应按照个别能力予以安插，使能各尽其才。政府或可进一步从大学毕业侨生中考选一二名成绩特优的侨生，派送外国研究与华侨有关的问题。

上述三种建议，都是优遇侨生切实易行，不可缺少的工作。设政府均能依照这三项设施切实办理，不但可改变以往侨胞对祖国的印象，而且政府爱护华侨的真意，也可赖此实际工作表现于华侨之前。华侨因感念祖国之关怀，必更能尽其最大的力量以帮助祖国，华侨捐输也必定更为可观。

# 红裤子

薛 林

安居村一下子黯然失色了：娘儿们一齐换去了红裤子。

安居村离同蒲铁路线只有十里路，以前曾经到过日本兵。老百姓回到曾经逃空过的村子里，才住了两个月，还没有把一部分被烧毁的桌子板凳补充起来，今天下午忽然听说日本兵沿铁路挨村宣抚到了北边八百里外的吕村，吕村的一个八岁小姑娘遭遇了论年龄该不至于遭遇到的不幸事件，而村公所又正好接到了一个小汉奸偷送来的一封信，信上说明天安居村老百姓得静候"皇军"来宣抚，如预先逃走一个人，"皇军"到了就不给安居村留一所房子。于是全村震动了。娘儿们无意中一下子就学了"摩登"，把头发都剪短了。大部分女子恨起了以前不曾放脚。不过最惹眼的到底还是红裤子。

怎样换去红裤子的问题可难倒了过门才两个半月的关小双的老婆。她的红裤子在村里算最新了，虽然也曾经在山沟里蘸过黄土，仍不失其鲜明。愿不愿意换是已经不在她的考虑范围之内，问题是拿什么来换。上次连夜逃往山里去的时候，在慌乱中，她把一包衣服——其中还有关小双的衣服——给丢了。两个月内她还只补充了一些替换用的贴身衣服和鞋袜。如今把红裤子换下，她得穿什么呢？已经到了娘家去找过了，她也没有法子。此刻她只好坐在炕上，在黯然的油灯下，一个人兀自发愣。

可是也愁眉不展过一个下午的关小双回来了。竟然一下子很干脆的把问题解决了。

年轻的关小双，黄昏里在村公所和村副拌了几句嘴，心里老大不高兴，回来看了老婆还穿着曾经叫他看了高兴过的红裤子，只呆了一下就把自己穿的黑布裤子脱下，脱了，向如的膝前一扔，说："你换上！"

老婆向他看了看。

他向老婆看了看，加重声音说："你换上！"

老婆熟悉关小双的脾气，不敢问什么，只有从他这个荒唐的命令。

他们把上身的夹袄也交换穿了，黑绿两色，交代清楚。

年轻的老婆满肚子惊疑，可是不敢作一声，眼泪汪汪的看了丈夫又走出去，一边说："睡你的，我明天回来。"

第二天早上太阳才升到树梢头，"皇军"果然到安居村来宣抚了。他们一共来了十一个，可是只来了十匹马，因为其中有一个汉奸，没有骑马。

在当众宣抚以前，因为累了，汉奸先把他们领到村公所，吩咐村副备茶。

"皇军决不吃你们什么。"汉奸说，"煎几张葱花饼来就得了。"

"是。"

"皇军决不要你们什么，"汉奸说，"只是你们在静候宣抚的时候，就去找一担白菜。"

"行。"

"找一担萝卜。"

"行。"

"再找一百个鸡蛋。"

村副皱了皱眉头，迟疑了一下，还是说："行。"

十匹马在村公所前面的广场上吃黄豆，七个日本兵和一个汉奸，在村公所的纸窗内吃葱花饼。还有三个日本兵呢？他们早就到外边去了，说是去看看菜田。

吃够了东西，胖头儿向汉奸说了几句话，汉奸马上转头来对村副说："要宣抚了，去打锣召集全村人到前面场子上来听话。"

全村八十户只到了八十人，不多不少。其中一半是孩子，被村副拉来凑数的。一担白菜，一担萝卜，一担鸡蛋，都摆到了村公所门口。

胖头儿站在阶石上，开始讲话，日本话，由汉奸翻译。大意是"皇军"战无不胜，他们是来保护中国人民，八路军决死队是土匪中最野蛮的土匪，以后要时时刻刻报告"皇军"以土匪的消息。

然后开始了问答：

"皇军杀人放火吗？"

"不。"

"你们怕皇军吗？"

"不怕。"

"那么为什么土匪来了不走，我们来了你们就跑呢？"

全场沉默了。

结果也只好来几句安慰话：

"下次我们来了不要跑，像这一次这样不是很好吗？我们不惹老百姓。"

现在他们要走了。他们看见蔬菜也到齐了，鸡蛋也到齐了，就是自己的人还没有到齐，缺了三个。头儿叫汉奸问老百姓看见那三个"皇军"到哪里去了。

谁也不知道，村副打发几个老百姓去找。

他们去找了半天，回来说："没有见。"

村副自己也去找。

关小双家里的那个小妖精在村里打扮得最花枝招展，一定迷住了那三个色鬼了。一边想，他一边推进了关小双的屋门。一看见关小双战兢兢的缩在炕角落里，他觉得又气又好笑，一口气说了：

"哈，你关小双今天也学娘们儿不敢出头了。快说你老婆把那三个鬼子勾引到哪里去了！"

他说完了才认出面前的就是关小双的老婆。

气的无从笑起，他又挨户搜寻去了。

半天，他受气的回来，说不出什么话。

可是雷霆已经在他的头顶上响了。糊涂中他已经发现自己被绑在一颗白杨树上了。

全村人都慌了。

好了，有人拉来了一个十一二岁的孩子，一边说"他知道，他知道。"

"你知道他们到哪里去了？"

汉奸驼了背，气焰可也不小。

"我看见他们在村东口追一个红裤子，愈追愈远，追到山里去了，再没有看见回来。"

汉奸把话译给胖头儿听了，胖头儿向汉奸头上爆出去一个霹雳，从汉奸口里传出来就变了："给我把红裤子找来！"

全场人都呆了。

可是人头中一个向白杨树外一转动，急遽的说了一句，数十个一齐向南边转动了，像遇了一阵轻风的麦穗，随即骚骚然重复了那一句："红裤子来了！"

大家从南边看见的是：一个穿红裤子的大踏步跑来，全然不是走的女人的步伐，后面跟来了一群兵，穿灰色军衣的，不是那三个"皇军"，他们一齐抄小路向村公所直奔过来。

"红裤子来了，红裤子来了！"

可是那七个"皇军"一齐跳上了马，再没有说一句话，往村北就跑，撇下白菜，萝卜，鸡蛋，撇下了三支三八式步枪和三匹马。汉奸想骑马，因为日本马高，试了两下，没有骑得上，也放步向北就溜。

红裤子来了，可是要把红裤子找来的却只顾逃命了。

可是驼背汉奸并没有逃脱，被年轻的关北水赶上去抓住了。

穿红裤子的就是关小双。他没有来得及换衣服。

"正好这三担东西慰劳游击队，"关小双抢上来说了，"我们还想在这里住下去吗？"

那么怎么办？很简单，全体进山去加入游击队。就这么办吧。大家同意了。这时候在场的已经是五百人。

一小时内，一长道人流缓缓的流向山里去了。杂在人流里的还有牲口，牲口驮一些搬得走的家具，驮一些女人和小孩。女人和小孩抱着包裹，抱着鸡。

关小双和他的老婆走在一块儿，远看起来还是一对男女，可是很容易招致恰好相反的误会，因为他们还没有想起来换衣服。

当夜，在游击队司令部，经司令特别招去夸奖说活捉了三个日本兵，一个汉奸，夺获了三支步枪三匹马，招来了一村的男女老少加入游击队，都算得是关小双的功劳。听到要好好的犒赏他一番，关小双就提出了"我只要一套军服。"

司令笑了，因为到这时候才又想起关小双还是穿的红裤子呢。

于是一套黑色军衣找来了。关小双立即换上了。然后他把那一套绿袄红裤子弹去了一些尘土，折叠在一起。

关小双挟了那一叠衣服，得意的走到住那些预备第二天到缝纫厂去的妇女的院子里，找到了自己的老婆，把那一叠衣服轻轻的向她的膝头上一搁，用左臂拢了一下她的肩头，含笑说："等将来太平了再穿。"

# 作战的途径（通讯）

仲 揆

编者先生：

　　稍微有点意见，许久想贡献到《今日评论》。恰好在贵刊第一卷第十一期《抗战制胜的途径》一文中，已经透彻的说破，似乎无庸再说。可是关系太重大了，可否让我再充补几句？"知己知彼，百战百胜"，古话已经说完。要科学化一点，不如说"知己知彼知他，百战百胜"。问题就在这里。

　　今日的"他"何如？在前引一文中，分拆甚为清楚，无须补充。现在想揭穿的是对于"他"方我们的心理。悲观的或许觉着"他"给我们的帮助不够，究竟怎样得了。乐观的或许觉着我们已经有了抗战必胜的信念，只要"他"继续的供给一些材料和金钱，一切就不成问题。实际上这两种心理都含着危险性。在混乱的世界中，为谨慎打算，最好是将"他"摆在一旁，认真的估计"彼"和"己"。

　　关于估计"彼"的力量，可以分为两途说：一是物质方面，一是心理方面。说到物质方面，等于测检敌国整个的经济基础。报纸上宣传敌人的经济如何困难，甚至粮食如何缺乏，固然有鼓励我们抗战的功效，但是这功效在己而不在彼。老实说：敌人经济上的困难，当然是事实。不过这种困难，只好说一部分——或者一小部分——是因为对华作战直接发生的。其余一大部分乃是因为对华取侵略政策而引起军备扩张准备将来应付其他方面所发生的。侵略的范围愈大，保障侵略无所得而必需的军备，不得不加倍的增高。如果敌人不是完全暴动盲动，他就不得不时时刻刻估计他自己的力量和环境，到最适宜的程度（Optimum Condition）便要设法打住。但是他设法打住的时候，决不是他经济破产的时候。换言之，我们采取消耗战使敌人经济破产，然后得到最后胜利，恐怕非短时期内可以办到。国际的视线，大都集注于此，在此无须清算数字。

说到心理方面，其中大有文章。很不幸的是：中国人一向蔑视日本人，而日本人逞其扁小的气度（Inferiority Complex），偏要"沐猴而冠"。这种浮夸和扁小的毛病，确是不可掩饰的事实。演出这次悲剧的原因，这种病态的心理恐怕要占若干成分。直到现在，我们做了若干攻敌攻心的工作，确是问题。一个北海道的俘虏，最近给麁地亘先生一封信说："……就是现在浅薄的我，也明确知道此等暴力派之侵略战争，是人类的公敌，是威胁世界和平而诱导祖国日本于灭亡的亡国政策。"他又说，"他现在为着祖国的同胞，为着世界人类，不顾眼前的危险，想进一步努力于打倒那些滔国民于饥寒交迫之境而向中国伸着魔手的军阀，……然而同伴中之一人，毫无成就而死，另一人则身病体弱，而单身独适的我，……有时想起……许多死掉的战友的笑容，受着迫害的肉亲，缺乏理解的中国人，以及现在的我自身，我就想自决，这真不知有几次了。"最后他鼓起勇气来说："干吧！好好的为着世界被压迫民族，尽力奋斗到最后一滴血，纵然牺牲，亦所甘愿。……我现在首先作慰劳队员，在久在前线持枪的士兵及一般民众之前，喊得声嘶力竭了。结果收到十二分的成功而归来。不久的将来，……大和民族，会大举起来，高呼打倒日本法西斯军阀的。……"（原文见《扫荡报》三月二十九日）

这是何等的悲壮热烈！回忆辛亥和民十五北伐，民族运动的声音，也不过如是。我们固然不能以这一位日本人代表一切敌人，但是他们的阵线中含有着如此慷慨激昂的分子，束缚着如此伟大的反战运动，是千真万确的事实。他一声怨言说"缺乏理解的中国人"，诚令我们惭愧。为什么惭愧？只是因为我们一句对于敌人心理方面的分析太不注意，也太少尽力把这种神圣战争的意义和目的传达到日本方面去。如果我们能把这解放被压迫民族的旗帜展开，我们只看那飞机大炮唐克车从何用处？假如把我们这伟大的革命战争当作普通的国际冲突看去做去，实在是大题小做了。在此顺便的建议一个办法：从俘虏中挑选出日本的志士，用强力的无线电台，在东京播音波长左近，不断的请他们演讲，这样一来，比一组慰劳队员的效力，直是天壤之别了。

其次说到"己"的方面。我们居现在的地位，试问是否尽了我们最大的能力？整个的中国，是一个近代化落伍的国家，无须讳言。在此次战事爆发以前，我国所兴的工业和一切近代国家必需的事业，都放在毫无保障的海滨或易受敌人威胁的城市。本来我们的资力人力有限，而这有限的资力人力始终要贪图小便宜，堆在几个极危险的地点。今日实适处此，来到内地。试问我们是否都抱着最大的决心和沉毅的态度，开辟荒芜？试问说东也是"没有办法"，说西也是"没有办法"，是不是办法？到了这步田地，假如还要抱着过去海滨江滨大都市的繁荣，待到大战完束后回去享受，那么，所讲抗战建国者，还不如请张天师来道符念咒，方便多了。话说回来，"他"方的总估计无疑的是于我们有利。彼方的弱点，目前恐怕不在物质上而在心理上，我们应叩早对症下药。最后一切还要决定于"己"。前方将士们的效能是不免与后方基本力量发挥的程度为比例的。

**本期撰者：**

邵循恪先生是武汉大学教授，特长国际公法与国际问题。钱端升先生在本刊常有文章发表。邓铿章先生在西南联合大学求学，是一位华侨，由学生来论华侨学生问题，其见解实值政府及教育当局的注意。

诗人薛林先生现在西北考察民众抗战情形，本刊第四期曾发表过他的《西北小故事》。《红裤子》这篇纪实文字也是从敌人后方辗转寄来的。

李仲揆先生是地质学家，现在桂林长中央研究院地质研究所。李先生于辛亥革命前曾在日本学过多年的海军，熟知日本国情。近年来不大写关于时事的文字，今以这篇《作战的途径》见惠，指明应于心理方面进攻敌人，是值得国人的重大注意的。

# 第一卷第十八期（1939年4月30日）

## 时评

### 蒋委员长斥"和谈"话

本月十七日，蒋委员长答中外记者询问，曾再度痛斥近卫声明的荒谬。他说："若以近卫的声明，可认为是和平条件的'和'字来解释，那字典中就不必再要投降的'降'字了。这是无耻之极的笑话，不但今日不会有此事，且亦永久不会有此事。"他又说："如果要想中日间恢复和平，那就除非日本军阀有自动的觉悟，自动的放弃侵略，将他们传统政策根本改变不可。若是他们根本不放弃侵略政策，不能根绝他们所谓'东亚新秩序'的梦想，那么不特中日战争没有结束的可能，而且东亚也永远没有和平的时候。"（十八日中央社电）

我们愿引伸蒋委员长的所说，而加上这一句："要东亚有真正的和平，中日战争圆满结束，我们必须首将日本军阀推翻。日本军阀一日不推翻，侵略及独霸东亚更进而称霸全球的迷梦，也一日不会中断。如果需要五年抗战才能将这日本军阀推翻，我们必须忍五年之苦以达到此目的；如果需要十年二十年，我们即忍十年二十年之苦，亦不能有所中断。"

蒋委员长在廿六年夏庐山谈话时，已经说过抗战一经发动，便不能中道而辍。去年十二月廿六日，他已经将近卫声明严正痛斥过。经此次再度痛斥后，一切无稽的谣言自可一扫而空，而希冀屈和之辈，更应停止妄想。至于因英国驻中日两大使的会晤及卡尔大使来渝而生的无谓推测更是无聊而又无聊,因为我们固深知英国政府此时绝无"调解"之意,而英大使之富于同情,明达事理,又应为国人所共晓,而不加以怀疑者。(都)

## 十二万万元建设及军需两公债

  国民政府于四月十三十四日,先后公布两种公债的条例。十三日公布的为"廿八年建设公债"条例,债额为六万万元,利率六厘,分二期,于本年四月一日,及八月一日,(每期各三万万元)按照票面十足发行。其目的在"筹措建设事业经费"。发行后二年内,支付利息,二年后,开始还本。至还本付息基金则指令已办及新办之各项国营事业,暨其他建设事业之余利,以及盐税项下加征之建设事业之专款拨付,其不敷之数则由财政部如数拨补足额。十四日公布的为"廿八年军需公债"条例,债额亦为六万万元,利息六厘,分二期,于本年六月一日,十二月一日,(每期各三万万元)按照票面十足发行。军需公债目的为"充实第二期抗战费用。发行后二年内,只付利息,二年后,开始还本。至还本利息基金,则以统税及烟酒税收入充之,不敷之数,亦由国库拨补。

  在一个会计年度内,发行十二万万元的新债,不能说不是中国公债史上空前的事件。以国内负债的财力而论,我们也不能否认这个数字庞大得可观。然而如果我们想到抗战已近两年,此后战局的支持更有待前后方加倍的努力,近代战争是一个极为糜费的事件,而我们赋税绝不足以应付这一笔的费用,则此时供应前方,建设后方的支出,舍举债外似无它途了。

  因为数目的庞大,我们不能不推想及与这两项公债的来源。公债最正当的来源是人民的储蓄,储蓄是消费的剩余,是一种资金。政府公债如果能吸收人民的储蓄,就是等于将这一种资金投资于政府债券。社会经济从长期方面说,当然会因此发生变动,然而短期内人民的生活当不至受甚大的影响。公债,于吸收储蓄外,还有一个来源,就是削取人民的消费财力。因为政府发行公债,一部分的人们不能不减少平常的消费量,把这减省下来的钱购买公债。这个办法当然马上影响及于人民日常的生活。然而政府的需要增加既是不可避免的,人民的负担当然要加重,如果政府因为种种原因,不用税的方式吸收人民的资财,使消费力因之减少,而用公债的方法,这个方法也未尝不可以,而人民的负担也不会因方法的不同而加重,所以上述这二种公债来源都是流弊较少的。公债的第三个来源就是以债券间接的造成新购买力（以政府的公债换取发行银行的信用——纸币）。据币制的法规，发行的信用必需有保证准备金，而据公债的条例，公债债券得为银行的保证准备金。如果发行银行直接或间接的承受公债，就以所承受的公债作新加的保证准备，再根据这新增加的保证准备，增加发行额，新的购买力便因此而造成，换句话说，就是通货膨胀。如此，则人民的储蓄与消费虽然不受公债直接的影响，然而整个社会上的经济所受间接的影响将更为深刻，更为剧烈。

这两种公债的主要来源不外上述三项。十二万万元的数目相当的大。虽然"有钱出钱"是一个盛倡的口号，但有多少席资丰厚的人能够自动的尽力输将，颇成疑问，而沦毁区域的财源又不大容易吸收，所以这十二万万元的来源多少一部分要仰赖第三项的办法。不过我们还是希望财政当局，在可能范围之内尽力的利用第一和第二来源以减轻第三来源的危险性。大量的加税和举债，无论在那一个国家，总不大容易得到人民自动的赞助。至于人民能否被动的输将，很大一部分就靠政府宣传和劝导，道德及其他迫力的运用了。（岱）

## 罗斯福和平建议的进展

我们上期论及罗斯福致希特勒（及赫尔致墨索里尼）的电文时，尝推断希特勒需要多日的犹豫，然后答复，并谓他不敢直接拒绝。现在（二十四日）尚未至希特勒召集国会之日（二十八日），所以他将如何答复尚不可知。不过他不预备作正面的拒绝则似已有此趋势。他这几天正忙于向毗连德国的诸小国如荷，比，瑞士，罗马尼亚等问这样的一句话："你怕不怕我要打你。"这是绝端无赖的办法。好比强盗手中握了枪，问一过路良民："你敢不敢说我是强盗。"罗马尼亚还聪明，所以他的答复是："你自己肚里明白。"其他小国胆子太小，只能说："大王你是好人。"希特勒真也刁滑。他拿到了"大王你是好人"一类的答复，便可以答复罗斯福，说大家公认他不是侵略者了。

除了向各小国勒索答复外，德意轴心最近数日更在极力拉迫南斯拉夫及匈牙利两国加入反共联盟。同时英法方面则正与苏联谈判，希望苏联与英法成立互助协定。但苏联则因此互助协定的效力只限于欧洲，不甚满意。苏联希望互助的场合推广于东亚。因利害有不同，而所拟的办法亦不同，以致英法与苏联间至今尚未成立或种协定。

我们以为和平是不可分的，日本的侵略与德意侵略也是不可分的。苏联的建议实应为英法所赞同。如果英法因美国有所顾虑，而不能与苏联订立有普遍性（即效力及于东亚）的协定，则英法首应疏通美国。（端）

## 国际形势剧变中的外交方针

最近二旬国际形势的变化剧而巨，英法正在组织防侵略的集团，而罗斯福处处协助英法，且发出了召集和平会议的要电。但英法既未邀请我国加入互助协定，而美总统的和平建议也未推及于东亚。这当然不免令国人惶惑自危。

我政府殆早已有见于此，我国驻英美大使的活动殆俱以我国加入协定及会议为目的。但我们以为要达到此目的，我们对和平正义一切高尚理想尚须作更大的努力。我们从远处大处及大家的利害着想，而不可从近处小处及自己的利害着想。我们从远处及大家的利害着想，才能引起友邦的重视，与国际的同情；被人重视，得人同情以后，自己的利益才有顾全之道。所以与其请求英法或美国准我国加入互助协定或和平会议，不如做下列一类急公好义之事：（一）调处苏联与美国或与英法间的猜疑；（二）对德意处深恶痛绝的态度；（三）在国际中发起种种盟约上所许的反侵略活动；（四）提出东亚互助及反侵略计划。这类活动不见得能收近效，但稍久必可增加我国国际地位，并促进友邦援助。我们过去的外交患了目光太近，态度太像一个乞者的大病，在此国际形势剧变关头不可不大大改正。（兴）

# 美国中立法问题

周鲠生

中立法是现今在美国国策上及国际政治上最关重要而引起多方面争论之一个问题。这项法案具有几个特点。第一，它是依立法手段以求和平。其次，它亦是拿国内法作为实现国际政策之手段。再次，它不是为实行中立权利，而是为放弃中立权利。美国中立法这些特点，在下文论述中可以随处表明出来。而因为有这些特点，问题自不简单，而有详细分析之必要。

像现行中立法一类，为应付国外战事而由国会定出之法律，在美国建国以来立法史上也曾有过不少的例子。就这一层说，现行中立法似乎并不新奇。但是仔细考究起来，以前的那些法律，大都不出下之两种意义：或者是使美国严守中立国之立场，厉行国际法上应有之中立权利义务，如一七九四年至一八一八年期间国会历次通过的禁止美国人民投入交战国海陆军服役，或防止为交战国在美国领事馆内募兵，或在美国领土内武装船舰出口参战等类法案是。其实近代国际法之中立法规的发达，受美国这类立法之影响很大，已为公认之事实。或者是对于国外的特种战事，禁止美国军火出口，例如一八九八年之法律，准许总统在西美战争中，禁止某种军械出口，及一九一二年通过的一般法律，授权总统，遇有南美国家发生内战之场合，自由禁止若干种军械出口；而在上次世界大战期中，国会中亦屡有禁止军火出口之提议；又如一九三四年玻利维亚及巴拉圭两国间"大高谷"（Chaco）事件发生时候，有一新法案通过，授权总统于商诸其他南美国家之后，禁止出卖军火于玻巴两当事国。但像现行中立法之超过国际法中立义务，而于军火以外且对美国加上其他交易或行动的禁制者，则是未有前例的。

现行中立法最初系一九三五年八月三十一日由国会通过，随后经过一九三六年二月二十九日之修正，以及一九三七年四月二十九日之第二次修正，以成今形。一九三五年通过中立法案之时，正值意阿冲突有演成战事之危险的时候。最初美国舆论提倡中立法案，目的在使美国"绝对中立"，即甚至牺牲国际法向来赋予中立国之权利亦所不惜。其实在十九世纪以来美国对外发生过三次战争，有两次即为拥护（至少形式上）中立权利而战，尤其一九一四年欧战爆发以后，德国方面所谓"无限制的潜水艇行动"，即为美国对德开战之主要理由。一九三五年立法时候具体的局势，却与原来预想之局势不同。迫在眉睫之意阿战事，决非一种可以致美国陷入旋涡之战事。然而欧洲方面谋防止此项战祸之企图，则行将牵涉美国与国联会员国之关系。于是赞助一九三五年通过的法案者，乃有混杂不同的动机。有的人以为严定的立法限制可以免致美国卷入战争。另一部分人则特别注意目前的特种战事；他们急于通过法案，以期将美国精神的甚至物质的援助，加在国联会员国一方，俾能实行压迫意大利退出阿比西尼亚。在这个特殊场合，中立法尽管形式上适用于两方交战国，而事实上独不利于意大利一方，因之有助于阿比西尼亚之抗战。该法案的中心点，在授权总统于国际战争时宣布禁止输出军火于交战国；如是则意大利失去几乎一切国外的军火供给，而阿比西尼亚则因尚有国联会员国的接济，可以不感受特别困难。那时候国会尚不愿扩张总统之禁制权力至原料，如钢铁，煤油，铜及生铁之类。及至总统实施中立法于意阿战争，禁止输出军火，同时亦表示意思谓出口商人应当避免输出可供军用之原料，并且声言，如有人不遵从他的意愿而和交战国发生商业关系，则所遭之危险损失，应自负其责任。不过后之一层仍只属于一种道义的劝阻，并不具法律上的禁制之性质。

及至一九三六年二月二十九日国会通过中立法修正案，中立法之范围乃在三方面扩大起来。第一，原来禁止军火出口，属于总统自由裁量之事，兹则禁止出口，定为法律的义务。第二，修正案新增一项禁制即不许依借款或买卖有价证券，以援助交战国。第三，"拉丁亚美利加"国家与美洲以外的国家开战之场合，不受禁运军火之法律的限制。但是这次修正案虽然已将立法之范围大加扩充，然而总统仍无禁止军用原料输出的权力。

在一九三五年及一九三六年全年中，美国舆论主张扩大总统的权力，俾能与国联合作，推行一种防止战争之制裁政策。这种舆论尚未能左右国会立法政策。旧中立法将于一九三七年五月一日期满。在过去三个月中，共有十八件法案提出于国会两院，但是后来其数减成两件，就是众议院之 Mc-Reyn-olds 案与参议员之 Pittman 案。最后两案经整理而合为一法案，得到众议院之全体一致及参议院之多数通过；是即一九三七年四月二十九日之新中立法而现行有效者。在美国亦时常有人主张，总统的有关于禁止军火出口之有拘束性的义务，应改为自由裁量权。但是国会拒绝采纳这种提议，而现在仍如以前然，总统有义务宣告战争状态存在，而这项宣告即自动的发生绝对禁运军火及借款于交战国之效果。一九三五年之中立法未涉及内战；新中立法则规定，在外国发生内战之场合，总统有义务禁止军火出口，如果内战到了那么田地，致军火出口将危及美国的和平。这项禁运出口之规条，自法案之语气上看来，属于总统之自由裁量权。因之，批评草案者认为这法案将令总统具有影响他国内战前途之能力；并且说前任诸政府之传统的政策，向来只对于叛党一方面，禁运军火，而这法案则对于内战各方当事者，无差别的禁止供给军火。

一九三七年的法案之最显著的最新颖的处所，在扩张总统之自由裁量权于禁止军用材料出口上。新法案一般的未规定期限，惟有关于禁运原料一项，则定为两年之后，即至本年五月一日止，失效，这种权力是国会多年不肯赋予总统，而在将来可以发生大作用的。这项禁条之要义是，总统所特别指定之各种军用材料，只许于"付现自运"（Cash and Carry）之原则下输出；那就是说，交战国在美购办这类物品，必须现付货价，而且准备用"非美国的"船舶运行。军火出口及借款之禁条，随着总统宣告外国战争状态的存在而当然实施。至于军用材料则不然；这是属于总统自由裁量权限，他只于为增进和平或保护美国人民生命有必要时，才宣布限制出口。

其他规定之见于新法案者，不若军用材料问题之引人注意。其一是军火出口的禁止，当然致乘坐交战国船为非法行为。以前美国人民坐此等船者不过是自冒损害之危险，今则须受处罚。其二是在人道主义的拯济场合，关于对交战国财政援助之禁条，可以不适用；不过此等团体的募款应受官厅之管制。其三是总统禁止潜水艇通行美国领海之权，扩张到武装的商船。其四是美洲国家与非美洲国家作战之场合，此法案不适用，除非它系与一"非美洲国"联合作战。

总括起来，一九三七年修正之美国中立法案，即现行中立法，主要的规定，可大别为下之两部：（一）每值总统认为外国间战争状态存在或外国内战发生，而正式宣布，则下之效果当然发生。第一，美国军火不得向交战国输出；第二，美国人不得依买卖有价证券或借款等方式对交战国为财政的援助；第三，美国人不得乘坐交战国的船舶。此等禁条有绝对拘束性，违者须受处罚。（二）总统宣布战争状态存在，并且认为"于增进美国的安全，或维持美国的和平，或保护美国人民的生命有必要时"，亦得以明令指定军火以外之物品限于在"付现自运"之条件下方准输出于交战国。此项限制，其异于在军火之场合；在其不是当然随战争发生，而是属于总统之自由裁量权。一九三七年中立法案与以前之法案大不同之点在此，而现行法之最引起讨论之点亦在此。

现行中立法之内容如上所述，我们姑就其运用之效果，作以下观察。

（一）现行中立法显然是独立主义与通商自由利益之调和。立法者之根本目的，在避免美国卷入战争漩涡，但同时亦欲保存美国人的商务。否则彻底的孤立主义，将使军火以及其他军用品或原料乃至一切物品，一概当然随战争发生而禁止输出。现行中立法之规定，如果严格执行，则像一九一四年至一九一九年欧战期中美国以中立国之地位的遭遇之各种国际纠纷可以避免。第一，中立法既然禁止美国人坐交战国船，则像一九一五年之 The Lusitania 一类事件不致发生。其次，既然禁止商船武装，则外国潜水艇以警戒之理由，攻击美国商船之事自不可能。复次，政府既保证美船不装运战时禁制品，则以后不致因受交战国军舰之检查干涉而引起纠纷。最后，既然禁止对交战国为借款交易，则可以解除一切指责美国银行家支持某一方交战国，与该国胜败共休戚，因而促成美国加入战争之说。在如此限度内，现行中立法可说避免美国卷入战争之效用。但是过此以后，则不能保障美国长久超然于战争之局外。在战时美国人民犹保有对外商务之自由与利益期中，在世界上有不守公法，不讲人道，不尊重他国地位，而无限制的推行其侵略政策之局势下，中立法如何能彻底的达到孤立主义之根本目的？

（二）现行中立法与真正意义的中立无关，并且运用的结果，可以有"非中立"之局势。国际公法之战时法部分原有中立规则，规定中立国的权利义务。中立国的主要义务不外是：不对交战国接济军队及军用品；不供给借款于交战国；不许交战国军队通过领土，不许交战国以中立领土为作战根据地等等。然这只是对于中立国国家自身的限制，它并没有义务禁止人民对交战国为供给军火及借款等项交易。所以美国现行中立法，不是国际法上局外中立国的要求。反之，随战争局势之不同，中立法运用的结果，可以利于一方交战国而不利于他方。例如中立法实施于西班牙内战中，即发生此项不公平之现象，诚如前国务卿史汀生氏本月五日在参议员外交委员会所言："又以西班牙近事而论，该国共和政府原为美国政府所承认之唯一合法政府，吾人竟因实施中立法之故而将其购买外国军火之权利予以剥夺，反之，该国叛军则有意向墨索里尼及德国元首希特勒充分加以接济，流弊所及，美国素以承认之合法政府乃因之而倾覆，宁非憾事"。又如在另一种战争局势下，即欧洲民主国与独裁集团之间发生战争，则中立法，尤其"付现自运"条款运用的结果，将有利于民主国一方，而不利于独裁集团，则又是预期之事。所以美国有公法家批评中立法而使用"非中立"的中立，Unneutral Neutrality 之名词，殆亦有一面的真理。

（三）现行中立法，也带有依国际合作，以支持和平之作用，但是没有顾到和平与集体安全之世界性。禁运军火及借款与"现付自运"之条款，在运用上确有与集体安全制度相辅而行，以利于平和势力一方之效用。但是所可惜的是，现行中立法，偏于与欧洲战事为对象，如果适用于世界他方面不同性质或情势之战争，则运用的效果可以与其原来立法之平和目的相反。实则在现今中日战事之场合，美国明知适用中立法，特于中国不利，故总统以中日任何一方未曾宣战之理由而不认为战争状态存在，避免适用中立法。虽然美国的舆论及国会默示的承认此项解释，但是美国之地位，终久是不定的。因为一旦日方到了要叫中立法实施的时候，他即可对华宣战之方式，强迫美国施行中立法。如是则美国政策之主动反而落在他国手中，其结果不免与美国政策预定的目的及利益相反。

美国现行中立法通过以来，已经有过西班牙内战及中日战事之经验。西班牙内战中，中立法实施的结果殊不满足，已为公认之事实。中日战事发生以来，中立法迄未敢施行。国会因为这些经验以及内外的批评，乃有重新考虑中立法问题之必要。加之，"付现自运"之条款与其他条款之有永久性者不同，其有效期间为两年，即至一九三九年五月一日期满，则今后延长与否亦待决定。最后，由远东战事延长及欧洲危机迫切而形成的国际局势，殊非现行中立法之所能应付。所以本年美国国会开会以来，中立法问题即认为最重要的议案之一。最初国会注全力于讨论国防案，现在国防案既经决定，国会乃开始讨论中立法问题。对于中立法案负责最大的参议员外交委员会，已从四月五日起举行公开询议，听取各界名流关于中立法修正问题之意见，例如前国务卿史汀生氏即系于五日出席陈述意见之一人。预定国会于四月中旬以后能对此问题作一确切的决定。

关于中立法问题，现今在美国国会已有各种的提案（华盛顿四月四日哈瓦斯电，众议院外交委员会已接获修正案十四件）；而各界人士议论亦多。对于中立法问题之可能的办法，自不外全部废止，维持现行及修正之三种。都全废止，决非孤立主义派所能同意。即非孤立派亦不认为中立法全无益处，而却以为尚可予以试验之时期。维持现形，换句话说，即将现行的中立法"付现自运"条款有效期延长（最近华德门氏说政府将于五月一日期满以前请求国会暂重定"现付自运"条款）则显然不能适应国际新情形及美国国策之要求，不但美国政府感觉束缚尚大，即国内外开明的舆论亦不能赞同。照常理判断，似乎问题的解决，不外修正现行中立法之一途。现在修正案之最重要的是，参议院外交委员会主席华德门于三月二十日向该院所提出之关于修改中立法的决议案草案。该案主张，总统于外国发生武装冲突之时，不论其已经宣战或未经宣战，应于冲突爆发以后三十日之内，发布命令，指明参加作战之国家，并应随时于他国有卷入冲突可能时，以命令之方式指明之。参加冲突之国家经总统指明，则任何美输不得直接或间接装运旅客或物品前往被指定之国家；而所有一切物品，不论是军用品或他种原料品，对于被指明之国家，一律行"付现自运"的办法；对于各该国家之信用借款及财务交易亦即行禁止。华德门的新法案对于现行中立法最大的改正之点，是在规定一切物品，包含军火在内，一切适用"现付自运"的办法；从此军火的输出于交战国，不是向现行法之绝对禁止，而可依"现付自运"之条件进行。据华德门氏十八日发表之谈话，（华盛顿十八日哈瓦斯电）他所拟法案，要点有五：（一）不适用于外国内战；（二）某某国之未设大规模之兵工厂者，可在战时向美国购买军械，现行中立法不允许之点，即因而矫正；（三）各大海军国在世界上所占便宜即因之确定；（四）美国私营军械厂发展交易，此自有裨国防；（五）美国军械在国外销路得以保全。华氏并谓某某议员提出议案，主张废止现行中立法，他则以为此项法律虽欠完备，但国家中立问题，久宜适当的条文，故提出此项修正案。华氏此项修正案现已成了事论的中心。（华氏新中立法案全文已由国际宣传处译载十三十四日《中央日报》）华氏虽然于上述谈话中，充分辩护其提案之理由，而反对者则认为华氏修正案实施之效果，或许较之现行的中立法更不公平，更助长美国的孤立。尤其在现今远东战事之场合，特别使美国国民最表同情的中国一方感受不利。在"付现自运"之条件下，日本可以从美国充分得到现行法的绝对禁运之军火，而中国则因为既缺乏现款，又以缺海军及海运工具之故，不能利用这个办法。加之美国信用借款的禁止，于中国失去一重大的财政援助。若再因为借款的禁止，其他交易的事实停止，以及美输及美国人民的来往禁止，而极端减少美国人民对中国之经济的文化的关系，将愈加使美国离开中国及天平洋的利益而更趋于孤立政策，诚有史汀生氏的领导的"不参加日本的侵略"会所宣示的。所以从中国之立场说，对于华德门案之反对，自有充分的理由，不过赞成华案者则说财政上中国倘可以从同情援助中国之欧洲国家取得信用贷款；而至于军火等战时的必需品，则对华友好之欧洲国家，仍可自美国经苏伊士运河缅甸一线运往中国；其实目前因为日本封锁中国海岸线，美国货物即已不能直接运至中国。假定这种解说合于实际情形，此外亦尚有中国抗战上需要的美国方面道义的政治的因素，将因为华氏法案实施的结果，致美国人民与中国各种关系减少或停止而丧失，则亦是不能不特别顾惜的。

虽则华氏自谓起草该法案是并未着眼于任何一国之特殊情形，然而此修正案之原为适应欧洲现势的办法，则是公然的秘密。华氏反对侵略国，同情民主国，主张美国扶助民主势力联合造成的集体安全，久不讳言。现在他所起草之中立法修正案多少仍是折中孤立派与罗斯福总统的政策，以适应目前日趋危险之欧洲局势。就欧洲民治国家而言，华氏修正案确较现行中立法为有利，因为战时最需要的军火，他们可以充分从美国取给，而在"现付自运"之条件下，财力富足，而又拥有制海权之英法，较能充分利用美国物品；反之而财力不丰，海军力量有限之德意，则也许完全向隅。所以单就欧洲战事着眼，华案实较现行中立法为进步。而如果欧战事与远东战事打成一片（假定美国不参加），则因为日本在远东海军之保持优势，中国于华氏修正案实施之场合，与日本比起来仍居于不利之地位，而日本在远东之有利地位，对于全盘的战局又是有重大影响的。

所以不但是为远东战事中之中国一方设想，并且为全盘世界和平设想，美国不定出中立法而已，如必有中立法，则理想的中立法案，还是要同许多论者所主张的，设为侵略国与被侵略国之分别，而只对于侵略国实行中立法规定之军火价款的禁止及其他物品的输出限制。据说美国政府专家所草拟的修正案即规定"授权总统在国际战争中得指定谁为侵略国，并向该国实施军火禁运，对被侵略国则无实施同样措置之必要。在这种中立法下，现在远东战事中被侵略的中国固然享有得到特别有利的待遇；而在欧洲战事发生时候，民治国家所推动的国联的制裁，亦可因为美国方面对侵略国军火及其他物品接济之路断，而增加效能。但是中立法上区别侵略国与被侵略国，是美国孤立派所极力反对的。而事实上如何区别侵略国与被侵略国，及由谁来决定，也不是简单的问题，恐怕这种理想的提案此次尚少实现之机会。于是乃有退一步办法，即避免区别侵略国与被侵略国之名称和形式，而实际采行这种意思，以期发生同一的作用。这种意思的办法见于提议者，第一有华德门氏在去年七月发表的他所拟议之新中立法原则："当美国亦为签字国之和平条约被人破坏或正被破坏时，美国政府即应通知作此项破坏之国家，要求其停止破坏行动。该通知并应声明此种破坏行动不在规定时期内停止，凡美国给予该国之商业信用等概加停止；某种基本军火原料品之出口，亦加限制"。其次有伊格尔顿教授的建议："当战争爆发时，中立法中关于向交战国禁运军火，军械及军用品的条文仍予保持。但经政府与其他国家或利用其他国际程序会商之下，对于愿意停止战争并接受以和平方法解决争端之国家，总统有权撤销禁运的办法，而对于拒绝以和平方法解决争端的国家则继续实施该项办法。所有可以制造军火的原料品，也应该在禁运之列。'现购自运'的条款应该加以删除"。此外尚有参议员汤姆斯氏于本年二月十三日提出之决议案，已包含一条，具有同样的作用："无论如何，倘一国或数国破坏条约（美国同为签字国之一），进行战争，总统在两院多数同意之条件下，对于未曾侵害条约之参战国，得全部或局部免受本法之限制；但此项免受限制之办法，总统有权随时予以变更，修正或废除。"（条文依据国际宣传处编译，见四月六七两日《中央日报》）像这一类的办法，于美国并不发生判别及制定侵略国之责任。而在其他方面，则因为交战国之破坏美国的参加的国际条约或不接受和平解决方法之某种特定的行为或不行为，当然发生中立法上关于禁运军火及其他事项之差别待遇，以利于被侵略国一方。在欧洲战事发生时候，固可因非战公约或其他国际程序，而发动此种实际歧视侵略国之条款。不过此种有差别作用之条款，在实施上手续相当的繁难，因而其具有公然抵抗侵略国之意义，是否能不受孤立派之极力反对，而获得通过，亦殊有问题。我以为比较的形式上变动不大，而又能适应各方面的情势的需要的，还要推《外交》季刊主笔阿姆斯特隆（Allen W.Dulles and Eamilion Fish Armstrong）等所主张之办法（*Foreign Affairs*, otc.1938, P.10）。他们对于中立法之主张归纳为左之两点：

（一）现行中立法内所有军火输出及其他具有绝对拘束性之条款，应如"付现自运"条款一样，惟在总统认为战争状态成立并认为于增进美国的安全，或维持美国和平，或保护美国人民生命有必要时始付诸实施。在现行中立法之下，"付现自运"条款之实施，即须总统有如此的认定。

（二）中立法所有条款，宜令其可以分开而各别的实施。如是则总统在认定事实之后，可以酌量实施禁运军火，限制借款，限制乘交战国船旅行，以及"付现自运"条款等，或是实施数项，或是施行其中任何一项。现在则只有"付现自运"条款是可以分开而由总统酌量施行的。其他条款，则于总统认为有战争状态存在时必须施行。

阿氏这个提议的中心思想，在赋予总统以比较现行中立法更大的自由裁量权，使之能应付变化多端及各方面不同的国际局势。比如在远东战事之场合，总统如认为施行中立法有助于侵略国的日本而不利于被侵略国的中国，他即可以不施行中立法。他亦可酌量施行一部分：假如军火输出实行禁止，而对于借款及"现付自运"条款不实施，则中国或许亦不会像在现行中立法之下所感受的那样不利。所以阿氏的提议，对于现行中立法形式上修正甚少，而实质上变动很大，似应当可以成为比较切实而易于成立之提案。本来增加总统之权力，减少总统对外行动之束缚，为美国开明的舆论所要求，史汀生氏在参议院外委会亦作此主张。中立法的修正如果沿着这条线路上进行，比较的可收事半功倍之效。在远东抗战之中国，为自身的利害关系着想，自然要反对现行中立法，并要反对华德门氏之新修正案。但是一想到中立法系以避免美国卷入战争为根本动机，系为美国全盘对外关系之而设，尤其特别针对欧洲局势而制定，便知道决不能望其适合中国的利益，专为适应远东一隅的现实战事而修正。然则我们所希望能实现的有利于我之修正案，便应当是同时能适应美国一般对外关系而又少招孤立派的反对之提议。像上述阿氏主张的一类办法，似乎可以定为我们对于美国中立法问题在外交及宣传上致力的方向。至于我们专为目前中国抗战的利益，要更进一步的希冀美国直对日本的侵略行为施其报复或制裁，自不妨离开中立法而作一种独立运动。例如最近美国众议院议员伏希斯氏即向众议院提出建议案，规定凡以飞机轰炸平民之国家，美国应禁止以军需品对之出口。而国会方面则有愿将此项办法仅援用之于日本之一国者。华德门亦主张，各方提议之对侵略国报复办法，应于中立法案以外，单独制定法案。（十二日中央社华盛顿电）这些都是于中立法之外，可以帮助我们抗战的办法。

# 战后复兴政策

朱炳南

在本刊第十五期,周鲠生先生提出我国战后之整理与建设问题,以为我们应事先有一个周详的计划,以免临时张皇失措,束手无策。知道欧战各国善后问题那么烦难的人,当知周先生所说的是如何重要。

大约战后最严重的问题无过于经济的复兴与财政的整理。战争可使一国的经济结构易其旧观,生产消费机能脱节,金融濒于崩溃,财政陷于破产。战事终结之后,其破坏的影响并不因之停止。战后如何在经济谋复兴,如何整理财政,如何改易战时经济机构使之适应和平的需要,这种种实为困难而复杂的问题。

经济财政政策所包括的内容颇为广泛,而战后经济财政的整理建设亦头绪万端,我们在此不能一一论及。此篇所讨论的只是几个比较重要的战后经济财政的国策问题。我们的经济财政因此次战争而发生的新情势,战后不能不考虑改变其战前的政策,或确立一个新的政策,以为对付此新情势的方针。这是此篇问题所在。

因为无法预知此次战争何时终止,我们不能确知战争终结之后经济财政的新形式如何。但截止现在止战争对我们的经济财政上已发生若干显著的影响。这些影响不用说是破坏性的:如战区工厂之毁坏,交通线之被占,金融之不安定,工农生产之停顿,贸易之激减等,这些直接间接的损失须待战后始能估计出来,无疑是一个惊人的数目。但从另一方面看,战争所带来的破坏的影响正给我们清算过去一个很好的机会。例如工厂经政府督促向内地搬迁,银行资金技术人员内地的移动,多少对发展内地农村经济,开发西南，有些帮助，但这种移动在私人企业的算盘上是一种损失，它是从较优良的工商环境搬到较劣的地域。从经济原则上言，这是生产元素之不经济的利用。战前产业在沿海一带之畸形发展实有其经济上的理由。一到了战事终结之后，这些工厂资金技术人员，如不得到有效的维护，将随着经济利益所指示又有搬回沿海通商大埠的可能。这从国防经济的观点看，我们自不愿其实现。且此种工厂资金之移动对内地经济将发生严重的波动。如何可以维护这些工业资金能在内地立足，维护的方式如何，这是大家感觉到战后一个急切的问题。

其次，这次战争把政府与私人经济行为的关系大大改变了。这一改变的意义是很重大的。抗战以后，为增强抗战力量，政府次第将金融，外汇，工业，贸易，交通，物价等置于政府统制之下。国家直接经营的事业亦日益增加。虽统制的紧弛程度不同，范围大小有异，但其为我国政府积极控制经济行为的意义则一。战事延长下去，统制的范围方式或较现时更为广泛严密。战事告终之后，此战时经济机构如何回复到平时经济机构，又是一个困难的问题。那些赞成统制或计划经济的人，惊异于几个国家统制经济的成就，在战前即已嚷着我国应采此项政策。战时看到经济机构所露的破绽，无疑地增强他们此项坚信。但若干人士举于我国社会政治经济制度的特质，与一部分统制实验——例如昆明米价的统制——所发生的流弊，对统制或统制范围的扩大深致怀疑。这个问题的性质是非常严重。如果措置失宜，可陷战后政治经济于混乱之途，如果措置得当，或可奠下政治经济建设百年大计之基。这个经济国策问题的解决，是万不可忽视！

战后政府经济活动范围的扩大，在财政方面也可以看出来，同时也可以见到战后整理财政问题的严重性。经济活动可分二方面：一为公经济活动，一为私经济活动。如果统计完备，拿每年国民所得于公共支出一比，不难窥见这两种活动的比较的重要性。在缺乏这种统计数字的我国，这种比较本不容易做到。但不妨猜猜，藉以约略知道两者的分量，战前一年，中央地方预算与预算外支出大概不至低过十五万万元。国民收益，据估计约为一百二十万万元。假定这些数字近于事实，我国公经济与私经济约为一与七八之比。换句话说，国民所得中每七元或八元须亦一元贡献政府为政费之用。这个数目，与他国相较，固然不算大，但也不算小。我们须知道政府是我国最大的企业，最大的雇主。在和平的时候，她的经济影响已是相当可观了。战后公共支出一定还要大大增加，公经济的活动亦将随着战前的趋势而为持续的增大。战后公共支出增加主要的是一笔债务费。截至现在，战后发行的债额已接近三十万万元。单是还本利息，战后每年就要增加二万万至三万万元。如再增发，还不只此。其他如战后士兵之复员，军备之重建，毁坏交通线公共建筑物之修复，国防工业之补助，以及其他种种政府担负之复兴费用，将使公共支出大为膨胀。本来战前的中央财政，每年平均亏欠已超过一万万元，加上战后新增的负担，现时税课，如非彻底改弦更张，决不能负此重荷。但衡以，我们所处的经济阶段及现时主要税课的性质，税制的彻底改革，恐怕短期间是难以乐观的事。

战争在经济财政上所造成的新情势主要的暂如上述。为对付此改变的情势，我们事前不能不计虑周详。但关于战后复兴政策，原则上有几点我们应先加注意。

第一：一切经济复兴政策皆须以维护国家独立生存增强国力为其最终目的。"富"与"强"虽为每一个国家所期求，二者常相提并论，但二者不必同为一事。如果两者不能并存，而有其必要时，为增强国力，一切经济行为皆可置之国家统制之下。第二：在此最高目的之下，一切复兴政策设施仍当顾及经济法则所要求。第三：各别的复兴政策，须互为联系，互为贯通，方能收事半功倍之效。

现在我们再来谈谈战后经济财政复兴政策。这里所说的，仅是个人的愿望；而且是在有限的篇幅，要说的太多，故只能提纲挈领，简单的几句话而已。

对于政府应维持搬迁内地之工业，事关国防经济与内地开发，这应该毫无问题。所应考虑的仅是维持的方式。最好我们实施非常时期工矿业奖助条例里所规定奖助的办法，如保息，补助，减低租税及国营交通事业运输费等。当然这些财政补助，间接出自人民身上，但征之此项工业的重要，应无可加以非议。其次，对于战后政府经济活动范围的调整，我们怀疑在放任与统制经济之间，没有一条康庄大道。但何者应统制，何者应让予私人，与如何统制，这些问题需要精细与个别斟酌。无疑地战时统制有的只是暂时的措置，而战后必须放弃者，如限制银行存款之类。但有的无疑地将留有悠久的影响。国际贸易，金融，运输的统制，将来或可保留其全部，或一部。国防基本工业自较宜于国营，但以地方为单位的统制应尽力避免。

关于财政善后，除了开源节流，整顿旧税外，我们应采取其他的办法。节流所能省的数目是有限的。开源方面，我们可以考虑征收一般交易税，一般财产税，整理国营事业，实行财政专卖制度等。但最要紧的，战后应设法使负担多加在富有者身上。所得税的范围必须扩大，使包括财产所得，尤其要设法使之推行及于租界的阔人。他们在战时逃避他们的责任，战后务要他们补偿。此外应鼓励人民"献债运动"，将战时购买的公债销毁或献给政府。

所谓开源，更应从广义及深处解释。我们要用种种方法力图战后经济之复兴繁荣。经济得到复兴，政府收入自然随之增大。因此我赞同在金融上采取有限制通货式信用膨胀的办法。一方借此可以刺激生产；一方可以减轻政府债务的实际负担。对外汇率，战后应安定于较低水平，以求取得刺激对外出口，减低进口的作用。如果货币的对外价值低落致引起他国的报复时，这种作用自然被其抵消，但我国国外贸易在他国国外贸易里所占的地位是极其低微，报复之机会较少，相信在此点我们站在一个颇为有利的地位。法国于一九二八年安定法郎于甚低的水平之后，竟与英美两国平分金融上的霸权，这未始非货币贬值之功。且战后短期间，我"对外依存"的程度一定加甚。军备的重建，经济的建设，使我们需要更多的外国机器，钢铁，技术人才等。为抵消战后国际收支平衡之逆转，我们应欢迎外资的输入。上述的金融政策似也有需要。诚然这种种政策亦有其不利处，如通货膨胀后，负担归着之不公平，外汇降落后，贸易条件之不利等。但较量利害，我仍以为上述的政策对战后的复兴是利多害少的。

至于士兵复员后之安置，军需工业如何改变为平时工业等问题，在欧战后的国家，解决的确颇为费力，在我国，当不致怎样麻烦。战时军需工业有改变为和平工业的需要的恐怕就少。基于我国家族制度的特质，复员后士兵安置的问题当亦不致如何严重。此外战后整理建设问题正多，但在此时想到一个终结无期的战争后之事，很难揣摩着将来问题的性质。不过我们如其能在战后迅速谋经济的复兴，战后一切整理建设问题当能解决过半了。

# 略评公务员服务规程

钱清廉

《公务员服务规程》于本月四日经行政院会议通过，全文二十三条。公务员对于抗战建国关系重大，毋待详论，而该规程关系公务员服务者甚巨，谨志感想如次。

《公务员服务规程》（以下简称新规程）系就现行《官吏服务规程》（以下简称旧规程）增订。新旧规程异同之点，可资比较。旧规程都十五条，新规程增订下列各条：

（一）公务员奉派出差，应于一星期内出发，不得藉故停留，或私自回籍，或往其他地方游览。（第二条）过去公务员奉派出差，姗姗迟行者有之，藉故停留者有之，私自回籍者有之，甚至纵情游览者亦有之。此种假公济私，废时误事之举动，实属非是，亟应取缔，故此条规定，自属切要。

（二）公务员未得长官许可，不得以私人或机关代表名义，任意发表谈话。（第八条第二项）公务员未得长官许可，自不得以机关代表名义，任意发表谈话，此理至显，不待详述。惟公务员未经长官许可不得以私人名义，任意发表谈话一点，尚有研究之余地。公务员对于本机关机密及未公布事件、然论是否主管事物，均不得泄漏，即退职公务员亦有保守机密之义务，此点已有第八条第一项详为规定，则本条第二项规定公务员不得以私人名义任意发表谈话之对象不致究何所指？如系本机关机密及未公布事件，则已有第一项规定，不得泄漏，似无重复之必要。如谓"本机关机密及未公布事件"以外之事项，公务员亦不得以私人名义发表谈话，则充其量，公务员未得长官许可时，将无发表言论之自由，此种限制，不无疑问。

（三）公务员执行职务，应力求切实，不得畏难规避，互相推诿。（第九条）吾国上下各级公务员之最大缺点，厥为畏难苟且，不切实，不负责。过去所谓"老公事"者，以圆滑推诿为能事，自夸于众，恬不知耻，而一般同事气味相投，从而和之，心摹力追，惟恐不及。甚至举国不以为非，于是吏治情形，遂不堪问闻。降至晚近尚有"百废俱举，一事无成"之讥，言虽逾分，但去事实不远。此皆公务员执行职务不求切实，畏难规避，互相推诿之过也。此种态度与办法，亟应改革。抗战建国，事功艰巨，全国上下大小公务员，应如何踔厉奋发，脚踏实地，切实执行职务，冒万难而不辞，临艰险而不避，庶克有济。故此次公务员服务规程增列此条，实为要图。

（四）出差之公务员，未奉长官核准，不得擅离差次。其出差国外者，尤应朴素清廉。（第十条）此条规定，用意甚善。惟本条下半段似已可包括于第四条中，多此一段，形同蛇足。就立法技术言，要非尽言。

（五）公务员有违反本规程之行为，该管长官知情而不检举者，应受同一之处分。（第二十一条）此条关系重大。盖一切法规，无论如何完善，苟不切实实施，则良法美意，不过白纸黑字之文书，枉费一番笔墨。所谓服务规程也者，恐终成具文，徒资点缀而已。现在增订本条，科该管长官以检举之义务，以期切实实行，自属切要。惟在现状之下，该管长官是否能完全负责检举，不无疑问，详见下文。

（六）除以上五点系新规程所增订者外，尚有修正者一条。

旧规程第三条规定"官吏须诚实清廉谨慎勤勉，不得有骄纵贪惰损失名誉之行为"。新规程修正为"公务员须诚实清廉谨慎勤勉，不得有骄纵贪惰、奢侈、放荡及冶游、赌博、吸食烟毒等一切损失名誉之行为"（第四条）。新规程此项修正条文，视旧规程较为细密，且奢侈放荡赌博等等不失为针对时病，尤堪注意。

我人比较新旧两规程，固觉新规程较为缜密，然犹以为未足，谨略贡简陋之意见，以念国内明达。

第一、充实执行公务员服务规程之机构。自国府成立以来，订颁关于公务员之各种法规，为数不少。惟吾人试一检讨其实施情形，必致失望。虽有种种考试法规，以登举人才。然考选而任用者究有几何？虽有种种公务员任用法规可资准据，但依法任用者，又有若干？虽有文官等官俸表，现在是否完全依表实施？虽有考绩法规，究竟实施考绩之结果如何？虽有公务员惩戒法规，究竟是否一一切实执行？虽有公务员恤金条例，而实施实情何如？凡此法规，切实实施者固有，而形同具文者亦属不少。法规虽多，苟未实施，则于法无何异，其流弊所及，动摇法规之威信，养成弁髦法规之恶习，其弊或将甚于无法。推求各种法规所以不能实施之因素，言其要者有二：一为法律与事实国情距离太远，粗制滥造，官法不慎，有陈意虽高而与事实距离过远者，有袭取他国陈规而与国情杆格者，其结果致法规不能实行或不便实行。二为缺乏适当充实之机构。法规虽经审慎订立，苟无执行法律之机构，或虽有机构而尚欠适当或充实，则执行不能切实执行，而成效难睹，各种法规未能充分实施之原因，恐不能外此。新旧规程关于执行办法，均规定"公务员有违反本规程者，该管长官应按情节轻重，依法申诫或惩戒"（旧规程第十七条，新规程二十条）。新规程第二十一条且明白规定"公务员违反本规程之行为，该管长官知情而不检举者，应受同样之处分"。此种规定，用以固善，惟按实论之，在现状之下，该管长官能否依法切实执行，不无可议。何则？（一）吾国关于公务员之考选、任用、考绩、抚恤等等均未形成一种制度，关于公务员之种种，质实言之，犹取决于人事上之关系。惟其如此，故某公务员如关系特殊，凭藉深厚，且有违反服务规程之行为，该管长官非不知情，惟在情感上恐不忍依法执行或检举者有之，在事实上不能依法执行或检举者亦有之。吾人固不难设想，即某公务员承办本机关或所属机关工程而享受不当利益，此违反新规程第十九条之行为也，或直接间接兼营商业，此违反新规程第十三条之规定也，惟该公务员与该管长官有亲戚或故旧之关系，其事遂寝，此因关系特殊在情感上该管长官不忍依法执行故检举之说也。或某公务员有骄纵贪惰奢侈放荡之行为，此违反新规程第四条之规定也，或有隶属关系而馈受财物，或于所办事件而收受外间馈遗，此违反新规程第十六条之行为也。惟该公务员系某要人所介绍或与之有深厚之关系，该管长官虽明知其违反服务规程之行为，恐终未依法查办，此因凭藉深厚，在事实上不能依法执行或检举之说也。凡此设想，吾人诚愿终未设想，然不幸此种设想，证以过去五六年间公务员服务规程实施以来之成效，以及现在公务员之实情，恐距事实不远，更不幸而此种事实，已不一见而屡见。浅见者流，必曰此乃该管长官之罪也。惟细按之，在现状之下，该管长官之情况，如堕深穽，难于自拔。率直言之，（一）任何该管长官，必有其所以达到现任职务之原因，亦必有暂时维持其现任职务之心理，虽身居要职，究不能与关系特殊之亲故完全脱离，或以凭藉深厚之属员多所树敌，质言之。严格执行服务规程，对于该管长官本人之地位与心理，常不免发生困难，彼非圣贤，何以堪此。（二）吏治种种问题，关系密切。苟登庸之始，并无客观标准，仅凭人事关系，则被任用者非尽贤能，而服务之际，求其忠心努力执行职务，或力求切实（新规程第三条第九条），当非易事。他如任使不以其道，用非所学，则无论如何勤奋努力服务，其效率必极有限。薪给不以职务之难易，责任之轻重，考绩有名无实，漫无标准，升迁全恃关系，则工作之效率，何从谈起？而服务规程实施之困难，自不能免。（三）服务规程全文虽仅二十三条，然其适用之范围至广，严格执行恐不免涉及公务员公私生活之全体，在机关较大，公务员数目较多之场合，切实执行，非该管长官一人或少数人所能举办。

有此二因，该管长官不易切实执行公务员服务规程，其理甚明。吾人非谓该管长官可以完全卸辞咎责，乃在检讨过去服务规程所以未能切实之症结，并透视新规程关于执行办法之前途，吾人认为该管长官如能诚意切实执行规程之规定，固有莫大之裨益，然在现状之下，无论如何，诚意执行，其效率有其限度。惟其如此，执行机构必须确切设立。过去关于服务规程缺少完善之执行机构，故其效不睹，现在仅规定该管长官负责执行，其困难已如上述，故在该管长官以外，应有相当之执行机构。吾人认为服务规程既与整个人事行政有不可分离之关系，故执行服务规程之机构，应与整个管理人事行政之机构融为一体。具体言之，全国应设立一人事总机关，各部会及各省市县设立人事厅。关于此种机关之目的，组织，作者前于他文约略言之（见三月七八九日《大公报》拙作《改进人事行政的几点意见》），兹不复缀。惟就原则言之，此种机关，需有相当管理人事行政之权责，需有充实之组织，其职员之人选，需具有管理人事行政之学识与经验，其地位须有相当之保障，夫然后能充分行使其职权。公务员服务规程之执行，应为此种人事机构职权之一部分。

其次，公务员本身应有相当组织参与整个人事管理之事项，关于服务规程之执行，公务员自身亦应协助参与。如是积极方面可以养成公务员自治之能力，提高其同事间相互勤勉监督之精神，启发其参加人事行政之兴趣，培养其与长官共同合作与负责之习惯。消极方面可以减少唯唯诺诺暮气沉沉或类似奴才式之吏员态度。夫然后公务员非一班被动被治之动物，而为自发自动自治之人格。杜威博士在《哲学之改造》一书中尝言曰"集体效率与力量之最善保证厥为启发与运用各人种种不同之才能，若创造，计划，先见，毅力与忍耐是已"。英国文官制度中有韦脱莱会议（Whitley Councils），自一九一九年以来，普遍设立，有全国韦脱莱会，各部会韦脱莱会，及地方政府韦脱莱会。此种会议，即由有组织之公务员之代表与政府代表（部会长官）组织而成。其沿革、组织、活动之详情，非兹篇范围所及。惟综观其二十年之成绩，若一九二〇年英国文官制之改组，薪给之督订，以及公务员成绩升迁之考核，工作效率之增进，公务员无役不与，贡献殊多。以吾国公务员之现状，此种韦脱莱尽之能否完全适用于吾国，尚待详究。但公务员与主管方面共同负责，努力合作，以求工作效率之增进，服务规程之切实执行，要为不可否认之原则。此点在设立公务员服务规程执行机构时，颇值加以重视。

第二、群策群力以求公务员服务规程之实施，并求吏治之彻底改善。吏治之良莠，其原因条件，虽甚复杂，惟公务员服务规程之实施与否为吏治良莠之一大关键，而服务规程之能否实施，于设置适切之执行机构以外，尤须全国人士共同努力及人事行政之整个改革。我人试一回忆，旧规程自二十二年七月五日公布施行迄今，时逾五载有半，施行之成绩如何？吾人不难一一复按，其尤重要各点，如官吏服务，是否悉能忠心努力执行职务？是否能保持机密？有无直接间接兼营商业或公债交易所等一切投机事业？是否依法不兼他职或兼薪？对于属官是否不推荐人员？有隶属关系之官吏有无馈受财物之情形？官吏于所办事件有无收受外间馈遣之事实？对于经办事项有无享不当利得之情事？凡此诸问，国人当知其答案为如何。追念往事，可以引为遗憾者不在少数。吾愿全国大小公务员扪心自问，坦率答复此诸问题，有则改之，无则加勉。吾欲全国有监督检举申诫或惩戒之责者抚躬自问，对于官吏服务规程所规定者已否尽各人应尽之责任？今后究将如何可以求其实现之道。我更愿全国人士注视此问题，不断努力以求公务员服务规程之切实实施，及吾国公务员皆为贤能之公务员，良以政治之良莠，攸关国家民族深远巨大，不容丝毫忽视。而吏治之改革，非一朝一夕所能成事。非群策群力，难观厥成。此征诸各国吏治改革之历史，灼然可见。吾欲国内有志改革政治之团体与个人，若政治集团，若政治学会，若行政学会，政府负责之机关与人员，研究政治之个人，并力合作，彻上彻下，促进公务员服务规程之实施。抑有进者，吾人前已约略申述整个人事行政之各部门有相互密切之关系，必须彻头彻尾，全盘改革。若头痛医头，脚痛医脚，其成效必极有限。吾人与促进实施公务员服务规程之时，对于整个吏治改进问题，尤应三注意也。

# 招牌文化

小 可

中西文化不同，可以从许多小地方见出，正不必抬"动""静""精神""物质""个人""社会"种种大道理出来。穿、吃、喝、谈天、做爱等等都充分地表现"东是东，西是西"。于今不说这些，且说招牌。

招牌并非中国所特有，但是就它的数量之多，用处之广，和外表之富丽堂皇而论，世界上没有第二个国家比得上中国。一个中国外交官初到伦敦，走到唐宁街，很难认出那里是外交部；他尽管在圣詹姆斯园里逛过半天，那园子究竟叫做什么，或是那里面的房子是什么阔人的住宅，也许很可以使他茫然。那里的皇宫和民房，总长衙门和商店，都没有很显明的标记来区别它们。一个英国的外交官初到中国就不会有这样的困难。你看"怀仁堂""中央公园""铁道部"那些金光赤耀堂哉皇哉的大字扁额，是多么不含糊！看惯了国内大学门首的那块黑漆大字的牌子的人到了牛津或剑桥，找不到同样地使人望之羡慕的标识，心里对于英国大学的热忱也就不免冷了一半。走到商业中心区，那更不用说了，外国人开店就只会开店，中国人开店的第一件大事是撑起堂皇的大门面，挂起金碧辉煌的大招牌，请著名的书家写，用最好的金漆敷刷。写招牌成了中国文人的职业，金漆铺在中国也比在任何国家发达。中国的街道尽管肮脏，尽管杂乱而无生气，招牌却显得它像神庙，像宫殿，显得中国人在龌龊猥琐中存有一种较高的光明灿烂的理想。至于理想与事实往往现出极强烈的对比，那又是另一回事了。

中国人欢喜在招牌上做工夫，因为几千年古老的历史教训使他们明白这工夫不是白费的。打剪刀谁不去照顾王麻子？卖膏药谁不说只有王回回的靠得住？砂锅居的猪肉也还是猪身上长的，你吃起来仿佛确实特别有味，因为那里的煮肉的锅据说还是明朝传下来的，招牌老。西鹤龄堂卖的也还是"依法炮制"的"道地川广药材"，但是生意都比别家好，严嵩写的那块招牌大有功劳。推而广之，出丧要摆全副仪仗，娶媳妇嫁女儿要攀高门楼子，读书要留学挣博士头衔。做官要巴结上"走红"的帮口，大学要请"名"教授，报馆要拉"名"作家，为的都是要招牌响亮。招牌响亮了，信仰、尊敬、权利、名位、趋承、捧喝种种赏心乐事就随之而来。比如到旅馆开房间门上挂着某某长的牌子，堂倌答应来开水的声音就特别清脆而恭顺；过关口，警察把那些乡下人的包袱掉得翻天覆地，还要虎声喝气的盘三问四，倘若你的名片上印着某某长的头衔，你的几十口皮箱就要安然而过。既然是"长"了，招牌响亮，到和尚庵堂去，就照例是"请上座"！"泡好茶"！有一位聪明人在他的名片上印着"浙江省生长"，他的聪明显然没有使他爬上"长"的地位，可是过关口仍旧获得"长"的优待，"长"字就够了。

招牌是给人家知道的，你骨子里到底是什么，却是另一回事，你不用管，人家自然也就不管。"翰林院大学士隔壁王婆之墓"引起了几多人的尊敬；一般人只会看上文，上文来得排场阔绰，下文就会被假定为典丽堂皇了，谁还去抄底细？中国本来是个信任招牌的国家。招牌有它的功用，就有它的"市场价值"。商店顶盘，藉一块招牌就可以卖大钱。尽管这家陆稿荐卖的不是从前那家陆稿荐的货，从前的主顾照旧是到这家来做生意，因为"陆稿荐"三个字的招牌还在那里。想一想十年二十年前驰名的政客，绅士，外交家，以至于大学里那些念十年二十年的老讲义的教授们能够苟延生命，不全是靠着那块老招牌么？时间在中国是不会淘汰人的，它只逐渐增加招牌的重量。

招牌的功用如此其神通广大，所以有招牌的人提防得愈严密，窃冒招牌的伎俩也就愈巧妙。处处你都看得见"胡开文""陆稿荐""稻香村"，可是每处这些店铺都同样地挂着"只此一家，谨防假冒"的字样，你能断定谁家不是假冒呢？有了招牌文化，我们便处处"挂羊头，卖狗肉"。卖鸦片烟的地方挂的招牌是一"禁烟所"，虐待妇婴的地方挂的招牌是"慈善救济会"。一部分学生领公费去游山玩水，打的旗子是"抗敌后援会下乡宣传队"，保甲长敲诈乡愚，要剥削几块钱去吃酒养小老婆，喊的口号也是"有力的出力，有钱的出钱"，大学课程表里排的是"欧洲文学"，教授讲的是两三部翻译小说，杂志封面印的题目是《与某公论学书》，里面的文竟是王婆骂街。阴阳五行原是"哲理"，口号标语居然"文学"。循名核实，这又比"翰林院大学士隔壁王婆之墓"等而下之了。

　　刚才提到"哲理"，招牌文化原来也有它的深广的哲理背景。听说中世纪西方哲学家有一派盛唱所谓"唯名主义"，以为世界一切都只是一个"名谓"。"名谓"是区别彼此的标记，其实还是一种招牌。"名谓"是否必有所指，据说在哲学上尚且成为问题，则招牌在实际人生中是空是实，恐怕更纠缠不清了。从孔夫子以来，儒家思想似乎很重"名"。"惟名与器，不可以假人"，意思和"只此一家，谨防假冒"似没有多大分别。"名"与"礼"有关。子贡欲去告朔之牺羊，孔夫子骂他说，"尔爱其羊，我爱其礼"，这番话是说招牌要维持住。他舍不得卖车替颜渊买椁，理由是"大夫"的牌子不能放弃。他修的《春秋》本是鲁史，起头必大书特书"元年春王正月"，你看"王"字一个大帽子压下来多么重；后来曹操剽窃这点微义，闹了些"挟天子以令诸侯"的玩意儿。于今大儿子欺负小兄弟，要多占一分家业或是做表面上看去不甚公平的事，也说"这本来是爸爸的意思"；官吏们一层一层地榨压下去，每一层都向下一层说，"这是上峰的命令"。中国你到处可以见到招牌的势力，它引诱你，欺骗你，压迫你。招牌是一块黑幕，它背面隐藏着许多假货色、假仁义、假学问、假名望、假权力。有一天这黑幕会揭开来，让我们大家都拿真货色来做生意么？应当有这样一天的！

**本期撰写：**

　　　　武汉大学周鲠生教授本期寄一长文，详述美国现行中立法的成立经过，并论新中立法案的内容及对我利弊。这是一篇极有价值的文字，应为关心国事世事者所充分注意。云南大学朱炳南教授的《一战后复兴政策》是一篇富有启迪性的文章。周朱二先生在本刊均不是首次发表文字。

　　　　钱清廉先生是一位法律学者，曾在浙江省政府服务，现任职重庆军事委员会参事室。"小可"是一位文字批评家的笔名，他不久前曾担任四川大学文学讲座。

# 第一卷第十九期（1939年5月7日）

## 时评

### 青年节

　　青年节的规定是富有意义的。青年无疑的是人生最可宝贵的一个段落。一颗壳类的植物，从苗而秀，从秀而实；秀的一个段落就相当于人生青年的段落。在这个秀的段落里，尽管秀的程度因人而异，但就每一个个人而言，就他的一生而言，唯有在这个段落里，他的求知心最恳切，同情心最浓厚，热忱、勇气、毅力最发达，想象与理想最富有。这段落若是白白的过去了，那个人就算是没有做人。民族与社会若把它分子的这个段落轻轻放过，不给他们一个健全发育的机会，这民族与社会也就等于自暴自弃，因为文化的演进与民族生活的发扬光大就建立在这许多青年特性之上。我们在这一点上以前是无可讳言的自暴自弃过的。我们如今觉悟了，我们已经明白青年时代的可贵，我们特地在三百六十天里提一天出来奉献给它。这觉悟不但要替无数中国青年造福，并且代表着民族文化的一个转机。

　　青年节规定在五月四日，也自有它的特殊意义。在中国的近代史里，五月是最多难的一个月。青年对这个多难的国势，第一次发难，第一次作有力的抗议性的表示，就是二十年前五月四日的那一天。青年对国难的表示，固不应仅仅做一个初作难的陈涉而止，但这陈涉的一步手段是不能少的，要没有它，也就不会有项氏灭秦和汉家平定海内的那些下文了。同时，发难的行为的自身也正有其难能可贵之处。只是外力的深深刺激与重重压迫，并不能引起发难，这些刺激与压力要用在意志消沉、饱经世故的人身上，才发生效力。约言之，只有青年或具有青年特性的人才能发难，国家政治方面如此，其它生活方面也莫不如此。

青年发难在二十年之前，而青年节的规定则在二十年之后，也正有其意义可寻。古者男子二十而冠，冠所以表示成年；今日中国法律也以二十岁为成年。上文说过，青年对国难的责任不应限于做陈涉而止的；但二十年来，始终以做陈涉为满足的为数正不在少，把它规定为青年节，我们揣测规定的人的用意，至少还有这一点，就是"五四"也成年了，抱怀着"五四"精神的人，对国难应当作进一步、更积极更有富建设性的贡献。

上文似乎是我们对于青年节应说的一些善颂善祷的话。不过颂祷是一事，要真正接受这颂祷之词而无愧，又是一事。其实要受之无愧，也并不难，只要做青年的，教青年的，以至于捧青年的人了解下文的两点。

第一我们要明白节字的真意。竹子的分寸叫做节，生活应有的分寸，相传也叫做节。生活力的表见与施展，不论其为在情欲方面或智能方面，有三条可能的路，一是禁、二是放、三是节；只有节可以成事。好比蒸汽转动机器，发为工作，走的也就是节的一条路。青年是人生最有力的一个时代；充满着力的种种特性，用之有节，用得有分寸，结果不但可以应付国难，并且可以复兴民族，再造文明，否则最多也只能靠最初一些开放出来的力量，做一点斩木揭竿的工作罢了。二十年来的青年力量，狷者禁得太多，狂者放得太过，真正能节而用之的为量绝少；对青年缺少同情的人动辄以成事不足败事有余相责难，也就不足为怪了。明白了节字的真义，方才能体会设置青年节的应有的用意与价值。

第二我们不能忘记目前并没有完全脱离偶像的威福的时代。宗教的势力衰退了，但各式各样的主义学说正宰割着全人类；圣贤与仙佛的崇拜虽去，英雄与伟人的崇拜方来；传统的种种季节，例为正月初九的玉帝节，四月十四日的纯阳节，六月十九日的观音节，虽经打倒，而劳动、儿童、母亲、妇女等分类人物的奉献节，以及单个伟大人物的生死纪念节，已应运而生。偶像的方式尽管不同，而崇拜以至于迷信的心理则古今为一。信仰的心理不是弊病，而信仰到崇拜与迷恋的程度，却是。神道设教有它的功用，但若所设之教畸形发展，反客为主，往往可以成为生活与治道的绝大障碍。假若旧日的死人与老人可以成为偶像；今日的活人与青年又何尝不可；迷信的心理一日存在，此种畸形的发展便不能一日不防。青年节成立以前的青年已不免被人认为天之骄子；青年节规定以后的青年更应如何奋勉，上以副国家的期望，下以自免于放诞不羁的讥弹，是青年自身应当在青年节前后自省的一个问题。君子爱人以德，不以姑息，更是从事于青年事业的人在这时候应当身体力行的一个原则。否则，青年节尽管规定，尽管有人热烈的颂扬庆祝，我们还不能免于"苗而不秀者有矣夫，秀而不实者有矣夫"的慨叹！（旦）

## 希特勒的演说

世界似已趋近暴风雨的前夕，希特勒是兴风作浪的中心人物，所以希氏的言论行动几乎被视作预测世界安宁的风雨表。

举世期待的国会演辞，于四月二十八日发表，这两天报端可见，读来的印象是具体政策说明少，空泛的声辩多，因而没有骇人之语，也没有令人致期好转之语。

希氏最努力的声辩，是针对美总统罗斯福的通电。罗氏吁请希氏明切表示，不复进行侵略，以纾战争威胁，大家都猜此举不会得若何切实效果，不过颇能影响世界舆论，希氏斤斤声辩，大概为的这个缘故。希氏用他故技，大肆抨击凡尔赛条约，述德国人民所受威尔逊十四点之不幸经验，将这个条约责任加在美国身上，以塞美国人之口。凡尔赛条约的不公平，是鼓动德国人民，答复世界舆论的好养料，一再运用，是他政略的机巧。不过凡尔赛条约与威尔逊十四点，甚有悖违处，尽人所知，以此归过美国，不免强词。并且向捷克索苏台，或尚可说是改正和约，可是整个并吞捷克，则是破坏约言，肆行侵略，不顾他人之"国家与自由"的举动，岂犹以改正和约为借口。赞助意大利的并吞阿尔巴尼亚，岂又是改正和约之举？侵略行动，一再为之，野心昭然，非谲辩所能遮掩世界的耳目了。

至于具体的表示，对法谓萨尔以后"已无其他领土问题存在"，本可安法国的心，只可惜以往食言太多，曾说过得了苏台区后，在欧洲无其他领土野心，可是得了苏台以后不及半年，整个并吞捷克。对英取消海军协定，而出以委婉之辞，若不胜惋惜者。大概是想一面给英国一个表示，一面仍盼英国放弃反德行动，至废协定的实际结果，希氏也说"此于吾人并非实际重要问题"，因他尚未着意海上，英德两国还没到海事战争时期。对波兰取消德波协定，说到但还是一个"迟早必须解决之公开问题"，此事解决是"欧洲紧张最后松弛之进一步实现"，所以他虽说"在德国方面不特未召一兵，且未计及反波行动，德国之攻击企图，乃国际报界所捏造"，不能不令人猜想，迄今尚未发动，还是英国与波兰协定的力量。今后如何，尤不可知，昨天的报载但泽已经万分紧张，虚惊呢？真将发动呢？这是最近欧局的一个关头。（鋐）

## 近日战局

最近战局有非常顺利的进展。华南自我军二度克复增城新会后，广州时在我们威胁中。豫中，我们三度攻入开封。晋南，敌自犯中条山失败后，已入被动的状态，而我军连日围袭夏县，安邑，运城，冀城大有所斩获。赣北方面，我占大城，二度克高安，围攻武宁，奉新，靖安，且一度冲入南昌市区，全省军事现在我军操纵中。在敌人方面，军事的活动，似乎是集中力量于鄂南，湘北，南下以袭取常德，长沙，衡阳，以遂其打通南北交通干线切断我们东西部联络的企图。我们上述各路的进攻，都可以使得敌人顾此失彼，与敌人这个企图以一个重大的打击。

据我们军事最高统帅的谈话，我们总反攻的时期尚未完全成熟，一城一地的得失不足轻重。然仅就近日来这些序幕战观察，我们蕴蓄的战力已经可以有所表见，时间地带的条件满足后，便是我们总反攻的机会了。敌人一向总是以为我们军队不值一击，一败便不可收拾；不过过去的二十二月的经验，充分证明着他们这个梦想的错误。我们的军队，虽然经过不少挫折，然数量，品质，物质以及精神，无一非越战越增进，而近日来各地战事的进展，不过是初步的表现。

还有一点应该注意的，从第二期抗战开展以来，我们在各线上的活动，逐渐从被动地位，变居主动地位。在第一期战事期中，我们因为种种关系，只有工夫消极的招架。现在的情形已逐渐不同了，战区愈广长，敌人到处都是孤军深入。捉襟见肘的窘态已见。我们与打击者以打击的机会已逐渐成熟。上述战事的进展，虽然只是大反攻的序幕，然而在这序幕上，已经看出敌我形势上的互异了。（弋）

# 论政治之制度化

张佛泉

本刊前后曾有好几篇文章论到中国政治的制度化的问题。不久以前，国民参政会第三次大会中在这方面也有一个议案通过。这个问题的重要性自然很明显的。

我想所谓政治制度化的问题，里面实包含两层意思：一是指行政方面的机构化，也就是事务官制或文官制的树立；一是指政治方面或政务官之进退有一定轨道而言。前者就其自身而论，是技术的问题，而后者则可说是宪政的实行问题。

关于文官制度的建树，中国已经在某几方面有了些成绩。譬如邮政，海关，电政等方面的用人制度已经很有基础。其他如铁路，司法等方面的用人也比较有了轨道。这几方面的特殊进步有它们的原因，譬如客卿的责负，及专门技能的需要等，是其中最显著的。

但是一直到了现在，大部分的文官的引用及黜陟，则均未能遵循常轨，虽然有了条文的规定。八行书或任何方式的个人的推荐仍是现在用人的主要方法。

那么，这方面的困难，有没有比较容易的解决方法呢？我以为这里面的困难不只是行政技术的问题，其中实包含着政治的问题。所以欲求其解决，恐怕须从政治方面入手。

我们须知所谓文官制度（不是吏治）在西方也是近代产物。原来他们的官吏登用之滥，及官吏不清白与无能，同我们现在的情形初无二致。他们只有等到宪政力量及公共制裁压力加强之时，事务官的制度才成立起来。这证之以英美在这方面的历史是最明显的。中国近十年的政治史适是一个反证。因为宪政之不上轨道，公共制裁之无力，虽然有成立了十年的考诫院，九年的监察院，及其他形式方面的努力，实际除上仍谈不到已经树立什么文官制度。虽然直接在行政方面已从小处求些具体改进，但我们恐怕文官制度的建立，唯有间接从政治入手才有宏效可期。

由上面的话，我们可见在篇首所指出的两个问题——即文官制与宪政——在根本上仍是一个问题：那就是宪政应怎样开始，政治怎样才能上轨道。提到这个问题，我们都认它是一个很老的问题，是三四十年来中国人绞尽脑汁的问题。其实截至现在止，我们还没有发现建设宪政的路子。

现在的国民参政会，就它的产生方法来论，决不能说是宪政的开端，我们有理由对它不报奢望。上届参政员周览等的提案中，提及参政会应当使它有选举的基础，但我们也不知他们所说的选举是怎样的。

从地方自治做起的宪政方案，在今日的中国也是行不通的。许多人以为中国欲想走上民治的路子，一定要从地方自治，县自治做起。于是在国民参政会之外，也必须再添上临时省参议会，县参议会，才能满足这种要求。这一套新式"八股"不知道什么时候才能做完。这一派见解里面所含的错误，我不能在这短篇幅中指出。我只能这样说，地方自治的完成是中国宪政所要达到的一个最高阶段，却不是中国实施宪政的起点。要开始宪政我们似须另寻途径。

我以为促进自治，大体说来，应该自城市开始，虽然我也承认有些例外。这话说来很长，不过"剪断截说"，可以这样讲：民治在中国是个新东西，而几乎所有的新东西都是始自城市行的，而自治这种繁复的新生活自然也没有理由从乡下人开其端倪。由新市民渐渐求出自治的方法来，作出好的成绩来，然后可以希望向外推广。这个推广的程序不见得一定迟缓，只要上了一定轨道，便可以与时日的增长一直推广下去。

市自治的开始，应从选举负责的市长做起。选民的资格须加以限制，不过这限制应大体根据智能。除学校教育程度外，自然还应有旁的辅助方法，来测定市民的智慧，经验，与具体利害等等。自治的范围，应属于市民日常生活及切肤的利害等等的事务方面。我对这个宪政方案的实施有下列各点意见：

第一，我们应该要求政府先指定几个城市切实的开始自治。过去曾有许候了。新的多实验县，及村自治的尝试，结果都证明失败。现在已是我们转变方向的时政治生活，如同其他任何新生活一样，大体须自城市起始。

第二，我们应该努力纠正对地方自治所有的幻觉，我们又应该放弃由地方自治开始宪政的错误观念。这种流行的谬辞，最是中国走向宪政大道的阻碍。抛弃了以往错误的理想，对我们的政治问题得一个比较正确的认识，这是新政治推动力的泉源。有了新认识，确定了新要求，组织成一种新压力，使社会及政府方面不得不向我们所要求的方向走。这便成为一种自发的新政治运动，而不是梁漱溟君所说的"请愿式"的政治主张。

第三，青年学生是新公民的中坚份子，所以学校方面应更使其过自治生活。凡学生的茶膳，宿舍，卫生，体育等，于日常生活有直接关系的，都应由学生自己管理。这可以使求新知识的青年很早便养成自治的习惯。而这种自治经验是整个社会上的自治生活的基础。

上面我只指出中国政治制度化的一个新方向。他日让我再作详细的解说。

# 美国新中立法案与中立问题

黄正铭

美国中立法第二款，关于"现款购买，自己装运"的规定，将于本年五月一日届满，因之美国国会必须采取立法手续，或将本法废止，或将本法修正，或将原来条款，予以延长。但在采取任何决定以前，美国政府不得不考虑国际环境，以重新估定其中立政策。现行中立的前身，如一九三五年八月三十一日的法案。中间经过一九三六年二月二十九日，及一九三七年五月一日两度修正。制定以后，并经两度适用，即一九三五年施行于意阿战争，一九三七年施用于西班牙的内战。本年以来，国际事情的突变，尤其是欧陆风云，日趋紧急，实使美国有重新考虑其外交政策的必要。美国政府不愿参加第二次欧洲大战。但它认为欧洲战争不至发生，最好是扶殖民主义国家的武力，以镇压侵略集团。因此，美国准备修正中立法中，过于中立的条款，使其有利于英法各国，以实现此项目的。所以三月十八日罗斯福总统招待记者，发表谈话，谓"吾人根据欧洲最近局势之发展，可知美国实需制定一新的中立法案。至于该法案之草拟，当可由政府方面举行数度会议决定之"。他在一月四日致国会的咨文，亦称现制中立法案，有时反援助制造战争之祸首。美国可赖较口头抗议更进一步之方法，以遏制侵略之行动，而不必诉诸战争。三月二十日参议员外交委员会主席毕德门所提新中立法案，就在此种情形之下，草拟而成。

美国中立法，本已超过国际公约对于中立义务的要求。中立国家，原没有禁止军火输出的义务。亦不必禁止私人以信用放款，贷予各交战国。中立国船只，从事于军火或战争材料的运输，国家亦没有须加禁止的责任。它亦不必禁止本国人民乘坐交战国船只，或禁止本国船只进入战区。美国所以抛弃国际法所赋与的中立权利者，就是恐怕此项权利的行使，会引起对交战国家的冲突，终至无法保持其"中立"地位。毕德门法案，较之现行中立法，虽有进步，但对于中立权利的放弃，仍是非常显著的。

毕德门法案，具有下列主要条款：
（一）国际间发生武装冲突，不论已未宣战，总统应于战事爆发三十日内，指明交战国。
（二）交战国一经确定，则美国商船不得装载任何旅客物品或原料，运赴各该国家。
（三）任何物品或原料，倘其一切权利名义或利益，未经完全让与外国政府或个人，一概不得自美国向各交战国输出转运。
（四）禁止以信用放款，货与交战国。
（五）任何美国商船，不得武装。二三两点，即是"自行运输"和"现金购买"的原则。

它和原法的重要差别，计有三点：第一，即新法的适用，将多少有强制性质，而旧法则在总统认为有战争状态存在之时，始可施行。第二，旧法在适用时，绝对禁止军械军火军器的输运，而在"增进安全或保持和平"的必要时，尚可限制其他物品或原料的转运，毕氏法案，则完全不禁军火或任何原料。第三，旧法除绝对禁运军火外，其他物品或原料，在"现金购买，自行装运"的条件下，可以输出。毕氏法案，对军火亦可以现购自运的方法，输往交战国家。这是本案主要条款，而为孤立分子攻击的焦点。

毕德门提案的动机，自谓共有五项：（一）美国如拒绝以军器军火军械对并无兵工厂或兵工厂较少的国家出口，而拥有多数兵工厂的国家，反可自美国取得各种必需材料，以制造军器军火军械，实为有失公正。前者可以中国为例，后者可以日本为例。（二）现在各方自美国购买军器军火军械的要求，日益增加。美国私家军火商；有扩充生产量机械设备的必要。（三）政府兵工厂；纵欲增加生产力，亦难于适应当前的迫切需要。此项办法，即或非不可能，亦必不切实际。（四）现行中立法，仅禁军器军火军械出口。若非制造军器军火军械的材料，得同时禁止出口，则纵非违反自然法则，亦属有失公道。（五）美国出口货的剩余品，日益增加。同时美国国内的经济情形如此，制造军火军器军械的材料，国会自不应该禁止出口。毕氏又说：目前的非常时期，迫使美国努力扩军。也非可仅赖政府的兵工厂，而必须有赖于私人军火商的提高其生产量。而欲求私人军火商生产量的增加，则非准军火出口不可。所以毕氏提案，仍认为根据公正与实际的立场，及为增加本国军火制造，完成扩军工作的必要手段。以后他曾更明显的说："新法案目的，在予各民主国以便利。现款购买及自备船只的规定，对于控制公海的交战国，自大为有利。因之英法两国，可较各独裁国，处于有利地位。"可是此项法案，容或有利于美国，容或可以发生"绥靖欧洲"的作用，但其他方面的流弊，亦属不少。甚至依此法案，美国能否永久保持中立，不至于牵入未来战争的漩涡，亦成剧烈疑问。

美国朝野对于中立法的意见，聚讼已久。有的根本反对中立法，主张放弃孤立政策，联合爱好和平国家，抵抗侵略。因为侵略国的联合行动，对于其他各国的交通国防，在在加以威胁。各国宜在防卫上，出以共同行动。美国占有重要地位，如果能在世界有所尽力，则轴心行动，可以消减。遭受威胁各国，因而获得鼓励，而拒绝一切屈辱的要求。否则各国相率屈于强权，影响所及，美国亦必遭受危机，此派可以史汀生为代表，和这种见解绝端相反的则有孤立主义和和平主义派。他们主张现行中立法，应予以维持，甚或予以加强。他们以为欧洲事件，美国不宜过问。欧洲即使发生战争，亦不致威胁美国安全。毕德门法案如果付之实施，势必产生援助一方而使他方蒙受不利的结果，将使美国更有卷入战祸的危险。因此他们反对军火出口，而力阻毕氏法案的通过。还有一种见解，则以为中立法的最大缺点，是不分侵略国与被侵略国，同样实施，而结果则等于帮助侵略。依照"现购自运"办法，财力充足的交战国，立于有利地位。而财力充足的交战国，则往往为侵略国。中立法必须合于"道德""公正""良心"的原则，不应以商人营利主义，为立国基本。所以实施之时，应区别侵略国与被侵略国，而予以区别的待遇。这是汤姆斯修正案的主张，他们尚信此种步骤，不至引起战争。反之，若破坏条约的国家，可以逍遥法外，则战争危险，就会有增无已。美国政府方面，亦认以强硬态度对付各独裁国，为防止战争最佳方法。但美国此际，不便接受确切约束，仅可将中立法范围予以扩大。因此他们甚盼毕氏建议得以早日通过。

至就远东立场而论，众信"现款自运"办法，如果付之实施，则实际上无异惩罚中国，而日本反得其利。日本握有制海权，而中国则并无运输工具，可自美国购取必须的物品与原料。毕德门所举中国和日本二例，其结果将完全与事实相反。因之中国舆论坚决要求将"现购自运"条款，什包括军火在内的推广，或增加条款区别侵略国与被侵略国，不以任何物质，卖与侵略国家。又有主张此项中立条款，应加但书，不在远东适用，和原法所定，对于美洲国家，不生效力的条款相同。庶几一方可以辅助欧洲和平国家同时亦能制止远东的侵略。美国当局，则称此项办法，原以适应欧洲局势。对华友好国家，可自美国经苏伊士运河缅甸一线，将军火运入中国。故毕氏法案，并不变更中国现实局势。再则无论中立法如何修正，政府方面，仍不致将其适用如远东。此项解释，固多少和事实相近。但美国自身放弃中立权利，禁止本国船只交战国的合法通商，却希望其他国家替交战国运输军火，违反中立义务，实在不能算是一种正大的态度。而且侵略国家，仍可不断的从美国取得接济，亦自非中国所能容忍。至于适用问题，除法案特有规定外，总统的权力应受限制，而以决定战争状态有无存在一事，付之国会，亦已成为孤立分子的主要活动。在运用上，其伸缩之性，恐将不免锐减。何况侵略国家，尚可用悍然宣战的手段，强致中立条款的生效呢？

上述各种见解，如取消中立法，推行绝对肯定的政策，如区别侵略国与被侵略国，与以不同的待遇，如规定特别条款，限制适用问题，以及加强现行中立法，不问外事等，统关美国外交根本政策，乃是政治的而不是法律的问题。毕德门法案，在一方视之，已业超越中立限度，大有驱使美国卷入战争之虞。而自他方视之，则尚为颇不彻底的立法。它的命运如何，当看国会中各派势力的消长以为断。我们于此，尚可觇此后若干年中，美国外交的动向。

美国中立法，系根据反对战争，和避免牵入战争的两大原则而制定。因欲避免战争，所以不惜放弃一切足以和交战国引起冲突的中立权利。因为反对战争，所以禁止军火军械运往交战国家，以便利战争的延续。因此不但放弃中立，推行绝对政策，系和本法背道而驰，即在中立法范围之内，区别侵略国与被侵略国，亦和本法的精神不符。为欲保持和平，美国业已放弃国际法所赋予的多种权利。美国又岂能违反中立义务，在交战国之间，有所偏倚，而自陷于战争的漩涡？

不过美国的中立法，亦并非绝对避免战争，至少在美洲各国家对外发生战事时，美国仍可保有行动的自由。新旧中立法，均具有下列条款：即"美洲国家与非美洲国家发生战争时，倘美洲国家并未与任何非美洲国家携手合作，则本法对于美洲国家，不生效力"。所以美国中立法，仍然没有改变门罗主义的精神。"假使有认美国在其西半球利益受损失，而美国尚不肯战争者，是乃大误"。但是这种规定，能不能推行到其他各洲的战事呢？这就牵涉本法的适用问题。中立法的制定，原是欧洲的复杂局势所引起。美因为避免卷入战争，所以宁愿放弃中立国应有的权利，和近世纪来，她所极力主张的"海洋自由"，以图自保。毕德门法案，虽然对于一部分欧洲各国，给予便利，但中立的根本立场，是不变的。就远东来说，美国不认为有和她在美洲同样重要的利益，亦属非常明显。换句话说，就是美国将不愿因远东问题而作战。她抗议中国门户开放主义的被破坏，和她对付在欧洲暴行一样，口头怒吼，脚下不动。所以希望限制中立法，不适用于远东战事，在情势上，很难实现。甚至新法案"现购自运"制度，不啻"在大西洋方面，与英国联合，在太平洋方面，与日本联合"，足以无限增强日本的地位，亦所不惜。美国于此，将有什么两全之计呢？

任何战争，凡足以妨害西方文明者，均能以生存攸关的影响，加诸美国。远东事变，亦将威胁美国重大利益。美国如此，实不宜揭櫫中立政策。中立法案，亦不能保障美国逃避战争。美国惩于一九一九年的覆辙，以为放弃若干中立权利，即不至和交战国发生冲突。殊不知举世混乱，美国亦将无法推行其正常的贸易。世界商务，乃以和平与繁荣为基础，美国诚宜于此有所努力。假如强硬态度能收绥靖之效自属佳事，否则应不惜以战争为手段，防止战争，始能达到人类社会的共存与共荣。毕氏法案"现购自运"军火原则，虽和美国中立地位不相违背，因为依照国际法，中立国家原没有禁止军火运往交战国的义务，但一经施行，必致发生差别结果，而招致一方面国家的反对。欧战初期，美国曾以大批军火，售与双方交战国。后因英国握可制海权之故，中央国家，事实上无法取得供给，乃向美国抗议，说美国军火商人的行动等于帮助一方交战国，去战胜另一交战国，认为和美国中立义务不能兼容。因此要求美国政府禁止输出军火，前往任何交战国家。美国虽以业已履行合法的中立为词，但仍不能杜塞中央国家的口实。何况毕氏法案，乃明白以扶植英法为目的？将来足以引起纠纷，自在意中。

毕氏法案，允许交战国家购运军火，实已抛弃中立法反对战争的根本立场。它亦不能保障美国避免战争。虽则在某种意义上,它较旧法已有进步,但美国应知,现时国际环境,已不再许她有中立余地,何况美国所需求的,乃是以中立的掩护,来达到孤立的苟安。上次欧洲大战,美国中立三年,仍然不免牵入,便是美国无法孤立的明例。这个十八世纪的遗训,当然不能适合二十世纪的国情。所以美国的最好办法,是彻底废弃中立法,以便在新的集体安全制度中,随时决定美国积极的行动,负起国际秩序中,美国无有旁贷的使命。(四月十六日)

# 论政治建设

萨师炯

一谈到建设，大家便连想到高楼大厦，进步些也只想到铁路火车，如果把政治和建设连起来，也许有人会认为这是一种纸上谈兵，而加以鄙视。

其实，这完全是错误的观念，在整个国家的组织中，政治可以说是一种原动力，它好比一个工厂中的马达，如果马达不好，不管厂屋如何高大，也无补于事。政治如果不上轨道，欲从事经济建设，而贪官污吏作祟；欲求训练民气，而土豪劣绅作梗。其结果，任何善政，都变成不可能，甚至反而祸国殃民。清廷并不是没有钱建立海军，但是政治不良，使西太后得利用之以建造颐和园。抗战以来的抽丁派捐（救国公债），正是一种救国良药，而在最初，何以在若干省份，竟致"怨声载道"？政治的不良，将使一切建设无法推行。所以一个真正了解国家问题者，应该知道国家政治的推进是一切问题解决的前提。

也许正因为这个原因，蒋委员长在二期抗战的开始，马上提出政治先于军事的口号。到了现在，似乎政治建设的本身，不应该再成问题了。问题的所在，将为如何以从事政治建设？

由我看来，政治固然是整个国家机构的原动力，而发动和管理这个原动力的，又是"人"，如果没有健全的"人"，即使有最好的机构，或者他不会发动，甚至反将机构弄坏。我认为中国当前的政治建设，最重要的实莫过于建立并且厉行良善的吏治制度，以澄清混沌的局面。以下所讨论者，为"事务官"范围，至于"政务官"，即已涉及中国的民主制度问题，他日另论。

第一，全国公务员的任用，应该是一律由于考试。不错，过去考试院也曾经举行过若干次的考试，但是它是失败的。其失败的原因，一方面由于政府并没有树立考试制度的威信，甚至各级机关不注重甚至歧视考试出身的人员；另一方面是考试制度本身的缺陷：考试之先，没有先调查各级机关所需要的人才，且其所考的科目与试题，又未必适当。前者做成供求不能相应的现象，以致考试院所派者，各机关类多以闲员视之；后者则使试题未必能试出与试者应有的才能。抗战以来，一般的考试，早已停止，所存在者，仅为偶然出现之各种特殊技术人员或训练班一类的考试，彼一训练，此一考试，杂乱无章，于是专攻理化者，也可以派往前线参与政治工作。反之，后方若干工厂正在延聘此类人员而不可得，若干受过完善教育的青年，正在徘徊街头，而各机关殆又不少敷衍塞责的公务员。

有人认为考试至多仅足以试其学识，而不足以试其经验，其实，这是有办法救济的。其一，在考试之后，加一严密的口试，在严密的口试之下，可以多少知道他的才力（当然的，这个口试，不应该与已往的只问年龄籍贯的口试等量齐观）；其二，考取之后，照已往习惯，已有试署见习之类，所谓经验者，已可多少取得；其三，可以附带的采用公开荐举制度，使荐举人负某种责任，而在荐举之后，再与以考试。当然，我也不敢相信考试制度万能，但是公开的考试，是不是可以较引用私人好一些呢？这似乎是无须置答的问题。

第二，一切官吏的进退，必须有严密的考铨制度。任何一个人，都是具有上进之心，当他发现他的职业，在实际上已经没有上进的希望时候，上焉者别求出路，下焉者抱"做一日和尚撞一日钟"的态度，对于本身的职务，只求敷衍。这样，事业是永远不会有进步的。而其补救之道则唯有采用严密的考铨制度。不错，中国政府机关中应该也有所谓"考绩"，然而每年之升迁者，究竟是由于考铨呢？或者还是由于"关系"？不宁唯是，旧式的考绩，在事实上只是看某人之是否按时上班，再加以主管长官的批语，批语固未必可靠，而据我们所知，如果规定八时办公，七时半来者，签到簿上固写八时，八时半来者亦为八时，这种的考绩，所考何绩？不能不令人大疑。当然的，中国政府机关因为组织松懈，权责不清之故，上焉者一事无成，下焉者则敷衍度日，或者有若干机关，根本无绩可考。

现在的办法，应该是采用商业公司的精神，有一事设一官，使无冗员，而后再有严密的考绩方法，以定进退。或许有人害怕这样将增加若干的失业者，其实，在百事不举的今日，如果能够事得其人，或许还有才难之叹。常常有人斥商业公司过于以盈利为目的，所以太讲效率，然而政府机关似乎又太以分利为目的，而太讲敷衍了。

第三，今后必须严刑法以惩治贪污不法的官吏。国家的官吏是国民的公仆，在这个民穷财尽的中国，人民对于官吏待遇，还是"尽心"已极；但是所谓官吏者，不乏为社会中之最腐化者。南京失守以后的武汉，武汉退却以后的重庆，其畸形繁荣的状态，究竟是谁所支持的呢？在薪水七折八扣之余，而官吏们还能花天酒地，实在叫我们不得不怀疑他们的官箴。政府对于官吏，一方固然要使忠于职守者有升迁的机会，他方面对于贪污不法者，更必须严刑法，明赏罚，是一切团体机关进步的因素，而于国家更是如此。

上述三点，似乎是"卑之无甚高论"，但是二十余年来的民国，究竟有什么时候采取过行动呢？

当然，欲求上述三点的实施，附带的还有若干条件。首先政府对于全国事业，必须有一个通盘计划，而后才能由之以知全国人才供需的情形。据我们想象所得，全国有一千九百余县，假定政府绝对无法行使统治权者为三分之一，（请注意"绝对"二字）则尚有一千三百县左右。各县以其情形之不同，而各有其所应举办之事业，每一事业中约需若干人，倘能加以严密统计，其数目自很可观。

我也承认这种办法（即由中央政府考试派人的办法）未必绝对行得通，而难免不遇若干困难，但是我深信如果中央政府以身作则，再加以公正的制度，则任何困难是可以克服的。

"国家之败，由官邪也"。吏治的不良，将为一个政府的致命伤。我们的抗战，如果败于枪炮之不精，科学之落后，我们可以自解。我们如果败于官吏之贪污，人民之无法动员，则我们无以对前线浴血抗战的忠勇将士，无以慰若干流离失所的难胞，这或许还是小事，我们其又将何以图今后的生存？无数的受过中等高等教育的青年，或则用非所学，或则徘徊失所，而等候形形色色的救济。而在另一方面，则全国政治之需人推动，又为公开的事实。我们除了认为这是吏治制度不健全之外，还有何言？我愿抗战建国的今日，对于这个问题，能有彻底解决的办法。

# 困难累增的敌国经济

丁 佶

经过二十一个月的战争，敌国的经济虽然不能说已到了将要崩溃的阶段，但困难的累增是可以由多方证实的。几种有意义的数字如下：政府岁出预算总额由一九三六年至三七年的二十三万万日元增加到一九三八至三九的八十四万万，其中靠借债而来的数额由六万八千万增加到五十八万万；临时军事费占总预算的成分由百分之十六增加到百分之八十一；同时期内未偿的政府公债数额由九十一万增加到一百二十四万万；一九三八年年底的银行钞票发行额共二十二万万，比一九三六年年底的数额高百分之二十五；国内股票价格由战前的一〇五元的平均价跌到一九三八年十月的八十元二，落了百分之二十。物价方面，一九三七年年底的批发价比一九三六年年底的高百分之七，一九三八年年底的比一九三六年年底的高百分之三十，同时期内世界物价跌落了百分之十以上。零售物价增加的程度不次于批发物价的增加。自战争开始以来，在伦敦的敌国证券价格跌落了百分之四十三，现在日本的信用地位比较中国、德国、希腊或波兰的为低。

贸易方面，虽然一九三八年的官方数字表示有出超的结果，然而对"日元集团"以外国家的输出，一九三八年的价值比一九三七年的跌落了百分之三十四。实际上有六万万日元的入超，这个数字虽然比一九三七年的少，仍和一九三六年入超额的差不多二倍。对我国东北和其他沦陷区域的输出虽然增加，然而因为东北已在日元集团中，又因为我国政府对外汇率已加有效的统制，日本由这些输出得不到什么外汇，所能得的只是日伪纸币。敌人虽然能设法搜取法币在黑市场上换外汇，而这对于他们自己的巨额入超并不能如何补救。

其他有关日本国际收支平衡的项目，如由航运和由外人在日旅行所得的收入都剧烈地减少。有个第三国观察者推算日本的国际收支平衡，一九三六年计亏三万三千万日元，一九三七年增加到八万八千三百万，一九三八年为七万二千万。一九三六年亏额的抵偿已经把日本该时所有的外汇准备几乎全部用完。虽然在战事发生后日本不发表他们金输出的数字，却是根据美国的统计，一九三七年日本输往美国黄金计合八万八千万日元；一九三八年有需要输出巨额的黄金。该年七月十九日，把那时候日本所余的八万万日元的金运了九千八百万到美国去，后来又运走了六千万元。若照此率流出，日本所有的黄金在本年内就要输出尽了。为要制止这金的流出，日本对于对外贸易施行了种种限制，同时力求对外付款的延期和输入收款的提早。

一九三九年的困难更要增加。输出贸易不易扩充，因为输出品的原料来源大部分是靠输入；要增加输出贸易必须增加输入，而又怕输入增加会加强国际贸易平衡的不利，结果不但输出贸易不能恢复，同时输入受了限制，影响到国内消费物品的供给并且阻碍军需工业的推行。日本所存主要原料的数量在这二十多个月中已经减少了不少，如棉花、羊毛、木材的存量各减少了百分之六十八，百分之六十六和百分之七十二。一九三八年中因为原料的缺乏，日本国内的纱厂有一部分停工了多时，产品的品质亦低落。一九三七至三八年由美国购进的棉花数量只合上一年的六分之一，一九三八至三九年的美棉购买数量虽然增加，而国内棉花的存量仍在减少，购进的数量不足以恢复战前棉花工业的产量。人造丝制造的原料——木浆——输入的数量受政府的限制，在一九三八年亦大见减少，影响这个重要工业的产量和品质。军需原料存量的统计虽然没有发表，然而鉴于消费数量的庞大和由外输入的数量的减少，以及在日本各殖民地和在我国沦陷区内这些原料的产量都不能再短期内增加许多，这战争愈长期继续，日本的军需原料的缺乏愈要增加严重。日本国内的金产量（每年二万万日元，只足抵补入超额的百分之十）和现存的黄金（大约五万万日元）大概不够抵偿一九三九年日本国际收支平衡的亏额。

只要目前的战事继续下去，只要第三国决心不借款给日本（日本已在多方面进行向美国借款），同时加强对日货的抵制，日本的经济危机会一天比一天加重。如将来第三国家在个适当的时机对日施行经济制裁，那时候累积的困难和虚弱会来个总清算的。

# 谈用字不当

王了一

今年西南联大一年级的作文卷子,先由教师指出错误或毛病,叫学生拿回去自己改一遍,再交给教师详细批改。学校刻了几个小印,印上有"层次不清","意思不明","文法错误","用字不当","别字","误字"等字样;所谓先由教师指出错误或毛病,就是把这些小印盖在错误或有语病的地方。这是一种尝试,效果如何,尚待事实的证明。但是,我对于这几个小印特别发生兴趣,因为每一种错误或毛病都能引起语言学上的许多问题。现在我想先谈一谈"用字不当。"

依原则说,用自己的族语来表达思想,应该不会有用字不当的毛病。每一个字都是从小儿就学会了的。二三岁的小孩说话,用字可以偶然不当;到了十岁以上,语言已经潜意识地依照族语的定型,如果不是存心违背它,顺着自然,就可以说得恰当了。偶然的错误或毛病不是绝对没有的;但是有时候是由于心与口不能相应,有时候是用字稍欠推敲。这种情形并不多见。尤其在文章里,经过了相当的考虑然后下笔,用字不当的毛病更该比口语里少了。

然而实际上,学生用字不当的毛病极为常见,这又是什么缘故呢?经过了仔细的观察,我们可以悟到,这种毛病大部分是由于学生不会用自己的族语来表达思想。在中国词汇没有欧化的时候,中国人喜欢用古代的语言。古今之不同,与中外之不同,一样地令人难于学习。我们学习古代的汉语,并不比学习一种外国语容易了许多。稍欠精熟,就出毛病。这上头的毛病可大别为三种。第一是误用典故,挽青年而用"天不慭遗",贺高寿而用"骑箕跨鹤",前者是挽错了人,后者是咒人速死。第二是不明字义,"汗牛之充栋"与"出乎意表之外",至今传为笑话,但是,这一类的笑话在学生的卷子里可真不少。学生甲叙述某强盗开枪把王桂标打伤了,却说王桂标的脚中了"流弹"。学生乙叙述他因增加父亲的负担而伤心,却说"为之悻悻"。学生丙描写试场空气的紧张,却说"诸生皆衔枚疾写"。不仅学生如此,某报十周年出一张纪念刊,要说本报自开办以来,却说"本报自沿革以来"。诸如此类,都是不明字义所致。第三是擅改成语,如"虚张声势"之改为"虚壮声势","茹毛饮血"之改为"食毛饮血"等。这是比较地可以原谅的一种毛病。总之,以现代青年而用古代的典故、词汇、成语,其困难不下于以念过一年半载英文的人而用英文写一篇文章。

中国词汇欧化之后,青年们在作文用字上,又增加了一重难关。学者们把西洋词汇变为中国形式,就借西洋原词的定义为定义,可惜不懂西文的人,或不知道中国某一个新名词与西洋某词相当的人,就只好望文生义,或间接地从中国书报里去瞎猜了。瞎猜也有猜中的时候,但是,在大多数情形之下,都只能得到一个很模糊的意思。这因为中国的新名词,在字面上并不能显示西洋原词的涵义。"观念"既不是"观而且念","逻辑"更不是"逻而辑之"。有时候,西洋原词本有两种以上的意义,中国根据甲种意义译成新名词,等到用得着乙种意义时,也只好拿同一的新名词来应用。例如"条件",本是由"契约中的条件"这一种意义译出来的,但是现在中国书报上有许多"条件"都该解译作 Preliminary 叫 Requirement,却是英文原词 Condition 的另一意义,这一种意义决不是从"条件"二字的字面上看得出来的。由此看来,要用新名词,非但应该先找着西洋(或东洋)的原词,而且应该彻底看懂了原词的定义。我们的中学生当然大多数做不到这一层,然而为时势所驱使,只好跟着现代作家们去学步。譬如做戏,现代作家们都是从名伶传授而来,自然咬字皆合尖团,台步也能不失家法;中学生之运用欧化词汇,好比从谭鑫培的表弟的外甥学来的京戏,自然不免把"杨延昭"唱成了"杨延糟",把关门的手势误用于拴马了。

这种情形比误用古语更为严重。现代青年往往以运用古语为陈腐;然而大家都以运用欧化词汇为时髦。因此,误用新名词的毛病就触目皆是了。最普通的如以"程度不足以胜任"为"没有资格做这件事"。其余如用"幽默"为"幽静"的意义,用"范畴"为"范围"的意义,用"本能"为"性情"的意义,用"意识"为"意见"的意义,用"绝对"为"决定"的意义，用"象征"为"表现"的意义，等等，真是数不清。又如学生甲想要说敌机袭击的机会少，却说"敌机袭击的成分少"，学生乙想要说加强抗战的意志，却说"加强抗战的信念"，诸如此类，都可以证明他们没有彻底了解新名词。最近有一部研究中国古代哲学的新著作，卷首有所谓"界说"，实际上只是一些例言或"杂说"。这又可见误用新名词并不以学生为限。但是，新名词是不能乱用的，它比中国古语更有其不可冒犯的尊严。中国古语用错了，只要习非成是，也就算了，欧化词汇却是不容许我们习非成是的，因为有西洋原词的定义为标准，除非连西洋字典也修改了，否则我们必须依照西洋的定义，来运用欧化的词汇。

补救的办法，最平稳的，是容易做得到的，就是在没有熟习古语或西洋语言以前，尽可能地不用古语或欧化词汇，专用自己的族语去表达思想。有一次我带笑对同学们说："从前中国数千年没有说欧化词汇而我们的祖宗一样地也能说话做文章。"这话当然只有一部分的真理，因为现代确有些道理或现象不是中国原有的词汇所能表示的，再者，即使中国原有的词汇颇能表示，有时候也不及欧化词汇更有一定的意义范围。但是，一般青年滥用新名词的时候非但不能使文章科学化，而且会弄得文章暧昧化，我们尤其不能相信，在一篇简单的叙述文或游记里，在很幼稚的见解的上头，会用得着哲学上的术语。这不过因为青年们都是好奇的，越是自己不很了解的东西，越喜欢放在自己的文章里。多数的中学生甚至大学生都这样想：如果做起文章来还用隔壁张老四的词汇，哪里能算是文章？中学的国文教员，或者也一大部分是有同样的感想的。如果他是前清的秀才，他会对于堆砌典故的文章浓圈密点，如果他是大学出身，他会对于满纸新名词的文章给予最好的评语。上有好之者，其下必有甚焉者，学生写起文章来，第一个念头就是怎样能使文章里的用语与自己所最熟悉的母语殊异，怎样能把昨天在某古文里读过的典故，或在某杂志里看见的新名词，嵌进文章里去。这样学生的作文，真可说是走错了路了。

古人有所谓平淡说理的文章。正因为有理可说，所以不妨平淡。现在一般的学生作文，因为无理可说，所以拿些典故或新名词来做点缀品。从今以后，中学里的作文教学，应该特别注重一个理字，换句话说，就是培养他们的思想。我们要使青年们知道：思想丰富了之后，隔壁张老四的词汇也尽够用了；如果无理可说，哪怕一部哲学词典里的术语都嵌进了文章里，也是枉然。我们非但不该鼓励学生们运用典故或新名词,而且我们该劝他们特别慎重:当自己的族语里实在没有相当的词汇可以表达思想时,才不得已而用之。同时,在讲授国文或补充读物的时候,我们应该不厌求详,凡不是隔壁张老四的词汇,至少须向学生彻底解释一次,以免作文卷子里再有"捷克的汉奸"或"伪傀儡政府"一类的字眼。咬文嚼字并不是毛病:求懂一个字的精神,正是他年苦心孤诣去发明一种科学原理的精神。如果能使学生尽可能地运用自己的族语,不得已而用典故或新名词时,仍以自己彻底了解者为限,那么,用字不当的毛病就会大大减少了。

# 梁实秋译莎翁戏剧印象
## ——且论《威尼斯商人》

顾 良

梁实秋先生所译莎士比亚戏剧，我已经见到的有《马克白》，《如愿》，《丹麦王子哈姆雷特之悲剧》，《李尔王》，《奥赛罗》，《暴风雨》，《威尼斯商人》七种（各种均由中华教育文化基金董事会编译委员会编辑，归商务印书馆发行）。这几种翻译剧本，就梁实秋先生个人而论，是有相当成就的。

梁译问世以来，除介绍外，若干批评家曾经表示意见，他们不约而同责备着说：莎翁戏剧是诗，为什么不用诗来翻译而用散文？当然，他们所谓诗，指的是诗"体"，是韵文，并不一定是诗"意"。

念五年夏，第一个梁译莎剧《马克白》出版不久，我在北平以快慰的情绪，集合原本译本，开始校读：行对行，句对句，字对字，那是一件吃力费时也很有趣味的事。五幕才完毕第二幕，因为急于南归，于是一直就没有机会再继续了。两三年来，梁译莎剧后出各本络绎诞生；可是每本我都只能草草过目罢了。念六年夏，我过金陵，适逢国立戏剧专科学校第一届毕业生五月八日夜假座南京香铺营公余联欢社中正堂公演《威尼斯商人》。（这戏第一次在中国上演是上海戏剧协社，根据顾仲彝译本，新月书店出版）我承蒙梁先生邀往瞻观，是非常荣幸的。在那次公演（梁译首次搬上舞台）前后，我对于译本又有了接触的机会。论翻译，论戏剧，论莎翁，论梁先生，我都不见得是一个合适的人。不过，在诸多的不合适中，我相信就《威尼斯商人》说话，是比较合适的。梁先生的译文，或时清丽，或时浓厚，或时轻松,都值得一读,在目前的中国,不可多得。我爱好他的译文(尤其是《阿伯拉和哀绿绮思的情书》和《潘彼得》——两书均由新月书店出版,版权转让后,前者商务版已经问世),更甚于他们的论文和散文。然而,如果原文非常华丽,浓媚,潇洒的时候,清丽,浓厚,轻松就显得微弱了,不能十分表达原文的神情。容我这样比喻:我们眼福浅,好些美术杰作,难逢原作相对神往,于是不得不借重复制,而印家对于复制算盘打得最厉害,结果原作所有的彩色往往都减退成为单色了;梁先生的译文也好像是一幅减色无限的复制。

已出各本梁译莎剧,译笔风格前后(就是这一本和那一本)相差不远,不,简直是没有什么相差。但是,我们知道:莎翁的风格在各题材里(我不说在各时期里)是"随机应变"的:"随机应变"这词儿能够多么好,这里就多么好。于是,一方面我热烈祈望着"梁译莎翁戏剧全集"早日完成,一方而我妄浅忧虑着他译《罗米欧与朱丽叶》,《仲夏夜》,《安东尼与克丽欧沛特腊》那几个戏的时候可遇的惨败!诗人的莎翁,在这几个戏里成就最高,稳重谨慎的梁氏译笔,想来是难以描绘这几幅"气韵生动"到了极度的画题罢?希望到时候努力挣扎!话就是这么说,三十七个莎剧,决不因为译笔风格的一贯,而至于被一般所想的那样,梁先生的成就也是齐整的;刚巧相反,正因为译笔风格的一贯,三十七种梁译便有三十七等不同的成就。虽说三十七等,当然在大体上可以归类的,而其中最高的应该是《威尼斯商人》所属的一类;我说,《威尼斯商人》里所表现的莎翁风格,梁氏译笔比较是最接近的。

《威尼斯商人》前四幕,一气呵成,情节紧张,译本都传达出来了,梁先生可告无罪。这四幕戏已经说尽了一个悲喜交集的故事;倾向悲剧的人们同情犹太人夏洛克,陷落在悲哀的伤感里,忍心再睹那男欢女乐的场面?倾向于喜剧的人们,如果稍稍知趣,难道也非欣赏那幕"愿天下有情人都成了眷属"大团圆戏不可?——第五幕容易受到双方的非难;然而,在第五幕里,戏剧家的莎翁尽管备受谴责,诗人的莎翁却生龙活虎,魄力雄厚,没有了舞台上的角色,没有了池楼厅厢里的观众,更没有了书斋里的读者,他简直笼罩住了,把握住了全场。

"月亮照得很亮:在这样的夜晚,和风轻轻的吻着树,悄悄的没有声响,我想大概就是在这样的夜晚,Troilus 爬上了 Trojan 的城墙，对着 Cressid 那夜停眠的 Grecian 荧幕深深的叹气。"

"就是在这样的夜晚，Thisbe 心惊胆战的踏着霜露，看见了狮子的影子，慌张的逃走。"

"就是在这样的夜晚，Dido 摇着树枝站在茫茫大海的岸上招她的情人回到 Carthage 来。"

"就是在这样的夜晚里，Medea 采集回春的仙草，使得 Aeson 返老还童。"

"就是在这样的夜晚，Jessica 从犹太富人家里偷逃，和一个没出息的情人逃出了 Vonice，逃到了 Pelmont。"

"就是在这样的夜晚，年轻的 Lorenzo 发誓表示他的爱，海誓山盟的骗去了她的心——可是没有一句话是真的。"

"就是在这样的夜晚，美貌的 Jessica 像是一个小泼妇，毁谤她的情人，但是他饶恕她。"

"这样背夜晚的典故，我可以战胜你，若是没有人来；但是，听！我听见有脚步声。"……

——梁译《威尼斯商人》第五幕第一场

"就是这样的夜晚"，花多好，月多圆，良宵景多美！"就是在这样的夜晚"，梁先生的译文，好像太单薄了，太干枯了，是不是应该更华丽些，更浓媚些，更潇洒些？就是更美些，更精致些？现在这副样子似乎过分欠缺谐和！

至于尾声：

"还有两个钟头就要天亮，
等到明晚，还是立刻入洞房？
如果天亮，我愿意快点黑，
我好同博士的书记去睡。
好，我一生什么也不担忧，
只怕把拿利萨的戒指丢"。

——梁译《威尼斯商人》第五幕完

这是诗"体"，这是韵文，是不是梁先生如果全部用这样姿态出现的韵文翻译莎剧，那些位严厉指责他错用散文翻译莎剧（因为那是他们所谓"诗"）的批评家就满意了呢？就认为可以交卷了呢？问题何尝在韵文与散文之间，更不必说西洋文学杰作往往散文和韵文译本同时存在，无需大惊小怪的。"我很怀疑诗意一定要用韵文而不能用散文来表达。"这是梁先生在南京曾经给我表示的意见，可以完全同意的。然而我想：散文的梁译如果不足表达诗意，那么韵文的梁译，在这一点成就上，决不至于上下彰然的；因为那根本是内在的性格关系，绝不是浮表的风格可以左右的。我们不要忘记向先生曾经表示歉忱："我翻译莎翁戏剧，所以不用韵文，因为个人并不擅长诗'体'。"总而言之，梁译莎剧成就的关键，完全不在韵文散文的差异，而唯一在诗意的出入。

莎剧诗意愈洋溢的时候，梁译，在我看来愈隔膜。词汇生硬，枯涩，不够玲珑，有时候简直有伤风格；这是容我们最可惜的。其次，就是非常缺乏"说话的节奏"。（从所引两处，已经可以证明，而且应该细讨论，只是恐怕《今日评论》因为篇幅关系不允许。）

是的，过去，梁先生写了许多论文和散文（那些论文都差不多是说理的），也写了许多译文；可是就个人从来不曾拜读过他一篇纯文学的创作，一首诗，一出剧，一篇故事；于是，或者竟可以这样说：果先生有的是"写作"的经验，可未必备着丰富的"创作"的经验。翻译莎翁戏剧的梁先生，恐怕就在这"莎翁译手"先天的品质和后天的教养处，合理地残酷地被衡量着了！

我们理想是最好能有两个《莎翁戏剧全集》译本：一是以散文为主的，一是以韵文为主的。无论以散文或韵文为主，都要能读，都要能演；只能读而不能演，只能演而不能读，都是失败；其实，我是这样固执着的：不能读的更不能演，不能演的读起来恐怕也成问题，能读的加上相当的舞台条件应该能演，能演的一定是能读的。普通所谓"能读"，意思是上"嘴"，我认为不够，必须顺"嘴"；是口语，有时却并非是最平常不过的口语，我们有所选择，有所润饰。

我初见梁译莎剧，我就认为那是不可能演的，因为念起来疙瘩，当时，就怀疑译者本人朗诵过没有？后来，梁先生这样表示："没有，并没有。我翻译的时候，最初就没有想到有人居然会演它。我不过希望有人读它。"不是"读"（大声朗诵），是"看"（默念）他。梁先生又说："余（上沅）先生专诚邀请我从北平到南京来看他们（国立戏剧专科学校同学）上演，我是极高兴的。不过刚才看了他们排演，知道我的译本是不能演的。不能演因为我好些话都不能念，所以都改了。"关于这一点，我不认为是严重的问题，补救不难，今后设法就是了。

梁译"一以散文为主"，我颇以为然。

一个"一以散文为主"的剧本，是一个"话"剧。我们"新"剧的历史几乎全部是"话"剧的历史。目前介绍外国诗剧，唯有"一以散文为主"的译本，才能获得相当的成功，无论在诵读上，在舞台上。我们的新"诗"剧和新"歌"剧，在今都尚在渺茫中，而"一以韵文为主"的译本非是"诗"剧或"歌"剧不可。孙大雨先生所译《李尔王》是"一以韵文为主"的（一部分曾在天津《大公报》吴宓先生主编文学副刊发表），他是一个诗人，一个擅诗"体"的人；在这新诗形式依旧彷徨的今日，他做了这种可贵的试验，是值得我们注意的；可是这种实验，如果成功，是双重的成功，如果失败，是双重的失败——新诗和新译诗的。因此，"一以散文为主"，在成就上，自然比较"一以韵文为主"倒反而有更大的把握。

各本梁译莎剧卷首，都冠着同一的"例言"，其（三）声明：

> 莎士比亚的原文大部分是"无韵诗"（Blank Verse），小部分是散文，更小部分是"押韵的排偶体"（Rhymed Couplet）。凡原文为"押韵的排偶体"之处，译文即用白话文，以存其旧，……。凡原文为散文，则仍译为散文；凡原文为"无韵诗"体则亦译为散文。因为"无韵诗"，中文根本无此体裁；莎士比亚之运用"无韵诗"体为自由，实又接近散文，不过节奏较散文稍为齐整；莎士比亚戏剧在舞台上，演员并不咿呀吟诵，"无韵诗"亦读若散文一般。所以译文一以散文为主，求其能达原意，至于原文节奏声调之美，则译者力有未逮，未能传达其万一，惟读者谅之。原文中歌谣唱词，悉以白话韵语译之。

是的，"无韵诗"我们没有一种体裁可以相当的；不过，莎翁虽然"运用"到了"甚为自由"的地步，虽然"接近散文"，但还不是"散文"。梁先生明了这一层差别,所以承认:"节奏较散文稍为整齐"。于是,在"一以散文为主"的译文里,我们不得苛求两种"接近"而实有差别的散文。一种是节奏"不"齐整的,一种是"稍为"齐整的。从韵文到散文,节奏不免变质,可是不必然消减的。然我,在事实上,梁先生只慷慨了一种,那是节奏"不"整齐的。莎翁运用"无韵诗"是普通的,平常的,而运用"散文"却是特气的,非常的。梁先生如果也承认这一层,那么对于这特殊,这非常,是不但没有贡献,而且竟抹杀了。其次,我虽然承认:"莎士比亚戏剧在舞台上,演员并不咿呀吟诵",虽然了解种种翻译上的苦衷,但是我总相信"'无韵诗'亦读若散文一般"多少是一种自圆的说法而表示异议:并不"一般""节奏较散文稍为齐整"!我个人最不拥护新诗盲目接受旧诗的方块式或"豆腐干式",梁译"白话韵语"不乏最违背"说话的节奏"的"豆腐干"。似乎非常遗憾的。

大凡一个作者(创作者或译作者),对于自己的作品(创作或译作),总抱着一种希望,一种理想,那就是说,凭他或她的能力和用力,预计可以做到几分的成就。至于读者(批评家也不过是一种读者),自然永远有着种种无限的,合理的要求,不合理的苛求。作者有余力可以顾到他们,打算投机也可以顾到他们,救苦救难可以顾到他们,不然只消对于自己认识,了解,忠实,同时努力发展,表现自己,就圆满了。梁先生对于他自己辛苦翻译的莎翁戏剧,知己知彼,他知道自己所不擅长的,也知道自己所比较擅长的,他根本就没有想到有人会演他那些译本,他只希望有人光"看"它们,而在事实上它们都是值得"看"的。所以我说,就梁先生个人而论,是有相当成就的。我的印象大体是这样的:严格的批判,精深的讨论,有待于国内英国文学专家!匆匆结束本文,谨祝梁实秋先生参政之暇,早日完成《莎翁戏剧全集》译事。

后记:昆明遍访梁译《威尼斯商人》不得,所引第五幕起场各译名,无法填入,仅暂借原文,未免遗憾。尽请原谅:本文初稿,念六年八月在已经陷入敌手了的北平城里写就,承朱光潜先生编入《文学杂志》(商务印书馆出版)第五期九月号,原题《梁实秋译〈威尼斯商人〉》;八月全面抗战开始,《文学杂志》宣告停刊,第五期纸版已经制就,运往香港保存,未见并面。两年来,对于梁译莎翁戏剧意见稍稍增减,特此根据初稿全部重写,并改今题。(念八年四月在昆明极乐寺旁记。)

**本期撰者：**

张佛泉先生是西南联合大学教授。美国中立法的修正为国人最关心的问题之一。本刊第十八期曾刊载周鲠生教授的长文，本期中央大学教授黄正铭先生也来讨论这个问题。

萨师炯先生于北京大学毕业后，从事研究中国政治问题有年。他的《论政治建设》与张佛泉先生的一文，俱是讨论"政治的制度化"的文字。

丁佶与王了一两先生是西南联合大学教授，在本刊已发表过文章。顾良先生是一位作者，现住昆明。

# 第一卷第二十期（1939年5月14日）

## 时评

### 云南龙主席斥"和"

云南省政府主席兼滇黔绥靖主任龙云于本月一日向该省党政联合纪念周席上有一重要演说，于六日向该省若干在省县长有一重要训话，于二日向久居河内而至今主"和"的汪精卫有一重要规劝。综合起来，龙氏认为敌不能不继续抵抗，抗战期内的苦楚不能不忍受，全国上下对于抗战建国的大工作不能不通力合作，而屈降式的"和"则万万讲不得。龙氏五月二日致汪之电，虽无一字的丑诋谩骂，然而正因其不事丑诋不事谩骂，而益显出其义之正而辞之严。在上月十七日蒋委员长斥"和"谈话（见本刊第十八期时评）之后，而更有龙主席的若干表示，实足以加强全国人民抗敌的意志，整齐全国人民抗战的步伐。我们对于龙氏的表示因此感觉无限的兴奋与钦佩。

原来敌人因侵略未成，早欲诱"和"。诱"和"的诡计既被蒋委员长所揭破，中国人民所反对，遂改而造谣。不日英大使将调和，便曰蒋委员飞滇晤英大使；更对政府所在的重庆，与后方重镇的成都及昆明加以种种诬蔑。细一考之，则此种谣言俱来自敌方。敌人的目的无非要使友邦与我国，中央与地方互相猜疑。要使友邦疑我有讲和之意，而停止助我，要使我国政府疑友邦将调和，而对于抗战消极。要使地方疑中央将和，而工作不紧张。要使中央疑地方有主和者，而感觉继续抗战之困难。敌人这种鄙劣伎俩可谓恶毒之极。然而在我全民决心抗战的空气下，即这种万恶的伎俩亦无所施。英大使来了，也与地方及中央当局会见了。我们知英方绝无调和意，英方也知我方绝无屈降意。蒋委员长上月十七日向中外记者的谈话，使友邦不疑，也使地方不疑。龙主席的表示更使全国人不疑。而今而后，敌人关于"和议"的谣言也总该停止制造了罢！

同时，我们有愿为国人告者即：凡是认识敌我及国际情势者决不会主"和"。与敌人言"和"就等于降。真正的和平必在摧破敌国中的侵略势力之后，更必须经过国际会议的程序。凡是对太平洋问题有认识者必能知道此中道理。云南远处边陲，其当局者的识力外人或不尽知。然而国人要知道云南龙主席不特治军二十年，处政一十年俱有斐然的成绩，而对于敌我的实力及国际的情势又有准确的认识。其五月一日的演辞即一明证。所以龙氏所统理下的云南决然可为抗战的支持者，建国的促进者。这一点全国各地的人民务须认清，不要怀疑。我们以为不特主"和"之流不应再异想天开地希冀云南盲从，不特主"和"之流应赶快接受龙氏最庄严亦最诚意的劝告，而一般不负责任，好事乱嚷，随便说这个是失败主义者，那个是主和者之徒，亦当自今以后埋首于真正的抗战工作，而不再乱嚷嚷，那才能加强我们的抗战力量，整齐我们的抗战步伐。（端）

## 英苏谈判

举世瞩望的制止侵略阵线，看这几日英苏谈判的进行，有些使人失望。

这阵线必定要势力雄厚，团结坚固，使志在侵略者不敢再逞野心，轻于倖试。不然，他们看到有机可乘，仍不免再肆攘夺。要雄厚这阵线的力量，英法美苏四强国的合作，是个基本条件。英法早已一致了，不过英法合起来作战的力量，恐已不能制胜于并奥并捷后的德意。美国是个主要的生力军，他的财力物力，均可加重英法的力量，不过美国的倾向虽然明显，他目前是不会正式加入阵线，英法也"心照不宣"，不以相强。至于苏联呢，以他的地理位置及近年的发展说，英法要保障东欧小国，他是个大助力，要与轴心国家作战，他可使敌人腹背受敌。他在帝俄时代，已足使强德有东顾之忧，不能一举攻下巴黎。现时他有的是新工业，有的是雄厚的红军，尤其有的是德意所长英法所短的空军，这些都可使英法的力量加强，同时使德意的顾虑加多。即以目前最受威胁的波兰说，若是因但泽及"走廊"而发生战事，英法援助，只能从西面攻德，不能直接援波，最多只能越海来援，兵力既不能厚，行军需时亦失机宜，若有与波接壤的苏联出兵相助，形势便不大同，援波的实力旦夕可集，且与英法东西策应，分敌人的势力。所以英法要实行在东欧防止侵略，应当拉住苏联，英法与苏联的合作，是反侵略阵线成败前途的一个主要因素。

但是可惜英苏迄今仍是若即若离。自三月希特勒并捷后，即有英法苏诸国联合之拟议，旬余日前似乎商谈进行积极，驻英俄使且回国询政府意旨，可是近日报端所载，迈斯基大使返英后，谈判的进行，很有使人失望者。第一，英苏合作已不复包括远东。将阵线拓展到远东。本是苏联所主张，立刻引起日本的重视，五相会议决定："如各国积极与苏联结成同盟，危害日本，则日本当与德意缔结军事同盟。"这个恫吓，似已生效，日前《泰晤士报》说："德国欲将德意日三国反共协定，改为军事同盟条约，闻已为日本所拒绝。但英苏两国在欧洲合作而外，若在远东复一致行动，则日本或当改变态度，亦未可知，苏联虽曾一度主张应将远东包括在反侵略集团之内，兹已不复坚持，其故在此。"可见在远东方面，侵略国的威吓，仍然有效，他仍能利用欧洲的纠纷，进行他的侵略。其次，可是英苏合作范围，放弃远东之后，英法与苏联仍不能成立同盟，即波兰罗马尼亚亦不免对苏联多顾忌，加以苏联外长李维诺夫突然辞职，更使人疑英苏合作前途多障碍。反侵略阵线包括国家多，利害关系复杂，不易团结，本是他的弱点。两个根本制度不同而且久相敌视国家，要结盟合作，本非简单容易的事，不过倘英苏合作不成，反侵略阵线实力大减，岂不是又使极权国生心，国际间将复生攘夺之事吗？（寿）

## 敌机滥炸城市

近来敌人飞机对于我们重要城市，叠次轰炸，而特以热闹市区为目标，以伤害非战斗员之妇孺与平民为目的。本月三四两日，重庆市中心的轰炸，毁坏者皆普通民居，死伤者皆一般民众，且波及于外侨住宅及领馆，不过为最近及最明显之一例。

我们在表示同意于被难同胞及切记敌人兽行深仇之余，应于此经验中得一教训。我们应该从此认识现代战争是整个国家整个人民的战争，没有前方浴血抗战，而后方可以优裕生活的余地。我们也应认识现代武器的滥用，是逐渐把战斗员与非战斗员二者的区别加以磨灭，我们不能以这些战争道德期待疯狂似的敌人。我们更应由此认识除开前方后方，战斗员与非战斗员，打成一片，努力以求最后胜利一途外，没有第二条的路，没有更安全的法子。

还有一件事，值得我们应该注意的。敌机轰炸市区伤害人民，在战术上，是有一个阴险的目的。他们以为这样狂轰滥炸的办法可以消灭我们国内的士气与斗志，可以使我们向这恐怖屈膝。近日欧陆战云密集，各国的战术家也严格推测，如果大战爆发，一个强盛的空军，能够继续的向敌国城市，大量轰炸，做成极端恐怖，也许被侵略国内的士气，可以消灭到一个程度，使其丧失一切抵抗的力量和意志。敌人现在也就是小规模的以这个战术来对待我们。我们也可以略略的看出，在一般败北主义者的潜意识中，这个恐怖心理确是一个主要的因素。然而敌人失算了几件事。第一我们民族消极的强韧性强于任何民族。长历史的困苦、恐怖、压迫、经验造成一般人民对于生命一种宿命论的态度。比较的说，我们意思的丧失不如精神质民族那样的容易。第二，我们人民对于此次抗战的意义，甚为明了。在不战无以自存的认识下，我们也不是可以轻轻一吓，便不能支持。第三，我们社会的核心还是乡村，尤其以内地当然，非如欧美工业国之集神经系于城市者可比，所以城市毁坏的影响对于我们比较的少。不过，在我们自己的立场，我们还是要尽力避免这不必需的牺牲与这可能恐怖心理的反应。宁可有备无患，不要为敌人这个阴险的政策所中伤。（弋）

## 川滇间的驮运

人人都晓得川滇间的交通在目前是非常重要的。由滇越铁路和滇缅公路运来的抗战器材和工商货品，与四川的出口货物，能不能巨量地畅便地输运出进，关系抗战和国家经济非浅。川滇间的铁路既还没有筑好，只好靠公路上的汽车运输。但是汽车数量既缺乏，汽油的价钱又贵，又需花外汇才买得来，我们不得不用驮运来补助和扩充这二省间的运输能量。要充分地合理地利用驮运，不得不由政府对于骡马力伕的供给和配用加以集中的管理，对于运价加以公平的规定，对于沿路的道路和治安加以改良和保护。这些都是政府应做和人民应协助推进的事情。五月一日驮运管理所昆明办事处奉交通部的命令开始施行了驮运管理办法。报载市中各帮商号对于这种管理表示反对，以为驮运管理所没有管理驮运之权，并称该所收价大于付价会"病商害民"。此种误会发生不幸使我们联想起去年商界曾有一度反对所得税在滇的施行。现在驮运管理所对于商家所误会的各点已有声明，我们希望商家首顾大事，理会政府管理驮运的用意，并且积极地和消极地多做有益于而不做有妨于抗战建国的事情。

因为中国几千年来当政的人对于人民，除了抽税以外，很少做其他的事，所以人民向来有怕官的心理。到乡村去调查乡村状况的人，老百姓一见便以为官方来打听情形，作加税的准备。这种困难的确地耽搁了不少近几年来各种建设工作的推行。抗战开始以来征兵征工的经验，更把这问题的重要显出来，各地公务人员的责任因此更为重大。政府应该用积极方法使人民消除怕官的心理。在都市的人的见闻当然比农民的多，对于国家的问题和需要知道比较清楚，因此国家对于他们的期望也比较大。为国家做事的机会千万莫把放过！（佶）

# 德国势力膨胀后之欧洲局势

刘迺诚

德意志原为中欧强国，欧战失败后，一方面割地，一方面赔款，军备复为协约国所限制。德意志虽在重重束缚之下，法兰西犹不放心，设法组织东南欧诸小国，以为卫星，对德采包围形势。

战后德意志由军国主义的帝国，一变而为共和国家，主政各党对于协约国原来采妥协态度，思欲以交涉为手段，逐渐解脱协约国之羁绊，但战败国家丝毫不愿放松，致使人民对于自由派和社会主义派逐渐丧失信仰。国家主义派及国社党等类反动团体乘时而起，宣传废除和约，取消赔款，主张重整军备，称霸欧洲。主政各党虽因主义思想之不同，常采取缔政策，但因祖国利益之所在，政府每多给予取缔，阴实优容，致使此类势力养成后，非特自由派政府为其摧毁，而一切对外条约均为其片面废除。军备计划一旦完成，又复虎视眈眈，欧洲危机因而日深一日。

德意志军备已经恢复至相当地步，一方面运用外交，和缓对英关系。一方面乘法国工潮政潮迭起之会，派遣军队，占领莱茵"非武装区域"。当时波兰政府再度主张以武力压迫德意志，法政府本可同意，终以英政府坚决反对，其意遂寝。一九三八年三月希特勒政府先以兵力示威，压迫奥政府改组。（加入国社份子）终以奥国社会份子之请求，而吞并奥大利，当时英法虽不赞成，但德奥同文同种，而意国又复默许，实属无法干涉。一九三八年九月德军开始压迫捷克，英法既无力干涉，转而采取调停方式，结果捷克终不能免于灭亡。

奥捷克既被吞并，英法束手无策，苏联又孤掌难鸣。在这种情形之下，非特德国邻近弱小国家时有灭亡之虞,世界强大国家亦为之惴息不安,咸以世界战争有一触即发之势,开始作军事及外交之准备。至于世界大战是否即将爆发?只好留待预言家之推论;而德意志在欧洲扩张势力之方式和范围,则为吾人现在所须研究之问题。

研究德意志势力之膨胀,应从两方面入手:以方式言,则有经济侵略与军事占领两种,或则同时并进,或则分别进行。德人对于欧洲小国,大抵采远交近攻之政策。壤地相接者,如有隙可乘,则加以占领,奥捷与米美尔之命运,其显例也。距离较远者,或国际关系比较复杂者,则先之以经济侵略,待有适当机会,再寻求政治利益,证以南斯拉夫,希腊,保加利亚之现状,可知此言之不谬。

以范围言。德国地处中欧,其军事侵略之中心,自在中欧,去岁春季德军侵占奥大利,秋季再占捷克,匈牙利如不亲德,恐已继奥捷之后。现今德国正可利用匈牙利对于疆界上之不满,以为将来对待罗马尼亚之用。德国对于西部小国:如荷兰,比利时,卢森堡,瑞士等国,未始不有领土野心,但以毗连英法,目前或不至断然侵占,暂时可不讨论。德国对于波兰的海沿岸各国,固认为有探囊取物之势,对于地中海岸各国,亦未有轻易放松。我们可就下列各段,分别研究德国在中欧,地中海,及波罗的海三方面势力如何扩展。

德意志与中欧。德人在中欧方面之扩展大部已成事实。德奥合并,奥人反对者虽不乏其人,但德奥同族,大部分人民当不至感觉亡国之痛。至于捷克始则坚决拒绝德国之一切要求,继则不发一弹,而甘于灭亡,其原因何在?想为读者诸君所欲知。根据报章杂志,捷克之亡,全因为德所乘,为法所弃。法国所以拒绝实现对捷克之义务,一因英国谢绝援法,再因莱茵区域设防以后,法人恐事实不及援捷。法既弃捷,苏联即无援捷之义务,其同盟国因亦观望而不赴援。捷既孤立,波匈复乘人之危,捷之不亡,其可得乎?

匈牙利现方亲德,或不至感受德国之压迫,但其今后之命运,则系于欧洲之和战。欧洲如能维持和平,德人当可容许其存在,或更以之为援卫国,德意如果挑动世界大战,而匈牙利尚欲维持其中立,或更欲与波兰等国组为中立集团,则必招致德人之干涉。反之,匈牙利如欲藉德国之力,以扩张领土,则须容许德国假道,或更协助德军作战。幸而胜,则在德人强大势力之下,匈牙利未必能真正维持其独立,不幸而战败,则必召瓜分之祸。

德意志与地中海。德意志在地中海内之活动，可从三方面研究之：（一）西班牙，（二）亚得里亚海（The Adriatic Sea），（三）经由战前所计划通达巴格达得（Bagadad）铁道线，而向东南欧发展。

（一）西班牙。德籍人民在西班牙数量甚多，但类皆自居于客体，不若意籍人民有久居之意。德人或则担任西民军之顾问，或则协助改组西国工厂，或则经营商业，或则贩卖枪炮。据称德人曾将大量军用品售予佛朗哥，佛氏所欠德人债务，计达四千万英镑之多。但德人所行为，态度尚称适当。其主要目的不在建立德国军事根据地，而在树立其商业上之优势，使于将来可以大量购买西国原料。因此佛朗哥对于希特勒比较友善，对于墨索里尼则不无怀疑。

希特勒鼓励德人居留西境，不特得有商业利益，并得有政治和军事利益。据说：法政府于德人兼并奥大利时期，慑于德人在西境之众，而不敢采取任何行动；又德人于侵占捷克时期，亦因西境有德人，而不敢轻于发动。当然，法人不援助捷克之主要原因，并不在此。

德人在西班牙虽得有重大利益，而在亚得里亚海及东南欧之行动虽亦称顺利，究无重大利益可言。在后二区内，德人之进步，每有打破德意轴心之虞，因国社党和法兰西党之团结，不论如何坚实，终难免同床异梦，利益所在，究有引起冲突之可能。

（二）德人势力果真侵入亚得里亚海，则有破坏德意轴心之虞，此项同盟现尚为德国外交上之有用工具。除欲树立南斯拉夫境内之商业优势基础外，德人或不至再行南进。即在此点，实已侵犯意之利益，意政府虽伪作不知，北部报纸固已披露意国对南商业上之损失。最近意军侵占阿尔巴尼亚，或为对德暗争之表现。

（三）在欧洲东南部，德人纵然侵入意人之势力范围，非普通意人所能了解，德人尽可迈步前进。当罗马承认德奥合并，并欢迎希特勒之访问，（一九三八年五月）一般观察家举以德意必已划定其势力范围，意人承认德人在多瑙河上之优势，而以德人承认意人在地中海内有自由行动权为交换条件，以后事实证明此项传言之不确。希特勒固未会提供此项诺言，德人在地中海上商业之胜利，与在他处正复相同，常侵夺英法商人之商业，有时亦使意国商人感受损失。

德人虽未将所得商业上之利益，变为政治上之利益，希特勒固已久蓄此心。德人或不至依赖近东小国，为其战时同盟国，因此数国军备落后，在军事上无价值可言，但德人如能尽量发展其商业关系，当可令其恪守中立。因此德人既有向东南发展之野心，不特在平时须维持其商场。在战时尤须维持其粮食来源。

为实现此种目的起见，德政府派出大批政治密探，与商务专员协同动作。除设法获取商务合同外，并从事于政治活动，或则暗中协助国社团体之组织，或则鼓励少数民族间仇视，或则设法使亲德派组织政府，或则设法排斥第三国（敌国）之势力。德人不特注意巴尔干半岛上之国家，并注意及伯拉斯丁，叙利亚及埃及等地，而引起英法等国之不安。

德意志与波罗的海。波罗的海沿岸计有九国，挪威则立于海外，除去德国，苏联，及波兰三国外，以人口言，其他均为小国。瑞典最大，其人口在六百万以上；爱沙尼亚最小，人口约及百二三十万。但泽现今名义上虽仍为自由市，实际已为德人领土，自可置而不论。这六个小国之中，没有一国具有强大海陆军力，它们所以采取和平政策，此为主要原因，但究非不愿维护其独立。反之，各该国现已感受德人之威胁，即如瑞典虽丝毫不注意此类问题，最近亦大为行动，想系事实演进之结果。

前此波罗的海沿岸之和平协定，固使德国丧失但泽走廊及米美尔区域，但未大行削弱德国在波罗的海的海上之地位，感受损失最大者，则为苏联。当芬兰，爱沙尼亚，拉帖维亚，及立陶宛等地，变为独立国家，苏联丧失西部沿海区域甚广，此数国所以变为独立国家，不根据凡尔赛条约，而根据与苏联所定条约，芬兰此前虽会得德人之援助，其他三国之独立，则与德国无关，德国实无提出任何要求之正当理由。

实际德国在波罗的海中之进攻，其主要目标，即在此三国。自希特勒取得政权以后，一方面推进经济侵略，一方面继之以国社党的宣传，德政府不但不隐蔽其目的，反而大事宣传，恍若对于捷克和奥大利所采取之政策。远在一九三四年，当时希特勒没有现今的力量，即拒绝苏联签订公约之建议，以保障此三国之独立。此后希氏除对立陶宛外，虽未曾提及这三国，其他国社领袖则随意发表此项意见，卢森堡（Rosenberg）所说尤多。

立陶宛所感国社党之压迫，使之于一九三四年参加爱沙尼亚和拉帖维亚所定公约，结果造成波罗的海协商国团体（Baltic Entente）。此种公约主要目的之一，在刺探敌国之宣传和阴谋，期能于适当时期，采取适当行动。但国际关系演变甚速，此项公约迄未实现其原有目的，并且在签约之前，爱拉两国事先声明不过问米美尔（Memel）问题及维尔那（Vilna）问题。

波兰与立陶宛前此曾经断绝邦交，至一九三八年春，在波兰哀的美敦书之下，两国交通虽已恢复，关系迄未改进。但自此以后，欧局急转直下，奥捷相继沦亡，波罗的海沿岸各国间相互关系，显有重大变更，全欧弱小国家均觉岌岌可危。

波罗的海协商各国对于慕尼黑协定，显有重大反响。一九三八年十月爱沙尼亚政府宣称：战时当效瑞比等国，维持其中立；二月后拉帖维亚宣布同样政策。当时一般言论家举以米美尔问题将使希特勒首先侵犯立陶宛，结果正如所料，德军业已占领米美尔区域。米美尔区域之保证国，为英法意日，英法既未采取积极行动，意日自不反对。

德军进占米美尔区域，非特立陶宛危急，爱沙尼亚及拉帖维亚莫不因而震惊，德国显有支配波罗的海东部之野心。至一九三八年十一月中旬，芬兰外长突提辞呈，表面系因病辞职，实际原因则为德国的反对。荷尔斯特（Holsti）之亲英法及亲美之态度，显为德国官场所厌恶，在外交上加以猛烈攻击。德人诬其言论中攻击希特勒，氏虽否认，德政府表示不能予以信任，氏因而不得不出于辞职之一途。

东部各国对于芬外长之辞职，虽不能采取任何行动，而斯坎丁那维亚各国：如丹麦，瑞典，挪威，先后发现在各该国内，国社党组有精密的侦探机关，首先发现者为丹麦，因国社党久欲攻击丹麦，德间谍数名被逮，文件被抄，因能了解国社党在欧北三国之活动状况。瑞典政府亦捕获德国间谍，并组织特别侦探，以应付德国间谍问题。挪威旋亦采取同样政策。

德意志何以竟能横行欧洲，从以上各段，可知意大利既欲向欧洲各部扩张，其一举一动，因为世人所瞩目。或问曰：德人于大战挫败后，最近始能逐渐解脱其束缚，何以又能横行于欧洲？据作者观之，计有下列数种原因：（一）德国军备现已充实，空军实力且驾各国而之上；又自莱茵流域设防完成以后，西部领土已不受法人之控制，因而跃跃欲试。（二）德意轴心成立后，意国力能牵制法国，德国西南无患。（三）德意日三国反共协定之缔结，日本可在亚洲牵制苏联，使苏联无充分力量，而能对欧洲作有效的干涉。（四）法波疏远，波兰且与德国缔结互不侵犯条约，而波兰又不容许苏联假道波境，德国东北无忧。（五）以欧洲东南部言，德国在南斯拉夫，希腊，保加利亚等国，已获得商业上之优势，如能假以时日，或不难变为政治利益。德人明知：

巴尔干半岛各国利益类多冲突，德人或则采取调停政策，冀以组织亲德集团；或则唆使互相攻伐，而思从中渔利。由此可知：非特德人本身实力已极庞大，而欧洲国际情形又似有利于德，因不惜耀武扬威，冀能扩张其领土。

德意志势力胀膨所引起之欧洲局势，德意在欧洲既采取攻势，并且有隙可乘，非但引起一般国家之不安，并且促成相关国家之结合。现今欧洲已有多种互助团体出现，其最要者则为：（一）英法同盟，此项同盟之内容虽尚未披露，据称则有下列各项条件：（1）英法两国政府应即购置军械和军用原料，并应公注一部分财源。（2）英国应集中制造轰炸机，法国则应集中制造战斗机。（3）英法应多事互换军官，并应交换军事情报。（4）英法两国海军应由英国海军大将指挥，两国陆军由法国陆军大将指挥，两国空军则由英国军官指挥，此项消息如果正确，英法之积极备战，自无可疑。

波罗的海沿岸各国，前因利益冲突，相互间缺乏真正合作，但自奥捷相继沦亡，关系显已改进。据称现正酝酿组织（二）波罗的海协商团体（Baltic Entente），其范围拟以波兰为中心，合以爱沙尼亚拉帖微亚及立陶宛三国；其目的一方面在能互相协助，一方面在能建立苏联与德意志两间之缓冲地带。又斯坎丁那微亚各国业与英国签订海军协定，内容虽不明，其为对德也毫无疑义，巴尔干半岛亦多小国，并皆感受德意志之威胁，前此在法人冀卵下之小协商团体及巴尔干协商团体，俱已丧失其效用，因有（三）新巴尔干协商团体（Balkan Entente）之组织，此种互助团体以土耳其为中心，希腊，南斯拉夫，及罗马尼亚相率加入。土希两间又订立同盟条约，主要目的虽在对意，自亦有防德之意。报载保加利亚受土耳其之压迫，亦有加入此项协商团体之说。这些团体虽为独立组织，究仍惟英法之马首是瞻，各方现正密切接洽，今后当更能积极协作，共同应付德意。

英法方面最近更有美国之声援，盖美国鉴于欧局之险恶，世界大战渐有展开之象，不惜迭发宣言和电文，以作和平之呼号，字里行间，固已流露对于西欧民主国家之同情。战争果真爆发，美国虽未必即行参战，而该国社会舆论时方转变，直接间接未始不可以对德压迫。又英苏时正接洽签立协定，至于苏联援欧之性质和范围虽尚未商定，但战事一起，苏联之不能置身事外，想为必然之事实。

一九三九年，四，二十五，嘉定

据吾人之观察,反侵略集体一旦组成,其实力和声势当较德意集团为大,德意虽扬言不惜挑动世界大战,实际只是攻取弱小。反侵略集团如果坚实,德意必无法打破这种包围。但德意军备计划业已完成,国社和法西领袖又复野心日炽,反侵略集团如真能商定其反抗德意之计划,并能精诚协作,则德意或因格于形势,而暂时罢手,但国际关系一变,又必起而扰乱秩序。实际此类全能国家专以侵略为政策,对方虽对之作极大之让步,仍必无法以满足其无底之欲壑,比较有效方法,在能团结爱好和平之国家,加一切侵略国家以有力之制裁,不惜采预防战争(Preventive war)的政策,以维持世界和平于久远。

# 今日云南之现金问题

陈碧笙

云南银币开铸于清光绪末年，旧分一元（库平七钱二分），五角（库平三钱六分），三角（一钱四分）三种。宣统三年，销毁旧模，专铸细字细龙之五角银币。民国八年，护国功成，又添铸唐像之五角纪念币。以后复继续铸造五角二角等币，直至民国二十三年始告结束。据官方公布，自开铸至停铸，前后共铸出一元银币三,一〇三,八四一枚，五角银币九九,三四五,五六九枚，二角银币三〇七,六九二,八〇七枚，一角银币三,九八六,四四四枚。然自其实际所流通之数量观之，恐尚不止此数，其理由有二：第一、自清代以来政局叠经变动，人事诸多更迭，复以征战连年，铸币成为军费取资之源，实际上所铸出之数目与档案所载者难免有相当之出入；第二、银币价高（对纸币之跌价而言），成色减低之时，民间私铸之风颇盛，销毁旧币改铸新币成为一班奸宄聚利之薮，此种私币为数亦甚可观。

法币改革以后，云南也相继发布停止银币使用之命令，同时大量发行富滇新银行之纸币，派员分往各县换取现金。截止前年年底，此项工作大体告一段落，大多数县份均已改用富滇新币或中中交农之法币及辅币；民间虽仍有硬币之储藏，但已不敢公开使用，有之亦惟限于极边远之乡村角落。目前已收回银币之数字，尚未见官厅公布，然推测当在旧铸造额十分之五以上（连法币改革前银行所保有之准备金在内），以金额绳之，当在国币二千五百万元至三千五百万元之间。

然目前仍有若干边远区域，仍旧以半元银币（俗称半开现金）或外币（卢比及法洋）为货币单位，而拒绝纸币之行使。此种区域北起康滇交界之阿墩子，中甸，维西，菖蒲桶，知日子罗，上帕，沪水；中沿腾龙顺镇边之南甸，干崖，盏远，户腊，腊㙚，陇川，猛卯，遮放，芒市，镇康，猛定，耿马，猛猛，猛库，猛角董；南迄澜沧思普一带之上下猛允，西盟，孟连，南峤，佛海，车里，六顺，宁江，镇越，江城，景谷；东抵滇越交界之金河，猛丁，屏边，逢春岭，麻栗坡甚至滇黔接壤之平彝盘县一带，几有全省一半之地。如连向来拒用纸币之山间各部落计及之，则全省尚有二分之一以上之地区仍旧使用现金。

在使用现金之区域内，大部分均完全拒绝纸币之收受，在交通较为便利，商旅较为殷繁之处，纸币必须低拆使用。初时尚为八拆九拆，随后即一再惨跌至五拆六拆，甚至有在四拆以下者。现时纸币兑现金之兑换率，以蒙自江外逢春岭一带为最高，每法币六角可换现金一元；以佛海孟连一带为最低，每现金一元可值法币一元三四角，南甸芒市镇康耿马一带，则一体稳定，于每现金一元换法币一元之比率；然仍不免时生种种无谓之变动。盖当地既金融机关之设立，复无公开市场之买卖，一切现金，集中于土司衙门及少数行商走买之手。道路之传闻，私人之臆测，旅行者之过境，千数百元之交易，皆足构成为兑换价格变动之原因也。

于是，今日之云南，乃成为纸币现金相杂使用之局面。而纸价之跌价与现金之高昂，对于一般的工商、经济、财政、金融颇能招致种种不良之后果。请依次说明之：

1. 法币制度之破坏。自法币改革以还，全国各地均完全禁止现银之行使，今惟滇省若干区域独居例外，对于国家货币之完整及统一不无破坏之虞。

2. 币制之紊乱。现在流行于现今区域之货币，至少有法币，新滇币，现金，卢比，法洋等五种之多，其兑换市场又十分紊乱，使旅行经商其间者感受到了不必要之损失，因而阻碍工商业之进展。

3. 外币之侵入。纸币既不断跌价，现金又禁止使用，于是一般人民心理乃倾向于外币之珍视及储藏，予缅甸卢比越南法洋以巨量侵入之机会（事实上今日已有若干区域完全使用外币，如陇川猛卯遮放之使用卢比，猛腊猛捧（镇越）猛烈（即江城）之使用法洋是。

4. 物价之暴涨。纸币跌价一类物价即暴涨一倍，譬如从前法币一元在芒市一带可买米二十斤，现在仅得八九斤。此不仅使用现金之区域已也，毗邻各县亦莫不感受同样之影响，譬如芒市保山之米同销龙陵，芒市米价暴涨，直接既激起龙陵米价之涨，间接亦使宝山米价随之而提高，米价一涨，全社会之生活必需品即同时上腾，而成为生活程度日高之现象。

5. 财政支出之增加。政府现方致力于后方之建设，有许多重要的事业，如公路铁路飞行场飞机制造厂等皆在现金区域内施行。而两年前十万元可了之工程现在非则二十万元以上不可，是政府建设费之支出，不啻平空增加了一倍。

6. 建设边疆之障碍。同时建设边疆移民垦殖之前途亦因物价之上涨而遭遇一重大之打击，向日移民费用低廉之优点至今已完全消减。

7. 走私之堪虞。而最可杞忧者即目前现金已不断向缅甸暹罗越南流出，万一有浪人汉奸乘机做有组织之走私活动，以敌制货品吸收我方现金，则此千数百万元之银币，不难于短期内辗转落于敌人之手，而成为敌人侵略我国之工具。

如上所述，可知今日云南之现金流通纸币跌价问题，性质显甚严重，即本省财政当局亦未尝不焦虑及此，而谋所以取缔挽救之道。顾所以推行数年未收全效者，则下列数点当为不可否认的基本原因：

1. 土司之阻碍。土司为当地财富唯一所有者，土司之财富以现金或外纸为计算单位。纸币跌价，现金或外币涨价，无异将土司财产照现有价值提高一倍；反之如将土司现金悉数换成纸币，即等于将土司现有财产价值减少一半，故法币之推行与土司之切身利益发生无可补救之冲突，当然无从取得其拥护。

2. 边官奉行之不力。在推行纸币上边官之利害完全与土司一致，边官之收入为外币或现金，假定边官一年之收入为现金五千元，在纸币跌价之前汇回省城仅为新币五千元，在纸币跌价之后则可得一万元，无形中已增加一倍，故由边官之立场言，实以纸币之跌价为有利。

3. 推行方面之缺点。同时政府在推行纸币方面亦有种种缺点。第一，在现金未完全收回以前推行纸币之工作即宣告结束；第二，对使用现金区域始终无切实有效之对策；第三，负责人员大部分仅至毗邻各县为止，未深入实际使用现金之区域；第四，偶有身历其境者亦限于干冬一季之短期逗留。

4. 金融机关之缺乏。当地既无金融机关之设立，对于货币之兑换，现金之收回，价格之决定，无人负责，任其操纵于土司衙门或行商走贾之手，自然难免发生种种不合理之现象。

5. 人民无行使纸币之习惯。重视硬币不信任纸币为一般农民所共有之现象，内地如此，边省何独不然。况云南纸币曾有一度惨跌之历史，此种记忆深入民间，一时颇不易于说服。

6. 夷民不认识票面之金额　夷民不认识汉字，对于纸币票面所注明之金额茫然不知，因而相率据用。此为各土司的拒用纸币之最大借口，然事实上问题并不如是严重，盖缅甸土人何尝认识英文，而印度纸币仍能畅用于民间且较硬币为普遍也。

今日现金问题所以存在之原因，大致如上述，今请进而研究三数有效之对策，以资引起关心金融问题者之注意与讨论，兹分政治金融与物价三方面而讨论之：

第一，政治方面。法币之推行本来为一政治问题，非单纯之金融问题也，此点在今日行使现金之区域特为重要。

1. 以推行法币收回现金，列为今后边地重要施政方针之一。
2. 定一最后期间完全禁绝现金之使用及储藏。
3. 遴派专员常驻现金区域专负推行法币收回现金之责。
4. 以推行法币之成绩列为各县局考成之标准，有奉行不力者处以严厉之处分。
5. 调查土司衙门所有藏银数量，勒令限期交出，与法币对换。
6. 严禁内地商号作现金之汇兑或买卖。
7. 严禁外币（卢比法洋）之输入及流通。
8. 由海关税局各关卡负检查取缔货币进出口（不论私人携带或商号运输）之责。

第二，关于金融方面

1. 关于金融机构方面

a. 由发行纸币各银行（中、中、交、农、富滇）组织联合机关，分别负责设立兑换处，推行纸币，吸收现金之工作及费用。

b. 在各主要行使现金地点设立各银行办事处，关于各重要市镇街集设立兑换处，负责现金之吸收，纸币之推行，价格之管理等事宜，同时并可兼营一般地方银行之业务。

c. 切实调查市面流通现金及民间储藏现金之数量。

2. 关于现金之吸收

a. 每发现现金即执行纸币之强制对换。

b. 在缅甸境内各重要地点如八莫，南坎，木姬，腊戌，孟养，景栋等处设立机关或委托商号尽量以卢比购买现金。现卢比一元可买现金二元四五角，由每银币含银之分量言，固属一有利之买卖也。

c. 委托商人组织公司输送食盐火柴及其他日用必需品于边地，换取现金缴交政府。

3. 关于法币之推行

a. 尽量发行细额纸币（如一元，五角，二角五分，二角，一角等纸币）以代替现金之使用。

b. 指定各银行纸币行使之区域，某一区域专用某一银行之纸币，俾一般人民易于辨认。

c. 尽量发行五分，一角，二角之镍制辅币，因镍币为硬币之一种，易于为一般夷民所接受也。

d. 大量输送铜元于边地以换取现金，边地铜元异常缺乏，现金一元仅得单铜元八十枚至百二十枚，而昆明市价每法币一元可得双铜元一百五十枚，相差三四倍之巨，一转手之间，金融当局可获得巨大之利润。

第三，关于物价方面。统制物价问题本甚复杂，但边地情形单纯，比较容易于收效，可从下列四点着手：

1. 工价由政府制定公布，并依此标准征发之（边地雇工本来含有征发性质）。

2. 本地产品以米为最大宗，且完全集中于土司，由政府制定以标准价格强制收买之。

3. 外来货品如盐，火柴等照现在售价减低一半。

4. 组成合作社贩运各项必需物品以最低价格出售。

以上各点，如能切实做到，则一面现金可渐次集中，他方面纸币流通之范围常日益扩大，而物价在严格管理之下亦可步上低落稳定之途，不出一年当可收统制管理之效也。

# 司法制度与司法人才问题

吴醉秋

仲弓问政，孔子以"举贤才"教之。古代儒家，重视人治，固无论已。春秋时的郑子产，铸刑于鼎，虽主张法治。然对子皮荐举年少识浅的尹何为宰，极力反对，又着重人的问题。历代贤相如管子，诸葛亮，王猛，张居正诸辈，整饬法纪，循名责实，其任法任人，兼行并使，先后如出一辙。就是现今号称法治国家，判断人民之曲直，虽纯以法规为依据，然选择司法人员又极慎重。稍有识者类能知之。故无论在纵的或横的方面推论，均不出苏东坡的"人法兼用"之思想。所谓制度与人才，简言之，即法与人之问题。以"人法兼用"之思想，两者自应并重。不然的话，足致人才不获尽其能，制度不克生实效，均不得达保护社会与个人安宁之目的。今人对于检察及审级的制度，均有批评。平心而论，其发生批评之原因，是司法人才欠健全，影响于司法制度。非司法制度不完备，影响于司法人才。今请详论于后：

吾国检察制度，始于清末法院编制法，仅仿日本裁判所构成法而来，该法又系模仿法国。法国的检察制度，不但有悠久的历史，且已奏除莠安良的功劳。足证其制度的本身，非不良也。况我国检察制度，虽直接模仿日本，间接模仿法国，然设专官以纠察犯罪，为我国固有之制度。从前御史纠察犯罪与现今检察官检举犯罪之范围，容或有异，而其发奸摘伏之目的，毫无二致。故前之御史，视为今之检察官，未尝不可。考御史就是《周礼》所载之小宰，如该书非伪，周代就有此制度。不然，则始于秦。盖自秦代沿至清末，均有御史，现尚有史可征。吾国御史制度，既有数千年之历史。且其功绩，有口皆碑。而与御史同目的之检察制度，有何不能存在之理由。再在事实上言，检举犯罪，如不设专官，除奸锄恶，益加艰难，于社会于个人，反增危害，亦非无存在之价值。惟当法院编制法施行时候，有学习推检以及城镇乡董代理或办理检察专务。此种学识未充经验未深之人，担任检察重职，实足败坏检察制度，使社会上留一不良之现象。该法废止后，负检察事务之人，虽与推事同一资格，然尚缺乏"为公牺牲"之精神及责任心，无可讳言，自不能充实检察制度之力量。故检察制度被人批评之原因，非在其制度的本身，而起因于担任检察事务之人。

今因三级三审制度，拖延时日，不能使法律保护当事人之实际利益，有主张该为二审制者，在现状之下，固不无理由。然果改二审制，人民或因判决错误而无法救济，其痛苦或超过其拖延的毛病。盖拖延之结果，虽不能完全受法律之保护，然尚有受保护之可能性。若判决错误而无法救济，就毫无受法律保护之希望。况据实际上考察，第二审判决认定事实或适用法律之错误，尚不能求到极少之数量。若有第二审判决本来宣告死刑，后因第三审发回更审，第二审从而发见发现错误又宣告无罪之案件，倘无第三审，岂非陷无辜于死地。且因向第三审上诉而延长之期间，依刑事诉讼法规定，最长不过半年。依民事诉讼法规定，最长亦不可过一年。因延长半年或一年期间可受损害之危险性，与因判决错误可受损害之危险性，互相比较，后甚于前，极为明显。权衡双方利害，三审制度，亦非无存在之价值。或谓三审制度，有因发回更审而延迟逾年者。或因案件太多，人员太少，延迟逾年者。或因案件繁杂，推事能力欠缺，无法解决其中间问题而延迟逾年者。然如果二审推事审理周密，何至发回再审。三审推事如有责任心，何至不应发回而发回，足见因发回更审而生延迟之原因，纯属人的问题，至于后二者延迟之原因，亦属人的问题，尤不待解释而明白。或谓因三审制度而延迟期间，可予败诉人隐匿财产之机会，反使胜诉人得不到实际的利益。然如果二审推事能认识被告无胜诉之希望，并预料判决确定后有难于执行之虞，自可宣示假执行，以资救济。若应宣示而不宣示，又属于人问题。或谓三审推事亦不能无错误，设三审制度徒增拖延毛病。然若推事能力欠缺而致错误，固难确定其错误之数目。至因疏忽而致错误，吾敢断定其为偶然之事，且其数目比甚少。盖既经三审之审理，又为五人合议，无论在理论上或事实上说，均不致有疏忽之错误。依前者言，属于人的问题，依后者言，无关其制度之存在。或谓二审推事如能得人，亦可免除错误，何必设三审而延时日。然吾国区域辽阔，应需巨额之二审推事，何能尽得真才而任之。

三审推事额数颇少，自易搜罗真才。因此三审之错误，自必少于二审。设三审以纠正二审之错误，人民自有裨益。至谓三审推事未必优于二审，则属用人问题，非其制度问题，亦不待言，总之检察及三审制度，均无多大可议之点。急应解决者，在于人的问题。

清末宪政编查馆之法官考试任用暂行章程，虽定与法院编制法同时施行。然实际上未曾举行考试，法官考试自民国二年司法官甄拔考试始。嗣后续行考试，经过考试之法官已占多数，司法人才，似应充实，但未必尽然。因其初试及格后，尚须学习二年，始得派充候补推检，补缺又无定期，其办案虽与正缺推检同，而待遇则特别微薄。懦弱者虽甘居枥下，然内心受困，不能振作精神，从而办事敷衍塞责。积久成惯，纵补缺后，还是千篇一律。至强干者则相率舍此而就彼。（改充律师居多）此风一播，后起之秀，视为畏途，不愿参与司法官考试。因之司法人才日形缺乏。至未经考试之法官，自民元迄今，有书记官承审员帮审员司法委员及其他资格升任者颇多。（参考《司法官任用暂行标准》）其间优秀分子固属不少，而缺乏学识者，亦非绝无。司法人才不能整齐划一，亦为其原因之一。如欲调整司法人员，自应取消候补制度，提高法官待遇，以除法官之怠惰性，而增司法之效率。司法人员之考试，须有普遍性，不能有例外。万一不得已时，亦须有严格之限制。例如历任法官有特别原因不愿赴考时，亦须提出关于法学上之著作，并实际办案至十年以上而成绩优异者，始得免试。务期司法人员之能力，建于一个水准，而使人毋得为批评之藉口。每年派当局或在野之司法名流，视察各法院，抽卷调验法官之成绩与有无延迟及其他弊端，为其升任考绩惩戒之标准，而使赏罚纯粹客观化。以杜侥幸之心而使其专努力于实际工作。荐任法官如有法学上之名著，或自动检举犯罪若干起以上并系确实者，可不受法院组织法年资之限制而擢升。藉以鼓励法官自求学识及奋发精神。设检察官巡察管辖区域办法，以增进举发犯罪之效能。设执达员司法警察学校以健全司法之协助机关。均为切要之务。至于法官人格之修养，虽极重要，然系心灵问题，无可强制。惟赖司法当局之倡导，以己之言行，转移法官的心，变懦弱为坚强，化偏私为公正，使一般的法官有极高尚的道德，则庶几也。

以上所述，虽是老生常谈，然果能切实做到，就是实践"人法兼用"之思想。亦即制度与人才互相为用之结果，必可使法治之基础，益加巩固。（完）

# 白话文与新文学

陈梦家

使我动笔写此文的，是朱自清先生的新语言，他提出"新语言"这个名词来代替所谓白话文；又提出"现代文学"这个名词来代替"新文学"或"国语文学"。

朱先生的全文，实是一片关于此类讨论很好的论文，但对于他所提出的两个名词，我略有些意见。语言（或者中国语言）从古以来就是这么说着的，活着的，而同时又无时无刻不在变化着。我们现在的语言，还是承继老的，不过时刻在演变，而在这些演进的当中，所谓"欧语化"不过占一小部分，这一小部分中又有一小部分是日本化的欧化语，如"欧化"，"抽象化"，"明朗化"。这类名为欧化的日化语及日化语，在戊戌政变以后输入的最多。

欧化的文法除见于词汇及文章之外，在日常语言中实在没有多大影响。我们平常看新戏，尤其看上演翻译的剧本，常觉得好笑，因为台上的对白往往和我们平时的谈话不同。我们的语言，上面已说过，不脱那老的一套，但却不是不变的；变的原因很多，物质环境是其一。甲骨文牛旁马旁的字多，到金文才有心旁言旁的字，可见商人尚重畜牧，而周人已注重抽象的名词了。我们从前说"赶船去"，我们现在说"赶火车去""赶飞机去"实在没有分别：名词换了一套，语法还是一样。所以语言好像一条活水，永远在流着，动着，变着。现在的语言大致仍然是旧日的语言，只能说在某一部分加了新的，这新的不但是"欧化语"，自然还有别的成分。

其次，我们说到现代文学。国外可以有现代文学，可以在大学中开这一门课,因为现代文学者是继续十九世纪末叶以来的文学;犹如十八世纪文学继承十七世纪文学一样。各时期的色彩虽有多少不同,但在文学史上,它们还是先后相继的。

中国的情形不同,新文学不但用白话文,而且尚有其他与从前的文学漠不相关的。新文学本身实在还没有深刻的接受欧洲的文学,欧洲的文法,和现代化的欧洲人的思想方法;又未完全与从前的文学隔绝关系,有的竟还想狗尾续貂的攀附在上面。我们不能怪中国新文学的进步不快:它猛然的革了一大个命,而政治教育方面又不好好培养他,以致到目下为止,还是个四不像的勾当。这种还在孕育徘徊中的文学,使我们不敢名之为"现代文学"。"现代文学"这东西本来应该是在各种尝试中产生出来的,但目下我们的新文学的材料贫乏,语法混乱,使我们不能作分析和研究的工夫,来与研究"唐代文学""宋代文学"抗衡。但是我敢断言近代文学必有前途。

现在我们再回到中国语言上去,我觉得有三点可说。(一)中国语是早已存在,继续存在,而继续在变的;中国语早已有他的文法,将来也是承续这文法,虽然这文法确乎在不停的演变。变虽变,但语言的基本形态,即语言学中之所谓Morphology,则并无大的变化:商朝人说"今日有雨",今天还是这么说。(二)中国方言不同,但除开最深入的内地外,我们的普通官话,可以和十八省的同胞畅谈无阻。(三)中国人民智识,虽有阶级层次可分,但语言的阶级性别不大。我们的经验是:受高等教育的人与不受高等教育的人,互相谈话,很可畅行无阻,只要我们不说专门术语,他们不说土话行话。由上三点所述,因为中国语向来是有文法的,所以我反对捏造文法的"假欧化语"和"文学味语";因为中国语言大致是一个系统的,官话几乎处处可以通行,所以我反对趋向分化的罗马拼音;因为中国的语言是不大有阶级性的:我们所说所写的基本白话,人人可以懂,所以我们反对提倡特殊阶级的语言,即是反对贵族的"假欧化语""文学味语"和平民的"农工大众语"。

何谓假欧化语,文学味语?他的发生,很为有趣。一直到今天,学作小说戏剧的,因限于语言训练的不足,始终不能向欧美文学中,亲自去学,而间接的学于翻译作品。翻译作品的文字,就是这些假欧化语的渊源。因为翻译者不能把原文的味儿腔调翻过来,又不大懂原文的文法,更不知道中国语言有文法,更以为那样不伦不类的不合文法的句子是文学味儿;同时又摸不着原文那个"字"的恰当意思,而又缺乏适合的中国字去配上。所以结果至多不过学了些巧妙而新鲜的名词，比如"将公事监禁起来"等。这样的产物成了我们作家的"自由大学"，不知不觉间，就变假欧化语；而未成名的作家，即以此等作家的假欧化语，文学味语为模范，故第三代的文学语将更为光怪了。我们不反对欧化语，我们提倡直接欧化语，如徐志摩者；要是自己不能直接，我们就穿本地粗布的蓝布大褂，何必到甘肃去定做巴黎的西装呢？现代的小说，戏，散文，大都如此。而小说如鲁迅所作之土白者几乎没有，鲁迅倒是地道。中国新文学所用"语"之不能欧化，正如其文学原则、作法，内容等等之不能欧化。所以我上面说，新文学本身还没有深刻的接受欧洲的文学，欧洲的文法，和现代欧洲人的思想方法。

也并非他一定不肯接受，乃是他未受训练，不能接受。我大胆的向未来的文学家说：你们如要求文学欧化，或文学语欧化，请快快谦卑的化自己于欧美文学中吧。

说到"诗的语言"，更是文学味语的人藉以掩护自己的烟幕。在先有初期白话诗的半词半白；在次有新月派的整齐的方块，更次有"象征派"的呢吗之也的大混乱。后二者徒具求形式的热心，对于语言形式，却并不了解。自古以来，《诗经》即有文法，此事闻一多先生知之最详；次之汉魏诗而不失规矩，至唐宋诗极盛，而其"诗语"也渐与"文语"分异。其故甚繁，而我所推测：（一）诗至此已到了极高的境界，语句的次序已可活用来表现感觉的次序了，正如像中国的画，达到最高境界时已不限于远近透视。（二）感觉的次序与声音的节奏的关系密，所以放弃了语句的次序。（三）诗比较短，因此必须精炼，而文法上的累赘也扫除了，净化了，由读诗者的敏感来补充文法，欣赏文法和情操思想所发生的意境上的幽妙。（四）诗人应该支配声律，但有时却被声律支配了，现在的新诗，文法语法既糊涂，更何从而支配语法，解放内容？像歌谣所用的灵活的语法倒反没有人注意。

岂但歌谣，自古以来即有白话的文，自古以来即有语文法的存在，我们今日未曾发其幽微而已。

古代文与语，相距必不远，而古文文法亦颇谨严：如第一人称主格领格之分，在商周已如此。太古的不说，但论近古，则宋代以来有很好的白话文。一为讲学的语录，二为由说书而成的小说，三为翻译的官话圣经，语录不免夹文，因为所讲的是文，而讲者听者又是文人；然而其不文之处就是纯白话，这种纯白话就用在讲述日常道理的地方。小说如《三国》《水浒》

者，开卷便是"话说"，因此他说的是话。然而不免还要带点文，因为说者多少还是个读书人。听者虽非完全是读书人，但惯了自然而然也能懂，穷乡僻壤的农夫走卒也能文几句，都因受了说书人的赏赐。至于官话《圣经》：其先有罗马字拼音的纯土白本，以便各地教徒的应用。又有文言本，专门给读书人用；等到翻官话时，还是以话为主，而当时负汉文之责者，对于简练汉字颇具学力，而由原文翻为汉文，本来就是由西教士口述，西教士口述为汉官话，然后汉教士再笔录为汉官话。所以他的产生事先就注意到"话"，翻时用"话"记录，所以都是"话"。以上三种，皆是标准白话，一种比一种更"话"。现在新的文学中，就缺少这种话。

但在现代的应用文和说理文中，这种话仍然存在。蒋百里，毛泽东和委员长历次的讲稿宣言中，有许多白话文，为新文学所不及。上海申报馆出过一种通俗刊物，有一位太太做了杜鹃燕子两篇科学讲话，也是很好的白话文。金岳霖冯友兰胡适之三位先生的哲学论文或其他论文，是用白话文写的，既是很好的白话，并且又合逻辑；大凡文章不通，必是思想不清，以上这些作品，皆非为文学而写，而其所用的语言（一）较新文学更白话；（二）较新文学更合文法；（三）较新文学更坦白而易感动人。

那么，为什么有了如此现成的白话文而没有白话的文学，只有白话的论文呢？那是因为文学作家所用的都是假欧化语和文学味语，是矫作的，不合逻辑的，不伦不类的。

当初提倡白话文的，因文言有个烂腔调俗套子，能遮蔽思想不清而不能表达新的感情。反观目下的白话文，这些不合法的语句，还可以遮蔽思想之不清，而却不能表达新的感情。因为只有白话文最真率最有条理，所以含混思想一到真白话中，就可验其真伪。我们写考据文章的知道写白话比文言文难。

我们深知，以白话作文，不但为文学而设，亦为一切应用文说理文叙事文而设；而现在的情形是应用文说理文叙事文有较好的白话文，而文学的白话文反在扭捏作怪，怕的是将来也许影响到应用文说理文叙事文上去，真是可叹之至。然则我们怪谁呢？介绍欧洲名著的先生们，他们的翻译诚然中毒不浅，而我们的语言文学家也未曾十分致力于此。最近有陆志韦先生的《国语单音词词汇》，王力先生的《中国现代语文法》，皆是对近代语言最有贡献之作，而从此研究中国语法者，可以脱去《马氏文通》以来专以英文文法硬套中国语法的樊笼了。我们必须研究现代语法，此语法是存在的，承继古语法的，且可追溯至于古代文法。白话文不可违异语法。中国语可以受欧化，但他有一个基本独特的语法样式，不能变更，这就是中国语。我们不赞成纸上谈兵，希望这些困难，语言学家和文法学家，努力为我们解除。

由上面看来，新文学所用的语言，就是现成的白话：它有文法，有优良的特性。白话不是新语言，但白话如一切的语言一样，是接受新的变化的，是时刻在变着的。新文学现在还没有成熟，原因很多，但文学知识之不足和不能善于应用合法的白话，是其中最大的原因。我们的白话，将应用于文学与非文学，非文学固然要用有文法的白话，文学亦然。现在的危机是非文学的文章所用之语，与现在的假欧化语文学味语有合流之势，从此白话文学将不再明白，不再可说。所以为教育计，为青年学子前途计，我请求不要以不成熟的新文学教给学生。若要教学生看到白话文的样本，则我所举的标准白话和真白话，似乎比较有益，除此之外，读中国历代的书，还是有帮助写好白话的能力。五四运动中的人，都是受过旧文训练的，所以写出来的白话到底比纯受白话文的教育者，更能善于活用。

最后，我以为新文学的前途是无量的，我们不必为他担忧；新文学的语言就是白话，也是毫无问题的。我自己对于文学，却是个门外汉了，十年前写过新诗，其实既不懂中国文和文学，亦不懂外国文和文学，更不懂文有法语有法，所以所写的既不文也不法，实在奇怪，如今想来，尚觉惭愧，希望后我者勿蹈覆辙。十年前的诗，如志摩者很少。读志摩诗如读外国诗，读我的诗则像翻译的外国诗，这就是欧化与假欧化的分别了。今日者，如志摩的还是寥若星辰，而如我的则似过江之鲫，诗如此，文亦如此，志摩的纯欧化，读之如读外国文学，读别人的文章则如读翻译文学，这都是为别人以翻译本为蓝本的原故。我是个过来人，但是回头得太古了，不免于老朽之讥；然我对自己的批评，却是坦白的，故此虽已是门外汉，还仍愿说出自己肺腑之痛。

二十七年十二月三十日　昆明

（作者跋）这篇文章写成了将近两个月，其所以没有发表的缘故，是因为其中有若干意见比较的激烈，而缺少例证的扶助。近来我从事于中国古代语法和现代语法，现代外国语法的比较工作，渐渐有了系统，这篇文章倒可以先发表了表示一种意见，再让后来关于语法的研究的结果来当做证人：等于先敲锣鼓后开戏，锣鼓的本身实在没有多大价值。

二十八年三月三日　昆明

**本期撰者：**

　　刘迺诚先生是国立武汉大学教授。陈碧笙先生对西南各省经济与交通问题素有研究。本期他的《今日云南之现金问题》一文，极值关心此问题者注意。吴醉秋先生曾任法官，其议论多是根据经验的。陈梦家先生是作家，现住昆明。

# 第一卷第二十一期（1939年5月21日）

## 时评

### 华北伪币狂跌

最近一月来，华北伪币价格继续狂跌。以物价为准，则天津四月批发物价指数（以民国廿五年为基年）已达一九三。以国币为准，则四月下旬伪币折价已达六五扣。伪政府鉴于此项现象，一方面，召集平津金融界人，请其出力维持，以允许携带及储藏国币为交换条件。一方面通知天津租界工部局，请其对于法币与伪币之买卖，加以取缔。然是项办法只是表面上一种具文，并不能提高伪币的价格。现在华北伪币暗盘行情，仍在七扣上下，而下跌的倾向还没有中止。

自从伪政府于三月十一日禁止国币在平津通行后，国币在敌伪暴力可达范围内，确为伪币所拼斥，而失去通货的地位。然而摈斥法币，禁止其流通，是一件事，法币在华北的价值是另外一件事，而伪币的价值又是一件事。竣法厉禁确然可以禁止法币在平津的流通，而不能因此便抹杀法币的价值。只要法币对外作用仍然稳固，抗战工作仍然继续，华北人民对于法币的信任仍然坚强，法币在华北的价值仍然可以维持。至于伪币本身的价值，则当然更不是一纸禁止法币的法令可以勉强造起来的。伪政府已经成立年余，而所能统治的地方，除敌人军力所据的线与点外，一无所有。财政收入，除在这线与点所征收的消费税外，便只有靠着滥发伪币了。伪币数量过分膨胀，价值即随之下跌。这是一个不可避免的因果。再加以近来敌人在鄂、湘、晋、豫、赣、粤，痛受国军的打击，更是加强一般人民对于伪币的不信任，而伪币的价便狂泻不止了。

　　伪政府也曾用另一个法子，希望提高伪币的地位，稳定伪治之下的金融。这就是统制外汇的办法。不久以前，伪政府设立一个外汇局，颁布一个出口统制的法令，强迫平津出口商人，将出口所得之外汇，以一先令二便士之法价，售与伪外汇局。然每次出口商出售外汇时，必事先与进口商接洽妥当同时函复伪外汇局请求按法价买进。伪局，在各国瞩目之下，又不能拒绝出售。而进出商乃互相按市情私下买卖，无异以往。所以伪政府欲获得外汇以稳固伪币地位的办法，大为失败，而终于一筹莫展。总而言之，敌伪在华北的金融政策，一直到现在，是一个大失败。也许他们还不甘心，在最近的将来，要玩一二种新花样。也许，像近来所谣传的他们在华中京沪一带还要再办一个银行推行在华北所试验而已经失败的金融政策。然而只要基本的情形一样，这些新花样不免要蹈前此的覆辙的。（岱）

## 日人排挤外商在华航业

　　自从战事发生之后，敌人便开始排挤外商在华的航业。而近来日商竭力扩充在华航业，更是企图独霸尖锐化的表征。据沪上传消息日清公司除开航沪青，沪连，沪津等航线外，新辟上海厦门航线并扩充内地航线，如上海崇明，上海天生港，上海新港等线。大连汽船会社专航上海青岛，大连，天津等线。大墩商船会社专航上海，厦门，基隆等线。日本邮船会社专航长崎，神户以及欧洲各地等线。上海内河汽船公司专航江浙两省沦毁区域之内河航线。至于外商行使中国口岸之船只，为日方无理检查者，不胜枚举，而被其扣留者，亦有多起。

　　这样事本来无足惊讶。敌人向我们侵略的动机和目的都是想独占东亚一切的权利。要独占东亚一切的权利当然是要排斥其他各国的利益。阻扰各国在华的航业，只是这个大企图底下一个局部的行动，一个初步的进展。其他排挤摈斥的行为还要源源而来的。

　　各国在华航业中，以英国首屈一指。敌人排斥之政策亦自以英国受害为最大。惟为维持在华之利益，英商公司闻已决定不因货物之锐减及日方之阻扰，而轻于放弃向有之各航线，且于必要时，决请英舰保护。事实上，近来英军舰实行干涉日方无理阻扰英商船事件已时有所闻。站在他们维持他们自己利益的立场，英国这种倔强的态度，自是没有什么可以非议。然而应该明了这并不是一个单独或局部航业的问题。日本向我们侵略的行为一天不终止，这种排斥外商企图，独占的举动，不但不会终止，且要日扩一日。英国也应该觉悟，空言的，外交上的抗议，是完全没有用。根本解决的办法，显然是用集体的力量打碎日人侵服东亚的野心。否则"军舰保护"等等枝枝节节的做法，都是搔不到痒处。（山）

## 鼓励战时书刊出版

书刊出版是一国文化的命脉，不论平时或战时，不应中辍间断。抗战开展以来，许多优良书刊先后停办，在一般读者不啻失去良友。虽然，于抗战开始时，各地书刊多如雨后春笋，但其中优莠不齐，足餍读者欲望者诚属罕见。

战时书刊出版，困难不一而足。纸张之昂贵，运输寄递之不便，印刷发行之迟慢，在眼前乃是意料的事。然在这些一时莫由解决的困难之下，为便利各地书刊迅速出版起见，我们还希望若干负责审查原稿的机关，在可能范围内予以更大的援助，使出版者免耗许多时间与精力。为适应战时需要起见，检查书刊原稿，他国亦有先例，原则上无可非议。从去年七月间中央颁行审查标准及办法以后，出版界人士对检查原稿制曾有速加撤销的呼吁。第二次国民参政会席上，亦以此项要求纳入一个正式议案中，足见其具有非常重要的意义。不过，我们总以为如果中央对审查标准能作较具体之确定，如果审查人员能克尽厥职，勿使出版者因送审送核而费时劳神，则现行检查原稿制的效用必大，终可迎合战时的需要。

然而，根据各地经验，出版界人士俱有一种共同的感觉，就是若干地方审查机关于检查原稿之时，不免过于小心，太事拘泥，往往对作者善意的批评，妄加恶意的揣测，结果未见其积极的指导，徒见其消极的钳制。当然，各地审查人员中，固不乏明大体，识大义者，决不可一概而论。我们惟愿他们对其侪辈多事规劝，时加解释，使其勿存无端猜疑。作者纵偶有失检的言论，亦当尽量依法予以纠正，切莫援用其他繁复手续，徒增出版上的种种困难。

战时最可贵的读物，莫过于从客观立场发表意见的一类书刊。在论坛上有热心国事的人士，在社会中又有求知若渴的民众。这两种国人之间，书刊便是沟通意见的最主要的媒介。在一般作者方面，大体上都是主张思想自由；而从学术立场上看，思想自由尤是十分重要的。不过今日的中国，正在受暴敌侵略最严重之时，谁还取在政治或主义上再作分化式的争论呢？眼前国内作者，除失败主义者及丧心病狂者外，莫不是在维护国家利益的前提之下，对战时或战后各项问题，藉着出版书刊的途径，各抒己见，各贡所知。平心而论，党政当局对这班作者，实在只可鼓励赞助，而不可阻扰牵制，这是最显明莫过的道理。（贡）

# 演化论与几个当代的问题

潘光旦

严几道先生把赫胥黎的《天演论》翻译成中文以后，中国的文字里算是多了一套新的名词，中国人替子弟或替自己起名字的时候也算是多了一些拣选。天演，物竞天择，适者生存一类的名词，从此不但在新式些的文字里随时可以发见，并且在新人物的名字里可以找到。四十年来，《天演论》对中国思想的贡献，似乎不过尔尔，就是，在胡适之先生所称的"名教"里增添了一部分势力罢了；"物竞天择，适者生存"和"礼义廉耻，国之四维"或"忠孝仁爱，信义和平"等等一样，终于升祔到了名教的两庑里去。

这倒不能专怪中国人不长进。演化论在西洋也有同样的幸运。尽管有赫胥黎一类的人替它发挥，甚至于替它狂吠（赫氏自称为演化论的矮脚狗，好比郑板桥自称为徐青藤门下的走狗一般）；尽管有人把它和当代的社会思想社会问题联系起来，写成不知有多少种的专书，结果，演化论还不过是生物学家的一个家珍，并且，在他也不过是间或拿出来展览一下、把玩一番罢了。

演化思想对实际的社会思想和社会问题没有发生很大的影响，可以说是一种很不幸的现象。目前有许多的思想以至于生活上的问题是由于不了解或误解演化论而发生的。我们一面含糊的承认我们自己——人类与人类的社会文化——是演化的产物，而对于演化所循的若干法则，却始终取不求甚解的态度，或取得一知半解而以为已足；甚或自作聪明的加以曲解；许多问题就从这不求甚解，一知半解，与曲解中来。仅仅演化论的若干名词，借来装点门面，倒还不至于引起什么严重的问题。

演化论有若干基本的原则和概念，我们到现在还没有充分的了解与接受。什么叫演化，尤其是有机演化，恐怕除了生物学者以外，很多人就没有认识清楚。自然演化要是有目的的话，这目的我们叫做位育（以前译作适应或顺应）；这位育的概念又是很多人所不求甚解的。演化的几个重要成因，如变异，如遗传，如选择或淘汰，尽管是我们日常生活的一部分，尽管和我们自身有切肤的关系，又有多少人在追求它们的社会与民族的意义？淘汰二字，久已成为一个口头禅语，但它的最大的用处，往往是在某一个球队把另一个球队打败之后！有机演化的单位或基体是种族，但事实上了解什么叫做种族的人，比高谈种族主义或根据了种族的成见做许多坏事的人，要少得多。个体的发育，从一个比较原始的东西变成一个有许多功能的东西，种族的演变，由少数的种族成为许多的种族，是由于分化与专化的原则；但专化而达于极端，会教个体或种族走上死亡的路径，明白这一点的人也不多。

严先生译的《天演论》一词原是很好的，"天"字固然把演化的范围限于自然一方面，有不合用的地方；但"演"字是不错的。到了后来，不知如何我们偏要拾取日本人的牙慧，通用起"进化论"的名词来。就从这译名里，我们就可以知道我们并没有懂演化的现象。赫胥黎在《天演论》一文的注脚里说得很清楚，演化是无所谓进退的，一定要加以进退的判断的话，也是有进有退的。许多寄生生物就可以说是退化的结果。古往今来，由进而退，由退而亡的物种已经不知有过多少，最近地质调查所在禄丰发见的龙类岂不就是一例？人自以为万物之灵，操一部分造化之权，但零星的退化，已属数见不鲜，而整个的退化以至靡有孑遗也并非不可能之事。早就有人推测过，人类一旦寂灭，继起操生物界霸权的大概是昆虫。最近更有人（霍尔登J.B.S.Haldane）说，也许是老鼠。

西洋社会思想界原有一派进步的学说，以为宇宙间的一切自然会逐渐改良，到一个至善的境界。要是十七八世纪以前的西洋基督教社会是"靠天吃饭"的话，十七八世纪以后的就"靠进步吃饭"了。比较后出的演化论，在不求甚解的西洋人眼光里，也就等于一种进步论，甚至于就是进步论。进步论也很早的就到东方来，在没有方法求甚解的当时的东方人，就更自然的把两种东西混而为一，于是乎就产生了"进化论"。我们如今追溯"进化"这译名的由来，大概是如此。

更有不幸的，一部分西洋人所见与大部分中国人所见的"进化"，又是严格的演化论者所不承认的所谓指向演化或单线直系演化。演化既不一定有进无退，当然谈不上什么可以指认的方向，也就不是一条直线所能代表。古生物学者发现马蹄原有五个，后来经过了几个递减的"阶段"而终于到达所谓"奇蹄"的"现阶段"，于是一小部分的生物学者就以为一般的有机演化就取这个有目的，有规律的方式，于是采用演化学说不久的社会学者与文化学者也一拥而上，以为超有机的社会与文化演化也一定取这种既有意义而又省便的方式。社会演化论者正在不得其门而入或自以为升堂矣而未入于室的时候，得此一块敲门砖，岂有不充分利用之理？于是"时期"论呀，"演程"论呀，"阶段"论呀，"动向"论呀，更变本加厉的发达起来。我说变本加厉，因为社会学说方面，自从孔德以来，早就喜欢讲分期的演进，到此更不免随风而靡罢了。这一股风在今日的中国就吹得很有劲。那些开口阶段闭口动向的，无论矣；就是不用这一类名词的人心目中所见的社会演化，无疑的是进步的，是一条比较直线的，是线上有些分段的记号的；不是一条直线，怎会见得它有方向？段落不分明，又何以见得它在那里动？譬如说家庭罢，他会告诉你这直线与阶段是从大家庭到小家庭，从小家庭到无家庭；讲婚姻，从父母之命媒妁之言的婚姻到完全自主的婚姻，从完全自主的一夫一妻婚制到不拘形式的自由结合与自由离异。事实是不是这样，会不会这样，当然是又一问题。大抵侈言时代潮流与以为潮流不可违拗的人，或歌颂时代的巨轮如何转动如何迈进的人都是这一派"进化论"的善男信女。

这一类对于演化基本概念的误解，当然会引起许多弊病，最大的一个是减少人类自觉的努力。上文说过以前有人靠天吃饭，后来有人靠进步吃饭，如今更有人靠进化吃饭。时代有不同，靠山有不同，而其为有靠山则一，既有靠山，又何须努力？要演化成为进化，在操一部分造化之权的人类，本非完全不可能，但总要人类自觉的自主自动的提目标出来，下功夫进去，才行。假若说，社会演化的过程，开头的步骤这样了，后来的步骤与将来的结果便非那样不可，生产的方式既如此如此于前，一切所谓意识形态便非这般这般于后不可，人类在表面上虽像是生产方式与意识形态的创造者，事实上也只好任它摆布。潮流可以把他击倒，时代的巨轮可以把他压成肉饼，他也唯有逆来顺受。试问，这样一派进化的人生展望和靠天吃饭时代的命运主义，在形式上尽管不同，在精神上有何分别？这种进化观念要再维持下去，迟早会像命运主义一样，教人类努力与努力的意志，由麻痹而瘫痪，由瘫痪而消灭。

位育是演化论里最重要的一个概念，也是中国旧有思想里很重要的一部分。《中庸》上有"天地位焉，万物育焉"的话，注脚里说，安所遂生叫做位育，《易经》的哲学里，最基本的一个概念是位；一部《左传》里有过不少次关于土宜的话。我们以往的错误，也许是过于重视了静的位，而忽略了动的育。如今演化论的思想，一面固然可以和位育的思想联系起来，一面更可以补正以前的错误与不足。

位育是一切有机与超有机物体的企求。位育是两方面的事，环境是一事，物体又是一事，位育就等于二事间的一个协调。世间没有能把环境完全征服的物体，也没有完全迁就环境的物体，所以结果总是一个协调，不过彼此让步的境地有大小罢了。以前把位育叫做适应，毛病就在太过含有物体迁就环境的意思；而根据了适应的概念想来解决问题的人，所见便不健全，所提的解决办法，也就不适当。我们不妨举个例罢。海禁开放以来的中国问题可以说是一大个位育的问题。中国是一个有机与超有机的集体，而其环境是十九世纪以来竞争角逐的国际局势。中国怎样才能和这局势成立协调，因而维持它的国家与民族的身份，再进而得到更丰富的生命；前者是位，而后者便是育了。在努力寻求位育的过程中，许多朋友曾经在文化方面提出过不少的意见，并且还引起了不止一番的论战。有主张全盘西化的，有主张所谓本位论的，也有主张择善节取的，而节取论者之中也有若干不同的见解。假若大家对于位育的概念有一个共通的了解的话，我相信这论战里有一大部分的话是不必说的，或大家只须讨论，而无须乎论战。

西化如何接受，在细节目上尽管有许多疑难之点，在原则上，是应当不成大问题的。第一我们要了解中国所以为物体的特质是些什么；第二要了解世界所以为环境的特质又是一些什么。所谓物体的特质，指中国民族与文化的一切现状与所造成此种现状的生物与史地因缘。在这一点上，本位论者的主张里，有一部分是很对的，他们所忽略的是民族品性的一点。同样的，所谓环境的特质，指的大部分是西洋各民族文化的一切现状与造诣与所以有此现状与造诣的生物与史地因缘。主张西化与努力于西化的人也许对于西化的现状与造诣有很广的认识，但对于西化的生物史地因缘往往未必有充分的了解。明白了物体的特质，才知道什么是土宜，什么是非土宜；明白了环境的特质，才知道如何下手节取；要所节取的合乎土宜，或与土宜不太相违反，才真正可以收位育的效果，否则徒然增添生活的纷扰而已。百年的中国历史，大部分就是这样一个纷扰的历史，切实的位育尚有待于我们的努力。

关于演化的几个成因，如变异，遗传，淘汰，我不预备多说，多说了怕不免琐碎。不过我们不妨举俄国做一个例，以示不了解这几个演化的成因会产生什么不良的影响。苏俄在斯他林派统治之下，是绝对主张思想统一的；主张思想统一而实行思想的统制，就等于不容许变异品性的存在与发展，主张思想统一与实行思想统制到一个绝对的程度，就必然的要发生淘汰的作用；层出不穷的清党运动便是这作用的具体表现了。尼采说过，古来真正的基督教徒只有一个，而这空前绝后的一个不幸被人在十字架上钉死了。论者以为真正能服膺斯他林一派的社会主义的，也只有一个，就是斯他林自己，而清党运动非清剩斯氏一人，决不足与言思想的真正统一；真是慨乎言之！苏俄历届清党的结果，总算把一时的秩序维持住了；但俄国民族前途的品质如何，其产生人才的能力如何，斯氏一旦而死，前途继起何人，其所已成就的建设事业，究能维持如何久远——想到这些问题，我们就不免替他们寒心了。无论一个民族如何健全，其元气如何磅礴，经过清党一类有组织的淘汰作用以后，是不会不吃亏的，不过短见的人在目前还看不见罢了。

苏俄的社会思想系统也是不大承认遗传的原则的；他们很希望后天获得性可以遗传，而上一代环境影响的良好可以表现为下一代遗传品性的良好。十多年前有一位奥国的生物学家用试验的方法证明获得性可以遗传，苏俄闻讯之下，便用重金把他聘去，要他在这一点上做些规模更大而更切于人类生活的试验；不幸这位生物学家最初的试验便是假的，在被人发觉以后，他便从山岩上舍身自杀了，而这惨剧的发生就在莫斯科的聘书寄到不久以后！在差不多的时候，俄国的科学界，在巴夫洛夫的大名之下，发表了一个试验的结果，证明交替反射作用是可以遗传的；这发见正在哄传的时候，巴夫洛夫又突然告诉别人，说全部试验是一个错误。当时究竟是什么一回事，谁都不知道，旁人的推测是：试验与试验结果的发表是政府统制的，错误的承认是巴氏一人的私意。诸如此类曲解演化原则来迁就一种主义的勾当，在近代是数见不鲜的；曲解的人心劳日拙，固然不足惜，但社会思想将因此而更不容易走上正确的路，社会生活将因此而更无清明之望，却总是可以教人扼腕的。

种族的概念的不了解或曲解也曾引起不少的问题。种字可以有两个意义，一是生物分类学的，它的对象是分类的种，它所研究的是种与种之间的品性异同与血缘远近，研究品性异同时也只预备把异同之点指陈出来，并不加以优劣高下的判断。第二个意义是育种学的或民族卫生学的；它的对象是血系或血统；因为其间要行选择，所以在两个不同的血系之间，便不能不作优劣高下的比较，而说，甲的种好，乙的种坏。这两个不同的血系也许属于同一的上文所谓分类的种族，也许属于几个不同的分类的种族所混合而成的人口或民族。这两个意义的分别是很重要的。四五十年来所谓种族武断派的思想与行事，往往可以到一个很乖谬的程度，就是因为不了解这个分别；就是平心静气研究种族问题的人也十九没有把这分别弄清楚。

近年来德国希特勒与纳粹派的排犹政策便建筑在此种错误的种族概念之上，也就是武断派思想的必然的一个产果。日耳曼人和犹太人都不成为分类的种族，任何一方都是许多种族（这里的种已属假借，严格言之，今日的人类只是一种）混合而成，而日耳曼人与犹太人之间，自身又发生过不少的混合作用。不论德、犹二民族自身的混合程度如何，双方一样的有许多不同的血系，而这些血系一样的有优劣高下之分，是无疑的。纳粹党的武断政策便不采取这种看法，一口咬定日耳曼是优等种族，而犹太人是劣等种族，从而对后者加以压迫驱逐。纳粹党把这主客的两类人看做两个种族，是第一个错；在二者之间，作笼统的优劣判断，是第二个错；根据这判断而实行一种武断与抹杀的政策，是第三个错。而这三个错误全都从不了解或曲解了种族的概念而来。从我们第三者看来，犹太人中有很好的血系，是无待多说的，而日耳曼人有很坏的血系，至少在德国同时推行的绝育政策里，我们也已经找到了证据。

分化与专化的道理也是同样的没有被人领会与合理的运用。相当的分化与专化是不可少的，个体的发育与种族的演成都要靠它。西文里的种字与专字同出一源，亦见一派生物非相当的专化不能成一个特种。不过分化与专化都有一个限度，这限度又取两种方式。一是在全部之内，局部虽走上分化与专化的路径，而至少总有很小的另一局部是保留着比较原始甚至于很原始的状态的；就个体论，最显而易见的是精质与体质的分别。分化与专化为的是教生命可以化为高明博厚，而比较原始的状态是所以维持生命的悠久，两者都是少不得的。二是分化与专化的那部分，在分化与专化的时候，也得有一个止境。人的前肢专化而为手臂，手的大拇指专化而能与其它四指相对，从此对生活多了一重把握，这当然是一个进境，但五指的格局始终保持着两栖类以来的原始状态，没有像鸟的变为翅膀，马的变为奇蹄，高飞远走以外，别无用处。鸟与马还算是有幸运的例子。有生以来，因专化趋于极端而亡族灭种的物类便不知有过多少。分化与专化所以成种，亦所以灭种，犹之乎水所以载舟，亦所以覆舟，也未始不是演化论的一个很大的教训。

但这教训我们并没有能接受。这从近来学术与教育的趋势里最可以看出来。学术分门类，是对的，分得太细，太分明，以致彼此不能通问，以致和生活过于不相衔接，不相联络，便有走极端的危险了。英国人文思想者歇雷说，一门学问最大的仇敌，是这门学问的教授，因为他走的路是"牛角尖"的路，越走越不通；可见一门学问过于专化的结果，且与本门学问不利，一般人生的福利可以不必说了。中国以前也有"虽小道必有可观，致远恐泥，君子不为"的说法，"小道"二字是不适当的，但致远恐泥的戒惧心理是对的。我们现在常说敌人越是深入，越不免踏进泥淖里去；要知在中外学术界里，这一类陷入泥淖的人正也不少咧。说到这里，我们就会联想到上文所提的专化限度的第二个说法。

教育要养成专家，在分化专化的原则之下，也是很不错的；但若以为教育只须培植专家，那危险也就非常之大。美国大使詹森的为人，我不很知道。但有一次他在这一点上说过几句很有趣的话，他说，专家是最可以坏事的一种人，在他的本行里说话行事，他是一个十分小心谨慎，步步循规蹈矩的人，但一出他的本行，他就像放了假一般，说话行事可以全不检点。这一番话当然并不适用于一切专家，但确乎适用于很多的专家；其不适用的也许根本并不是十足的专家，而他们所受的教育，于专门而外，确也能兼顾到其他的生活方面。以前讲文质彬彬，然后君子；教育的内容尽管变动，文质兼顾的原则，恐怕还是不能废止的，就个人的教育论，他所以为专家的一部分，可以当于文，而专家以外一切应事接物之道，可以当于质。应事接物之道，往往不因时地的不同而有很大的变迁，所以可以说是比较质朴的一方面，也是比较经常的一方面，也就是上文所说比较原始的一方面。个人教育宜乎文质兼顾，国家民族的文化当然也宜乎如此了。我们目前的十分重视专家，说是一种反动，一种矫枉的举措则可，说是一个完全合乎常理的看法则不可。说到这里，我们就会联想到上文所提专化应有的限度的第一个说法。

有机演化论的原则不止上文所缕述的几条，因不了解演化原则而引起的思想与生活问题，当然更不止上文所拉杂提出的几个。不过演化论的种种精义，就在达尔文《物种起源》一书出版已满八十年的今日，还很有推广与仔细认识的必要，上文的一番讨论我想是够教我们明白的了。美国有几个大学里，演化论是各院系学生必修的一个学程，并且是一年级生入学后就得肄习的一个学程。我想这办法不妨推广，而成为各国大学课程里应有与必有的一部分；只是教学习社会科学的人读一门普通的生物学，像目前国内的大学所已经做到的，是不够的。同时，我还有一个希望，就是生物学家肯留出一部分在实验室里研究的余闲来，对不专学生物学的人，甚至于不做什么特别学问的人，多讲述一些生物与演化的原理，让大家知道生物学与演化论对于文明人类的贡献，并不限于农林，畜牧，医药，卫生，育种优生，一类的应用艺术而止，而是可以深入一切社会生活的腠理的。我们需要许许多多的像赫胥黎一般的矮脚狗，来替演化论叫喊。

# 战后复兴与生产建设

顾谦吉

对于我国抗战及复兴时期的经济和建设问题,本刊已有王赣愚,吴半农,周鲠生,朱炳南诸先生发纾许多伟论了。在抗战的过程中,诚如陈岱孙先生在本刊第一卷第十三期《战时经济建设的几个原则》中所说的,一方面供给前线种种军事上和给养上的需要,另一方面维持后方人民的生活。战后复兴的一切措置,却大大的不同了。不管抗战的期限是如何的长久,这终归于一种临时性的事态。这种极端严重的临时事态,促进了我国生产建设的革命,是当然的事实。我们现在正在开始了解到一切重要工业物品不能自己制造的痛苦,而因为真有经验和学识的技术人才之缺乏,与机械的不能立刻制造或应用,抗战所需要的物力不得不大批的仰给于国外,复兴时期的生产建设,不但在弥补这一类的大缺点,更有奠定国基的永久性。

复兴的初期,一定在一个"百废待举"的状态之下,倘使我们仅求"恢复战前的状态",那才真是一个没有出息的国家和民族。但百废待举并不是立刻办得到的事情,于是政,军,农,工,商各方的整理和复兴,因为每一项的工作者迫切期望,难免不发生剧烈的冲突,战后的经济决不能满足各方的需求。我们一定要避免这种冲突,和由冲突而引起的紊乱。我们对于战后的生产建设,必需"认定目标,通盘筹划",求有条理的有效能的"合作",不要再弄成畸形的错误而"调整"!

无疑的,复兴时期生产建设的目标,是彻底的工业化。自从十九世纪中东西文化在丧权辱国的几次国际战争后逐渐沟通,历来我国有识之士未尝不想到工业化的重要,可惜向来不曾彻底过:不是陷于官方的"督办会办坐办"制度,即陷于商方的"绝对净利"观念。到了近几年来,值得注意的进步,不在乎上海或其他通商大埠的畸形工业发展,而在乎全国经济委员会与资源委员会的政府促进工业化目标的决定,及两广较大范围的工业建设(尤是广西),虽然大部分的事业横遭摧残,而建设途径的合理演进实已走向真正寻求工业建设的轨道。抗战期间最使人满意的,是铁道公路的建筑与电政交通管理,使得我们敢于相信复兴时期的交通现代化的确可以迅速实行的,解决了彻底工业化的先决条件。

工业化该从哪方面着手呢?更无疑的应当从矿产与农产同时并进。矿产的开发和加工,非但有关于国防及整个工业推进的结构,对于农村的肥料等问题俱有极大的关系,这一方面的生产建设国人大部已经了解,将来这一类重工业的进行,关键在于内在各项的合理支配问题,以求平衡的发展。农产工业化的需要,国人了解的程度却远在矿产工业之下了。我国的棉纺工业,在战前就因为机械的陈旧与人事的复杂,不能与日本在华作经济侵略者抗衡。但从另一方面看,近来茶叶和丝业的加工改良,显然有恢复国际贸易上曾经衰落的主要生产品的可能性。由农产工业化以加强我国的经济力量是最重要的一件事,非但因为我国国际贸易的出口物品百分之八十五以上是农村所产生的原料,加工后可以增加价值;非但棉纺,毛纺,造纸制革,制糖,面粉等农产加工可以减少入超;根本的重要性是基于以农立国。从一个农业国家走向工业发展的途径,决不能放松了农产而专事于其他工业的,俄国的建设计划,农业工业化始终是一个重要的项目,可资我们的借镜。而且在抗战期间,事实已经告诉我们,中国最不易动摇的是农村及其产物,抗战中最坚强的潜力在乎农村,那么从这种稳固的基础上建设起来是绝对可靠的。农业生产在自给自足而外,必需由农产工业来发展,庶可提高价格,以鼓励生产的极度增加,而免去"谷贱伤农"等等的危险,达到逐渐繁荣农村的目的。放款到农村去是治标的办法;而农产工业化增加农产品的用途——是治本的工作。

生产建设在以前遭受失败的一个主要原因,在于技术人材与管理人材的缺乏,或者用而不得其当。在国外念了几年书回来的人,不一定就有负起建设工作的理智与才具。无论哪一种事业的成功,必有它的环境和背景,我国交通工作的所以能突飞猛进,是因为几十年来打就的根底;靠着几十年土木工程事业的训练实验,到紧要关头方才能够除去了平时的散漫态度而得着效能。重要的生产建设，却不曾得到这种机会。从"汉冶萍"以至甘肃兰州的制呢局，几乎没有一样不是"昙花一现"的，非但国防工业不过是近几年来的新提倡（大多还是纸上谈兵），即民营的较大工业亦陈腐不堪，不求改善。在这种环境和背景之下，无从得到适当的教育和经验。矿业的技术人才，还能多少了解到同工业发展的联系，而农界人才，根本就很少晓得各种农产工业化的步骤。所以复兴时期的生产建设，倘使要彻底的工业化，第一件事情还在工作人材的适当训练，并且要质与量两方顾到。十年以前的基本科学只好在讲堂骗骗学生，要拿来熏陶真实的生产建设者是不适用的。同时专靠两个特出的人材，或请几个外国顾问（即使有真实本领的顾问）而缺少了能够工作的班底，也是无益于事的。

复兴时期的生产建设，如果能彻底的向工业化走去，那么在中国国内看来，是资源的新运用。这非但影响到我国在国际贸易上的性质及地位，并且牵动到整个国内原料生产的重新分配，人才的重新训练，以至于大量资金的重新筹措。我们可以说，这是政治革命和军事革命以后一种必要的新措置，或者可以叫做生产建设的革命罢，我希望关心中国生产的人们，都来为未雨绸缪的讨论。除了检讨本国生产的现况与抗战过程中的变迁以外，更充分的研究俄国及土耳其的建设方法，以求我国将来的生产建设更为完善。

# 发展昆明市的财政基础

衍 人

抗战以来的昆明,由于政府西迁,国际交通路线之改道以及沿江沿海同胞大批移入种种关系,使这个僻处边远的巨镇,地位日渐增高,市面亦日益繁荣。街道上行人摩肩接踵,铁路公路航空运输装卸的拥塞和车辆的不敷分配,房价暴涨,商务交易繁盛,都足为这个异常繁荣的表示。有房产者坐享以往几倍至几十倍的收益,商人沾了交通不便与物价上涨的光也正在享着较高的利润,几十年来年年赔钱的滇越铁路,到今日抓住这个难得的机会,在特高的运价下也捞了一笔不小的财。不仅如此,昆明的街道比以前阔宽修整了,公用事业整顿了,高楼大厦触眼入目了,市政设施也略有进步,这一切,两年以前,住在昆明的人何尝梦想得到。有人竟说,这一次的民族战争,把昆明的发育提早了几十年。

内地有不少城市县镇,都是随着这次抗战而发荣与滋长,这种荣盛,在有些城市只是一时现象,等到时局平复,仍将跌回原状!但又有些城市这种现象将成长久性质,盖借着交通的增便,此种繁荣状态可以长此延续。昆明市便属于后一类。将来滇缅叙昆两铁路一旦修建成功,缩短欧亚间途程成为中国内地各省出入口的主要动脉,使这个已然是公路交叉点的昆明市,又将成为一个铁路的十字中心,其飞黄腾达自是不待言的。是以这个城市将要成为一个现代化的都市,以适应未来的环境,不仅必需,且也是自然的趋势。

欲发展昆明市为现代化的都市,牵涉的问题至多,时人亦曾有所论列,但如果市财政没有合理的调整,最足为发展之一大障碍,兹试一述究竟。据市当局公布的统计数字,昆明市近年来全市收入连专款收入在内,每年度不过新币五十万元上下，折合国币仅二十余万元，以之比较直隶行政院之上海市每年度收入一千二百万元，南京市一千一百万元，北平市八百万元，固相差过远，即与省辖各市比较起来，仅合广州市收入四百八十分之一，青岛市二百九十分之一，天津市二百五十分之一，汉口市一百七十分之一，杭州市九十分之一，厦门市三十分之一，他各与微具都市形态的威海卫特区比较，犹尚不及其半。（以上均是战前情形）以如此微少的收入，维持一市的行政费用就不够，如何更能担当重任谋市政的发展，以应付未来的局势？

再来一看收入的内容，以二十四年度及二十五年度实收数作例，收入中市府自行收入之款仅合全数百分之四十之四十五，其余尽为省款补助之款，若更除去几种专款不计，省款所占成数更要增到百分之八十。这种现象为任何一市所无。一个行政单位接受上级机关的大量补助，原则上不能说是十分的坏事，无如像昆明市的补助，只是一种无条件的经常行政费用上的补助，对于接受机关并未有丝毫财务监督上的实效，所得者仅是下级机关感受到的束缚与不自由。补助款所占成数绝巨，让人们觉得现在的昆明市府，就财务行政的观点来看，颇像是省政府组织中的一部分（每月按期收到拨款，依照标准指出报销），不像是一个保有独立行政区域具有独立行政权的市政府。纵说昆明市尚是一个未成熟的省辖市，它的自由独立的权限应较少，但它既是有一个独立的行政区域，即应为它维持一个独立可恃的财源。不然者，则市政府的财政权比之各县尤愧不如也。

在市组织法上规定的市政府收入类别分为土地税，房捐，营业税，牌照费，广告税，公产收入，公营业收入，其他依法归特许征收之税捐等八项。这八项收入，土地税昆明未开办！房捐自二十四年七月始创设，收数无多；营业税归省所有，牙当两税亦同，即通常与营业税视同一律的市区牲畜税屠宰税（论性质与营业税并不相同）也列为省款收入；牌照费虽有少许收入，但并非昆明市所有的牌照费尽属市府；广告税未举办；公产收入不多；公营业收入除去一个规模极小而又常常亏赔的自来水厂外，其他的市区官营业也均非市府的权益所在。就以上所见，证明昆明市政府财政权如何受拘束及财源之如何微少。没有固定与可恃的财源，怎能不惟补助款是赖？

治理昆明市财政，可分治标与治本两项，同时并行。治标轻而举易，仅从财源划分上着手；治本是比较艰巨的工作，要注意如何开源，以奠定财政上长久的基础。治标的方法：应即将昆明市区内现由省征收的特种营业税牲畜税屠宰税三项，划为市府收入。另外，在市地价税未实施以前，市区契税，亦应同样办理。这四项收入，营业税年收约一万五千元，牲畜屠宰两税约十万元，契税约五万元，四项合计共约十六万五千元。这个数目相当于二十四年度财教两厅补助市府经费合计之十六万二千余元，与二十五年度补助费之十四万二千余元也相差有限。四项收入划拨以后，以之代替以往习惯上行政费用上的省款经常补助，省市双方两无损益之处。经此一改，非谓省补助费须从此停止，相反的，此后，当市政建设用款不足之时，仍可酌量予以补助，然须指定用途严加监督，并视其异日建设的成绩决定以后补助之继续与否及其应补助的款额。这种取监督方式及建设用途的补助，与以前纯为行政费用上的补助，当有所异，效果自亦不同。如果觉得上述四税仍以由省属征收机关统一办理为宜（征之以往省征收机关的优越成绩我们也想得到统一办理对于收入的益处），无妨暂时仍循旧例办理，以后再慢慢变更统属。

上述治标方法，只不过是财政收支划分之合理的解决以及市财政权的稍为扩大，对于根本的财源缺乏问题仍未有解决办法；是以整理昆市财政，治标治本同时进行，似为必要。

关于财源的开发，以从速举办地价税为最要。翻阅国内各市的收支报告，土地税殆为市收入的主干。在已实行地价税之上海南京两市，每年度地价税收入均在百万元以上，广州市地税收入竟超过二百万元，尤称巨擘，杭州市实行地价税后，收入之数亦可跻全岁入百分之十五，都足见其重要性。按实行地价税，早为既定之国策，但全国幅员广袤，清丈不易一时竟功，所以在大部省份，清丈均以逐期推进为原则，先自各省省会及大都市为清丈之始。一则失去较小推进简易；再则市区地价较高，收入较丰，成效易见。云南省市县举办的先后，与他省略有不同。现在全省各县清丈，除缓办数县以外，业已大致完成，逐期实行耕地税。反观昆明市，则清丈尚迟迟未办。就市财政收入言，是一宗大的损失，就全省土地税捐负担说，亦大有失平之处。

云南各县清丈，始自民国十八年以来，省当局不惜财力，不计困难，依期推进，至今完成大业，为国内其他任何一省所未有，蒙内政部的极力推奖，誉为全国之模范。吾人对于省当局这种固定不移的一贯精神，表示无上欣敬，纵在清丈的方法及技术方面的问题尚有若干可以讨论之余地。由于人力财力的种种限制，粗略的地方当然难免。这种粗略之处，施于耕地，尚因农地值低影响较微。惟将来施于市区测量，则应力求精确，市区内地价高，影响大，初测之后的复测与抽测不可忽视，各县耕地清丈因最初未曾注意于此，致发生舞弊案，牵连甚多。清丈是一般人认作比较最彻底和比较最精确的一种土地整理方法，如果再失于精确，尚何可贵之足言，而巨额经费又何所求偿。此外清丈以后的登记发照等工作，务必使之紧紧衔接，赶速办完，接以适当的地权转移手续，不使疏漏。否则一经宕延，地权转几次手，真象又复混乱了。云南各县有的测毕将近十年而执照尚未完全发竣，这对于土地行政该是多么大的障碍！

昆明市计划清丈，早在十年以前，直至去岁杪方见开班训练内外业务人员积极进行，最近，消息似又沉寂了。

举办地税以外的开源方法尚有多端，其一，可仿效其他若干都市的办法开办宴席捐。这个捐在他处曾经施行有效，在今日厉行节约时更应积极提倡。其次，营业税征收范围应扩充，遵照中央规定一致办理，收入有数倍增益可期。再者，一般与市行政有密切关系的牌照费亦可划归市管。其四，昆明市之人力车捐与牛马车捐征收已历十余年，而独不见汽车捐的征收，亦岂是负担公平之道。车捐在各市收入中恒占主要地位，上海广州两市年收近二百万元，其他各市亦均在二十万至七八十万元之间，汽车捐在其中尤占主要部分。最末，市营业的发展，如管理得法，也足为开源之助。

昆明市的未来发展，是可以期待的。发展昆明市以适应将来的需要，以市财政基础的稳定为基本条件。财政权的重划分与财源的增辟可称为整理昆市财政治标治本方法中当前最亟之务，其他细节不遑枚举。去年六月，省府议决核准昆明市政府发行市债新币百万元，作为发展公用事业之用，此事至今期年，这项公债已否发行以及用于何处，都未续有所闻。借债发展市政终非久远之计，欲求市容的改造重建，必须它自身打起一个牢固的财政基础，光靠举债度日终是无济于事的。

写至此，又联想到昆明的城墙对于市政发展的阻碍。昆明市区的需要扩大，也为未来发展的要件，与财政上自亦不无关系。昆明市人口据最近当局公布为十九万余，虽尚够不上市组织上规定省辖市的资格，但是它确已踏离了农村社会，具有都市组织的雏形，不可再与普通城镇等量齐观。这不及二十万的人口，困囿在方圆二十方里的城区内，出城不数五即入县界。全市面积连郊外各区合计亦仅七十方里，只够上海市面积五十分之一，青岛市北平市四十分之一，威海卫三十六分之一，南京市二十五分之一，广州市十四分之一，杭州市十二分之一，济南市十分之一，汉口市八分之一，长沙市四分之一，天津市三分之一，略大于重庆厦门两市。不仅市区过小，建筑物和设备却还不够。昆明是有发展厚望的城市，将来的人口当仍有逐增之势，这局促的市区应如何设法扩张，以迎合未来需要，也该是市当局应注意之一事。

# 知识界妇女的自白
## ——敬答潘光旦先生

张 敬

两年前,在北平青年会听过潘光旦先生论优生学的讲演,还读过他在《北平晨报》社论上发表的文章:《优生问题与子女教育》,最近又在《今日评论》一卷第十四期见到他的《妇女与儿童》的大作,总括来说,潘先生以他优生学的眼光,为民族健康着想,主张把妇女,受了教育,尤其是受了高等教育,连同在社会上好不容易才挤得一个小角落立足的妇女,统统赶回家去,关在家里,让社会上一切的事业完全归男子一手来经营,这种各尽所能的新解说,是专家的特识,是合时宜的箴言,愚陋如我,本无须出来聒噪,然而管见所及,有不能不说的几句话。

当今女子独身迟婚与节制生育种种反常的现象,的确是民族的一种病状。关心治疗这病痛的国士贤达,应该第一步先审明致病的原因,再查看成病的症候,然后方能下正确的诊断,作对症的治疗。

现在不然,潘先生忽略了病因,一味的斥责女子醉心时髦,囫囵的把错误——是否错误尚待讨论——整个推在妇女的身上,这一点不能不辩。

其次,受过高等教育的妇女,究应何所皈依?家庭?社会?抑两兼之?这一点是要写出来请教的。

先说妇女运动,在诸凡落伍的中国,虽曾数度呼嚣,亦曾数度消沉,几遇梗阻,没有下文,究其原因,并非女子不安于愦愦,不知自拔;并非女子习于倚靠的不知自爱,并非女子病于因循,不知自省,乃自数千年来传统专制的社会,铁链铜缰,困我于囚笼,陷我于坑井,即使才智徒丰,知自拔而不克自拔；情性徒醇，知自爱而不克自爱；心神徒明，知自省而无从自省，所以一切平等解放的要求，那只是一种郁闷不平的呼吁，事实上多年的口号，仅不过把久闭的积习打开一条漏缝，真正凭着才力的女子，有几人能够插足于男人们千年盘踞的地界，安稳牢固，不受欺压排除？这些根深蒂固的潜势力只能说是妇女运动的魔障，怎能因为此路荆棘，硬要把女子全赶回旧道？

妇女们要求在社会上占地位，谋发展，岂是躐等妄求？更非越俎代庖，要想议论受教育以及受了高等教育的女子是否忘却生育本能以图卸弃教养的本责的话，势必先要把我国的社会和家庭的情形全盘简要的探讨一下。

在这个过渡时期中，对于职业，教育，和婚姻各方面的人生问题都有值得我们来讨论的余地，要知道凡是一种现象的发生，必然的有它导因的背景。妇女们所以不能乖乖的蹲在家里，举毕生才智全献在生养教的本责上，这措置小半由于时代的演进和风气的趋使，大半还是教育婚姻家庭的关系。

假使说妇女们不该插足社会事业，那么根本我们的国家当前对于妇女教育的设施，就是南辕北辙的大大错误，为要趋引妇女回家，教育的学科，方法，制度都非改造不可，当轴的教育家很可以把日本的妇女教育的公式拿来照方服用，女人若是仅为生小孩养小孩教小孩而活着，何必深求造诣？何必博学多能？何不本本分分的最多进进家政专科学校，精研烹饪，巧事女工，再能学些音乐美术，足矣足矣。可是事实呢，我国现今的大中学女生，她们所学得的，多半和男生一样，完全是学术上的知识，并非家政技能的训练，她们用了多年的光阴，学成以后，莫非无所应用，无所表现的就归隐了不成？仅仅为造就贤妻良母，国家就应有专施女性的教育，何用在学力上大事培植？学问固然与品行的贤良有关，但是专门的学问差不多完全和德性的熏陶无涉的，甚至因为潜心学问，也许能将天赋的妇女母性通通断丧了。

再说现今若干家庭，始终不能把千年来重男轻女的积习改掉，自幼就深深的给女孩子一种不平的刺激。乡愚娃女，昧昧憃憃，不识所以，安于所遇者不论，其外一般受了教育熏陶的女子，她们的神志委实不能忍受父母生女不生男的怨叹，她们的成见——也许是环境造成的偏见——当然不愿轻试嫁鸡随鸡的枷锁，她们竭力想学一些求生的技能，为的是自谋存活来争争气。

不但此也，她们眼见许多家庭间夫妇龃龉的情形，以及男权高压之可畏，男子二三其德之可伤，怨耦多而佳耦少的种种毫无快乐幸福的保障的现象，使她们直把婚姻视为畏途，为是迟婚或竟独身终老，是谁之过？

至于结婚妇女而又节制生育，那也有她们在环境时势上不得已的原因：第一我们的法律至今还不能把从一而终的贞操平等的公然分派在男女两方的肩上负担，在社会上活动的是男子，虽说旧时代纳妾重婚的惨剧已不甚时新，而此时的改良小调全是袭用那份老蓝本，试看看各种离婚的新戏演得是多热闹？况又刻刻以流亡迁徙在念，拖儿带女，委实难为，为维系夫妇感情的关系，她们是有怕孩子来了分心，和孩子多了照应不周的顾虑，若再有一些想于治家之外再创造一点功名事业的念头，那的确是要实行相当的节育。

退一步说，女子即使都认清她们自己的责任，悄然回返家庭，愿意在家多多产生健全的子女，来挽救民族未来的劫运。但当此社会经济濒于破产的时代，她们的丈夫的收入往往仅足维持夫妇二人的最低生活。子女的数量增加，家庭消费自必超过限度，反而对于每一个子女，在物质与精神上，都不能尽量教养。这是一个不可否认的事实。节育运动在这一种条件之下，自有相当的意义。优生固然重要，优养与优教又何尝不重要呢？

当然，谁不希望自己的民族既健康又优秀的繁殖存在地球上。所谓有机关系脱节的危险不用说是极需及早唤起注意的，可是维系民族健康的枢纽，不能说全在妇女一身，前面已经说过，这和社会家庭教育各方面都是有密切的相因相承的关系。

优生学上遗传的理论，我们不能否认；哲理上性善性恶的推断，我们也不用妄争。可是事实上，环境的习染和教养的实效，确有一种不可忽略移易的影响。一个出身名门，父母俱受过相当好的教养的小孩，假设不幸是在卑污恶劣的圈子里长大，不期然而然的，那清白高尚聪慧的质地，也会深深的蒙上一层黝彩，埋没以至堕落，反过来说，平庸低下出身的儿童，假如不是低能，在机会上若施与良善的教养，种瓜自可得瓜，也能成为社会上一个有用的份子。潘先生所说："根本不值得大加教养或教养不出多大结果"的话，未免过于武断，而且是十分残忍！

总之，属于人类就该尽人的本责；是民族中的一分子必要尽一分子的义务。为整个的国家着想，天生我材必有所用，我们希望有一分力量的人要贡献一分力量，受了教育受了高等教育的妇女，更希望将她们的才力不仅施于一己的家庭，同时还要在社会上各人能有建树一番事业的表现，文学或科学上的及其他方面。尤其当此抗御外侮烽火流离的时节，有多少孤苦无告和若干荒嬉失学的儿童，是如何急切的需要教养？若是从大处着眼，我们怎能固执着人己之见，反对保育会，托儿所，慈幼院一类的工作？要知道这类工作也是扩大民族健康运动中一个重要的机能。

的确，近多年来，妇女们的脚步是倾向于独身迟婚节育的路子，实在说，这种意志和行为，决非时髦，亦非卸责，富于母性的妇女，用不着优生学家的劝导和提倡，她们自自然然的喜欢结婚，切盼生育，更乐于躬自教养，个性所尚，她们决不从事或赞同妇女运动的，母性极强的，甚至平日对书本之类都无兴致，读书不耐等到卒业，就结婚了，在学业的立场来说，是"不成材"，移动了观点，她们就是最不务外忠于本责的妇女。

指斥某一件事实，因果演变岂能抛开不论，我们理想的妇女运动至今还不曾抬头，用不着高呼打倒，再要改头换面卖出狗肉来，更是笑话，何况是为推进整个的民族健康，怎能把妇女应得的解放与发展，一概都抹杀摒弃了？怎能拘泥于"内在的遗传良好"的一项节目，而诋毁社会化的"它养""它教"之不当？此将设若要想把妇女们赶回家里去囚禁着，仅仅为生育教养一己的儿童，那么，请先将时代的轮子折转头来，开回旧路，再把我们国家对妇女的教育设施，家庭积习和社会情势通通从新改革，以期妇女运动如愿的转入所谓正轨，这世界上古老的国家又可以自庆他们，"男子治外女子主内"千年老铺的新张之喜，妇女们顺势肩起机能的大任，坐获机能的荣誉，驯服的听受牧养，在小圈子里恩斯勤斯，咀嚼着那"一子成佛"式的安慰语；——妇女是造就创造文化和产生财富的人的人。

真正要仅此断送一生，妇女们是否可称得已尽了人类的职责？

# 荒 村
## ——新蜀道行

方龄贵

　　脱出了山中朋友的"检查",我们忙匆匆上了路。大家都无话可说,都被当前情形给弄呆了。跑过一段遥远的山路,呼吸已上下不相接。这身体似乎成了另一个人的身体,一切皆与我休戚无干了。几次想把肩上包袱投入山沟水涧中,增加一点跑路的力气,怕那四个持刀拿枪人抄小道追来,空作一次漏网鱼。山弯溪水皆纷纷向后退去,恨不能两翅生风一飞过万重山。回首看时,伙伴们已把脚步放慢了,还有十几个乌鸦样的小子紧跟着他们,手中有石杖铁槌,可随时取人性命。把他们误认为追来的匪徒,忘记劫我们时路旁那些修路人了。

　　心中略微轻松些,透过一口气来。

　　这些工人起初我们颇疑心是匪徒一伙人,那末凶强,那末粗野。到后听他们说话,才知完全是两回事情。

　　"狗日的:简直无法无天了。他们一天已搅了三次。第一次是两个挑担人,第二次是八个军人,那军人中还有团长营长,(却没有枪)一堆人被剥得干干净净,只剩一条短裤走路了,这种天气,不是要命!先生们算是有福气,天保佑,不然衣服早光了。"

　　这一份同情的分量贵重得应拿到天平上去称。我们开始觉出这些人们的粗直可爱。问他们前面好走不好走,说:高头没有事情了。作土匪的都是龙潭人,到西阳界来打起发,捞财喜。

　　那么"龙潭土匪很多么?"

"很多？你看见街上有兵没有？"

兵是有的，且精壮结实，健步如飞，我们从秀山过龙潭。半路随他们获取子弹的队伍同行，半天走六十里路程几乎全是小路。一众交口称赞过如这样军人到前线××人一个对一个必富富有余。

"那些兵全就是匪！在城里时相安无事，出城外，就顺手牵羊！"

"什么？"这话太令人惊讶了，几乎不能想象。这人所说未免过于荒唐了。

正带余惊离开公路同他们一起爬岭翻坡时，从一半山堡垒中喊出来了："什么人？"随即跑出两个彪形大汉子，衣不蔽体，手拿黄锈大刀，气势汹汹的奔我们走来。六人全被惊愕镇住了。这是我们的判官，我们准备吃"板刀面"。

还是那几个工人替我们答话，说是"过路人"，在马槽口被"帮"上的劫了。

似乎并不惊异，问我们为什么已被劫过还保有衣服同包袱。告诉他们始末根由，并说除了两件破行李，荷包中一点路费钱已劫得一文不剩时，又仿佛不在意的说了一些什么，到后用刀尖向去路一指："你们走罢！不要在这里挨。"

又像过了一道虎口。

路上不少人修道开工，发出轰轰炸药声音。那音响触及四外山峰折回时，听得又遥远又凄凉。路上人见我们过来莫不用另一分眼光看我们肩上包袱与身上衣服吃惊。老乡："可是遇见帮没有？"

听说这条路上凡是过路人，没有一人幸免过来的。像我们这样衣服完整的背包人，大概已久见不曾过了。

工人们已到吃饭处，照例说过"客人慢慢走啊"便和我们分手，各奔前程，六个人又寂寞的在公路上了。一转过山角，迎面来了一群拿枪人，心头爬上二个黑影——人有千算，天有一算，这一次可逃不出这面拦路网了。

"站住！"几枝盒子同时向我们逼照过来。

这些人却整齐又文雅些。其中一个五十开外老人，白胡须垂胸前，像是一个头目样子，见我们身穿制服，以为是军校学生，道过歉后，问我们遇没遇见帮。听过我们已被抢劫，老人毫不以为异，且说："马槽口是个鬼门关，插翅难飞，地方上正想办法清剿。又听说一部匪人化装成军人学生，过

××到西阳界来骚扰了,因此当地有枪人都要联合起来作自卫打算。"他告诉我们西阳后仍是寸步难行,如能等后面大队人来同走就好些。至于从这儿到西阳,却"手托银子也不会发生事情"!

天色渐渐黑了,跑西阳尚有四十里路,看情形今天已不能赶到。当前四下又只是一片荒山,人人心里着急。待翻过一个山坡,却意外的发现一座小小房子,一围院落。套以泥墙围成。墙角各有一个炮台,门洞又大又深。我一时竟连想到北方乡村的"响窑"。问过后知有住客栈房,心有底了。

老板娘是一年青爽快人,知道过路投宿人所需是吃是睡,稍稍打了个招呼,便在小楼地板上铺好草荐,烧火做饭去了。

门前山水草木已消失在神秘夜色里,看不分明。不见月亮,只满天星斗眨眼如闪闪银钉。炮台人上大声问答口号,狗不停吠,且闻有震耳老"抬杆"声。

耳目所及一切光景,令我想起另一时另一地方慌乱情形。

……

屋里一盏菜油灯,那光亮幽暗得如墓地青燐。我们面前正坐着老板,他也就是这院中主人。人虽不算青年,两撇胡须,与瘦瘦的轮廓却显得清秀有神。说话时声音又快又响,清脆嘹亮如敲打一面小铜钟。

这人念过学校,作过军人,身走南北十几省地方,到后为了享受一份清静生活,便解甲归田作一个旅馆主人,如今已三四个年头了。

如所有"闯外"人一样,这人不缺一分犀利的口锋。说到昆明天气如何四季暖如春,贵州苗人奇异风情,也说到四川的荒山险水,塞北的荒沙漠野,竟像一个无尽藏的口袋,倒起来就无止无休。

到后就谈到四川的土匪上去了,我们问他:

"老板,龙潭可是有匪?"

像不胜感喟的低声叹一口气:"说来话可是就长了!"

话说若干年前,川东一带有个著名匪头,叫×××,这人手下有三四千人,皆是精练打手,盘据各处一味横行,那时正逢剿共战争,这人帮中央军打走贺龙,得了好多精利武器,且立了一分小小功劳。到后受中央招抚,编为正式军队,他作一名旅长。怎奈绿林出身,只知义气规矩,枪杆是命令,哪晓得官场那些麻烦事情。后来降为一名营长,还不成,于是送他入成都军分校,叫他好生学学各种事情。哪知这人一向惯于穿山越涧,领大队人马守寨攻城，整天立正稍息岂不无聊。不久一时，遂在一种诡密行迹中开了小差，又来到这昔日地方，招集旧部，如《响马传》中英雄，屯粮积草占山为王了。归他指挥的刻下散在各处的又已二三千人。龙潭兵多土匪投降人，在城内相安无事，一出城界就不问了。前些日子专员尚在××地方被土匪围困半日，解围的方式正同汉高祖白登之围情形差不多，事秘难知。据说近来已调有大军清剿。但军队来时他们就逃入荒山穷谷，深居不出，等待剿匪军一走，便像一个气球，按了一下，又复了原。

接着他又说：

"这些日子简直更闹得不成话了。就在今天中午边，离这五十里××嘴地方，还有百多民团和他们起了哄，发生斗争，结果有三个兵士弟兄当场给送了命。这两天颇有风声要来攻打我们这小小山村，为的是我们有几杆三八式枪支，所以现在我们这里就轮流守夜，分班打更。你不来，好；你来了，我们也不惧怕。夜里也许会有事情，不用怕，听见枪声时客人且莫惊惶，只须下这条楼梯往东走，再向北拐，有个小角门，出去就是山坡地，随便找个小坡坡躲躲，就好了。我怕客人们不晓得，有事吃惊，特地来关照一声。……小……"

这末后几句话把空气为严肃封锁了。记起是草莽同深山的世界，这孤零零一座小山如何能抵过那火网。大家都觉得想不到从虎口边脱出，又走到虎口里来。此时此地恐惧已是多余的情感，只能任天委运，安排一切，死了，倒下完事；不死，赶明早还得上路，我们路还远！

老板说："客人不早了，上床睡觉吧！夜里警醒些！"转身走了，留下一片空虚，一刹那静。

吹灯一会儿房中声音虽息了，却可断定大家都没有立刻睡去。夜里可能发生的事，谁保得住不发生？我听见小王的叹息声，说不定他在被窝里抹眼泪的，这人身体虽有一百三十磅分量，却是个小孩子性情。他的包袱被匪劫去了，这里面有衣服和宝贝照片。

"小王！你怎么啦！"我问他。

"没有什么，我那相片夹子也被他们拿去了。那里面有我生活的历史，最伤心的是死去十多年我那个娘的照片，再也看不见了！"我想他该哭了，但他没有哭。

"你怕不怕？"

"为什么可怕?我们不是什么都已经光了吗?剩下这条命还得慢慢靠两条腿搬到后方去!……我舍不得那相片越想越不高兴!"

"小王,我说,睡了吧,别想它了。到了这鬼地方,为什么可说的!"

不知有谁也搭起话来,"虎落平阳被犬欺。"

屋里沉默起来。大家无话可说。

半夜里只听到隔山响了一阵枪,敲了一阵锣,距离我们似乎很远很远,不久就息了。好长一夜!

**本期撰者:**

顾谦吉先生是一位专究森林及畜牧问题的学者,现任职经济部。"衍人"是一位地方财政专家的笔名,他曾对许多省市的财政作过实地的调查。

张敬女士是北平女子大学毕业生,现任职北平图书馆昆明办事处。方龄贵先生是小说作家,作品多发表于香港《大公报》,现肄业西南联合大学。

# 第一卷第二十二期（1939年5月28日）

## 时评

### 全国生产会议收获

全国生产会议于五月七日在渝开会，到代表一百六十多人，提案有三百八十多件，举行了一个星期的会议。关于这次会议，报上已登载的有蒋委员长的训词，孔院长的开会词和闭会词，及该会议的宣言书。至于会议中所通过的议案主要的有什么，对于将来生产的政策和计划有什么具体的决定，我们还没从报纸上得看到。把那训词和宣言书上说发表的意见总括来观察，有些是对于我们一向已认定的方针加以重申，如重工业及国防工业以国营为原则，轻工业以政府奖励民业为原则，一切生产须以国防为中心，经济行政机构需充实，农村经济需救济，合作运动需提倡等等。至于那可以算为从前还没最大注意而现在因为得了经验的教训更感觉其重要的有下列几项：（1）生产技术的改良，（2）技术工人的训练，（3）运输的发展，（4）"区域经济计划"的厘定，以求各区域充分地发展其最适宜的产业。会议宣言书是一篇重要的有价值的讨论中国经济政策问题的文件，对于今后中国农林矿工发展的途径，以及交通，贸易，劳工生产技术等问题都加有讨论。并且贡献了不少有价值的意见。但是有几点我们觉得还需要考虑或加重的。例如兴筑轻便铁道以补救目前交通困难；建筑长距离的轻便铁路是不是一个实际上容易实行的办法，我们从运输工程师所听到的意见不最一致，有的以为建筑轻便铁路还是需要巨量的外来材料和不小的建筑工程，其所需的时间金钱和劳力虽然可以较低于标准铁路的,而其运输能量则非比例地低于标准铁路的运输能量。又关于经济开发所需的巨额资本如何召集,宣言书上说:"集收游资之方法,莫善于合作事业之推广"。这句话的意思我们不大明白,我们以为合作事业是推输资本到农村的一种机关,而不是一种主要的成积资本的机关;普通是有了资本,可以更容易地把合作事业推广。关于外资的招引和利用,宣言书上没有提到。我们以为这是个要紧的问题,要想迅速地大规模地开发中国经济,我们需要招引巨额的外资。使我们感觉失望的是宣言书上对于工业化和机器与机械动力使用的必要没有特别加重提出,对于家庭手工业尚怀着通常的留恋和期望,对于机械生产,还在徘徊忧虑其会引起失业的影响。这宣言书的见解谨慎的成分较大,而夸大的成分较少。(佶)

# 日元在沪跌价

上海来讯,近日日币在沪日趋暴落,兑换店中,日币一元仅换来法币九角八分三厘。此事已引起日方的严重注意。日大藏省驻沪事务官本月廿日回国商谈此后采用何种方法,以挽救此局面。日兴亚院华中联络部驻沪财政办事专员与日本银行驻沪办事处刻正力求合作实施种种挽救办法。

日币在沪价值下跌已有相当长久的时期。近来的暴跌不过充分暴露日币基本的弱点,证明敌国国内法定汇价不能代表日元真正的价值。过去日元在沪继续下跌一个大原因就是日伪在华北的金融政策。为想拼斥在华北的法币以遂其控制金融的目的,日伪在华北成立所谓伪联合准备银行,发行钞票。为包括华北经济于日元金融集团之内,伪联合准备银行的钞票与日金构成法定联系——一元联合国钞票等于日金一元。在伪银行新组成时,华币尚维持其十四便士之汇价,故为方便起见,伪钞一元亦等于一元法币。然自中国统制外汇后,上海之华币暗盘跌至法定汇价之下。因之当时日币在沪与华币的比价亦加涨——一日元约值法币一元五六角。于是便产生投机情形。投机者可以在华北以法币,以平价或者官价,(正月以前华北法币之官价为伪币百分之九十)购买伪币,以伪币购买日币,运日币到上海,再以之换回法币。如此数转折便可获巨利。如此日币继续流沪,价值因之继续下跌。这是三四个月以前的情形。在近四个月内,华北敌人对于此种投机私运情形的监视阻止是否有十分的效验,可惜华北来的金融情报不详确,我们不能骤下判断。

如果这种投机的情形还是或明或暗的继续,那么近二月来伪币狂跌的情形,当然更加强投机者利益,而日币更当奔赴上海,其在沪之价值当然更是狂跌。我们猜想这一个因素还是有考虑的余地。如是这个猜想尚不错,那只算是敌人弄巧成拙,自食其报。

日币最近在沪的暴跌还有一个可能的因素。日来日元贬价的传说,甚嚣尘上。这也许可以加强日币值在沪下跌的趋势。不过这个理由是否有根据,要待此后事实的证明。至于沪电所传日元跌价系因日本国内购买外汇限制极严,日本商人遂纷纷来沪购买外汇,巨额日元流至上海所致,我们猜想实情恐怕不如是简单。因为沪汇也是外汇。若敌人国内外汇限制甚严,则沪汇不能独居例外。这个漏洞太为明显,且亦易于阻塞,除非所谓流入上海之日元为非法的私运,那么又不是日汇的问题,而是日钞的问题了。(岱)

## 英土谈判与苏土协定

最近欧洲形势,以土耳其为中心,有两项值得注目的事件:一是仍在继续进行中的英土谈判,一是据传业已订立的苏土互助协定。当此英苏二国企图接近之际,土耳其以其地位之特殊,不失为一得力的媒介。

英土二国在地中海区域所处的地位,无时不受侵略国威胁,此时固亟须企求合作;然就巴尔干安全而论,亦不无共同协力防御侵略之必要。据日来消息,该二国政府意见颇趋一致,似不久将签订长期协定,保证彼此于必要时期之互助。欧战结束之后,英国是土人的最大仇敌,竟当侵略国主脑看待。在希土战争中,英国操纵其间,于一般土人尤难忘怀。英土重修旧好,为时不久;近几年来两国往返颇密,旧恨渐除,其友谊之加强,可于这次谈判中见之。至于法土二国有否接近的可能,外间纷纷揣测,莫衷一是。如果证明有其事,则英法之间从此似可扫除屡因土国问题所招致的积怨。这未始不是有利于世界和平的新变化。

苏土秘密订立互助协定之说,频传于英苏谈判开始之后。其重大意义亦不容忽视。一九二一年,苏联宣言放弃对土侵略野心,是世仇转为新交的起点。土国在复兴建设中,得苏联物质上及技术上之援助,不可谓不多。在苏联方面,欲从黑海求出口,亦非拉拢土国不为功。一九三六年七月在蒙特洛尔所签订的《海峡协定》中,苏联争得军舰自由出入的权利,但在享受上亦须视苏土二国友谊之能否持续。不过,这次二国如已订立互助协定,则除彼此得到实惠外,还会促成近东安全的新局势,进而阻遏德意侵略的发展。

土耳其在建国过程中,维护和平是外交精神。为达此项目的,以往保持中立,努力建设,尚称上策。但到了最近,世界风云紧急,巴尔干及地中海东部的安全,殆已发生问题,而消极的"睦邻"政策不能继续给予保证了。土国为己为人计,只有积极赞助组织反侵略阵线,逐渐求集体安全的实现。土国跨处欧亚,将来或者由其居间联络,推广反侵略阵线于亚陆,如此则世界受益更大。愿土国政府其善图之。(贡)

# 财政与政权

王赣愚

近来我们又隐约听到一种似是而非的议论，就是以为民治是欧西资本主义的产物，它的形成过程，便是资本主义的形成过程，所以民治在中国没有社会的背景，没有物质的条件，再度尝试必定再度惨败。以民治与资本主义相联而论，证诸各国政治实况，不无相当根据。但倘以诟病资本主义之故，而主张我国放弃或避免民治，则难免因噎废食之讥了。

近代欧西民治开端，要算是在工业革命之后。新兴工商业崛起，都市地位增高，资产阶级一跃而取得政治上的优势。原来财权安定是产业发达的先决条件，为完成这项条件起见，资产阶级不得不要求政权，过问政治。在他们的心目中，政权是手段，财权是目的；政权得到之后，便能藉法律，藉政策以护持财产。虽然他们无暇兼顾政治，但事实上却不难仗着自己的财力，嗾使政党，操纵议会。这是民治国家中最显明的一种现象。

财权与政权的结缘，是现今资本主义社会的一个表征。资本主义以其能左右政治，才得贯彻其精神，发挥其作用。无论人们把资本主义看成善或恶，它显然是建筑在私有财产上面的。私有财产愈发达，社会上竞争愈尖锐，以致强者侵占多而愈富，弱者损失巨而日贫。在旧日身份或阶级是社会上"特权"的标准，至今日财富则成了政权的阶梯。有财者治人，无财者治于人，谁主谁奴几已注定了。在财权不均的社会中，政府的一切措施总是以维护资产阶级为前提；所谓法律，充满着他们的成见，表彰他们的特色。在财产关系没有变更之前，真正民治的精神始终莫由发扬，而政府亦不能遵照国家目的来行使其政权。

依共产主义者的解释，资本主义的民治就是资产阶级的独裁；无产主义的民治是无产阶级的独裁；因前者是有利于极少数人的民治，而后者是有利于大多数人的民治。我们纵然非马克思主义的信徒，但亦不能否认在各政治实况之下，这种说法却含有部分的真理。须知民治是以平等自由为基础，法律上的平等自由是不够，还需要经济上的平等自由。共产主义者似乎是首先觉悟促进民治，非从经济方面着手不可。这一点我们应该特别注意，以资借鉴。

在贫富悬隔的社会里，侈谈法律上的平等自由，结果保护富者有余，而保护贫者则不足。近代国家仍须依法保障的个人权利，首推财产权。任何人取得财产，概受法律同等保护，不因阶级差别而异其施，亦不因地位尊卑而有轩轾。然我们仔细观察，便知所谓法律上的平等自由，往往成为民治精神的致命伤，社会扰乱的根苗。在私产制度之下，让赤贫与巨富互相竞争，而前者没有不受排挤而趋窘境；让劳动群众与资本家缔结契约，而后者又没有不占上风。私产之有无和多寡，足以解决一般人在经济上的幸与不幸。财产的攘夺愈剧烈，贫富的不均愈显明，社会中人无论为生产，为消费，营何业，任何职，处处都感强凌弱之苦。

在欧西各国，我们固不否认民治是资本主义的偶然产物，但不能承认它是与资本主义绝对不分的一种政制。人们惯说十九世纪是民治的黄金时代，因为当时就是资本主义的黄金时代；现在是民治没落的时代，也因为现在就是资本主义没落的时代。其实，资本主义只是客观的经济制度，本无先天的利弊；而民治的最大障碍是财权的过分膨胀，而不是私产制度的存在。坦率地说，在当今各国社会组织之下，去根本摇动私产制度却非上策，除非有产阶级自愿抛弃已得权益外，终久会酿成暴力的社会革命。贫富互相轧轹，势必两败俱伤，则国家不幸已极！民治须以生活安全为前提，这种安全现行资本主义已不能继续供给，但亦绝非援用阶级斗争所能得到的。财产是个人生活安全的条件，小之可以避免私人权势的压迫，大之可以巩固社会合作的基础。无产者往往因为本身生活不安全，从事政治的冒险，非走极右，便走极左，对于现状总是不满的。苏联独裁政治初起，固是以无产阶级为支柱，而意德党治的持续，又何尝不恃赖成千累万无产者的拥护呢？近今民治的萎靡不振，归根要归因于各国无产阶级的人数增多和生活不定。人无恒产，铤而走险，以谋倾覆现状，是必然的趋向。国家与其镇压于后，毋宁防患于先。亚里士多德认定贫是乱源，欲求政治稳定，要以增加中产阶级为要着。我国古代政治思想家也早就看到恒产的重要性。孟子说过："无恒产而无恒心者，惟士为能，若民则无恒产，因无恒心，苟无恒心，于辟邪侈，无不为己。"如荀子，管子及商鞅等主张，与孟子颇多出入，大抵都抱先富后教之说。

原来私有财产是为社会全体而设的制度，决不是为一阶级或少数人而设的制度。但许多人竟认私产制度系为资本者而设，所以要想为劳动阶级的利益，而主张根本废除，这是何等重大的谬解。私产制度既是一种社会制度，它的存废当然应视其对社会全体之效用如何而定。以往个人图谋财富以自给，今则图谋财富以制人；以往有财得充其经济欲望，今则有财又可饕其政治欲望；以往所谓财富类多指出自劳动所得的有形物，今日所谓财富则类多指出自资本所得的无形物；以往谈财产每以其客观性质为标准，今则每以其对人关系为标准。财产形态改变了，政权公诸大众，殊为不可能。近代经济学上所谓"经纪人"，政治学上又所谓"政治人"，假定前者以求财富为主要活动，后者以求政权为主要活动。但我们仔细一想，这两种拟制是完全出于抽象，而与实际生活不相应。一国以内，财权与政权既合并为一，其所行的政治不过民治其形式，专制其精神而已。政治平等与经济平等，本应相辅而行，二者不容须臾分离。侈言前者，而忽略后者则距离真正民治甚远。

我们从民元以后观察，我国民治的不成功，其中原因甚多，财权的无限膨胀不在内，因为我们还谈不上欧西资本主义；贫富的过分不均也不在内，因为全国以内只有大贫小贫之别。贫即乱之源，乱的结果，使民治莫由循常轨以发展。二三年来，国家既号称共和，人民当然居于最要的地位；殊不知所谓民国主人翁也者，其中十之八九都是在死亡线上辗转，不但无知无识，甚且至于无衣无食的。自己求温饱不可得，更说不上表示意思参与政治了。这种矛盾现象一天不消除，政治终久不会上轨道，国家的基础也是不会稳固的。

自入民国后，政治制度未必都坏，只欠缺运用制度的人。忽然让忍饥挨寒的群众起来管理国事，是难如登天的事。中国大多数人，因为工商业不发达，出路壅塞，沦为赤贫。虽然其余少数人生活比较优裕，但亦是非常不安稳的。这少数人不是工商业巨子，而是军阀，政客，官僚，买办之流。他们几乎与生产事业隔离，根本配不上做资产阶级。在欧西各国，资产阶级为保持其财产，必须争求政权；为发展繁荣起见，又不得不过问国事。其目的私中有公，其手段力求公开，其结果亦无碍大局。反过来看，中国的极少数有产者，在政界上只要攘夺政权直接以发财，"国家利益"或"社会幸福"的观念，始终不在思虑之列。他们几乎个个是"财奴"而不是"财主"，"为己"而不是为"为公"。所谓"资产阶级"的势力恶化了，民治便失掉了一个推动力。此外还有极少数的知识阶级，因为长于咬文嚼字，在政治上也成了主要活动份子。他们自来也是往往勾结军阀，依附外敌，站在政治常轨以外，演出争权夺利的把戏。

一国知识阶级，其言论举止本有左右社会的趋向；在促进民治的时候，尤应负起领导民众的伟大使命。民初国内政党大半是知识阶级的大本营，他们背后并无工商业主做后盾，巨大党费全无着落，甚至自身生活亦毫无保障，完全不似欧西党员议员有资本家为台柱，仗其财力作政治的活动。知识阶级在经济上既是弱智，而在政治上当然没有独立地位和自由。证诸事实，他们只有追逐军阀，官僚，外人之后，攘夺政权以谋生，纵横捭阖，此迎彼拒，卒令芸芸众生莫知所从。

我国社会向来没有资产阶级为重心，政治所以无法从早上轨道，这或者是事实。但我们今后图谋民治实现，却未必要走上欧西各国资本主义的旧路，而促成财权与政权迭互为缘的局势。中国的大病是普遍的贫穷，而普遍的贫穷显然是由工商业落后所致。发展工商业，不问采用资本主义或社会主义的方式，其功效不外是增进一般人的富力，使生活比较安全，而有余力完成其独立公民的义务。实行民治者首要人民有政治能力和兴趣。要培养政治能力和兴趣，为政者又不得不转移目光到大众生活上去。人民有养，然后有教，两者具备，自然能辨别是非，能热心公益，没有不乐于过问政治的。财权普遍化的社会，是最健全的社会。政权的更替不至为少数有产者操纵，以行寡头政治之实。

向民治大路上去，我们在经济建设过程中，不论采用何种生产方式，对于财产的传统观念，应该根本加以变更；对于财权分配问题，又当逐渐求一适当解决。

现代一般国家，虽处处干涉财权，然莫不以此为例外。财权的传统观念，所以亘久未变，并非无因。扼要的说，各国政府自来就是资产阶级的堡，财权的运用都是受法律的威力所保护，若社会上贫富轧轹而生暴力冲突，则政府只有假维持社会秩序的美名，甘心为富者所奴使，抱着厚此薄彼的态度，绝不肯保持其应有的中立地位。大众生活日趋穷蹙，对政府怀怨加深，不平则鸣，铤而走险，终必酿流血成革命。在这种情势之下，任何政府，倘徒用淫威来慴服大家，而不从速图谋生存欲望的普遍满足，其精神，其施政都是与国家目的背道而驰。

  依我所见，国家调节财权，不应以绝对平等为标准的，却应以社会正义为准值。财权的绝对平等，是共产主义者的呼吁，以"各尽所能，各取所需"为经济生活的最高原则。这种主张，立论似乎过于简单，且与事实不相应。在现今世界上，人类欲望无穷，货物数量有限。硬要"各尽其能"，则其所尽者未必是充分之能；硬要"各取所需"，则其取者恐又是过量之需。由是争夺的现象又将发生了。人有勤惰智愚之别，而生财富的不均，若非太甚，倒是促进社会进步的一种动力。须知财产半为个人努力的效果，半为社会造成的权利，因此所有者在行使上不能漫无限制。以自己劳力得来的财产，徒供自己的享用，于情于理，均属正当。反之，以远超需要限度以上的财产，为垄断政权的手段，便成民治难行的症结。财产的分配，不宜强求绝对平等。国家对个人尽职所得和生存所需的适度财产，应加特别保障，老实说来，财产离开伦理的基础，便要失掉存在的根据了。

  在推行民治的过程中，我们不宜偏重政治自由，而忽略了经济平等。这里所谓经济平等，系指相对的平等，而不指绝对的平等而言。适当限度的财产，是个人合理要求。满足了这个要求，而后在社会上才能保持独立自主的地位。巨富因恃财多而专横，赤贫因无所依而浮荡，二者短见狭量，直如五十步与百步之比。所以我以为真正民治应该是以"中产阶级"为骨干的政治。一国以内"中产阶级"的份子增加了，无形中便增加了社会安全的因素。要这样做去，未必须废止现行私产制度，致引起无谓纠纷。据我们看来，最稳当的途径莫如让政府运用调节财产的权力，以消弭富贫过分不均的危险。在所有权与正当使用分离的时候，国家干涉更不容丝毫放松的。诚然，我国现在无谓贫富的不均，只是在普遍贫穷之中，强为大贫与小贫之别。表面上似乎问题症结在生产，而不在分配。然生产与分配，似可分而实不可分；不着重分配的生产，终久会生乖离不平之势。财权分配转向均衡，社会生活便趋于安定；只有社会生活趋于安定，民治赖以发达。这并非迂阔之谈，而是不可颠扑的道理。

# 民治与吏治制度

毅 真

想建设一个现代国家,在政治方面的要素是很不少,而其中至少要建设起两种健全的制度:一种是要能随时表示全国人民一致的团体意志;一种是要能忠实负责地来执行这团体意志。前者可说是民治;而后者可说是吏治。这两种制度,有时虽是单独存在,然而却要他们能够密切联系,相互扶助;若是缺少了一种,就很难成为一个现代国家的。

在我们中国,提倡民治已经有四五十年的历史了,不过却还没有树立起制度来。至于讲究吏治,说来可算是我们的国故了;可是不幸得很,吏治情形还是紊乱非常,漫无定制。固然我们知道,一种制度的确立是要经过不断的努力奋斗,要经过相当时期的累积作用。我们看一看欧美民主制度的稳定是经过那么长期的奋斗,而吏治制度的确立也是经过数十年的努力;我们要建设一个现代国家,也决不能存一蹴而成的奢望。近来国内人士要求"政治制度化"的呼吁和国民参政会第三次大会中确立民主法治制度的提案,正可以表示出社会上对于建设现代国家的努力。

可是我们却也不能漠视近来政府对于这方面的注意。在国民党的党义和党纲里都充分地表示着民主制度是建国的标的,并且很慎重地规定着实施宪政的步骤和方法。鉴于辛亥革命后立即实施民主制度的失败,因此坚决地主张要经过相当时期的训政工作,来训练全国人民有运用民主制度的能力。鉴于建国的基础要巩固,因此严格地规定着实施宪政要从地方自治——县自治做起。现在训政工作已经有了近十年的历史,在各方面却也有不少的进步,不过对于民主制度的树立,看来尚似渺不可期。因此更引起一般人士的热烈讨论和贡献不少有价值的建议。

有人主张地方自治应当从城市开始推行，等到城市方面已办有相当成效后，再向外推广。这个建议却很值得我们的注意的。本来培植一种新制度，总要选择一个相当有利的环境，才比较容易发荣滋长。城市的人口繁稠，社会生活的密切，文化水准也较高，可办的地方自治事物也较多，并且经费来源也较富，技术人才也易求——这种种大体可以说是推行地方自治的有利条件。不过要想从城市自治所得的经验而推广到乡村去，却又不能忽视乡村方面的环境了，否则为橘为枳，是很可考虑的。因此有人主张在市区内应当包括些乡村区域，一方面做推行乡村自治的实验，他方面还可做将来城市繁荣起来扩张区域的余地。这个修正当然比较原议完善得多。在这实验乡区里，能够得到市区的协助和指导，当然进行要容易些；而将来推广到其他乡村去的时候，也不致对于乡村问题太隔膜。

然而有人以为过去曾有许多实验县和村自治的尝试，结果都证明失败；因此对于由地方自治开始宪政的步骤和方法也以为是错误的。固然我们知道，历史上实现宪政的方式却不少，而地方自治和宪政并不都有密切的先后因果关系。可是过去实验县等的失败，却不是推行民治的失败，而是推行新政的失败。这个失败所昭示给我们的经验，归根结底还是民治和吏制的两个缺憾。

我们大家都承认，民主制度的确立，是需要社会的力量来推动，来制裁。我们也都知道，政治的力量却是社会力量中最有组织最有强制力的一种。用政治力量来建设起一种新制度，比其他社会力量有效得多。训政时期最重要的工作是如何培养民主力量，由这民主力量来改造我国生产文化落后的经济社会环境，来奠定现代国家的基础。不幸过去这几年却漠视了这工作，大部份国民的政治认识还依旧很模糊；对于建设一个现代国家的任务，大都没有感到兴趣，依旧抱着"莫谈国事"的态度。在民主国家里，社会力量比较容易组成政治力量，比较容易表示全国人民的意志；而法律的制裁，得到社会力量做后盾，也比较容易执行。抗战以来，政治方面似乎有了新的转变，如国民参政会和各地方民意机关的设立，都表示出政府和社会上对于推行民治的努力。固然从他们的组织或职权上来衡量，距离民主制度还很遥远。不过在现环境中能够正当地行使起来，不但可以沟通人民与政府间的意志，也能训练人民初步运用民主制度的能力，增加国民的政治认识。只要我们有走向民治大道的决心，改善加强这种民意机关确是我们应当继续努力的。

关于吏治制度的建立，也早已促起国人的注意和努力了。只要稍微留心实际政治的人或有些政治经验的人，也都认识官吏在政治中所占的重要地位。本来"为政在得人"，和"人尽其才"，是我国历史上用人行政的原则。一个有野心的君相或是开明的帝王，也都"求贤若渴"，或是"千金市骏骨"的。不过我国历来讲究吏治的基本精神，说得好些是"与我共治天下"；若是说得露骨些，就是"天下英雄尽入我彀中"。可是历来讲究吏治，虽然有时具些考选，铨叙，监察等规模，却没有树立起完善的制度来。

近来有人见到欧美方面已经建设起较完善的吏治制度，也曾介绍到我国，正努力地提倡着。又由于客卿所主持的邮政，海关等有了比较稳定的吏治制度，得到一般人的信仰，想努力地建设起同样完善的吏治制度，不过所介绍的似乎还偏于技术原则方面，而国内人士也大都认为这不过是行政技术问题，而似乎忽略了欧美民主国家吏治制度的基本精神。我们固然承认一个完善的吏治制度是有它的原则，如才能称职，无弊久任，薪职公平，奖惩严明，升黜有序等等，再由这种原则生出关于职位薪俸考铨任用，考绩奖惩，迁调升黜，训练进修，退休养金等等科学化的技术问题。可是我们知道任何制度都有其技术问题，而重要的还在乎制度的基本精神。一个健全的吏治制度，其基本精神却是官吏是对国民负责的，由这责任心而生出对公共事务的服务精神。

在民主制度的国家里，吏治制度中的事务官对于政务的执行，都是直接间接向人民或民意机关选出的政务官负责的。当官吏执行政务的时候，尤其是和人民发生直接关系的官吏，都是抱着对公共事务服务的态度。凡能便利于人民的地方，总设法予以便利，却不因任期的稳定，报酬的多分而丧失了责任心和服务精神。由于这种责任心和服务精神，每个官吏才能发挥其智力，运用其职权以求有益于社会，才不致于彼此推诿或漠视人民的便利。

从前中山先生训练革命军人和党员的时候，曾经屡次讲过"不要想作官发财而要立志做大事"的话。这是针对着旧社会中官吏的不负责任和漠视民疾的恶习惯而发的，却不是说做了官吏后就不能做事的意思。我们看到他特别注重官吏的才能，和将考试列为政府治权之一，考试院为选拔人才的总机关，就可以知道是怎样地重视吏治制度了。很不幸的，现在我国吏治制度还未曾建立起。固然现在政府重视人才已经逐渐普遍，不过考试权却反而没有行使，现在还有许多旧社会的恶习惯在作祟着，在阻碍着完善的吏治制度的树立，影响着一切行政的实施，对于目前抗战更是莫大的恶魔。

  我们现在不仅是要争取抗战的最后胜利，不仅是要获得民族的自由和独立。我们同时要努力建设起民主制度和吏治制度来，奠定建国的政治基础，走向现代国家的大路上去。

# 论促进地方自治应自城市始

吕学海

最近张佛泉先生提出促进地方自治应自城市始的主张，他说：

"我以为促进自治，大体说来，应该自城市始，虽然我也承认有些例外。这话说来很长，不过'剪断截说'，可以这样讲：民治在中国是个新东西，而几乎所有的新东西都是始自城市行的，而自治这样繁复的新生活自然也没有理由希望从乡下人开其端倪。由新市民渐渐求出自治的方法来，作出好成绩来，然后可以希望向外推广。这个推广的程序不见得一定迟缓，只要上了一定轨道，便可以与时日的增长一直推广下去。"（《论政治之制度化》《今日评论》一卷十九期）

张先生这个主张是我们赞成的。近代的地方自治在西洋实施则有所成功，而在中国办理却不免失败，这问题的症结显然不在制度的本身，而在促进的途径。三十年来乃至近几年来我们所颁布的地方自治法规，所推行的地方自治活动，和所实验的所谓县自治，都是偏重于乡村地方目的，都是注重从乡村地方做起的，结果都证明失败。这亦即是证明促进自治自乡村始之非计。一切政治文化，都是适应时代环境的要求的产物或创造品。我们以往促进地方自治的途径既是不适时境，强行自然没有好结果，所以今后自治的出路，有赖于另寻途径另找办法了。张先生的主张，便是其中一个重要的新途径，新办法，和新方向，那是很值得我们考虑的。于此，我们愿提出关于赞成这个主张——促进地方自治应自城市始——的几点理由。

第一，从地方自治的性质来看，近代的地方自治，其应有的涵义，是地方人民在追求公善的目的之下，共同努力，运用民权的方法，来合理地和效率地管理地方事情的意思。所以地方自治是一种很进步的新生活，很理想的政治活动。有些人以为地方自治的完成，是实施宪政的起点，是民主政治的基础，这是把事情颠倒看错了。其实强健的地方自治，是宪政所要达到的一个最高阶段，是民主政治所要发展到的一个目的。所以地方自治只能在文化较高的地方开始实行，因为文化较高的地方便是实施宪政施行民主政治较有基础较有准备的地方。无论何国其国内文化水准较高的地方都是在城市，而非在乡村，中国的情形也不能例外。且看，我们的城市且称作"国"，我们的乡村却叫做"鄙"，我们的乡下人曾屡叹着"不到京城终贱骨"的句子，我们的城市人却从没有发出"不到乡村终贱骨"的感想；这即表明城乡二者文化高低之不同。我们以往促进的地方自治失败的主因，就是拿没有实行自治的文化基础的地方——乡村——来实行自治，亦就是叫没有实行自治的准备的人——乡下人——来实行自治。这个失败是意料中的事。反之，城市是文化水准较高的地方，城市人是知识水准较高的人，对于实行自治是较有准备的。这就是促进自治应自城市始的一个理由。

　　第二，从文化的发展上来看，近代文化的创造和发展，她的本家和重心，几乎没有离开过城市的。例如民主政治，工业文明，和科学等，这都是近代文化的基本特征，有哪一样不是城市的产物呢？法国所有的革命，都是起自城市，而特别是法国最大的城市——巴黎。法国的革命是这样，别家的革命也是这样。英、瑞诸国，是近代民主政治的典型国家，其民治的发展也何尝不是城市相依为命呢？因为这近代的民主政治，乃工业革命后的产物，而工业革命的策源地又是城市。而且工业革命的发生，是由于机械的发明，机器的发明，又不外是科学发达的表征；科学的发达又是依赖于城市，而非依赖乡村。在中国的情形亦没有两样，我们的民族革命，我们的新文化运动，都是起自城市的，特别是我们最大的城市如广州，如北平等，而绝不会起自我们的定县，邹平的。这是有她的客观的条件存在的。近代文化既是城市的产物，而地方自治又是近代文化的一环，所以她只能在城市开其端倪，亦只有城市是最宜于首创自治风气。这又是促进自治应自城市始的一个理由。

　　第三，从城市的地位来看，近代的城市，是工业革命后的产物。工业革命的结果，使农业靠工业，乡村靠城市，乡下人靠城里人。故城市在一国中的地位，城市和乡村的关系，城市总占优势，总占着主动的地位。反之，乡村总占劣势，总占着被动的地位。这不但在经济方面是这样，在政治文化各方面也是这样。有些人说，乡村是城市的基础，乡村的问题不解决，则城市建设便无从着手。这又是把事情看错了。事实上，近代的城市是乡村的重心或心脏，只要城市有办法，有生命，有前途，则乡村的建设和繁荣的基础均建筑在她的城市上头。这种情形在西洋的国家是这样，在中国也是这样。只因我们工业化的程度还是浅薄的，以致这种情形的表现，没有在高度工业化的国家里那样显明。城市的地位既是可以影响到全国乡村的制度文物，我们要想有效地迅速地促进自治，自然要先从城市做起，先树风气，以资师范，而便于向外推广了。这又是促进自治应自城市始的一个理由。

此外，城市以地势的优越，人口的集中，工商业和教育事业各方面的发达，和整个文化水准之较高和文化内容之较复杂，人力财力自较充分，市民的团体观念和机动性亦当较强，对于新事物的接纳亦较容易。这些条件，对于施行自治都是有利的。反之，我们以往办理自治的毫无成绩，论者常常归于乡村人力财力的缺乏，乡民对于团体观念的薄弱，惰性和保守性的太大。以致自治的进行，反要靠着城市方面的各种协助。实际的情形既是这样，那末，我们促进自治为什么不自城市始呢？同时，从另一方面看去，城市既是这样的"得天独厚"，而城市人提倡自治又是那么热烈，他们亦理应把自治的方案先在市区实验成功，然后好向乡区推广了。己立然后可以立人，己达然后可以达人。假如我们自己还没有资格自治，而却希望乡下人先来自治，那岂不是自欺欺人吗？我们聪明的城市人，有时提出的主张太不负责了，有时说话得太多而做事太少了。我们的知识阶级，整天嚷着什么"组织民众"什么"动员乡村"，但是试问我们自己已经组织起来没有呢？我们的城市已经动员起来没有呢？我们今日所需要的是"实事求是"的政治，已不是瞎吹的浮面的政治了。我们赞成促进地方自治这种新政，应该自城市开始，除上述各项理由外，这也可说是一个理由。

# 战时西南衣料问题

陈建棠

"足衣足食，方能抗战决胜"，已为公认的铁律。西南（川、黔、滇、康）现为抗战之最后根据地，面积一百三四十万方公里，人口原有七千九百余万，现时战区迁来者，据外人观察，约有三千万，是以在现下至少有一万万。食的方面，米粮有丰富之出产，鸦片禁绝以后，杂粮又亟亟增加，大致无甚问题。衣的方面则大大不然，试以一人一年衣被所需，最少二斤计，一万万人口，即需二万万斤，而四省之出产如何呢？第一，棉花皆知为唯一之衣服原料，四省之中，四川出产三千余万斤，云南出产七百万斤，贵州出产六百万斤，西康向不出产，合计至多五千万斤。第二，丝、麻、皮、毛亦为极好之衣料，四省出产，以丝言，四川居首，年产约三百万斤，云南约一百四十万斤，贵州约一百六十万斤，西康亦不出产，合共六百万斤；以麻言，亦以四川为首，年产九百余万斤，多至一千万斤，云南二百二十万斤，多至三百万斤，贵州六百万斤，多至七百万斤，三省共产一千七百万斤，多至二千万斤；以毛皮言，川产牛皮五百万斤，羊皮二百万斤，云南出产牛皮一百二十万斤，羊皮九十万斤，贵州牛羊皮八十万斤，西康出产羊毛三百万斤，四省合计一千二百九十万斤，简单说一千三百万斤。合棉丝麻毛皮总计约八千五百至八千八百万斤，与估计之需要量比较，差一半以上，况一人之所需，犹不止二斤，尚有非衣料之所需，如战时亟重要之药纱布一项，已为数甚巨，若将士服装行军囊袋，更难数计，则其缺乏之程度，可以概见。原料既如此缺乏，制造则更是可怜，以纱厂言，只有云南一厂，锭子五千二百枚，每日夜纺纱七千五百斤计，全年不过出纱二百余万斤。战后虽有沪汉之纱厂迁入川境，但建筑筹备，出货尚需有待，织布厂算在四川最多，合重庆、成都、合川、遂宁等地，共有铁木机九百台，云南只昆明约有二百台，贵州只贵阳约二十台，合计一千一百余台，每台平均日夜出布二十斤，全年出布六七百万斤。旧式木机，若四川之重庆、成都、璧山、嘉定、宜宾、綦江，贵州之遵义、定番、盘县，云南之昆明、玉溪、永昌等地，合共至多一万架，日夜不息，出布五斤，全年只能出一千六百万斤。而此种布机，实际上，只于日间工作，一年之中，又只于农隙时工作，其产量只能有此三分之一，即五六百万斤，两种合计约一千二三百万斤。丝缣织与麻之绩织，亦以四川最多，约有丝甑六千架，织机二千余架，出绸年约六七十万斤，绩麻之人工三万名，织机三千九百架，年产麻布八十万斤，两共不过一百四五十万斤，滇黔两省合计，两共最多五十万斤，由是丝麻两项合计，年产约二百万斤。皮毛之制造更少，四川出产牛羊皮七百万斤，每年出口在五百万斤以上，云南产牛羊皮二百十万斤，出口一百七八十万斤，贵州出产牛羊皮八十万斤，出口在五十万斤以上，西康出产羊毛三百万斤，出口在二百万斤以上，四省之皮毛出产，留在本地者，约只三百万斤，而有二百万斤，因内地交通不便，不能运出而糟蹋废弃，能利用作衣料者，只一百万斤。由是合棉、丝、麻、毛之产数年不过出产一千五六百万斤，与需要量比较，相差更巨。此种大量之缺乏，在平时抵补，只靠输入，四省每年进口之纱布疋头，四川值六千万元，云南值三千万元，贵州值一千万元，西康值一百五十万元，共计一万零一百五十万元。战后因运输来源的困难，市价飞涨，若重庆二十支纱，每件售至九百八十元，普通蓝布，四五角一尺，棉花八九角一斤；昆明，贵阳近北海海防，交通便利，价稍低廉，但二十支棉纱，一件亦售至七百六十元，蓝布三四角一尺，棉花至一元一斤，无不增高一倍以上。由是每年之输入值至少在二万万元以上，此不仅在战时经济上一极大之损失，而敌人又时时谋截短我交通线，一旦无路运输时，将有断绝之虞，即欲忍痛漏卮面亦不可得，实予我民生抗战以极大之威胁。

补救之道，必需自绝。自绝方法，又不外积极的增加生产，与消极的节约消费，所谓开源节流是也。顾生产，非短期内之事，现时各方面已注意提倡，如棉田之增植，蚕桑畜牧之改进等，然其收效，乃非短期内之事，故现时急策，尤以节约为首，盖节约一分，即等于生产一分也。考现时谈节约者，咸以粗布短衣为已尽能事，此未免过狭，盖我人日常生活中需用衣料之地方太多，穿衣固用衣料，若吃饭用之台毯，住房用之门帘、窗帘、地毯、椅垫、沙发椅，办公室里的桌布，行路时所乘汽车、轮船、火车、人力车、帆船轿马等所用之篷布、帆布、垫布衣鞍，及运输时所用之皮包、绳索、以及电影剧场之幕布，街头市面之市招，何一处不见其踪迹，亦何一处不见其浪费？因此欲谈节约，决不是粗布短衣一面的问题，应从生活的各方面着手。兹先就穿衣言，只需本地土产，不管丝毛棉麻，皆需尽量采用，有钱的人穿丝货、皮货，无钱的人，穿棉货麻货，这对于整个国民经济方面，并无妨害，有人主张尽穿粗布，又未免太狭，因人人粗布，则粗布实在不够分配的。故只需舶来品加以限制，取其坚实耐用，价格低廉以减少卮漏足矣，不必一定需人人粗布，此其一。缝裁式样，以蔽体御寒为标准，在夏季不妨提倡短衣，冬季不妨穿袍，每置一件，必须穿至破烂，不能再穿为止，若妇女之好时髦，日日更换，月月添新，应由社会鄙弃或禁止之。此其二。穿下之成人旧衣，宜利用以改制童衣，切勿抛弃，此其三。西南之风俗，滇黔不分四季，皆戴瓜皮帽，四川之老百姓，与苗人，终年以白布缠头，一根头巾长至数丈，盘绕于头上，既浪费，又难看，应禁止废除之，此其四，鞋子在乡村中都穿草鞋，边民苗胞妇女亦都如此，如将此种草鞋加以改良，添上鞋帮，则在都市上亦可倡用，证以商人，禁止普通人民，穿用皮鞋，而倡穿木屐，则草鞋轻便，或倡用短统袜，如此直接间接，得减少棉纱之消费，与进口之漏卮，处西南之织袜业，虽未臻发达，而在重庆、成都、昆明、贵阳等地袜机亦在千架以上，每年袜机开纱，不下五千件也。此其六。次就吃饭方面言，只需有一桌一凳已足，考究些加上点油漆亦已足够，台毯即可绝对废除。再就住的方面言，被衾为必需品，不可废除，但垫褥用之棉絮，则可用代替物，如平民已有用性质柔软之草类作替代。我以为东川长江沿岸，盛出芦苇，每至秋冬，芦花盛开，过去均任其凋谢，或烧火，这未免可惜，如能将其搜集起来，不能织布，作为被垫，则和暖舒适，必不下于棉絮，若江苏之江北一带，贫民收集之，先绞成细绳，再编为鞋子，用以冬季御寒，较之驼绒鞋，犹过之无不及，这是我经曾亲自经验过得，所以能将其搜集利用，则一定可以节下大批棉花。至若室内之窗帘、地毯之类，本非必需品，根本可以废除，如有特种作用，则窗帘可以纸张替代，毛织地毯，可以草席替代，既经济亦无伤大雅。四就行的方面言，可以节省之处更多，如轮船汽车用之兜篷，可以木料代替，如为笨重，汽油费大，不妨将板片尽量锯薄，轿马之衣鞍，人力车之篷布可以麻布替代。又运输包装在西南用之麻布者极为普遍，如能改用木箱竹篓，可以节省麻布甚多，再以此种麻布代替棉布之用途，如帆蓬衣鞍之类是。五就日用上之节约言，如学校机关内应用之台毯，也是浪费，根本可以废除，电影剧场之幕布，街头之广告市招，宣传用之标语、图画，可以木牌来替代，麻绳、纱绳可以棕丝楮皮替代，若云南以牛皮切条，以代绳索尤为可惜，应设法纠正之。现在敌人禁用手套，限制毛巾缩小一寸，亦值得参考。此外更有一极浪费之事，则社会向狂于厚葬之恶习，一人死后，必穿衣数件，富者至七八件，十余件，此在平时犹不合理，现时更属不当，如能倡导减低，则死一人，节衣一件，其量已属可观矣，凡此种种，行之并不为难，唯任由民众自动履行，则恐难实现，故又需一方以宣传方法，作为指导，一方组织执行机关，如衣料管理委员会之类，以为督促，方克有效，倘能急起图之，则于抗战之获益，定无限量。

# 被批评

希 声

"举世而誉之而不加劝,举世而非之而不加阻。"那是至人。常人之情,总不免为批评所动。不但为批评所动,且从批评之中,认识他自己;又从批评之后,勉励他自己。

婴儿学步,晃晃荡荡的喊"姆妈——看!"姆妈若不看,便扑在地上,放声大哭。自此以后,他便入了批评的羁绊,受着批评的鞭策了。而又偏偏不觉其为羁绊与鞭策。他说话要听旁人的反响,他作事要看旁人的反应。他从旁人的话中认识自己的话,从旁人的行为中认识自己的行为;又从自己的话与行为的总和中找到了他自己。换言之,他所以能找到他自己,是以旁人为镜子;不过他自少至老,并不只用一面或一种镜子;幼时在家庭,父母是他的镜子;少时入学校,先生是他的镜子;长时入社会,朋友又是他的镜子。他的镜子,可以放大到一乡一国,到世界,到往古,到今。所谓"考诸三王而不缪,……百世以俟圣人而不惑"者是。他的镜子随着他的人格放大而放大,可以到"至大无外",然而,他总是有一面镜子。"藏之名山,传之其人",也还有其理想中之其人是他的镜子。

他既是需要这面镜子,但他又偏不要这面镜子太清澈。合乎他心眼儿的镜子最好是模糊点,不,最妙是一面阿谀的镜子,照出影子来比自己好看十倍。这种镜子是有的,但涂满了青蝇之粪,后来用作茅厕的脚石了。于是虚荣心更大的人,还在四处找批评。作一件事,说一句话,满腹盛情的希望人家批评他——其实他希望的是称赞。无奈其事其话之与其希望又恰相反,于是乎而碰壁。碰壁不止一次,事后揉着满头的疙瘩而伤情,这疙瘩把心一横就变成一种虚矫的自封。凡事怕人家批评了。一遇批评，便面红耳赤的辩护；辩护不胜，又从而躲避；躲避不了，再把心一横，就变成一种自暴自弃的自是心。他明知他未必是，偏要自己说是……人家并未批评他，他先就自己辩护。这种倒是批评害了他也。

所以，假使批评人需要一种态度，被批评更需要一种风度。所谓风度，不只是雅量，能容纳不同的意见是雅量；能使人尽言的是风度。有风度才能超脱，能超脱才真能接受批评。固执自己的意见是不超脱，拘泥于旁人的批评也是不超脱。把自己的事一定看作不是旁人的事是不超脱；把旁人的话一定看作不是自己的话也是不超脱。就事论事，总有合不合，不管是自己的或是旁人的！就话论话，也总有对不对，不管是旁人的或是自己的。事有以不合为合，合为不合；话有以不对为对，对为不对者，并非事与话容易混淆，使之混淆的还是感情。感情起于爱护自己。爱护自己的话，便不能静气听旁人的话；爱护自己的事，便不能平心论旁人的事。我爱护我的话与事，旁人也爱护他的事与话。于是感情相激，分量加重，只有感情的比武，并无批评可言了。这全由于不超脱。

本来事多为人，为人则人应该有个愿意不愿意；话说给人听，人也应该有个爱听不爱听。若拿自己看旁人之事听旁人之话的态度来看自己之事听自己之话，必可原谅旁人看自己之事听自己的态度了。若拿自己看自己之事听自己之话的态度看旁人之事听旁人之话，也必可原谅旁人之事与旁人的话了。自己的话与事，过后想起来，不免好笑者正有，是今天的自己可以非笑昨天的自己；明天的自己又可以非今天的自己。这全在其间的一点距离。倘使我们能把自己的事自己的话，与自己中间隔上一点距离，这便是超脱，这便是接受批评的态度。

# 冷屋随笔之四

钱钟书

自从幽默文学提倡以来,卖笑变成了文人的职业。幽默当然用笑来发泄,但是笑未必就表示着幽默。刘季庄《广阳杂记》云:"驴鸣似哭,马嘶如笑";而马并不以幽默名家,大约因为脸太长的缘故。老实说,一大部分人的笑,也只等于马鸣萧萧,充不得什么幽默。

把幽默来分别人兽,好像拉白莱(Rabelais)是第一个。他在《巨人世家》(Giargantua et Pantgrael)里,开卷就说:"笑是人类特具的本领(Propre)。"近代奇人白伦脱(W.S.Blunt)有十四行诗一首,咏《笑与死》(Laughter and Death),略谓自然界如飞禽走兽之类,喜怒爱惧,无不发为适当的声音,只缺乏表示幽默的笑声。不过,笑若为表现幽默而设,笑只能算是废物或者奢侈品,因为人类并不都需要笑。禽兽的鸣叫,仅够来表达一般的情感,怒则狮吼,悲则猿啼,争则蛙噪,遇冤家则如犬之吠影,见爱人则如鸠之呼妇(Cooing)。请问世界上有几个人真具有幽默,要用笑来表现呢?然而造物者已经把笑的能力公平地分给了整个人类,面上的肌肉能做出笑容,喉间的肌肉能发出笑声;有了这种本领而不使用,未免可惜。所以,一般人并非因有幽默而乐,是会笑而借笑来掩饰他们的没有幽默。笑的本意,逐渐丧失;本来是幽默富有的流露,慢慢地变成了幽默贫乏的遮盖。于是你看见傻子的呆笑,瞎子的趁淘笑——还有风行一时的幽默文学。

笑是最流动,最迅速的表情,从眼睛里泛到口角边。东方朔《神异经·东荒经》,载东王公投壶不中,天为之笑,张华注谓天笑即是闪电,真是绝顶聪明的想象。据《荷兰夫人的追忆录》(Lady Holland's Memoirs),

薛德尼斯密史（Sidney Smith）也曾说："电光是天的诙谐（Wit）。"笑可以说是人面上的电光，眼睛忽然增添了明亮，唇吻间闪烁着牙齿的光芒。我们不能扣留住闪电来代替太阳和月亮，所以我们也不能把笑变为一种固定的集团的表情。经提倡而产生的幽默，一定是矫揉造作的幽默。此类机械化的笑容，只像骷髅的露齿，算不得活人灵动的姿态。柏格森《笑论》（Le Rire）说，一切可笑都起于灵活的事物变成呆板，生动的举止化作机械式（Le m'ecanique plaqu'e sur le vivant）。所以，复出单调的言动，无不惹笑，像口吃，像口头习惯语，像小孩子的有意模仿大人。老头子常比少年人可笑，就因为老头子不如少年人灵变活动，只是一串僵化的习惯。幽默不能提倡，也是为此。一经提倡，自然流露的弄成模仿的，变化不居的弄做刻板的。这种幽默本身就是幽默的资料，这种笑本身就可笑。一个真有幽默的人，别有会心，欣然独笑，冷然微笑，替沉闷的人生透一口气。也许要在几百年以后，几万里以外，才有另一个人与此人隔着几十间空间的河岸，莫逆于心，相视而笑。假使一大批人，嘻开了嘴，放宽了嗓子，成群结党大笑，那只能算下等游艺场里的滑稽大会串。国货提倡，尚且增添了冒牌，何况幽默是不能大批出产的东西。所以，幽默提倡之后，并不产幽默家，只添了无数弄笔墨的小花脸。冒了笑的招牌，小花脸当然身价大增，脱离戏场而混进文化场；反过来说，为小花脸冒牌以后，幽默品格降低，一大半文艺只能算是"游艺"。小花脸也使我们笑，不错！但是他跟真有幽默者绝然不同。真有幽默的人能笑，我们跟着他笑；假充幽默的小花脸可笑，我们对着他笑。小花脸使我们笑，并非因为他们有幽默，正因为我们有幽默。

所以，幽默至多是一种脾气，决不能标作主张，更不能当作职业。我们不要忘掉幽默（Humour）的拉丁文原意是液体，换句话说，好像女人，幽默是水性。把幽默当为一贯的主义或一生的衣饮饭碗，那便是液体凝为固体，生物制成标本，情人娶作主妇。就是真有幽默的人，若要卖幽为生，作品不甚看得，例如马克吐温（Mark Twain）。自十八世纪末叶以来，德国人好讲幽默，然而愈讲愈不相干，就因为德国人是做香肠的民族，错认幽默也像肉丁似的，可以包裹得停停当当，作为现成的精神食料。像李希德（Jean Paul Richter）《小说笑史》（Quintus Fixlein）序文中所讲的幽默，竟是整齐划一的宇宙观。德国人自己也觉得这种看法必至毁灭幽默，一八四六年九月十三日文艺谈座（Blatter fur Literarische Unterhalttung）有论德国幽默一文，早就批评李希德违反常识。幽默减少人生的严重性，决不把自己看得严重。真正的幽默是能反躬自笑的，它不但对于人生是幽默的看法，它对于幽默本身也是幽默的看法。提倡幽默作为一个口号，一种标准，正是缺乏幽默的举动；这不是幽默，这是一本正经的宣传幽默，板了面孔的劝笑。我们又联想到马鸣萧萧了！听来声音倒是笑，只是马脸全无笑容，还是拉伪长长的像追悼会上后死的朋友，又像领导青年的先进的大师。

大凡假充一桩事物，总有两个动机。或出于尊敬，例如俗子尊敬艺术，则收集古董，附庸风雅。或出利用，例如混蛋有企图，则利用宗教道德，假充正人君子。幽默之被假借，不出这两个缘故。然而假幽默毕竟充不得真。西洋人以笑声清扬者为"银笑"（Silvery Laughter），假幽默像搀了铅的币，发出重浊呆木的声音，只能算铅笑。不过"银笑"也许是卖笑得利，笑中有银之意，好比书中有黄金屋也；姑备一说，供给辞典学者的参考。

**本期撰者：**

"毅真"是一位地方行政专家的笔名。吕学海先生现在南开经济研究所担任行政研究工作。陈建棠先生任职于国民经济研究所。

希声先生是一位作家，在本刊第三期曾撰《拜访》一篇文字。钱钟书及王赣愚二先生本刊已介绍过几次了。

# 第一卷第二十三期（1939年6月4日）

## 时评

### 国联行政院会议

国联行政第一○五次会议已于五月二十二日至二十七日开过了。此次会议英法外相均能亲自出席，在阵容上要比本年一月的例会整齐而热闹些。只可惜苏联外长李维诺夫已经辞了外长之职，致使国联的会议不复能获此近数年来拥护日内瓦结构最热烈亦最始终如一的政治家的参考。这是国联一件重大的损失。

行政院此次会议，其议程中有两件要事，次要的为埃伦特（Aland）群岛设防问题，主要的为中国关于日本侵略的申诉。

埃伦特群岛位居芬兰与瑞典之间，为波罗的海的咽喉，地势很是重要。他们原与芬兰同属瑞典，一八○九年同归俄国，一九一七年芬兰独立后，埃伦特也随之而属芬兰。但埃伦特的居民则大抵为瑞典人，在一九一九年民族自决的高潮中，他们曾要求归瑞典，酿成瑞芬间的严重冲突，几至用武。幸得国联的斡旋，瑞典肯承认芬兰的主权，而芬兰则保证埃伦特人的治权，与埃伦特岛的中立及不设防。这为国联行政院一九二一年六月决议案的内容。次年从有一个国际公约，保障埃伦特岛的中立。

此次芬兰在行政院中提请重得设防，且谓瑞典已同意是项建议。如行政院同意，芬兰将取得一九二二公约各签字国（苏联非签字国）的同意，然后实行设防。但苏联则深恐一旦战事发生，德国攫取埃伦特，危及波罗的海各国,而坚决反对设防。这个争端此次行政院会议并未能有解决的方法,因为芬兰固可取得一九二二年公约签字国的同意而设防,但苏联制决不能坐视埃伦特岛为侵略者所利用。

关于中日争端,中国提议者有两点:一为请会员国予中国以财政物质上的援助,并停止以军需品(尤其是飞机与汽油)售予日本;二为成立一特设机关,专调整过去及未来的一切援华制日工作。我们的提议仍是本年一月向行政院会议的旧物,其内容与范围并未变更。行政院所通过的决议案有两个。第一个针对我们的第一点,对于我国的英勇抗战及人民所受的痛苦表示同情,对于援华各会员国的行动表示满意,望各会员国继续援华,并望与远东有关各会员国与远东事件顾问委员会(即二十三国委员会)共同研究实施办法。这个决议固然富于正义的同情,但仍是没得牙齿不能咬人的一个决议,其精神与一九三八年九月及本年一月的决议无异。第二个决议针对敌人对于平民的狂炸滥炸,对此种行为加以斥责,并请在中国有外交代表的各国对这狂炸滥炸情形随时提出报告。这个决议也是抄袭去年五月关于日本使用毒气及去年九月关于日本滥炸平民的两个决议,也无新奇之处。至于我国提议的第二点,则国联认为此时尚欠共同行动的要素而未予以采纳。

此次会议席上,除向日拥护我国对日的整个建议的苏联及纽西兰外,尚有玻利维亚。这是一件可喜之事。我国的建议固然没有通过,但我人也不必自馁,更不必怨人。我们愿重述我们对于上次行政院会议的时评的结语以作这个时评的结语:"我们应加倍努力抗战,加倍努力外交……水不到,渠不成,失望或悲观是徒然的。"(端)

## 伪"华兴银行"

敌人在华中设立"华兴商业银行",表面上的办法好像和在华北的不同,实际上其目的是一样,在扰乱我们的金融,破坏我们的币制。这个在华中的企图,在敌国国内曾经过了不少的辩论,在最近才具体开始施行。新的把戏现在出现了,但它的结局亦会同在华北的一样,必定失败。虽然宣称在华中发行的伪币要与法币平价,并且可以自由掉换外汇,这好像是用一套"改良"的方式,发行一种能得一般人信仰的纸币,同时进行法币和外汇的吸收,到将来才开始对法币下攻击。但是五月十六日"华兴银行"刚设立,敌人就采取在华北所用的办法,强迫人民使用"华兴"钞票。这纸币刚发出去,其价值已只等于法币的六成。敌人经济薄弱,日币价值的维持已自顾不了;华北伪币已给中国人民充分的经验。所说"华兴"纸币要与法币平价和可以自由掉换外汇都不过是挂假招牌,出空头支票而已。他们压根儿就没有预备如此实行的意思。虽然宣称"华兴银行"设立的目的是在推广华中与外国的贸易,不在排斥法币,而这些都不过是骗人的话,心里所要做的恰恰和这些相反。我们预料敌人遇到时机,会在华中施行其在华已用的各种手段。"华兴银行"的设立不过是个布置的步骤,进一步是要统制华中的输出贸易,强迫华中出口商人经售出口外汇与伪银行,强迫华中人民适用"华兴"纸币,禁用法币,企图吸收法币,套换我们的外汇,削弱我们的外汇基金。但是即使这些强迫的和有矛盾作用的手段施行了,华中的"华兴"纸币会同华北的"准备银行"钞票一样,因为其没有内在的价值,不能流通于敌人兵力以外的区域,为中外人及敌人自己所不接收,而成为第二个和更大的失败。(佶)

## 对学生自治会的期望

各校学生对自治会筹备,为时已有二三个月,但迄今尚未正式成立。据说日来选举事宜已在赶办中。我们深望青年学生除正常功课之外,利用此组织,养成自动自律砥砺互助的团体精神。

十几年来,中国青年的课外活动,都是在无组织的状态中摸索,散漫分歧,各行其是,卒让各野心家乘隙伺机,相率羼入。以往青年之误解"自治"的真谛,是团体精神的致命伤。只知有小己,而不知有全体,致使许多盲动妄举假"自治"美名而得其口实。真正自治生活是不容易做到的。它须有两层保证,自由不够,还需纪律。侈谈前者,而不管后者,结果必踏前此覆辙。我们以为此时学生自治会,亟须做到组织的民主化,行动的规律化,倘非如此,实在很难把一切活动纳入有目标有秩序的路线上去。

青年是新公民的中坚,在建国的过程中,他们有不容推诿的重大责任。在校园里培养自治的精神,到社会上才能负起培植民治基础的使命。过去学生团体所遗留下去的恶习积弊,至今不可不设法纠正。

在抗战期中,青年学生在自治会范围以内,最要紧的是增进实事求是的精神，培养服务社会的能力，切莫再作空谈高喊的一套活动。他们在课室里所讨究的，大抵是基本知识，至于社会实际情况却不免十分杆格。我们为国家培育真才计，颇望青年学生于自治会成立之后，竭诚团结起来，作些社会服务的工作，或分赴各地观察考查，冀使书本知识与实际经验互相连贯。在可能范围内，学校当局应该酌量给予种种的便利，或相当的资助。这项建议，虽似是题外之言，然此后学生活动，除集会之外，更应转走另一方向，于己于人，收效均大。（贡）

# 敌国内政外交的动向

王迅中

自九一八事变以来,敌国历届内阁几乎无一不是短命夭折的,而每届内阁的塌台,也几乎无一不和军部有直接或间接关系的。犬养内阁是被少壮军人发动的五一五暴动所推翻的,斋藤内阁是受荒木派的攻击而下台的,冈田内阁是被现役军队发动的二二六暴动所推翻的,广田内阁是因寺田陆相坚持解散议会,不堪煎迫而自动辞职的,林内阁是因解散议会失败而辞职的,最后法宝的近卫内阁又是因为不堪军部的驱使而下台的。所以除了林内阁总理因为本身是军人外,其余诸内阁可以说都是直接或间接受军部的压迫而塌台的。每当一个新内阁成立时,军部也无一次不提出条件尽要挟之能事,所以军部在每一内阁中的发言权,也一届比一届加强。元老重臣们虽然阻止了法西斯内阁的出现,但法西斯军部在内政外交方面的支配力量并未遭受挫折,反而日趋增长。近卫内阁是西园寺维持自由主义色彩的最后法宝,但这位公子哥儿既无消弭战事的手腕,更无抑制军人的魄力,只有事事听命于军部,所以无论就人事或政策方面说,都充分具备了法西斯政治的实质。他既无施政之自由,复感时局之严重,屡次求去而不得,本年一月四日终于借口"现在事变已入于新阶段,已至注力建设确保东亚永远和平的东亚新秩序时代,不得不有一个新的一新民心。(见近卫辞职声明书中)"辞职,而将执行"东亚新秩序"的重任诿之平沼。就平沼的政治背景及过去历史而言,他是一位颇有怀抱的野心家,自一九二三年组织国本社后,不但排斥共产主义和自由主义思想,并且主张改造政治,标榜昭和维新,颇得少壮军人及法西斯团体的热烈拥护,十余年来因为元老重臣们的忌视和抑制,不能一展经纶，所以他的这次登台，使得许多留心日本政局的人们预感法西斯政治的光临。但是出乎意外地，平沼自登台迄今，瞬将五月，内阁外交可以说毫无新的措施，一切沿袭近卫内阁的旧策。舆论方面尽管要求革新，谓平沼内阁是九一八事变后诸内阁中最能保守现状者，杂志刊物尽管冷讥热嘲，斥为日本内阁中最不孚人望者，但平沼始终严谨自持，不愿多所更张。平沼思想真正转变了吗？已经放弃革新的主张了么？我认为未必尽然。第一，自卢沟桥事变后，军人藉口对外作战，一切内政外交无不任所欲为，阁员中那一位不和军部有点关系，违背军部的意志者那一位能久于其位，政党早已噤若寒蝉，财阀也唯唯听命，法西斯化的深刻早已超过平沼的理想。平沼反对政党内阁，但并不主张取消议会；他虽反对财阀的唯利是图，但并不要根本推翻资本主义的经济机构，他主张以充实国防为目的改造经济现状；至于排斥共产主义及自由主义思想，则末次内相和荒木文相先后早已做得很彻底了。然则平沼为何还要革新呢？这时的日本政治现状是法西斯化，还用着打破么？第二，近卫内阁所遗留下的任务——"建设东亚新秩序"——也实在太艰难，际兹对华战事既无法收束，英美外交僵局又无从打开，国内则经济竭蹶，民心厌战，支撑尚感困难，谈何建设。平沼内阁的不能满足人望，实系势力所必然，毫不足异。所以舆论方面对于平沼的苛责与不满，不过表示敌国人民对时局前途的彷徨与焦灼而已。明乎此，我们才能了解平沼内阁的性质及其内政外交的动向。

就内政而言，平沼认为政治方面并无大事改革的必要，所以舆论方面虽然提出充实内阁，改进政党政治，铲除官僚独裁制等要求，建议改革议会选举制度及文官制度等，但平沼均冷然置之。比较值得注意的是议会闭幕后两位阁员的补充，一位是拓务大臣小矶国昭大将，系军部所推荐的，他是少壮军人所崇奉的领袖，曾任朝鲜军司令，颇富统治殖民地的经验，亦国本社社员之一。一位是递信大臣田边治通，原任内阁书记官长，是平沼的左右手，他曾任伪满参议多年，对于操纵傀儡颇有经验。他二人的入阁，在推行对华政策及内阁法西斯势力强化的两点上，至值重视。另一件事便是军部要求提高企划院的地位，扩大它的职权，使名实俱为国策参谋本部，正式取得政治上的发言权，而变相地成为军部操纵国策的机关。平沼认为内政方面最要紧的是国防之充实与生产力之扩充。但自敌人对华作战以来，公债发行已达一百七十万万之巨额，通货也已膨胀到二十八万万，而本年度的预算为九十二万万，收入仅二十余万万，相差达六七十万万，增税案虽已通过，但为数究属有限，大部仍不得不靠公债来维持。试问尚有何余力充实国防与扩充生产。所以在积极方面，平沼内阁计划百亿储金运动与发展对外贸易。梦想从人民方面压榨百亿，以六十亿消纳公债，四十亿供建设之用，但敌国的国民总收入，每年约在一百二十亿至一百五十亿之间，只缴储金就不要吃饭了么？简直等于痴人说梦。统制贸易战后早已实行，节制输入虽达相当目的，增加输出则全失败，旧弹重调，再踏覆辙而已。比较可靠的还是消极经济统制。平沼在议会中曾声明将视事实需要，施行物力动员计划，三月二十九日接见本国记者团时，更率直地严明必须实行总动员法中的必要部份。按敌国报章所载，政府已决定及颁布实行者为总动员法的第十一条及第十九条。第十一条的大意是政府得依敕令，对于公司银行资金之运用及利润之分配，发布命令。第十九条的大意是政府对于物价，运输费，保险费，保管费，租借费等，得颁布命令。简言之，政府对于私人的营业及财富，得加以限制及运用。据今日报载，帝国政府又决定实施总动员法第八条，实行限制国内消费，并集中粮食、牛油、牛奶、糖、茶、鸡卵及水产品，为出口之用。除了物力动员之外，平沼还认为与物质动员有密切关系的人力动员亦属必要，已由企划院，厚生省文部省及其他有关各省商酌计划，咸认有发动总动员法中第四条的必要，政府得视需要，依敕令之规定，征用帝国臣民，使从事总动员业务。尤其对于技术者，劳工及医师等，在适当范围及程度内，须立即实施总动员法第四条。人民的身份及工作自由也将被剥夺。敌国总动员法的成立，大部出自军部的意见及推动，想控制日本人民的一切社会经济生活，如产业、金融、贸易、运输、劳工、出版、集会结社等，去年提出七十三届议会时政府曾声明该总动员法只适用于战时，决不在中日纠纷中实施，议会慑于军威，军部复指使暴徒四百余人攻击政民两党总部，才被迫通过。但不久台儿庄大败，军部便要求实施总动员法，压迫近卫。近来时局的严重更甚于前，军部一再坚持非实施总动员法不可，所以平沼在议会中也表示将采渐进方针，逐步实施总动员法。从此敌国人民的财产、营业、工作、言论、生活的自由将全被剥夺，整个社会及经济的机构将遭破坏，上自财阀资本家，下至一般平民，是否俯首就宰，很是疑问。所以第四、第八、第十一、十九等条原则上虽已决定施行，但实际上如何执行，则为一极困难之问题，舆论方面对于平沼的没有说出具体办法，愿表不满，充分暴露出民心的不安。板垣陆相去年七月在其一军事会议席上曾公开地慨叹日本人民的爱国情绪日趋低落,所以平沼内阁补助物力人力动员的实施起见,积极计划扩大推行精神总动员,但麻醉的宣传敌不过事实的表现,血肉财产的牺牲终有最后的限度,徒然劳日绌而已。这位七十三岁的老吏,在军民交迫之中,究有何锦囊妙计,克服难关呢!

其次就对华政策而言,平沼在议会中声明仍本近卫内阁的政策。不过近卫的对华政策到底是什么呢?诱和声明已遭我最高当局的严拒,战事又无法推进,消灭"蒋政权"的目的根本等于梦想,战既不能,和又未可,仅仅一个空洞的"东亚新秩序"的名词而已。近卫知难而退,一走了事,平沼还说沿袭近卫政策,算是令人发噱。换言之,进退两难,毫无办法,只有听命军部而已。但是军部有办法么?军事方面虽然有一部人主张集中兵力,直捣重庆,也有一部人主张南攻昆明,北取西安,截断中国国际路线,待其自毙。但是地形之艰,区域之广,以日本的军力,能完成这梦想么?所以现在的战事仍然胶着于晋南赣北鄂南湘北一带,汲汲于据点的巩固,游击队的肃清。军部也抛弃了速战速决的狂语,而声言不辞百年战争了。至于中国境内的政治经济建设问题,平沼也一任兴亚院及兴亚院联络部执行,表面上兴亚院以平沼为总裁,海陆藏外四相为副总裁,等于五相会议的执行机关,但实际权力则在总务长官柳川中将,政治部长铃木少将及华北、华中、蒙疆、厦门四联络部总务长官喜多中将(陆军),津田中将(海军),酒井少将(陆军)及水户少将(海军)等手里。最近平沼召集兴亚院及联络部各长官会议,详细内容报纸未曾宣露,大致是政治方面加紧已有的傀儡组织之充实,引诱中国的失意动摇份子,将来由各地傀儡政府用分工合作的方法,联合组织一中央机关,使敌人易于控制操纵。经济方面加紧破坏中国的经济力量,造成以日本为主体的中日伪三国经济集团,以达"就地征发""以华制华"的诡谋。文化方面也积极推行宣抚麻醉政策,鼓励汉奸报纸,创设日语学校等。不过中国的游击势力尚未肃清,一切计划无异纸上谈兵,傀儡组织迄今尚须日军保护,反成日军累赘,经济开发更遥遥无期,"北支那开发株式会社"与"中支那振兴株式会社"早已成立,迄今尚无具体工作表义,破坏中国法币运动亦告失败,伪联纸币及华兴钞券惨跌,联带影响日圆汇价,无异作茧自缚。敌国舆论之所期望于平沼者为"收拾事变",但现平沼事事听军人指挥,结束之期更远,无怪敌方忧国之士,慨叹无伟大政治家出现,而对时局前途，抱无限殷忧。

最后就对欧美政策言，自去年宇垣被逼辞职后，不久近卫又声明建设"东亚新秩序"，本与英美关系日趋恶化，大都倾向于加强德意日三国轴心，以抵制英美法，而少壮军人及法西斯分子更是主张订立三国军事协定，驻德大使大岛与驻意大使白鸟活动尤力。但一班稳健份子则认为：（一）"德意虽可在欧洲牵制英国，但必要时并不能发兵至远东，帮助日本"（见《中央公论》三月《希望外交活跃》一文中），"反之日本若与德意缔结军事协定，将来德意两国无论出以任何企图，日本均不得机械地受其约束，牵入欧洲漩涡。"（见前驻美大使出渊胜造在贵族院中的质问）（二）日本若公然与德意缔结军事条约，适足以促使远东可以发动实力的英美苏加紧露骨地援助中国，使日本对英美外交活动的余力，尤其是英国现实外交的妥协性更使日本不能无动于衷。所以他们虽然赞成加强三国防共协定，但不愿签订无保留的军事同盟。这个问题经过敌国当局三四个月的争辩讨论，终于未能解决。最近德占捷克，意攻阿尔巴尼亚，慕尼黑会议后暂定的欧局，复趋紧张，英苏法渐感有联合阵线之必要，日本既不敢与民主集团相抗，而对英苏的接近更为戒惧，经过许多次的五相会议后，终以英苏谈判将远东除外为条件，放弃订立德意日三国军事协定。不过英国虽允与苏征反侵略谈判将远东除外，但日本与英美在远东利害的根本冲突点并未消灭，最近以鼓浪屿事件，上海租界事件，华兴伪钞事件及日本干涉英国在华航业事件，英日关系复趋紧张。据五月二十六日美联社东京电讯，日本报纸在过去一星期中对于美国舰队调驻太平洋一点，虽极为仇视，但对英国反感尤甚。据《京都新闻》称："美国显图供英国之利用，英国之图与日本立于敌对地位，毫无疑义，故远东风云已日趋浓密，日本虽不喜战争，但若被迫而出此，则日本决不稍有踌躇。总之英国对于蒋介石将军之支持，即为英日战争之重要原因"。《国民新闻》亦谓："英国与苏联合作，显为反日行为，英国如此做法，则日本之反英情绪，势将增强"云云。由此可知日本虽牺牲德意情感，但不能见好于英，近来虽力持亲美政策，结果亦毫无获。据二十五日电讯，驻德大使大岛及驻意大使白鸟向外务省提出辞呈。此为日本法西斯份子反对平沼有田外交政策之先声，有田恐难免蹈宇垣之覆辙，而平沼内阁之前途更趋暗淡矣。

总之，时至今日，敌国内政外交均成骑虎之势，进既不能，退又未可，平沼左右为难，动辄得咎，既不能"收拾事变"，以副人民之望，又不敢盲目妄为，以得军人之满足，这位行将就木的七十三岁老翁虽达秉政之宿愿，但声威则一落千丈，与掌国本社时之声势烜赫，不可同日而语。敌国舆论咸谓平沼内阁必不能持久于其位，并非无理。

## 论当前工业政策

吴半农

这次全国生产会议要算是抗战以来政府以集会的方式讨论我国整个经济政策的第一次大举。会议中有些什么提案，有些什么决议，这时还不能详悉。但从大会宣言看来，我们应当相信，这个会议对于各重要生产问题都已作过一番审慎的讨论，并得有圆满的结果。不过同时我们还要指出，经济建设必须定下若干基本的原则，然后一切设施才能有所依归，有所遵循。而这些基本的原则在这次会议中似乎还没有完全决定下来。

就工业建设说，当前最重要的问题莫过于决定各种工业的缓急先后。对于这个问题，去年国民党临时全体代表大会所通过的《抗战建国纲领》原有"经济建设以军事为中心，同时注意改善人民生活"之规定。最近蒋委员长在生产会议的训词中亦指出"一切生产必须以国防为中心"。并说："当前需要最迫切的莫过于军械及军事上一切用品。各个厂家，都要尽量为生产国防出品，并提高质量努力。"生产会议大会宣言也承认"居今日而言吾国之工业建设，自必以加紧战时生产为目标"。但同一宣言的前段却又着重地说："今后中国经济政策，自应绝对以民生主义为依归，以解决国民生活之正常需要为鹄的。"这是应当讨论的。固然，在现代战争中，军需品和民用品间所存在的差异殆已消失。但二者究有不能完全一致之处。我们的财力有限。今后工业建设到底应以国防为中心，还是应当"绝对以民生主义为依归"，是应该明确决定，万不能任其模棱两可的，此外，如政府与工业的关系应如何确定，如何调整？大后方，游击区，战区，及临近战区的工业建设在政策上应如何区别？大规模工业，小型工业，和手工业的发展范围应如何划分,如何配合?等等的问题也是亟需解答的。该宣言对于这些问题,有的已有说明,有的还没有予以应得的注意。我们在这短篇文里也有加以提醒的必要。

现在我们先来讨论各类工业发展的缓急轻重问题。

吴景超先生近著《中国工业化的途径》一书中,把工业分为两类,一是以图强为目标的国防工业,一是以致富为目标的民生工业。他说有些国家——如英美——对于这两种工业颇能兼筹并顾;有些国家——如苏联和德国——则暂时牺牲人民的美满生活,把全国的财力人力都集中在国防工业上面。他觉得我国战前只重民生工业的政策固应矫正,现在一般人对于图强和致富的两种目标采取兼筹并顾,不分轻重的态度,也是不妥当的。他主张我们应当"准备在最近一二十年之内吃苦。我们都要立志在国防还没有巩固之前,不预备提高生活程度"。吴先生这个主张,用语虽甚简单,但志意深重,见解正确,是值得国人重视的。

我个人主张我国战时及战后十余年内应把最大部分的财力和人力集中在重工业的发展上。重工业是国防工业的基础,是一切制造工业之母,我们为了加强国防的力量故应如此,为了推进工业化,提高人民的生活程度,根本的办法也只有如此。诚然,重工业的发展是一件最费钱费力的事。但正因为如此,我们更应把有限的财力和人力集中在这上面。说句老实话,轻工业的发展,和重工业比较起来,实在太轻而易举了。而轻工业中的日用品工业更是易之又易。我们目前决无急急于此的必要。拿我国过去的经验来说,抗战以前的短短十几年中,上海国产针织品、帽类、阳伞、刷子、肥皂、化妆品、橡胶制品、玳瑁制品、珐琅铁器、钢精器具、玻璃制品、热水瓶、手电、电池、电灯泡、调味粉、罐头食品、火柴等等不但能够在一个毫无保护的自由竞争市场赶走了同类的日货,而且有一部分由于生产过剩居然走上了跌价倾销,互相火拼的绝境。一九三四年,日本大阪市政府产业调查部派了一位米泽秀夫氏来华调查贸易。该氏于调查完毕后,写了一篇《以上海为中心,日本经济势力在长江流域发展策》,内中就有下面一段警告日本产业界的话:"中国近代的工业确实获得相当的进步,有若干商品已能充分自足自给。或谓中国的工业尚未完全脱离幼稚时代,所有出品不仅是成本过高,并且过于粗制滥造,排日风潮一旦平静,顿时即被日货压倒。但这种论调似乎不能完全适合于今日中国的工业界。比如说在杂货工业中,最占势力的就算袜厂。在中华国产中比较规模宏大的袜厂拥有制袜机三百余台。像这种小企业而大组织的工厂虽在日本不可多得。其制品的欲望,非但是以供给中国内地的需要为满足,而且可能输出南洋与日货竞争市场。又如上海的热水瓶制造工厂,统计有二十多家,全部生产能力每日两万只,与日本大阪热水瓶的生产能力不相上下。其他如树胶厂已苦于生产过剩,且追逐日货在华北树立竞争。"可知我们所缺少的并不是这些轻而易举的日用品工业,而正是那够最费钱最费力的重工业。

除重工业外,比较次要但须同时发展的还有轻工业里面的基本工业(尤其是基本化学工业碱酸钾等)和军用品工业。这两种轻工业都和国防有关,也应尽先兴办。又出口货加工工业——如钨铁厂,锑矿精炼厂,植物油料场,制鬃厂,蛋厂,等等——足以提高国产品质,增加输出价值,在目前主要的军火机器,工业材料,交通用具等等尚须仰给海外的条件下,也有尽先发展的必要。然这些工业毕竟规模较小,在短时间内即可完成,从费钱,费力,费时的程度上说,决不能和重工业相提并论的。

我们对于发展工业的总目标已经有了一个决定,第二便要讨论政府和工业的关系了。

这里有两个问题值得注意:一是国营工业的范围问题,一是民营工业的统制问题。关于第一点,中央政策是"凡与国防有关之重工业及基本工业皆以国营为原则,其余大小工业以民营为原则,而由政府予以督导奖励与协办"。国营与民营事业的划分,自身是一个复杂而重要的问题,以后对此当另文详细讨论。但单以工业来说,上述原则大体是正确的。事实上,我国重工业的发展不特需要国内最大部分的财力和人力,而且需要海外各先进国的资金上和技术上的协助。这种繁重庞大的事业,除了国家自身外,私人方面决没有能力举办。至于基本工业,因与国防有密切关系,自亦以国营为最合宜。不过去这类工业的一点基础大半都是私人所奠定,而尤以吴蕴初,范旭东两先生对于基本化学工业的贡献为最著,即所谓"南吴北范"是也。抗战以来,天利,天原两电化厂业已内迁。久大,永利及浦口新办硫酸钾等厂虽或被占据,或遭毁坏,但由于政府的积极协助,永利碱厂亦已在内地开工复业,近且由政府担保向银行商借巨款,扩充范围。这些都是可喜的消息。但站在整个工业的既定国策上,我们觉得这类工业在原则上仍应改归国营。至于国内工业界的元老重臣,其学问,其经验,其企业能力均为国家之至宝，政府自应竭诚借重。故这类工厂的经营方式不妨尽量采取官商合办；如是，不但对于国策与事实可以兼顾，而且可以防止初期国营事业不可避免的流弊。这一点是很值得注意的，此外，出口货加工工业原属对外贸易的附属事业。目前由于易货政策的推行，政府对于出口货直接营运的范围的扩大，输出贸易已渐具国营的意味。故这类工业也应在原则上采取国营，在经营方式上采取官商合办。

至于国内已办或将办的民营工业，政府应站在统筹和协助的地位切实实施以统制，使其尽量发挥生产效能，转换生产方向，成为整个军需工业的一部分。目前内移各厂闻已在政府的督促和协助下陆续开工。有些工厂并已在技术许可的范围内积极参加军需生产。这些都是很适当的处置。不过目前遗留在上海、香港、九龙等处的民营工厂尚多，政府应以最大的努力促其迁入内地。现在上海的租界时受敌人的威胁；香港九龙亦非久安之地；各厂家自身更应彻底觉悟，下最大的决心，早日自动内迁，参加内地抗战建国的伟业。又政府对于民营工业，战时固要统制，战后尤不可放任。过去各地工业的发展都在无政府的状态下作盲目的蠢动；往往一业有利，群相趋之；结果演成生产过剩，互相残杀的惨剧。这种无组织，无计划的现象战后决不能再让其发生。

第三，我们谈到前方和后方的工业政策问题。

我在《论游击区与大后方的经济建设》一文中对于这个问题曾经作过一番原则上的讨论。我认为目前"游击区和大后方的经济建设是两种不同的工作。前者是以支持游击战，以牵制敌人，争取时间，掩护大后方的国防建设为目的；故消极作用大于积极作用；应战意义大于备战意义。后者是以利用前线的长期相持局面，以完成建军建国，准备反攻为目的；故积极作用大于消极作用；备战意义大于应战意义"。因此我觉得游击区，战区和临近战区的工业建设在原则上应着重加强各地经济的和军需的自给性；在规模上应着重发展小型工业和手工业；在组织上应着重推进工业合作机构。大后方的工业建设则反是。它在目前要和提高军事技术，创立机械化兵团等要求相适合；在将来更要和复兴战后经济，建立现代化国家等要求相适合；故规模要宏，魄力要大，眼光要远。我在前面所讨论的两点便是指大后方的工业建设而说的。

最后，我们讨论到大工业，小工业和手工业的发展范围问题。

上节已经说过，游击区，战区和临近战区应着重小型工业和手工业的发展，大后方应着重大规模工业的发展。但这并不是大后方不需要小型工业和手工业。恰恰相反，战时经济动员贵能充分利用一切现有的经济力量和机构，使其为战争需要而生产。内地旧有和可能发展的小工业和手工业此时正应发挥效力，以补大规模生产之不足。现在的问题是在如何配合这三种性质不同的工业，使其适应战时的需要罢了。这个问题的解答须从具体的事实中去寻求，这里自然不能作详细的划分。但从原则上说，我们既然主张，战时及战后十余年内，我国最大部分的财力和人力要用在大型的重工业，基本工业和其他军需工业的发展上面，则人民生活所需的日用品在这期间内自不得不仰给于小工业和手工业。事实上，战前上海繁荣一时的日用品工业大半便是属于小工业和手工业的范围；现在使它们担任战时及战后复兴期间的民生用品的供给，从性质上说，也是很相宜的。

以上提出的四点不过是当前工业政策的几个重要的方面；此外值得讨论的还有许多问题。现在限于篇幅，只好从略了。

# 优生与民族
## ——一个社会科学的观察

林同济

潘光旦先生在《妇女与儿童》一文内（《今日评论》十四期）提出三大原则以为他所谓"新的妇女运动"的指南。第一原则是要看清男女分化的科学事实，承认子女的生，养，教是妇女无可避免的任务。第二原则是要转换价值的观念，把生，养，教三字标为新妇女的根本价值以与男子们的各种传统价值抗衡。这两原则都有相当的理由，也吻合世界的新趋势。虽然其间容有应当补充之点，我们大体上愿作共鸣。

刺人眼的却是他的第三原则。原文如下：

"第三，要改变（妇女）运动的目标，以前的目标是个人的解放与发展，今后的目标应当是民族健康的推进。民族健康的根本条件不是外铄的公共卫生，而是内在的遗传良好；而遗传良好端赖民族中中上分子能维持与增加他们的数量，此外更没有二条路径。"

本来讨论问题，全靠立场。站在纯优生学的立场来看，潘先生这段的论调都是意中事。我们这里所要提出的是"社会科学"的看法。纯优生学的看法不能免基本派的倾向，社会科学的看法，却可以注意到事物间相对的关系。如果前者不免见其偏，后者或许见其全。前者容易流为超时空的理论，后者往往可以得到贴现实的方案。

要把妇女运动的目标，由个人的解放与发展改变为民族健康的推进，似乎对健康两字当有明白的界说。把健康只当做生理上的健康解，不免狭小之嫌。如果把它广义化，而包含心理上的健康在内，则这种宽博正大的目标，莫说是榜作妇女运动的招牌，无人置喙，即扬起来当作全人类一切工作的最终目的，也何尝不得体，何尝不合宜？问题的关键似乎在如何推进？说到如何推进，那便说到实行问题，步骤问题。我们的眼光便要脱离纯理论，纯逻辑的层级而进入现实的范围。下手应当孰先孰后？注意点应当何去何从？这却不复是主观的学理问题，乃要看客观环境的情况而定。内在的历史遗产，外在的潮流压力，不要结算在内。

用这种的眼光看去，则所谓民族健康的推进也许与妇女个人的解放与发展发生有不可切断的关系。进而言之，在现有的中国社会状况下，妇女个人的解放与发展也许乃正是潘先生所谓民族健康推进的必须第一着，也许竟是民族健康推进的大前提。

个人的解放与发展是五四运动的主脑母题。五四运动在国史上的意义，不一而足；但是个性的解放，恐怕是它最重要的使命。中国传统的文化太发展了群体的压制力，太伸张了社会制度的权威。五四运动揭起来个性解放的旗子，煞是一种极有价值的反动。如果用福洛特的名词来说，中国数千年的文化，太发挥了所谓"太上我（Super-ego）"的威力，所以必须要唤醒"阿物（id）"的活动。"阿物"固然是极富危险性的东西；但是把它压制的太紧，势将又不免要摧残整个人的生气与灵机。中国民族的生理与心理，颓萎到今天的田地，是不是直接间接都与个性的被压——尤其是女性的被压——发生最根本的因果关系呢？这是优生学家与任何家都应当首先自问的大题。

数千年来女性太受压迫了，太受摧残了——由缠足说起，以至小老婆制度与夫社交上，机会上的不平。就用纯优生学的眼光，你看我们那些生理心理层层桎梏的妇女们，如何而担得起潘先生所要来的"生，养，教"的责任呢？且莫忙谈儿童健康，民族健康。也许先决问题，乃是把儿童所自出的妇女们仅先健康化起来！要把女性健康化，也许在中国现有的历史遗产下第一步工夫就是要她们个人的解放与发展！

固然的，五四到今天已经整整二十年。我们抚往思来，当然也可以问一问：中国妇女们到今天是不是已经解放够度了，解放过度了？尤其是在此抗战时代，我们所当侧重的，似乎应当是集体，不是个体，是民族，不是个人。五四时代所提倡的个性解放到今天是不是应当告一结束？

我们不能不承认五四以来的解放运动，流弊很多。但是这些流弊，与其说是解放本身的错误，不如说是解放未得其方，未得其向。功过对抵之后，解放运动，终究还是二十年来最有意义的史实。即就妇女方面而言，女性在轮廓上的进步，恐怕不能不说是民国以来差强人意的成绩了。

女性解放够度了吗？我的答案是"决不够度！"我看那家家虐待的丫头，我看那到处逢源的变态的纳妾，犯法的重婚，我看那下层丈夫的打老婆，上层女子的无职业，我看那整个社会的依旧重男轻女，我晓得这个古老文明的我国，说到解放女性，蓬山前路，远隔万重呵！须知真正的个体解放并不与集体团结冲突。两者本来是相得益彰，相辅而行的。抗战期间的文化动向，一方面必须辟出新途径，把集体组织化；一方面却也必须继续五四的作风向个体上作进一步的合理的解放。如果个体解放必须在集体组织的范围内推行，集体组织也必须在解放了的个体上建立。在这点上着想，五四运动与抗战期内的精神总动员，乃在一条直线上，并不是对垒而立的。

这不是一个纯理论的问题；看看四围的大现实，再抓住这些大现实的中心意义，即使站在优生学立场，恐怕所谓民族健康的推进，大前提还是女性的解放。根本的原则是人格尊严的树立与社会机会的平等。不消说，所谓人格尊严绝不是女性男化；所谓机会平等并不必是男女同工。这两点不但不与潘先生的第一第二原则冲突，并且，我看，还是他那两原则的基础的必要前提。

"民族健康的根本条件绝不是外铄的公共卫生，而是内在的遗传良好。"潘先生这句话，确是道地的优生学家的口头。背后的假定，当然就是遗传比环境为根本，Nature 与 Nurture 孰本孰末，本是学术界纷纷莫决的老问题。种瓜得瓜，种豆得豆。恐龙不会生狗；狗不会生人。在这点说好像遗传是根本，环境无能为力了。然而同一个生猴子的祖宗，为什么也会生人呢？大家公认的理由据说是"突变"。突变的来源又是什么呢？此处却没有人敢断说其不由于环境的作用了。最少这点是无疑的：即使种类的本身是出自遗传，种类的生存与消灭却不免是由环境决定，你说那一个是"根本"呢？

社会科学的看法是要看出了物间相对的关系。根本不根本，从无绝对的定评，卫生为根本吗，还是遗传为根本呢？你说你的大少爷是个天生的玉树，但是卫生不讲，不成人而殇。好遗传有何用处？卫生与遗传，本是互相为用，缺一不可。这点就是优生学家也不否认。

社会科学家从不凭空下问：那一个为根本？他只问一问：在某一空间，某一时间内，那一个比较重要？此处"重要"两字，乃充满了"人"的价值，并不是一种超出时空的真理。换一句话说，浓带着实验派的气味，而不是基本派似的主观论评。知识上孰为根本的问题，于是乃化行为上孰轻孰重，步骤上孰先孰后的问题。

所以要问的并不是公共卫生与良好遗传孰为根本，乃是在中国现有的状况下，孰为轻，孰为重，孰当先，孰当后？怎样问法，我们的答案，却要正与潘先生相反，要改良民族的健康，目前最急需的（因此也可以说是目前最根本的）条件便是公共卫生。良好遗传尚是次等问题，至于"外铄""内在"之分，只不过是一种形而上学的微妙而已。

公共卫生的不修是中华民族最大的罪过！痰到处吐，小便到处撒，垃圾门外倒，马桶当街倾。那一个日括万钱的市长想到整城沟洫的改良？那一个招牌堂皇的卫生所做出来一件切实的工夫？走遍神州四千县，东西南北，哪里不是虎烈拉，猩红热，痨病，痢疾，花柳病？且莫管你先天如何雄厚，就让你生下便具希腊天神的模样，你能经得起几次虎烈拉，急疟症的摧残？在我们这块土地上，正不知有多少的希腊天神都化作了标准的东亚病夫！我并不求你们个个都可以到奥林璧显身手；我只求你们做得成普通寻常人，不残废，少抽鸦片，国家已经消用不尽了。据说，最近某学校招生，报名四百人，沙眼，扁胸，体轻，脚软，七除八扣，只有五名合格。毛病尚不在先天不足，乃尤在后天失调。如果用潘先生的名词，中国民族健康问题，大部分的症结尚不在"生"，乃尤在"养"与"教"！生是我们民族的专长。即使大多数先天不足，（其实先天不足的原因大半是父母本身的养教不足），最少也可得一万万"像样"的人。闹得今天四万万一概都变为尼采所谓半人，小半人者，养与教不足之过也，公共卫生不修之过也！

其实论到良好遗传，最困难问题就是审别。谁来审别？用什么标准来审别？这些都是难赛上天的问题。古希腊的斯巴达曾经勇往决行了。它用生理强壮的标准，由国家来强制审别。据说斯巴达的倒台，与它这种迷信遗传乃大大有关。诚然的，现时的科学关于可遗传的生理与心理的病症，已有相当可靠的知识。禁止这些病态人们的传种，可以不难办到。但是由此以上，谁当生子，谁当绝后，目前的生理学，医学，自问尚是茫然。

谈到此地，我们便要评一评潘先生的最后一点了。

潘先生说："遗传良好端赖民族中中上分子能维持与增加他们的数量，此外更没有二条路径。"

这是关键句子，因为这是说明潘先生审别遗传的标准。换言之，潘先生相信"中上分子"具有良好遗传,所以主张中上分子多多生育。涵隐的反面意思,也就说"中上以下的分子"遗传欠善,应当多多节育。究竟"中上分子"四字作何解释呢?

谅不出下列二者:(1)中上二字是指体质(生理的)与智慧(心理的)的程度而言;(2)中上二字是指经济或社会的地位而言。若作前者解释,那就是说体智上中的,应当多多生育。这句话可说是常识的真理.谁能反对,谁不赞成?关键还在审别的标准。你所用来以审别那些上中下的体智的,究竟是什么?我说过了,要寻出几种最浅显的可遗传的病症,不至发生偌大的困难?过此以往,在常态的人们中,要挑拣出而下品题,把上中下的太古三格式硬套在人家的头上,那就恐怕大有流为希特拉,"量鼻子主义"的危险,结果却要禁止爱因斯坦成婚生子了!审别体智,已是难事。有骨架的不必有气力。有气力的不必有精力。至于审别智慧,以至审别性情品格,那只有拜请上帝亲身出马——就是你那风动一世的时髦统计学,"测量术"也是无能为力的。这是事实问题,不是你我个人意见所能左右。

只说中上体智的分子,而提不出任何适用的标准,那就等于说体智良好的,应当生育;也就是说,有良好遗传的,应当遗传。此之谓遁词,此之谓Tautology,此之谓虽解释而未解释。

如果潘先生的解释而有确实的意义的话,恐怕只得作第二说解。"中上分子"恐怕是指经济或社会的地位而言。换而言之,就是有钱的人,有身份的人。且莫管你赞成,或是反对。钱与身份比较地尚是近于客观化的标准。并且在一个健全的社会里,钱与身份,大体上说,尚能与"才德"相符,尚能表征体智健康。在无可奈何中,它们或尚可算是差堪应用的价格。

只是在中国的现时,这价格,这标准,是绝对不可用了!我们社会中现有的中上层分子,你看他们的面目头颅,他们的心肝五脏,究竟是合于那一格的标准呢?他们钱是有的,而且愈来愈多。他们身份更是高的——只须头衔是官。却是他们中间,有多少个是眉目清秀?有多少个是双肩阔方?有多少个是心肠中正?有多少是指头老实?潘先生要请这些人来尽量发挥他们的生育性,你想他们所遗传与民族的,是天鹅还是乌龟呢?

其实一向的中国社会,本来就是他们在那里繁殖。老百姓添儿女,一大半都是死亡。所以五口之家确是农村的常态。大人先生们却不够了。有了老妻不算数,金房子还要贮娇。大姨太,二姨太的产品,加上正房的成绩,一五一十，四个手的指头，转瞬间已不够数了。然而生出来的，大都不是豚犬，便是豺狼。到了近年来，十之八却都做成鸦片王了。我看城市里所谓上层的红男绿女类皆是青脸黄皮，我晓得如果要改良民族的健康，还是请农村的"下层"父母，多多努力。所谓中上层的夫妇，即使全都罢工，民族未必不收"失马"之福。

最后让我们再提出一点来。潘先生目击现时渐有独身，迟婚，少生子或不生子的案件，便惶惶然认为民族自杀的恶征。其实这个拥有四万万五千万人的老国，愁的不是人少，乃是有了人而却不当人看待！

独身，迟婚，与节育——这些事实，毋宁是可喜的新气象。社会上会发生这些事实，最重要的原因，当然是经济的不给。目前国内，旧式的大家庭逐渐崩溃，生计也逐渐由成年的子女自当。独身，迟婚，节育等等是必然的现象，也是自由意志的一种表现。人家财力不够，为什么你偏要迫着他非做姑爷，非做爸爸不可？

数千年来，有脑力、有知识的国民，都被迫着个个非做姑爷，非做爸爸不可。我们文化中的破绽，恐怕就是端为这点出来！我们整个的文物制度，整个的人生观，太"姑爷"了，太"爸爸"了。也许民族目前所需要的，正是一大批无妻无子（或是无夫无子）的人，胸中一虑不挂，凭着一己的直觉，赤脚双拳，蹻步踏来为大社会创造，为大社会努力！

# 荷属华侨与抗战

京 山

在革命时，华侨是"革命之母"，在抗战中，华侨是支持抗战的有力份子。国民所贡献予抗战的，或是出力，或是出钱，在前方的流血，在后方的流汗。寄身于"特殊后方"的华侨，自祖国展开抗战以来，莫不尽其流汗出钱的责任。作者羁旅南洋，聊以荷属华侨的一点工作，驰报祖国人士，使祖国人士多得一点兴奋和认识。

在南洋各属中，以荷属华侨的爱国运动比较上多扦格阻力，但这个实现的阻力并不会减少主观的努力。自抗战发生后，荷印政府以维持中立为言，对于华侨捐款加以相当的限制，规定要寄给国内红十字会救济伤兵难民，而非充作战费。在去冬以前，荷属的公开捐款都寄给中国红十字会办事处转，后以发生波折，捐款又不得直汇香港，几经与荷印政府交涉，由本年起乃改汇至贵阳万国红十字会转收。

虽然在客观环境限制之下，华侨均能在当地法律范围内去从事捐款。救灾是我们一致的口号。华侨无分省籍，男女，老幼，甚至新客与侨生，均只知道一种目标，一种工作。荷属各埠华侨各组有慈善委员会主持赈灾工作，许多的细流汇合成为主流，奔向祖国去。大家绞尽脑汁，捐募方式五花八门，试略举之有定期的月捐与货捐等，有不定期的游艺夜市筹赈，球类比赛助赈，将丧节约助赈，卖物助赈与献金运动等等。总而言之，在任何的场合，都和筹赈发生了联系，往往在一个终婚仪式中，拍卖结婚戒指，筹一二万元不算稀奇。尤其再遇着任何佳节，均一番捐募运动，一经提倡风起云涌，例如移度岁费助赈即其一端，甚至有热心者别出心裁，代表难民贺年助赈等，每一次发动，都必有相当的成绩。在巴达维亚，最特别的是钱箱队，热心的人们持着慈善会所发的钱箱，从早至暮，沿途或沿门向人们劝捐，虽则人们总是投一二仙，可是因为钱箱多了，每结束为数相当惊人。华侨们不仅是男人尽了女人也尽力，壮丁固出力，儿童也出力（本年四四巴达维亚儿童节筹赈游艺募得万余元）。计自抗战以来，荷属华侨的捐款，虽没有确实的估计，但总在国币一千五百万元以上。以荷属华侨一百三十万人计每人捐出十元以上，虽不甚少，但较诸菲律宾华侨每人捐募一百元者，又余瞠乎其后了。

抗战虽然历时二十余月，但华侨捐款大致已做到已普遍亦持久。中间捐款高潮虽有时偶因战局的逆转而趋沉寂，但皆是一时的现象，只要抗战继续下去，华侨捐款也必继续下去。所以政府当局鼓励华侨继续输将的办法，最根本的是贯彻抗战到底的政策，华侨是愿闻和议之声的，其次是前线将士能发挥"以空间易时间"的策略，前线打得有声有色，华侨流汗也必愈热愈烈。至于派员宣传慰劳等等，断然不妨但亦不甚需要。

荷属华侨除了出钱以外，也曾相当的出力，抗战以来，一批批的青年救国投效，著名的空军勇将中有几位是荷属华侨，最值得一提的是荷属华侨救护队的返国，他们在国内各战区服务达一年之久，其成绩博得各方的赞美。

敌人眼看华侨是支持长期抗战的经济泉源，所以一向就阴谋挑拨离间，自本年以来他们工作尤力。有许多宣传品由日本及占领区寄给华侨（按着电话簿住址发宣传沦陷区已成为"王道乐土"，如《鹭江画报》是宣传厦门的状况），引诱华侨回去或照常汇款，保护华侨在乡产业的糖衣毒丸为饵，离间华侨内向之心，并极力散布主和论调，以松懈华侨抗敌热情。不过，作者乐于向国内人士报告一声，敌人用计虽诡，工作虽猛，但心劳日拙，不达目的。因为华侨一致信任最高领袖会领导抗战到底，更信任持久抗战最后必胜必成。每与一种反宣传刊物出现时，华侨舆论界便一与驳斥，大家均把它付之一炬。华侨这一座心理长城坚固得好像铜墙铁壁，不怕恶风猛雨的侵蚀。我们政府如果注意及此，自然亦尽有方法去扑击反宣传，不过最根本的方法，还是抗战到底，抗战到底！

说起华侨热诚爱国，千言万语，综括言之，他们只知国家第一，领袖第一，胜利第一。抗战把千万华侨，熔化成了一个人，把千万华侨的意志归纳成了一个意志。

# 金坛子
## ——她们怎么筑滇缅路

白平阶

金坛子，顾名思义，想想该是怎样一个地方？

工作在里面的人，完全如偷食的老鼠跌进烤热的大瓮底，到处抓爬，直到闷倒为止，还是得工作。因为工程必需如期完成，性质太重要了。

跨过惠通桥，有一块不大不小的平坝地，被雄伟荒寂的高山，三面围困成一只肚大底尖的坛子，漫山遍野是肥硕长大的茅草，除了被野火烧，长年如一，坛口搁在桥上。新筑的铁桥，就是金坛子的活塞，龙王庙在坛子上边沿，住了两百多迤西妇女，应公家征调来到这里作工。这属于滇缅公路第×段第×分段。

分段监工调集女工的时候，工作分配上大家闹得很凶，提起金坛子谁都摇头，可是公路却必需由此经过，澄黄色的太阳，熏人的热风，闷头瘴一中倒地就完事。"这地方男人也受不了，病的、死的，为什么偏要我们去'换防'呢？"可是天知道，也许监工记着"女人是橡皮"一句笑话，也许还有别的原因，却偏偏要她们去。

全段集结一百多个女工，不是三十岁以上的老太婆，就是不满十六岁的小姑娘，体力与工作效率是有限的。可是这是国家大事，推脱不得，人人有分。大家全在无可奈何的生活情形下，带了水罐和粮食，跑十天半月的山路，来到工程处，代替丈夫儿子或哥哥向国家效劳。其中仅有三十二个僰族女同胞是那么健壮，尺高的缠头，及踝的重裙，不见她们发热，流汗，锄头还比一般女子举得高，落得重。卢家婆婆听说要调女工到金坛子去工作，急的望着监工哭起来了。

"大老,你行行好吧!那地方我哪能去?我替我儿子阿牛作工,我家阿牛来也吃不消呀,我这样老……你瞧,你瞧",她把两只瘦手伸出来展览给监工看,监工却不看那个。

她拉起脏衣角揩着红润的眼皮,她觉得天不公平,天公平时,人就有良心的,可是天不公平已是多久的事情了。

监工找"我们的六嫂"谈话:

"哎,明白点,不要妇人气只是闹!这不是我故意为难你们,六嫂,请向大家说个明白,美国大使詹森,那洋鬼子就要经过,男人事难办好,好些地方都输了,你看:蛮线芒市,多毒的地方,到这种鬼地方来,女人都很少害病,什么理由?道我可说不上。你看你们多勇敢,去试一试!这是国家的面子,大家有分"!

六嫂,这个大众的嫂子,老的少的都这样喊她,连指导员监工都一样。除了那双脚全身都生的结结实实,奶头大,屁股圆,如一匹及时的骅马。三十六七岁光景,又能说,又能做,听过监工的话后,六嫂转来睁着桃子大的眼睛喊:

"喂,男人做不了我们做!好,我们就做!这是云南人面子,中国人面子,我们要做给人看!我们不要说是来为老板,为儿子哥哥替工,我们自己做自己的,带上他们我们要做两份,走呀!怕进金坛子的是老婊子,我们用石头打死她,抛进地窟窿里去"。

这一群边地妇女战斗在金坛子里了,一个整月;而且居然战胜了它。荒原的路影像蚕吐丝,虽难,颇慢,但终于弄得笔直的,上面还洒上新黄土和白白的碎石子,让一辆竖着一面小旗子的敞新汽车驰上了江坡。大家都笑着在路旁向车中人招手,车中人也招手,第一辆车通过了,大家都异常兴奋,依然到晚方扛起锄头回山头龙王庙宿地休息,回去时跟监工的一个老兵学唱大路歌。

六嫂是一群妇女无形的首领,常鼓励大家说:

"快了!快了,我们的事情快完,那美国官的车子就要过路了。我听人说车子多的很,还有我们自己的车子,铁皮子包得厚厚的,送到前面去打仗的战车,也要从这条路上来"!

有人说笑:"六嫂嫂,你那么能干,又会说话,怎么不上前线去打仗,作参谋，出主意杀日本人？"

她把手按着自己两个大奶子，"我打什么仗？当年穆桂英，骑在一匹桃花马上，千军万马中跑来跑去，什么都不怕。可是遇到一个男子来了，她不能不怕，就嫁了他。我现在什么都不怕，闷头瘴气打不倒我，男子也不怕。我们现在一样的是打仗"？

"你预备嫁人吗"？

"我嫁把锄头，锄头肯听我的话"。

"那你还是怕男人"！

"我怕城里男人"。

"为什么独怕城里男人"？

"他们穿衣服说话，走路做事情，都男不男女不女，怎么不可怕"？

六嫂一张油嘴什么都会讲，尤其是带点不干净的笑话，那是大家解渴的凉水。由于身份不同，在这种工作进行中，平常男人在作工女人面前都脸孔板板的，女人在男人面前全是一本正经。六嫂却生来是那份不晓得自己是女人的性格，更不晓得自己是"节妇"。男工女工分段做事，有天男工派代表来慰问女工，夸赞女工的成绩。六嫂正在神台脚下换自己的"解放脚"裹脚布，她忽地跷起弓形的脚对代表笑：

"大哥，你灌米汤给我们喝，我明白。哪里是我们比你们工作好。你们想讨娘儿们好，你们欢喜的是这个"！

几个代表男工都是老实乡下人，话一时回答不来，脸胀得红红的。

下工后六嫂分派十七个小姑娘，为年纪长大的捶背，捏腿。年纪大的妇人却说故事给小的听。说男子和野兽搏斗的故事，带点迷信传说。说男子和女人搏斗故事，带点浪漫传奇成分，故事说得多而好，应当推六嫂坐第一把交椅。有时大家唱起来，从顶旧的孟姜女哭长城唱到顶新的革命歌，大家情绪要就好像从古代传奇移入近代战争。或飞机飞鷟地雷地瓜乱说一阵，狂笑一阵，末了大家方睡去。

金坛子一段工程，居然在几百个妇人手中，完全弄好了。几处特别拐角和山沟涵洞，工程处另外也有人来完成了，管事的感觉完全满意，接收了。

总段上监工的自以为是个新人物，欢喜看点新书，有新知识，平时对云南妇女工作能力即感觉满意，这次看看金坛子段工程又是由妇女完成的，记起俄国什么"鼓里儒夫"运动，要用新方法来表示这一群乡下妇女的工作成绩。就在一个节日，召集男女工人上千数人开会，写了好些标语，制定了许多口号，妇女的领袖，六嫂便被人认定是"女英雄"，到时各处找这个人却找不着。原来她正在龙王庙听一个女巫走阴，述叙死去十年那个丈夫在地狱的情形，鼻涕眼泪一把把向地下洒，此外一切事都不在意。

个人情绪向"过去"里关心，就保存了中国一切迷信，若把这种个人集群能力向"未来"去运用，去好好运用，就产生新中国一切伟大的建设，六嫂是我们一个榜样。她生活于两个世界中。

**本期撰者：**

林同济先生是国立云南大学教授。京山先生的《荷属华侨与抗战》是一篇通信，值得国内同胞一读。

白平阶先生是腾越人，作品多就西南边境取材，因之别具风格，为西南作家最值得注意者。作品多发表于《大公报》。